"현출하라, 나의 불변의 돌."

레오노라의 말과 동시에,
땅울림 소리가 들려온다.

하얀 모래를 헤치고, 출현한 그것.
햇빛을 받아 금색으로 빛나는 그것은
유례없이 거대한 호박이다.

후루미야 쿠지
illust. chibi
Unnamed Memory III
언네임드 메모리
영원을 맹세한 끝

Contents

레오노라와 관련된 일화 중 하나인
그것을 보고,
티나샤는 망연히 중얼거렸다.

"……호박성."

"예쁘지?
옛날에 내가 만든 거야."

Unnamed Memory

언네임드 메모리

영원을 맹세한 끝

III

후루미야 쿠지

Illust. chibi

주요등장인물

<파르사스>

오스카
대국 파르사스의 차기 왕위 계승자. 마법을 무효화하는 전설의 왕검 아카시아의 소유자.

티나샤
별명은 '푸른 달의 마녀'. 오스카의 저주를 풀기 위해 일 년 동안 함께 지내기로 계약을 맺었다.

라자르
오스카의 죽마고우이자 시종. 언제나 주군에게 휘둘려 고생이 많은 청년.

알스
장군. 가장 젊은 장군이자 실력자. 오스카의 검술 연습 상대.

멜레디나
무관. 알스의 소꿉친구이며, 여자의 몸으로 뛰어난 검술 실력을 자랑한다.

카브
마법사. 티나샤를 기피하지 않는 호기심 왕성한 청년.

쿰
마법사. 현 궁정마법사장 직위에 있는 초로의 남성.

실비아
마법사. 금발의 아름다운 여성으로, 마음은 착하지만 약간 엉뚱한 면이 있다.

도안
마법사. 차기 마법사장으로 꼽히는 재능 있는 청년.

<야르다>

레오노라
별명 '불리지 않는 마녀'. 티나샤와는 오래 전부터 아는 사이로, 치유마법에 능하다.

우나이
레오노라를 오랫동안 섬겨온 외팔이 검객. 가무잡잡한 피부에 붉은 머리와 눈동자를 가졌다.

사바스
파르사스의 동쪽에 위치한 나라 야르다의 왕자. 마녀 레오노라에게 매료되어 있다.

네펠리
동쪽 나라 야르다의 왕녀로, 사바스의 여동생. 궁정 내 분열에 휘말려 현재 행방불명 중.

지시스
동쪽 나라 야르다의 재상. 사바스에 맞서, 야르다의 정권을 잡으려고 획책하고 있다.

<기타>

트라비스
최상위마족. 정체를 숨기고, 간도나의 공작 자격으로 올레리아의 후견인이 되었다.

올레리아
신비한 능력을 가진, 간도나의 왕족 소녀. 트라비스와 함께 행동하고 있다.

루크레치아
별명은 '닫힌 숲의 마녀'. 티나샤의 친구로, 파르사스 북동쪽의 숲속에 산다.

~Unnamed Memory 대륙 지도~

1654년(파르사스력 525년) 현재

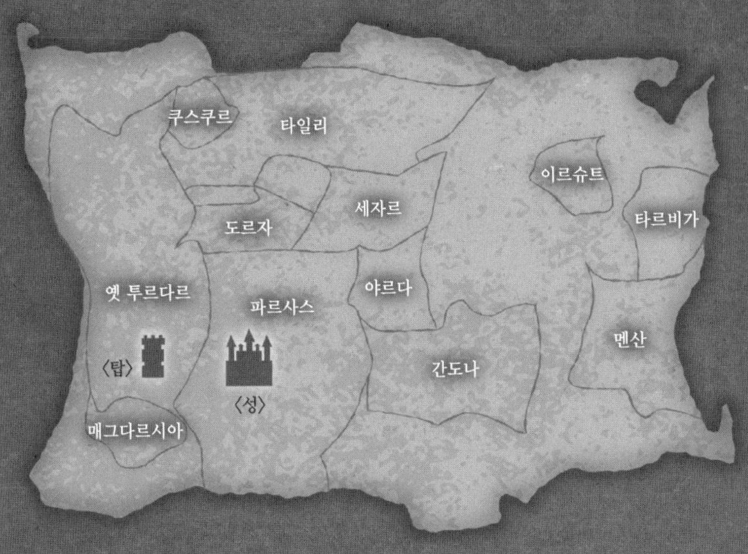

신들이 떠난 후, 이 대륙에는 암흑의 시대가 찾아왔다.

수많은 나라가 흥하고, 수많은 나라가 사라져간 배신과 전란의 시대.

칠백 년이라는 긴 세월에 걸친 이 시대가 끝나갈 때,

그러나 사람들은 평온 속에 새로운 재앙을 본다.

역사의 뒤안길에 서 있는 다섯 마녀. 절대적인 힘의 체현자.

그리하여 사람들은 이 시대를 '마녀의 시대'라 부른다.

1. 교섭의 잔향

대륙 중앙부에 위치한 대국 파르사스.

넓은 영토와 안정된 국력으로 유명한 이 나라의 성에는 한 마녀가 살고 있다.

대륙에 다섯 명밖에 없는 마녀. 마법사이자 마법사를 초월한, 긴 시간을 사는 여자들.

그중의 한 명, 최강이라 불리는 여자가 이 성에 사는 티나샤다.

일 년간의 계약으로 왕의 수호자가 된 마녀이자, 과거 마법대국의 여왕이기도 한 그녀에게, 대체로 마법에 관한 한 불가능은 없다.

그런 그녀가 평소에 무엇을 하고 있는가 하면… 청년 왕의 줄기찬 구혼을 거절하면서 느긋하게 책을 읽고 있을 뿐이지만.

“오스카가 없어…. 왜…?”

하늘에 옅은 구름이 끼고 갑자기 비가 쏟아지기 시작한 오후, 날씨로 인해 마법실습이 중지되자, 티나샤는 당연히 계약자가 있을 줄 알고 집무실로 왔다가 어리둥절해졌다.

검고 긴 머리카락, 같은 색의 눈동자. 실제 나이는 사백 살도 훨씬 넘지만, 노화를 멈춰둔 신체 나이는 대략 열아홉 살이다. 보는 이의 감탄을 자아내는 미모는 흡사 예술품 같지만, 그 얼굴에 지금은 그저 놀란 표정이 떠올라 있다.

"대체 어디에…."

원래 같으면 그는 이 시간에 집무를 보고 있어야 한다. 적어도 오늘 아침에는 그렇게 말했다.

그럼에도 불구하고 사라져버렸다면, 그녀가 없는 틈을 타 성을 빠져나간 걸까. 전에도 그렇게 성을 빠져나가 수상한 사건에 관여했던 왕이 아닌가. 마녀의 아름다운 얼굴이 굳어졌다.

"또 그런 짓을 했다면 탑에 매달아버리고 말겠어."

하여간 그는 신분에 맞지 않게 무모한 모험을 좋아한다. 웬만한 상황은 타개할 수 있다는 자신감이 있기 때문이겠지만, 그건 그거고 이건 이거다. 그를 만난 뒤로 몇 달만에 완전히 감시역이 되어버린 티나샤는 화난 얼굴로 복도로 나선다.

거기서 그녀는 세 명의 여관들과 마주쳤다.

"아, 티나샤 님…."

집무실에서 나온 마녀를 본 여관들은 당황한 얼굴이다.

이 성에는 마녀인 그녀와 가깝게 지내는 사람도 많지만, 그 이상으로 그녀를 두려워하는 사람이 있는 것 또한 사실이다. 티나샤는 쓴웃음을 지으며 손가락으로 집무실 문을 가리켰다.

"오스카에게 용건이 있나요? 그렇다면 그는 지금 없는 것 같아요."

"아뇨…, 그게 아니라, 실은 티나샤 님에게 부탁이 있어서요."

"나한테요?"

머뭇거리며 꺼낸 말. 예상치 못한 그 말에 티나샤는 자신의 얼굴을 가리켰다.

집무실에 없었던 오스카는 성을 빠져나간 게 아니라 손님을 응대하고 있었다고 한다. 알현실 옆방까지 온 티나샤에게, 그곳에 있던 왕의 시종 라자르가 전후사정을 이야기해주었다.

"지금 와 계신 소아노스 공은 동쪽 나라 멘산의 귀족분이십니다. 거상으로도 유명한 분이라 여러 나라에 영향력이 있기 때문에, 갑작스러운 방문이라도 응대하지 않을 수가 없어서…."

"오스카도 고생이 많네요."

방금 전까지 '탑에 매달아버리겠다'고 생각한 건 싹 감추고, 티나샤는 자못 진지하게 맞장구를 친다. 그런 그녀를 라자르는 의아한 표정으로 쳐다보았다.

"그런데 티나샤 님, 그 옷차림은 어떻게 된 겁니까…."

"실은 사정이 좀 있어서요…."

지금 그녀는 평소 즐겨 입는 검은 마법복 차림이 아니다. 연분홍색의 화려한 드레스에, 자연스럽게 물결치는 긴 흑발. 연한 화장은 그녀의 보기 드문 미모를 청순하게 채색하고 있었다.

평소의 그녀와는 완전히 인상이 다른, 세상물정 모르는 순진한 귀족 영애 같은 모습. 티나샤는, 옷 갈아입는 걸 도와준 여관들을 돌아보았다. 여관 중 한 명이 파리한 얼굴로 고개를 숙였다.

"정말 죄송합니다. 무리한 부탁을 드려서…."

"아니에요. 내가 어떻게든 해 볼게요."

소아노스 공은 이번에 딸과 함께 방문했다. 그 딸 역시 아버지처럼 장사수완이 좋아, 여기저기서 장신구를 사고팔고 하는데, 얼마 전 여관의 본가인 상점에서 목걸이를 하나 매입했다고 한다.

하지만 그것은 여관의 할머니가 여관에게 선물하려 했던 물건으로, 어디까지나 실수로 판 것이다. 하지만 사정을 설명하고 반환을 요청해도, 소아노스 공의 영애인 엘레제는 들어주지 않았다. 매입한 금액에 얼마간 더 얹어준다고 해도 끝끝내 거절해서, 결국 본가에서도 질책을 들은 여관은 목걸이를 포기하지 않을 수 없었다고 한다.

"그래서 티나샤 님이 그 목걸이의 탈환을 의뢰받으신 겁니까?"

"탈환이라고 하면 꼭 힘으로 빼앗는 것 같잖아요. 평범하게 교섭으로 되찾을 거예요."

"하지만 상대가 한 번 거절했다면서요."

라자르가 당사자인 여관을 쳐다보자, 그녀는 말하기 어려운 듯이 입을 떼었다.

"그 목걸이를 결혼식에서 착용하면 평생 행복을 약속해준다는 전설이 있어요. 저희 집안에 대대로 내려오는 가보인데…, 저도 내년에 결혼식에서 착용할 예정이었습니다."

"아, 그럼 반드시 되찾아야겠네요…."

"상인은 이해득실을 따지게 마련이니까, 큰손 고객을 연기하면 교섭에 응할지도 몰라요. 오스카도 슬슬 집무로 돌아가고 싶을 테니, 일단 교섭해 봐야죠."

티나샤는 풍성한 드레스 자락을 손으로 잡았다. 왕족으로 자란 차가운 미모의 그녀가 그러고 있으면 역시 범접할 수 없는 기품이 느껴진다. 라자르는 그런 그녀에게 눈길을 빼앗겼다가 퍼뜩 정신을 차리고 고개를 끄덕였다.

"알겠습니다. 그럼 폐하께 말씀을 전하고 오겠습니다."

"시간이 없으니까 같이 갈게요. 내가 인사하는 동안 오스카에게 설명해주세요. 내가 어떻게든 해 볼게요."

"네…? 그러다 오히려 일이 성가셔지지 않을까요?"

"아뇨, 아뇨. 괜찮아요. 정 안 되면 모두에게 정신마법을 걸 거예요."

"정말로 최종수단이네요…."

두 사람은 나란히 알현실로 이어지는 문으로 향했다. 문을 열기 직전, 티나샤는 여관을 돌아보고 웃으며 손을 흔들었다.

"괜찮을 거예요. 기다려주세요."

아름다운 마녀의 미소에, 젊은 여관은 공손하게 고개를 숙인다.

그리고 티나샤는 알현실로 들어갔다.

평소 같으면 옥좌밖에 없는 알현실에, 거상의 방문이라 그런지 큰 테이블이 놓여 있었다.

거기에는 소아노스 공이 가져온 듯한 고가의 물품이 몇 점 놓여 있었다. 티나샤는 그중에 보석 장신구가 섞여 있는 것을 흘끔 보았다.

테이블 맞은편에는 이 성의 주인인 남자가 서 있다.

탄탄하게 단련된 몸을 가진 수려한 청년. 이제 갓 스물 한 살인 그가 대국의 왕인 이유는 전적으로 이 나라 왕의 본분이 검객으로 여겨지기 때문이다.

그가 가진 왕검 아카시아는 마법을 무효화할 수 있는, 세상에 단 한 자루뿐인 검이다. 그는 그 검으로 티나샤의 시련의 탑을 답파하고, 그녀를 수호자로 데려온 것이다. 그것은 다른 마녀가 그에게 건 '후계자를 낳지 못하는' 저주를 타파하기 위해서였지만, 해결책 중 하나인 '저주를 이길 수 있는 티나샤 자신이 그의 아이를 낳는다'라고 하는 오스카의 제안은 그 자리에서 거절당했다. 대신, 반년 이상에 걸친 티나샤의 연구해석 끝에, 저주는 무사히 해주되어 지금에 이른다.

다만, 저주에서 해방되어 원하는 여성을 왕비로 맞이할 수 있게 된 현재도, 그는 여전히 티나샤를 아내로 원하고 있지만.

오스카는 방에 들어온 그녀를 보고 놀란 표정을 지었다.

"티나샤, 어쩐 일이야?"

"손님이 오셨다고 해서요. 저도 인사를 드리고 싶어서 왔어요."

사랑스럽게 말하는 그녀를, 두 방문객이 돌아본다.

아버지인 소아노스 공은 햇볕에 그을린 피부를 가진 장년의 남성이다. 건장한 체구는 그가 직접 배를 타고 각국을 돌아다니기 때문이리라. 한편, 딸 엘레제는 십대 중후반의 아름다운 소녀다. 갈색 눈동자에는 진한 호기심이 반짝여, 그 시선을 느낀 티나샤는 우아하게 미소 지었다.

"폐하, 이분은…."

소아노스 공의 질문에 티나샤가 대답하는 것보다 먼저 오스카가 입을 열었다.

"내 아내가 될 여자요."

"잠깐?!"

"그러게 미리 의논을 하자고 말씀드리지 않았습니까…."

느닷없는 계획 붕괴에 부르짖는 마녀와, 급격히 얼굴이 핼쑥해진 시종 청년. 기묘한 방문자에 엘레제는 놀란 기색이다. 몇 초간 침묵한 그녀는 오스카를 돌아보았다.

"폐하의 비 마마… 신가요?"

"그렇소. 티나샤. 이쪽으로 와."

거만하게 손짓하는 오스카를 보고, 마녀는 나지막하게 중얼거렸다.

"이제 최종수단을 쓸 수밖에 없겠네요."

"너무 이릅니다, 티나샤 님."

마음 같아선 다 뒤집어엎고 싶지만, 성 안 사람들만 있다면 몰라도 외국 손님 앞에서는 오스카의 체면이 중요하다. 티나샤는 영애 행세를 하면서 미소 짓고, 테이블을 돌아 그의 옆에 섰다. 정식으로 두 사람에게 인사를 한다.

"처음 뵙겠습니다. 저는 티나샤 어스 메이야 우르 아에테르나라고 합니다. 갑자기 찾아와서 죄송합니다."

원래 그녀의 긴 이름 끝에는 '투르다르'라는 사백 년 전에 멸망한 마법대국의 이름이 들어가지만, 그걸 말하면 정체가 들통 날 가능성이 있다. 다만, 이 대륙에서 긴 이름을 가진 자는 대부분 왕후귀족이다. 큰손 고객을 가장하는 데는 이 정도로 충분하리라.

평소와 다른 티나샤의 옷차림에, 오스카는 흥미진진한 눈빛을 향한다.

"네가 이런 곳에 모습을 보이다니, 무슨 일이야?"

"여러 나라를 다니시는 안목 있는 손님이 오셨다고 들어서요. 실은 갖고 싶은 게 있어요."

"별일이군. 갖고 싶은 게 뭐야? 사줄까?"

"오스카, 라자르가 불러요."

티나샤는 웃는 얼굴로 계약자 청년을 치워버리려고 하지만, 갑자기 이름을 불린 라자르는 설레설레 고개를 젓는다. 슬슬 정말로 정신마법으로 모두의 기억을 조작할 때가 다가오고 있다. 하지만 티나샤는 그래도 애써 참으면서, 아름다운 미소로 두 명의 손님을 보았다.

"혼례 때 착용하면 평생 행복을 약속한다고 하는 목걸이에요. 커다란 진주와 청석이 박힌 오래된 장신구인데, 지금은 성도의 한 상점에 대대로 전해 내려오고 있다고 들었어요. 하지만 간발의 차로 아가씨가 매입하셨다고 해서요."

"엘레제가요?"

소노아스 공이 딸을 쳐다본다. 소녀의 눈동자에 순간 망설임과 계산이 스치는 것을 티나샤는 놓치지 않았다.

엘레제가 목걸이를 매입한 금액은, 오래된 좋은 물건에 상응하는 금액이다. 그리고 그 두 배를 준다고 해도, 엘레제는 반품에 응하지 않았다. 티나샤는 거기에 더 얹어줄 수도 있지만, 너무 과하면 여관에게 부담이 될 수 있다. 일단은 교섭을 시작하는 게 중요하다.

엘레제는 짧은 순간 보였던 망설임 따위는 처음부터 존재하지 않았던 것처럼 환한 미소를 보였다.

"제가 매입한 물건 중에… 그런 게 있다고요? 워낙 많아서 어떤 걸 말씀하시는지 잘…. 그보다 왜 그 물건을 원하시는 건가요?"

"저 자신이 흥미가 있어서요."

엘레제는 분명. 원 소유주인 여관의 관여를 의심하고 있다. 하지만 그걸 확신하면, 그녀는 더욱 완강해질 것이다. 그러니까 어디까지나 티나샤 자신이 목걸이를 원한다고 주장해야만 한다. 탐색하는 듯한 소녀의 시선에, 유구한 시간을 살아온 여자는 완벽한 가면의 미소를 보인다.

그런 치열한 물밑 교섭에 끼어든 것은 왕인 남자였다.

"혼례용 목걸이? 네가?"

"오스카, 라자르가 부른다니까요. 그렇죠, 라자르?"

티나샤가 검은 눈동자에 무언의 위협을 담아 라자르를 부르자, 그도 어쩔 수 없이 고개를 끄덕였다.

"폐, 폐하, 드릴 말씀이…."

"나중에 듣겠다. 그보다 그런 목걸이가 있다면 보여주시오. 부르는 값으로 사겠소."

"내가 원하는 걸 왜 당신이 산다는 거죠?!"

"네가 혼례에서 사용할 물건이라면 나를 위한 거니까. 내가 내는 게 당연하지 않아?"

"아니…라고 할까, 너무 잘해주려고 하지 마세요! 내 건 내가 살 거예요!"

"그보다 드디어 결혼할 마음이 생겼군. 의상도 맞춰야 하니, 재봉 장인을 부르도록 하지."

"성급해, 성급해, 성급해! 당신은 제발 입 좀 다물어주세요!"

마녀를 포옹하려고 하는 왕과, 그 가슴팍을 손으로 밀어내는 마녀. 아웅다웅하는 두 사람은 이미 평소와 다름없는 모습이다. 평소와 다름없다 못해, 손님을 방치하고 있다.

그래도 목적을 기억하고 있는 티나샤는 오스카의 품안에서 벗어나자 엘레제에게 말했다.

"볼썽사나운 모습을 보여서 죄송해요. 하지만 제가 저 자신을 위해 원하는 물건이에요. 보여주시면 안 될까요?"

똑바로, 의지를 담아 응시하는 시선은, 마녀의 위엄이 담기지 않은 평범한 인간의 것이다.

엘레제는 그런 티나샤에게 이해할 수 없다는 얼굴을 보인다. 그녀의 아버지가 대신 입을 열었다.

"폐하의 비 후보시라면, 당신이 '푸른 달의 마녀'입니까?"

"…알고 계셨군요."

"지난 전쟁 때 폐하께서 마녀를 데려오셨다는 이야기는 저도 들었으니까요."

"그러셨군요…."

민망함에 티나샤는 소심해진다.

얼마 전 대륙 전체를 끌어들여 발발한 전쟁. 그 중심에 그녀가 있었고, 전후처리 때, 오스카는 그녀가 자신의 약혼자라 말하고 신병을 인수한 것이다. 물론 그런 뜬금없는 이야기가 대륙 전체에 퍼진 것은 아니지만, 주요 국가의 상류층과 교류가 있는 사람이라면 알고 있어도 이상하지 않다.

타인에게 부탁받은 안건인데, 더는 견디기 힘들다. 슬슬 마녀답게 모든 걸 뒤엎어버릴 때일지도 모른다.

티나샤가 삼켜버린 한숨 대신 마법구성을 생각하기 시작했을 때, 엘레제가 물었다.

"폐하께선 정말로 이분을 왕비로 맞이하실 건가요?"

"물론. 무슨 문제라도 있소?"

"…이분은 마녀입니다."

엘레제가 주저하며 입에 담은 그 말과 눈빛은 티나샤에게는 익숙한 것이었다.

공포와 혐오와 질투와 몰이해와… 한마디로 말해 이질적인 것을 대하는 눈빛이다.

사백 년을 살아오는 동안 완전히 익숙해져버린 그 눈빛에 티나샤는 쓴웃음을 짓는다. 그녀는 계약자의 명예를 지키기 위해 입을 열려고 했지만— 그보다 먼저 오스카가 웃음을 보였다.

"덕분에 균형이 맞아서 좋지 않소? 나라면 이 녀석을 아내로 삼기에 부족함이 없으니까."

당당하게, 아무것도 부끄러워하지 않는 그의 말은, 스스로에게 자신감이 있는 자의 말이다.

왕으로서, 그리고 왕검의 주인으로서, 흔들림 없는 정신.

어릴 때 당한 저주를 이겨내기 위해, 그는 자신에게 나약함을 허락하지 않았다. 그렇기에 그는 대륙 굴지의 검객이 되어 마녀의 탑을 답파한 것이다.

그리고 그런 그를 티나샤는, 자신을 죽일 수 있는 자로 단련해냈다.

마녀를 죽일 수 있는 남자. 그걸 균형이라고 말한다면, 이보다 더 완벽한 균형은 없으리라.

"당신은…."

자연스럽게 피어나는 미소에, 티나샤의 눈빛이 온화해진다. 하려던 말도 사라져버리고, 지금은 그냥 그래도 괜찮을 것 같은 기분이 들었다. 그녀는 자신의 볼을 쓰다듬는 남자의 손길을 기분 좋게 느낀다.

소아노스 공은 그런 두 사람을 바라보다가 가볍게 숨을 내쉬더니, 곁에 있는 딸에게 말했다.

"엘레제, 보여드려라."

"하지만 아버지…."

"원하시는 물건을 준비하는 것이 우리의 긍지다."

부친의 조용한 말에, 소녀는 가볍게 입술을 깨물고 발밑의 상자에서 천에 싼 꾸러미를 꺼냈다.

검은 벨벳 꾸러미 속에서 나온 목걸이는 은은한 광채를 발하며, 다소곳한 행복을 약속하는 것 같았다.

※

"티나샤 님, 정말 감사합니다!"

목걸이가 든 상자를 끌어안고, 젊은 여관은 거듭 고개를 숙였다. 눈물을 글썽이며 감사인사를 전하는 그녀에게, 티나샤는 당황하며 손을 내저었다.

"그렇게까지 인사 안 해도 괜찮아요. 결국 오스카가 수습해준 셈이니까요."

그 오스카는 집무를 위해 먼저 집무실로 돌아가고 없다. 티나샤는 여전히 고개를 조아리는 여관을 다독이고, 후련한 기분으로 집무실로 돌아왔다. 그곳에 있던 오스카는 여전히 드레스 차림인 티나샤에게 자조 섞인 웃음을 보인다.

"너는 왜 정기적으로 나를 실망시키는 거지?"

"아무리 생각해도 그 상황에서 결혼은 말이 안 되잖아요!"

"그래도 만에 하나라는 게 있잖아…. 이래봬도 기대했다고, 나름."

"…그건 미안해요."

소아노스 공이 물러간 뒤에 사정을 설명했지만, 그때는 오스카도 깊은 한숨을 내쉬었을 뿐이다. 그때부터 이미 양심의 가책을 느끼고는 있었지만, 다시 들으니 역시 자신이 잘못한 기분이 든다. 결국 목걸이도 오스카가 되찾아준 것이나 마찬가지다.

"폐를 끼치고 말았네요. 마녀답게 처음부터 마법으로 해결했어야 하는 건데."

"기다려. 넌 왜 그렇게 극단적이야?"

어깨를 떨구는 티나샤를 오스카가 손짓해 불렀다. 티나샤는 평소와 다른 드레스 자락에 주의하면서 허공으로 떠올라, 그의 의자 팔걸이에 앉았다.

그녀 대신 차를 준비하고 있던 라자르가 안도한 목소리로 말했다.

"그래도 원래 가격으로 돌려받아서 다행입니다."

"이 녀석은 못 이긴다고 생각했기 때문이겠지."

"네? 그게 무슨 말이에요?"

돌아본 티나샤의 물결치는 머리카락을, 오스카가 손가락으로 잡아당겼다.

"그건 혼례용 목걸이잖아. 엘레제는 자기가 사용하려고 반환을 거부한 거야."

"아아…, 그랬군요. 하지만 그거랑 내가 무슨 관계가 있죠?"

"그 부녀는 원래 파르사스의 왕비 자리를 노리고 찾아온 거야. 그 계획이 틀어져서 물러간 거고."

"…그, 그런 거예요?"

대국의 왕이면서 아직 미혼인 오스카는 그들에게 절호의 고객이다. 엘레제는 파르사스의 왕비 자리를 원했지만, 가망이 없음을 알았기 때문에 목걸이도 포기한 것이다. 의도를 알고 나니 허탈해지는 이야기다.

오스카는 쓴웃음을 지으면서 마녀를 무릎 위에 앉혔다.

"여관이 너를 찾아온 것도 아마 그래서일걸. 마법을 기대한 게 아니라, 네가 얼굴을 비추면 상대도 포기할 거라고 생각한 거겠지. 내가 너를 고양이처럼 귀여워하는 걸 다들 아니까."

"귀여움 받고 있는 건가요?"

"귀여워하고 있어."

즉답에 마녀는 진짜 고양이처럼 눈이 동그래졌다. 하지만 곧 그녀는 복잡한 기분으로 자신의 무릎을 끌어안았다.

"뭐랄까…, 알지도 못하고 헛심만 쓰고 말았네요."

"난 결과적으로 이득을 봤지. 다시 집무로 돌아올 수 있었고, 평소와 다른 네 모습도 볼 수 있었으니까."

"수고를 끼치고 말았네요."

"괜찮아."

티나샤는 조그맣게 한숨을 토한다. 그래도 어쨌든 도움이 되었으니 다행이다. 마법을 기대받지 않는 마녀라니 좀 이상한 느낌이지만, 그와 계약한 뒤로는 드문 일도 아니게 되었다. 허공으로 둥실 떠오르는 그녀를 오스카가 올려다본다.

"신경 쓰지 마. 난 기뻐. 그런 부탁이 들어온다는 건, 네가 이 성 사람들과 친숙해지고 있다는 뜻이니까."

"오스카…."

왕인 청년은 온화하게 웃고서 서류로 눈길을 돌린다. 그런 그를, 마녀는 공중에서 물끄러미 응시했다.

그와 약속한 계약기간은 앞으로 석 달. 그때까지, 그리고 그 후에는 어떻게 될까.

사백 년 이상을 살아온 그녀에게, 석 달은 눈 깜짝할 사이다. 그럼에도 불구하고 그와 이별하는 순간을 전혀 상상할 수 없다. 아마 전날까지도 실감이 없지 않을까.

"끝나지 않는 계약은… 없는데도."

티나샤는 천장에 거꾸로 떠서 턱을 괴었다.

그리고 물끄러미, 계약자인 왕을 올려다보았다.

※

—목걸이의 반환을 거부당했을 때는 어떡해야 좋을지 난감했지만, 큰마음 먹고 부탁해 보길 다행이었다.

여관 대기실로 돌아온 그녀는, 동료들이 말을 걸어오자 안도의 한숨을 내쉬었다.

"되찾아주셨어. 상상했던 것보다 훨씬 평범한 분이었어…."

마녀와 관련된 무시무시한 옛날이야기는 이 대륙에 많이 퍼져 있다. 그래서 성에 마녀가 나타났을 때는 모두가 두려워했지만, 실제로 만나 본 티나샤는 지극히 평범하게 말이 통하는 사람이었다.

지난 몇 달 사이에 그녀의 그런 성격을 이미 알고 있었던 다른 여관은 즐거운 듯이 웃었다

"그러게 내가 말했잖아. 상냥한 분이라고."

"그건 그렇지만…. 아무튼 다행이야."

이제 식 준비를 할 수 있게 되었다. 아직 내년의 일이지만, 분명 눈 깜짝할 사이일 것이다.

다만, 그 무렵에는 왕과 마녀의 계약도 끝나 있으리라. 그토록 마녀를 사랑하는 왕은 그녀가 없어지면 어떻게 할까. 젊은 여관은 손에 든 목걸이를 가만히 응시했다.

"난 그분이 왕비님이라도 괜찮을 것 같아…."

"어허, 그런 식으로 말하면 불경죄야."

"자자, 거기! 빨리 일들 해."

여관장이 손뼉을 치자, 여관들은 허둥지둥 흩어진다. 그 속에서 목걸이를 손에 든 젊은 여관은 그것을 마법자물쇠 상자에 넣으려고 하다가 ― 문득 자신을 빤히 응시하는 시선을 느꼈다.

그쪽을 보자, 자신과 똑같은 옷을 입은 젊은 여자가 서 있었다. 흑발의 여자는 예쁜 얼굴이지만, 어딘지 모르게 일그러진 느낌이 있다. 낯선 상대를 보고 젊은 여관은 고개를 갸웃했다.

"혹시 새로 들어왔나요?"

만약 그렇다면 모두에게 연락이 있었을 텐데, 최근에 그런 이야기를 들은 기억은 없다. 하지만 지금까지 대기실에 있었던 다른 여관들은 전혀 신경 쓰지 않는 기색이었다.

의아하게 여기는 여관에게, 낯선 여자는 시든 꽃처럼 미소 짓는다.

"네, 짧은 기간이지만 잘 부탁해요."

권태를 욱여넣은 연기 같은 목소리.

그것은 마치 고장 난 노래 같았다.

2. 돌아볼 수 없는 가시

파르사스는 연중 온난한 기후인 나라지만, 일 년에 두세 달은 비교적 쌀쌀한 계절이 찾아온다.

이날은 특히 선선하고 기분 좋은 날씨라 열린 창문으로 시원한 바람이 불어오고 있었다.

집무실에서 일하고 있던 오스카는, 창문 밖에서 조그맣게 들려오는 노랫소리를 듣고 손을 멈췄다. 바람에 실린 여자의 목소리는 마녀의 것이다. 서류를 정리하던 라자르도 고개를 들었다.

"티나샤 님이네요. 웬일로 노래를 다 부르시는 걸까요."

"뭐지?"

그녀의 노래는 몇 번 들은 적이 있지만, 그때는 모두 목적이 있는 노래였다. 그렇다면 지금도 뭔가 이유가 있는 게 아닐까.

의심스럽게 생각하면서도 노래를 들으며 일하던 오스카는 서류를 전달하러 나갔다 돌아온 라자르의 모습을 보고 물었다. 라자르의 손에는 설탕과자가 가득 담긴 접시가 들려 있었다.

"뭐냐, 그건."

"그게 말입니다, 도중에 파밀라 씨를 만났는데… 노래 이야기를 하니까 갑자기 이걸 줬습니다."

"영문을 모르겠군…. 그 녀석이 또 무슨 짓을 하고 있나?"

그 녀석이란 파밀라가 아니라, 그녀가 섬기는 마녀를 의미한다. 라자르는 고개를 갸웃하면서 설탕과자 접시를 집무책상 위에 놓았다.

그리고 십 분 후, 접시는 텅 비어 있었다.

※

"저주의 노래는 이런 식으로 거는 거예요."

노래를 마친 티나샤는 쓴웃음을 지으며 알스와 멜레디나를 보았다.

담화실에는 평소의 마법사 멤버들이 있었지만, 그들에 더해 오늘은 무관인 두 사람도 있었다. 그들은 이른바 실험대상으로 따라오게 된 것이다.

마법사들이 놀라며 두 사람을 응시하지만, 두 사람은 자신들이 왜 그런 시선을 받고 있는지도 알지 못한다. 자각이 없는 알스는, 녹지도 않을 만큼 설탕을 가득 넣은 찻잔을 입으로 가져갔다. 마법사 레나트가 도저히 못 보겠다는 듯이 고개를 돌린다.

"보기만 해도 속이…."

"본인은 모르고 있네요. 굉장해."

"원래 그래요."

마녀는 설탕을 넣지 않은 찻잔을 들어 목을 축였다. 티나샤는 호흡을 가다듬고 기지개를 켠 다음, 다시 강의를 시작한다.

"하지만 저주의 노래에는 별로 큰 효과를 담을 수 없어요. 기본은 저주와 같으니까요. 그리고 한꺼번에 많은 사람에게 걸수록 효과가 떨어지고, 마법사에게도 잘 안 통해요."

그 말에 도안이 흥미진진한 어조로 열었다.

"가능성으로 말하면, 어디까지 사람을 조종할 수 있습니까?"

"으음, 마력에 따라 다르지만, 기분이나 간단한 행동 정도는 조종할 수 있어요. 다만 직접적으로 타인과 자신에게 해를 입히는 행위는, 피술자에게 원래 그런 욕구가 없는 한 어려워요. 굳이 말하자면, 자발적으로 하게 만들 수 있고 자각이 없다는 게 강점이라고 할까요. 피술자의 의식이 혼탁해지는 일은 없어요."

모두가 알스를 쳐다본다. 그는 찻잔 바닥에 남은 설탕을 숟가락으로 긁어 입에 넣고 있었다. 실비아는 그 모습을 동정하는 눈빛으로 바라보았다.

"저주의 노래는 풀리지 않는 건가요…?"

"풀리게 만들어두면 풀려요. 그러니까 자각 없이 부르는 저주의 노래가 제일 성가시죠. 가끔 그런 가수들이 있어요. 하지만 그런 사람들은 큰 마력을 가지고 있지 않아서, 시간이 지나면 저절로 풀리게 돼요. 아니면 피술자의 체내에 있는 마력을 지워주면 낫기도 하고요."

고개를 끄덕이는 실비아를 대신해 카브가 질문했다.

"그럼 강력한 마법사가 의식적으로 건 경우는 어떻습니까?"

"상당히 어려워요."

마녀는 조그맣게 한숨을 내쉬고, 고개를 두세 번 갸웃했다.

"구성이 충실하게 짜인 저주의 노래는 해주도 까다로워요. 하지만 근본적인 문제로, 저주의 노래는 마력이 있어도 노래를 잘 부르지 않으면 효과가 없어요. 듣는 사람을 노래에 집중시키지 않으면 안 되니까요. 대충 흘려들으면 구성도 제대로 안 들어가요. 따라서 그걸 겸비한 술자여야 하니까, 조건이 상당히 까다롭죠."

"그렇군요."

알스와 멜레디나를 제외한 마법사들은 고개를 끄덕였다. 저주의 노래를 부를 수 있는 사람은 그리 흔치 않기 때문에, 좋은 공부가 된다. 기록상으로는 '저주의 노래가 원인이 아닐까'라고 추측되는 사건이 역사적으로 몇 건 있지만, 지난 삼백 년 정도는 새로운 사건이 일어나지 않았다.

한편, 동석한 멜레디나는 주위에서 노래 이야기를 한다는 건 알지만, 내용을 이해하지 못해 입을 다물고 있었다. 그녀는 설탕통에서 각설탕을 꺼내 그것을 깨물어먹는다. 마법사들은 다시 거기에 주목하고, 마녀는 눈살을 찌푸렸다.

"아무튼 몸에도 안 좋을 것 같으니까 슬슬 풀도록 할게요…."

"티나샤!"

입구에서 이름을 부르는 목소리에 그녀는 반사적으로 고개를 움츠렸다. 이 성에서 그녀를 존칭 없이 부르는 사람은 한 명뿐이다. 주뼛주뼛 돌아보자, 그녀의 계약자가 인상을 쓰며 서 있었다.

"왜, 왜요…."

"너, 아까 그 노래로 뭔가 했지!"

"들었어요?!"

"그런 것 같아서 과자를 드렸는데…."

난처한 기색이 역력한 파밀라의 말에 마녀는 말문이 막혀버렸다.

"상당히 불쾌해."

"미안해요…."

세 사람을 해주해준 티나샤는 다시금 고개를 숙였다.

알스는 책상에 엎드려 신음하고 있다. 메슥거림이 나중에 올라온 것이리라. 오스카는 진하게 우린 차를 입에 머금었다. 지금까지 살면서 과자를 많이 먹은 적이 없어서, 속이 매우 더부룩하다. 한편, 단 걸 그리 싫어하지 않는 멜레디나는 말없이 설탕을 넣지 않은 차를 마시고 있었다.

오스카는 옆에 앉은 마녀를 흘겨보았다.

"성 안의 다른 사람들도 들었으면 어쩌려고 그랬어?"

"삼십 분 정도면 풀리게 해놔서… 아얏, 아얏!"

오스카는 마녀의 관자놀이를 누르면서 다른 마법사들을 둘러보았다. 왕의 질책에 전원이 겸연쩍은 얼굴로 고개를 숙이고 있다.

"웬일로 노래를 부른다 했더니만, 한다는 짓이!"

"시범을 보여주는 게 제일 이해가 빠를 것 같아서…."

이유 없이 웬일로 그녀가 노래를 부르나 싶었는데, 역시 이유가 있었다. 단순히 있는 정도가 아니라, 지난번의 죽음을 부르는 노래 사건 때처럼 마력을 띤 노래였다. 오스카는 그때 들은 이야기를 떠올렸다.

"노래 실력이 뛰어나면 마력이 없어도 어느 정도 사람의 마음을 조종할 수 있다고 했지?"

"곡도 좋아야 해요. 실제로 그런 일은 드물어요."

"하여간 너도 쓸데없이 노래를 잘하는군."

"가수로 일한 적도 있으니까요."

생각지도 못한 마녀의 경력에 전원이 놀란다. 그녀는 열세 살까지 차기 여왕 후보로서 왕궁에서 자랐고, 그 후는 마녀가 되었다. 하지만 오스카는 자신이 그녀가 언제부터 탑에 사는 마녀가 되었는지 모른다는 사실을 깨달았다. 그 의문이 눈빛으로 전해졌는지, 마녀는 쓴웃음을 지었다.

"마녀가 되고 처음 백 년 동안은 다양한 일을 했어요. 혼자 살아가는 법을 몰랐지만, 그때는 인간이 싫었기 때문에 말을 별로 안 해도 되는 일을 주로 했었죠."

"그래서 노래인가."

"고국을 떠난 직후에는 모험가 비슷한 일도 했어요. 검을 배운 건 더 나중의 일이지만요. 뭐든지 배워두면 도움이 되는 것 같아요."

온화하게 미소 짓는 지금의 그녀의 모습에서는, 인간을 혐오한다는 것은 상상도 할 수 없다. 다만, 마녀가 된 경위를 생각하면, 그렇게 된 것은 어쩔 수 없는 일이라고도 할 수 있다.

갓난아기 때부터 왕궁에서 자란 세상물정 모르는 그녀가, 한순간에 모든 걸 잃고 세상에 혼자 남아버린 것이다. 그 상황에서 어떻게 지금까지 살아왔을까. 사백 년 동안의 고생을 생각하고, 오스카는 조용히 그녀의 머리를 쓰다듬었다. 마녀는 기분 좋은 얼굴로 눈을 감는다.

그녀가 살아온 모든 세월을 이해할 수 있다고는 생각하지 않는다. 그렇게 생각한다면, 그것은 오만이리라.

그래도 그녀는 자신의 길을 걸어, 지금 여기에 있다.

숙연해진 분위기를 깨닫고, 마녀는 황급히 손을 내저었다.

"아뇨, 여러분이 상상하는 것과는 다를 거예요. 상당히 날뛰기도 했고요."

"날뛰었어?"

"네…, 뭐…."

미묘한 미소를 지으며 티나샤는 고개를 끄덕였다.

마녀라는 존재는 대체로 변덕스럽게 재앙을 일으키는 존재로 알려져 있지만, 지금의 티나샤는 그 이미지와는 거리가 있다. 오스카는 턱을 괴고서 그녀를 보았다.

"보아하니 저주의 노래라도 불렀던 모양이군."

"……."

"정말로 불렀어?"

"아뇨…, 뭐…."

대답이 상당히 애매모호하다. 일동의 주목을 받으면서 차를 한 모금 마시고, 마녀는 자신의 관자놀이를 눌렀다.

"실은요, 투르다르가 멸망한 이후로 저주의 노래가 원인이 되어 일어난 사건은 거의 내가 한 거예요. 그러니까 그 사건들이 저주의 노래의 한계라고 생각하면 될 것 같아요."

"…에?"

전원이 아연실색한다. 오스카조차 할 말을 잃는다.

기록에 남아 있는 사건이라면, 대국 간도나에서 주민 모두가 갑자기 여기저기로 이사를 가버려서 도시가 없어져버린 사건과, 파르사스의 대규모 무장강도단이 습격 준비 중에 격렬한 내부분열을 일으킨 사건 등, 도저히 이해하기도 힘들고 해명되지도 않은 사건들뿐이다. 다만 그때 그 자리에 있던 사람들이 공통적으로 '여자의 노랫소리를 들었다'라는 증언을 남겼기 때문에, 저주의 노래 사건으로 짐작하고 있을 따름이다.

그 사건들의 범인임을 밝힌 마녀는, 멋쩍은 얼굴로 차를 마셨다. 오스카가 황당한 표정으로 마녀를 쳐다본다.

"대체 무슨 짓을 한 거야…."

"그때는 젊었다고 할까, 좀 성급했거든요."

"너는 지금도 충분히 성급해."

"이래봬도 많이 원만해진 거예요!"

티나샤는 그렇게 말하고, 거기서 이야기를 마무리했다.

※

그날 회의실에 모여 있던 사람들은, 내무대신 네산을 비롯한 문관 몇 명과, 마법사장 쿰이다. 그들은 주요 도시에서 보내온 금년도 보고와 관련해 보관용 서류를 정리하고 있었다.

올해는 즉위식이 있었지만, 오스카는 즉위 전부터 부왕을 대신해 대부분의 집무를 처리하고 있었기 때문에, 내정은 별 문제없이 잘 돌아가고 있다. 문관들은 정리한 서류를 끈으로 묶고 나서 잠시 한숨을 돌렸다.

다음 달이면 해가 바뀐다. 몇몇 사건은 있었지만, 한 해가 무사히 끝나려 하고 있다. 그들은 어깨의 짐을 내려놓은 기분으로, 보관고를 향해 복도를 걸어가기 시작했다.

"이제 후계자만 생기면 걱정할 게 없겠네요."

무심코 중얼거린 한 문관의 말에, 네산과 쿰은 쓴웃음을 지었다. 이런 희망사항을 저항감 없이 들어 넘길 수 있게 되기까지 십오 년을 필요로 했던 것이다. 마녀의 저주로 인해 후계자를 바랄 수 없게 된 파르사스 왕가의 그 저주를 풀어준 것 역시 다른 마녀였다. 하지만 이 사실을 아는 사람은 성 안에서도 극소수뿐이다.

"티나샤 님만 마음을 정해주신다면 일이 빠르지 않을까."

"역대 가장 아름다운 왕비님이 될지도 몰라."

"하지만 마녀잖아, 나는 찬성할 수 없어."

냉담한 말에, 가벼운 대화가 멈춘다. 불쾌한 어조로 대화를 끊은 것은 재무 담당 문관인 노먼이다.

장년에 접어든 그는 혐오감을 숨기려 하지도 않고 내뱉었다.

"후보는 얼마든지 있어. 마녀를 왕비로 맞이한다는 망언은 농담으로도 듣고 싶지 않아."

"아니…, 물론 마녀는 마녀지만, 그녀는 투르다르의 여왕이야."

사백 년 전의 마법대국. 그 정통 왕위 계승자가 티나샤다. 그렇기에 그녀는 투르다르에 전해지는 열두 정령을 비롯해 수많은 유산을 계승했다. 무엇보다도 그녀가 가진 막대한 양의 지식이야말로 마법역사에서 사라졌다고 말해지던 재산이다.

부드럽게 그 점을 이야기하는 동료에게 노먼은 끝까지 냉담할 따름이다.

"여왕? 이미 존재하지도 않는 나라가 뭐 그리 대단하다고. 나라가 망했는데, 혼자 사백 년씩 사는 것도 추한 짓이야."

"아니, 그분은…."

마법사장 쿰은 노먼의 의견에 쓴소리를 할까 말까 망설였다.

티나샤가 왜 마녀로 사백 년을 살아왔는지. —그것은 투르다르크가 멸망할 때 금주에 갇혀버린 국민의 영혼을 해방해주기 위해서다. 하지만 최강인 그녀의 힘으로도, 그것을 이루기까지 사백 년의 시간이 걸리고 말았다. 그동안 그녀가 얼마나 고뇌했을지 상상하면 가슴이 에이지만, 그런 사정을 마음대로 말해버릴 수도 없는 노릇이다.

그리고 역시나— 마녀는 이 대륙에서 기피대상인 것이다.

수백 년 동안 이어져온 그 인식은 쉽게 바꿀 수 있는 게 아니다. 티나샤의 진실에 대해 이야기한들, 노먼이 그녀에게 호의적이 된다는 보장은 없는 것이다.

몇 초만에 거기까지 생각한 쿰은, 문득 옆으로 교차되는 복도 그늘에 누군가가 서 있는 것을 깨달았다. 그녀는 쿰과 눈이 마주치자, 멋쩍은 듯이 미소 지으며 입술에 손가락을 대었다. 그 옆에서는 그녀를 섬기는 여자 마법사가 성난 눈으로 일행을 노려보고 있었다.

"아…."

그녀를 알아차리고 외마디를 지른 사람은 쿰 옆에 있던 네산이다. 그 외마디 소리에 발을 멈춘 일행은, 아까부터 화제로 삼고 있던 마녀가 자신들의 이야기를 듣고 있었다는 사실을 깨달았다.

대부분의 문관이 멋쩍은 얼굴을 하는 가운데, 노먼만이 의연하게 마녀를 마주보았다.

"듣고 있었다면 이야기가 빠르겠군요. 당신은 자신이 나라를 기울게 한다는 자각은 있는 겁니까?"

"나라를 기울게 한다고요? 그렇게까지 대단한 일을 하고 있지는 않은데요."

"이봐, 노먼."

주의를 주는 네산을, 마녀 본인이 손을 저어 제지했다.

"괜찮아요. 그런 말은 많이 들어서 익숙하니까요. 신경 쓰지 마세요."

"하지만…."

곤혹스러워하는 네산을 밀어젖히고 노먼이 앞으로 나섰다.

"폐하께서 당신에게 집착하는 한, 이 나라는 왕비를 맞이할 수 없습니다. 일전에 소아노스 공 영애와의 혼담도 방해했다지요?"

"그, 그건… 맞아요, 미안해요…."

"잘못을 알면 됐습니다. 계약기간도 얼마 남지 않았으니, 처신을 똑바로 해주기 바랍니다."

도전적인 말에, 티나샤의 검은 눈이 동그래진다. 하지만 곧 그녀는 쓴웃음을 지었다.

"오스카의 기억을 지워버릴 수는 있어요."

"티나샤 님, 그건 좀—."

태연한 제안에 쿰의 안색이 달라진다. 노먼을 제외한 다른 사람들도 비슷한 동요를 보였다. 그들은 왕이 그녀를 얼마나 소중히 여기는지 잘 아는 것이다. 태어날 때부터 벗어날 수 없는 책무를 짊어진 주군이, 유일하게 그녀에 대해서는 개인적인 집착을 보이고 있다. 그것을 책무에 지장이 있다는 이유로 주위에서 빼앗는 것이 과연 용납될 수 있는 일인가.

티나샤는 주변의 곤혹스러운 분위기를 깨닫고 어깨를 으쓱했다.

"하지만 오스카에게 들키면 크게 혼날 것 같으니까 신중하게 해야겠죠. 그 사람은 화나면 무서우니까… 혼나기 싫어요…."

"무섭다고요? 마녀인 당신이 말입니까? 무슨 말도 안 되는 소리를."

노먼은 코웃음을 쳤다.

"하지만 자신이 부정(不淨)한 마녀라는 자각은 있는 모양이라 다행이군요. 모쪼록 자신의 주제를 알기 바랍니다."

"듣자듣자 하니까…!"

"파밀라, 진정해요."

마녀는 파밀라의 어깨를 가볍게 토닥였다.

"괜찮아요. 마녀는 위험하고 재앙적인 존재예요. 지나치게 큰 힘을 개인이 소유하고 있죠. 이 시대를 사는 이상, 그걸 잊지 않고 있어주는 건 고마운 일이에요. 마녀가 기피대상인 건 사실이니까요."

자조로 담긴 말에, 노먼을 비롯해 그 자리에 있는 사람 모두가 입을 다문다.

티나샤가 성에 온 지도 어느덧 아홉 달이 지났다. 그동안 그녀는 왕의 수호를 비롯해, 다양한 일에 자신의 힘을 빌려주고 있지만, 전쟁의 한복판에 서는 등 문제도 많았다. 게다가 무엇보다 그녀 자신은 파르사스에 호의적이라 해도, 그렇지 않은 마녀도 있는 것이다.

—즉, 왕가에 저주를 건 '침묵의 마녀'처럼.

쿰은 저도 모르게 탄식한다. 티나샤와 오래 함께 있었던 탓에, 어느새 그걸 잊고 있었다. 다른 사람도 정도의 차이는 있을지언정 마찬가지이리라. 티나샤는 그런 그들을 향해 달빛 아래 꽃처럼 미소 짓고, 파밀라를 재촉해 그 자리를 떠났다.

그리고 그녀들을 눈으로 배웅하는 일동 속에서, 노먼만이 혼자 적의에 찬 눈빛으로 마녀의 뒷모습을 쏘아보고 있었다.

“무례한 그 입을 찢어버리고 싶어요!”

“진정해요.”

정원에 면한 회랑을 걸어가는 파밀라는 당장이라도 분노가 증기처럼 분출될 기세다. 그런 그녀와 달리 당사자인 티나샤는 쓴웃음만 짓고 있을 뿐이다. 실제로 오랫동안 살아오다 보니 더 심하게 모욕적인 말을 들은 적도 있었다. 그 정도 감상은 점잖은 편이고… 당연한 것이다.

티나샤는 자신의 땋은 머리카락을 손가락으로 탁 튕겼다.

“그 사람 말은 틀린 게 없어요.”

“본인이 그렇게 말씀하시지 마세요!”

마녀는 흠칫 몸을 움츠렸다. 바깥은 슬슬 해가 저물기 시작하는 저녁 무렵이다. 티나샤는 하늘을 올려다보고 손뼉을 탁 쳤다.

“파밀라, 산책이나 할까요.”

“네?”

그 직후, 두 사람은 허공으로 둥실 떠올랐다. 파밀라가 스스로 날고 있는 게 아니라, 마녀가 마법을 행사하고 있는 것이다. 놀라는 파밀라를 데리고 티나샤는 하늘 높이 쭉쭉 상승했다. 순식간에 성이 작아지고, 성도의 풍경이 눈에 들어온다.

그렇게 구름에 닿을 듯한 고도까지 올라와, 비로소 두 사람은 상승을 멈췄다.

“자, 풍경이라도 보면서 마음을 좀 가라앉혀요.”

티나샤는 가벼운 어조로 말하고, 공중에서 다리를 꼬고 앉았다.

까마득히 아래 펼쳐진 성도. 끝없이 펼쳐진 풍경에, 파밀라는 오금이 저려 몸을 가누기 힘들 지경이다. 아무리 마법으로 날 수 있다 해도, 이렇게 높이 올라온 적은 처음이다. 이 높이에서 호흡곤란이나 추위를 느끼지 않는 것은 티나샤가 결계를 쳐주었기 때문이리라.

파밀라는 심호흡하며 마음을 가라앉혔다. 공포가 가라앉자 동시에 분노도 사라졌다.

서쪽 하늘을 보니, 이미 지평선이 불그스름하게 물들기 시작하고 있었다. 거기서 진한 푸른빛으로 이어지는 하늘의 색이 형언할 수 없이 아름답다. 파밀라는 주인의 옆얼굴을 응시했다.

"티나샤 님은 너그러우시네요."

"그렇지 않아요. 그저 나 자신이 무엇인지를 잊어선 안 된다고 생각할 뿐이에요."

마녀는 마치 소녀처럼 미소 지었다. 투명하고 아련한 미소는 그녀의 존재가 신기루인 듯한 착각을 불러일으킨다. 그 모습은, 잠시 눈을 떼면 그대로 사라져버릴 것 같아서 파밀라는 불안해졌다.

"티나샤 님, 아까 하신 말씀은 진심인가요? 폐하의 기억을 조작한다는…."

"필요하다면 해야죠. 정신마법은 그 사람에게 평범하게 효과가 있으니까요."

"하, 하지만 그러면 티나샤 님은 잊혀지고 말 거예요!"

사백 년이라는 긴 세월을 망집 속에 고독하게 살아온 마녀.

그런 마녀에게 이 성에서의 생활은, 힘들게 얻은 온화한 것이다. 왕이 애정으로써 그것을 선물했다. 그러니까 그의 기억이 사라지면, 티나샤는 다시 고독 속으로 돌아가야 하지 않을까. 그렇게 말하는 파밀라에게 마녀는 미소 지었다.

"그 사람이 잊어도 내가 기억하니까 괜찮아요."

노래하듯이, 속삭이듯이.

티나샤는 한 점 그늘 없는 미소를 보인다.

"평범하게 행복해졌으면 해요. 그래야 나도 기쁘니까요."

"…티나샤 님."

검은 눈동자에 거짓은 없다. 하지만 잊혀져도 상관없다며 계약자의 행복을 바라는 그 마음은 정말로 애정이 아닌 걸까.

파밀라는 하고 싶은 말을 삼키고 주인의 아름다운 옆얼굴을 응시한다. 티나샤는 그런 그녀의 시선을 깨닫고 무심코 미소 지었다.

"하지만 내가 쓸데없는 짓을 하지 않아도, 그 사람은 아마 자신의 책무를 다할 거예요. 강한 사람이니까요. 스스로에게 자신감이 있고 망설임이 없어요. 오히려 내가 훨씬—."

티나샤는 거기서 말을 멈추고 눈을 감았다.

—탑의 마녀.

그녀를 그렇게 부르는 사람도 있다. 높은 탑에 혼자 사는 고독한 마녀라고.

실제로 지금까지 그렇게 티나샤는, 계약자들과 헤어져 자신의 거처로 돌아갔다. 긴 시간을 건너오며, 남들과 다른 고독을 당연한 것으로 여기면서.

하지만 지금은, 그렇게까지 하면서 그녀가 삶을 이어온 이유는 남아 있지 않다. 오로지 왕의 수호자로서만 존재할 뿐이다. 그것도 앞으로 석 달이면 끝이다.

망집도 속죄도 전부 끝나고, 그래도 남아 있는 마녀.

옥좌에 없는 여왕은, 옛 조국이 있는 방향을 물끄러미 바라보았다. 그리고 불쑥 중얼거린다.

"…왜 나는 아직 살아 있는 걸까."

"그게 무슨 말씀이세요!"

파밀라의 일갈에 티나샤는 흠칫 몸을 떨었다. 완전히 무의식이었던 듯한 마녀는 황급히 일어서서, 울상이 된 파밀라에게 손을 내밀었다.

"미, 미안해요."

"그런 어리석은 말씀은 하지 마세요! 죽고 싶으면, 사람들 속에서 살다가, 사람으로서 죽어주세요! 그게 아니면 싫어요!"

"그런 무리한…."

난처해하는 주인을 앞에 두고, 파밀라는 흘러 떨어질 것 같은 눈물을 꾹 참았다.

원래 같으면 티나샤는 마법대국의 여왕으로 남부럽지 않은 인생을 보냈어야 하는 것이다. 그런데 왜 이렇듯 영혼을 소모시키는 삶을 살다가 그대로 끝내려 하는가. 사백 년에 걸친 노고의 대가로, 평범한 행복을 원하는 것조차 허락되지 않는단 말인가.

파밀라는 북받치는 오열을 삼키고 주인을 응시했다.

"꼭 행복해지셔야 해요…. 제 부탁이에요."

그것만이 파밀라가 가진 소망이다.

마녀는 숨을 삼키고 가냘픈 팔로 그녀를 끌어안았다. 그 귀에 속삭인다.

"충분히 행복해요. 고마워요."

스며드는 아름다운 목소리. 그것은 슬픔을 아는 상냥함이다.

마녀의 팔의 온기에, 파밀라는 눈물 고인 눈을 감는다. 누구보다도 주인의 행복을 바라면서도, 마치 어린아이처럼 언제나 자신이 위로받을 뿐이다. 그것은 주인에 비해 자신이 너무도 무력하기 때문이고, 그러므로 아마 그 누구도 여왕의 고독에는 닿지 못할 것이다.

그녀에게 손을 내밀 수 있는 자는, 그녀의 고독에 닿는 자는— 그녀와 어깨를 나란히 할 수 있는, 계약자인 남자뿐이다.

파밀라가 간신히 눈물을 삼키는 것을 보고, 티나샤는 온화하게 웃었다. 팔을 풀고 먼 곳을 가리킨다.

"봐요, 하늘이 예뻐요."

해는 완전히 저물어, 지평선 근처만이 연지를 바른 듯 붉다.

하늘은 밝은 청색으로 물들어, 그것은 어둡지도 밝지도 않은, 있는 그대로의 색으로 보였다.

매혹적인 투명한 빛깔에, 티나샤는 뭔가를 떠올리고 허리의 주머니에서 수정구슬을 꺼냈다. 그녀는 주문 암송 없이 짠 구성을 그 안에 주입했다.

"뭘 하시는 건가요?"

"색을 담을 거예요."

말하는 동안에도 삽시간에 수정구슬 안에 하늘의 풍경이 담긴다. 삼십 초쯤 지나자, 그것은 해가 막 저문 직후의 세상을 담은 구슬이 되었다. 파밀라가 탄성을 질렀다.

밝은 밤하늘색은 그의 눈동자와 같은 색이다.

티나샤는 그것을 눈 위로 들어 살펴보았다. 무심코 솔직한 감상이 새어나온다.

"…예쁜 색."

그를 처음 만났을 때의 일을 떠올린다. 그리고 지금까지의 일을.

그는 티나샤를 몹시도 소중히 여겨주었다.

어린아이처럼.

평범한 여자처럼.

수호자를 지키는 계약자란 들어본 적도 없다. 그것을 당연하게 생각하고 마는 게 무서웠다.

마녀는 수정구슬을 바라본다.

"일 년은 길었어…."

자신이 중얼거린 그 말에 어째서 가슴이 아픈 건지… 그 이유는 알 수 없었다.

집무를 마치고 자신의 방에서 옷을 갈아입은 오스카는, 발코니 창문을 두드리는 소리에 슬며시 웃음 지었다. 대답하자, 그의 마녀가 들어온다.

그녀를 돌아본 오스카는, 문득 그녀의 기색이 평소와 다른 것을 깨달았다. 뭐가 다른지는 꼬집어 말할 수 없지만, 미세하게 흔들리는 것처럼 보인다.

"무슨 일 있어?"

그 질문에 그녀는 의아한 표정으로 고개를 갸웃했다.

"아무 일 없는데요. 이건 선물이에요."

하얗고 작은 손이 무언가를 내민다. 받아든 그것을 오스카는 손바닥에 굴려 확인했다.

수정구슬 같은 그것 안에는 풍경이 담겨 있었다. 그의 눈동자와 똑같은 색의 하늘이 구슬의 상공에 펼쳐져 있다. 자세히 보기 위해 오스카는 눈 위로 구슬을 들어올렸다.

"그냥 관상용 장식품이지만, 오늘 하늘이 너무 예뻐서요."

"네가 만든 거구나!"

"맞아요."

"여전히 재미있는 일을 하는군…. 고마워."

오스카는 수정구슬을 소중하게 들고 걸어가 침대 옆의 작은 탁자에 놓았다. 그대로 침대에 앉는 그의 옆에 티나샤도 살짝 걸터앉는다. 그는 마녀의 머리카락을 잡아당기면서 물었다.

"그래서 무슨 일이 있었던 거야?"

"네? 아무 일도 없어요. 왜 자꾸 묻는 거예요?"

"조금 기운이 없어 보여서."

"아무렇지도 않아요."

생긋 웃는 마녀는, 그렇게 말하면서 오른손을 자연스럽게 자신의 뒤로 돌린다. 하지만 그 손을 오스카는 반사적으로 붙잡았다. 티나샤가 흠칫 놀란 표정을 짓는다.

"왜, 왜요?"

"아니, 지금 뭔가 마법구성을 짜려고 했지? 무슨 마법이야?"

"…당신은 정말로 평범한 사람이 아니군요."

어이없다는 듯이 그렇게 말하는 그녀는, 하지만 기분 탓인지 안도한 것처럼 보인다. 티나샤는 붙잡힌 채로 항복하듯이 손을 들었다.

"아무것도 아니에요. 잠깐 정신마법을 시험해 볼까 생각한 것뿐이에요."

"잘은 모르겠지만, 뭔가를 하려면 미리 말을 해."

같은 마녀라도 그녀의 친구인 루크레치아라면 얼마든지 심한 장난을 칠 것 같지만, 티나샤가 한다면 나름의 이유가 있을 것이다.

관대한 계약자의 말에, 마녀는 쓴웃음을 짓고 고개를 끄덕인다. 검은 눈동자는 기분 탓인지 평소보다 불안정해 보였다.

처음 만났을 무렵에는, 때때로 무언가를 찾는 것처럼 고독한 눈동자로 허공을 응시하던 그녀였지만, 마법호의 승화를 끝낸 뒤에는 초조함이 사라진 대신 의지할 곳 없는 불안감이 언뜻언뜻 스치게 되었다. 원래 욕심이 별로 없는 그녀인지라 목적이 사라진 지금, 허공에 붕 떠버린 듯한 감각을 느끼고 있을 것이다.

오스카는 하얀 도자기 같은 볼에 손을 가져간다. 그녀에게 말을 걸려다가, 하지만 결국 입을 열지 않는다. 대신 얼굴을 가까이 가져간다. 눈을 감고 입맞춤을 받은 마녀는, 입술을 떼자 얼굴을 조금 붉혔다.

"이런 건 자꾸 하지 마세요…."

"생각해 볼게."

그럴 마음이 전혀 없음을 숨기려 하지도 않고 오스카가 대답하자, 티나샤는 얼굴을 찡그린다. 마녀는 가냘픈 두 팔을 쭉 뻗어 기지개를 켰다.

"고, 고민스러워…."

"뭐가?"

"여러 가지로… 인생에 대해서요."

그 대답은 예상 범위 안이다. 오스카는 웃음기 없는 얼굴로 즉답했다.

"나랑 결혼하면 된다고 생각해."

"안 해요."

"하여간 고집은…."

티나샤는 자신의 두 팔로 눈을 가린다. 가냘픈 몸이 불안정함을 띠고 더 가냘프게 보였다. 오스카는 가만히 그런 마녀를 응시한다.

"나와 결혼해서 마녀를 그만두면 돼."

"네? 어떻게 그만두는데요?"

"원래대로 나이를 먹으면 되지."

언젠가 그녀에게 그 말을 할 작정이었다, 자신과 함께 이 성에서 살다가 죽지 않겠느냐고.

오스카는 흔들림 없는 진지함으로 그녀를 마주한다.

한편, 티나샤는 팔을 내리고, 검은 눈을 동그랗게 뜨고 그를 보았다.

"나이를, 먹는다고요…?"

확실히 결혼과 별개로, 정체시켜둔 성장을 되돌리는 일은 그녀도 생각한 바였다. 현재의 신체 나이는 대략 열아홉 살. 그의 수호가 끝나면, 이 정체 상태를 되돌리고 탑에서도 나와 아무도 만나지 않고 남은 생을 보내는, 그런 끝도 괜찮다고 생각하고 있었다.

오스카는 손을 뻗어 그녀의 볼을 어루만진다.

"남은 시간은 수십 년 정도인가? 충분해. 그걸 나에게 줘."

진지한 계약자의 말에, 티나샤는 웃음이 터질 것 같았다. 고집을 부리는 게 누구냐고 말해주고 싶다.

"당신은 여자 취향이 진짜로 이상해요."

"시끄러워. 내 소중한 여자야. 트집 잡지 마."

오스카는 눈살을 찌푸리고 다시 한번 티나샤에게 입맞춤했다. 그녀는 눈을 감은 채 쓴웃음을 짓는다.

"아까 한 말을 너무 금방 잊어버리네요."

"생각해 보겠다고 했을 뿐이야. 싫으면 거부해."

그의 말은 냉담하다. 티나샤는 천천히 눈을 떴다. 긴 속눈썹이 열기를 띠고 흔들린다.

생각하는 것에 앞서, 자연스럽게 말이 흘러나왔다.

"뭐랄까, 이런 스킨십에 익숙해져버린 탓도 있겠지만, 역시 당신이 … 특별한 거겠죠."

그것은 솔직한 말이었지만, 말하고 나니 스스로도 신기할 정도로 납득이 되었다.

이 고집 센 남자가 자신에게는 특별하다고, 이미 인정하고 있다. 어느새 그렇게 되어버린 것이다. 누가 물어도 아마 똑같이 대답할 것이다.

티나샤가 내리뜨고 있던 눈을 들어 그를 보자, 남자는 놀란 표정을 하고 있었다.

그가 왜 그런 표정을 하는지 알지 못하는 그녀는, 가는 손가락을 남자의 얼굴에 가져갔다.

"왜요?"

"아니…."

그는 그 이상 대답하지 않았다. 오스카는 팔을 뻗어 마녀의 몸을 안는다. 어딘가 천진한 얼굴로 올려다보는 그녀의 이마에, 볼에, 입술에 입맞춤한다.

밀착한 곳에서 서로의 온기를 나눈다.

피부를 사이에 두고 영혼을 접한다.

다른 인간이라는 사실이 슬프고 사랑스러웠다.

오스카에게 안긴 티나샤는 놀라면서도 그 온기에 안도한다. 망설이는 마음에 스며들듯이 그의 체온이 전해져온다.

그가 응석을 받아주고 있다고 생각했다.

거기에 빠져들고 싶지 않다고도.

다정한 온기는 서서히 몸속 깊이 스며들어 그곳에서 열기를 띠었다. 정신을 마비시키는 열기가 천천히 끓어오른다.

입맞춤은 그녀의 귀를, 목덜미를, 가슴을 스쳐간다.

긴장을 늦추면 그대로 빠져들 것 같다. 그녀는 떨리는 숨결을 말로 토해냈다.

"오스카…, 안 돼요."

"왜."

남자는 고개를 들지 않은 채 되묻는다.

그의 입술이 닿은 곳이 열기를 띠고 온몸에 퍼진다. 자신의 몸을 제대로 지탱하고 있는지 알 수 없다. 티나샤는 아찔한 현기증을 느끼고 남자의 팔에 몸을 맡겼다. 그는 그 몸을 침대에 눕힌다. 자신을 내려다보는 푸른 눈동자를 향해 마녀는 손을 뻗었다.

"왜라니… 왜요?"

"스스로 생각해."

냉담한 대답이다. 하지만 그것은 사실이다.

그녀는 스스로 생각해야 한다. 답은 외부에는 없다. 그녀 안에 있는 것이다.

긴 시간을 줄곧 혼자서 살아왔다.

누군가를 사랑하고 싶지 않았다. 미워하고 싶지도 않았다.

사람에게 가까이 다가가면 약해질 것 같았기 때문이다. 더는 살아갈 수 없게 될 것 같았다.

—생각하지 않으면 안 된다.

티나샤는 무언가를 찾아 손을 뻗는다. 손끝이 남자의 머리카락에 닿았다.

—생각하지 않으면….

하지만 형성하려고 하는 사고를, 그의 손가락과 입술이 빼앗아간다. 열기에 사로잡혀 심연으로 떨어져간다.

—아직 안 돼….

마녀는 힘없이 고개를 저었다.

아직 아무것도 말로 표현할 수 없다. 아무것도 붙잡지 못한 것이다.

정신이 아득해진다.

모르는 채로, 모든 걸 그냥 맡겨버릴 것 같았다.

숨겨진 하얀 속살은, 밀착한 가장자리부터 녹아내릴 것처럼 매끄러웠다.

감긴 눈꺼풀에 입맞춤하자, 가쁜 숨소리가 새어나온다. 말이 되지 못한 그것들 하나하나에, 그녀의 감정이 담겨 있는 듯하다. 그 전부를, 그녀 자신을 소중히 아껴주고 싶다.

미쳐버릴 정도로 추구했던 목적이 없어도, 사람은 온화한 매일을 살 수 있다는 것을 알면 된다. 자신 곁에서, 사람들 속에서 행복하게 살면 되는 것이다.

그는 몸을 일으켜 마녀를 응시한다. 불안정한 검은 눈동자가 그것을 마주보았다.

"오스카…?"

이름을 부르는 달콤한 목소리에 정신이 마비된다. 매달리듯이 뻗어오는 손. 그는 그 손을 잡고 하얀 손바닥에 입맞춤했다. 그녀의 숨겨진 몸은 열정이 지핀 불길 그 자체처럼 뜨겁다. 그는 부드러운 그곳에 손가락을 미끄러뜨린다. 드러난 목덜미에 얼굴을 파묻고— 하지만 그때 갑자기 방문 밖이 소란스러워졌다.

곧 거칠게 방문을 두드리는 소리가 울린다.

"뭐야…?"

요란한 그 소리에, 마녀의 눈에 순간 이성이 돌아오는 것을 보고 그는 혀를 차고 싶어졌다. 가냘픈 팔을 붙잡으려 하지만, 그녀는 고양이처럼 빠르게 남자의 몸 아래서 빠져나와 방에서 사라져버린다.

오스카는 최악의 타이밍에 욕설을 내뱉으며 문으로 향했다. 문을 열자, 거기에는 라자르가 서 있었다.

"넌 내 손에 죽어도 불평하지 마라…."

"왜, 왜입니까…. 그보다 폐하, 큰일 났습니다! 마물이 성에…. 불이 났습니다!"

"뭐?!"

무슨 말인지 순간적으로 이해하지 못한 오스카는 거칠게 목소리를 높였다.

※

반사적으로 전이해 온 곳은, 성 안에 있는 그녀의 방이다.

어두컴컴한 방 안에서 티나샤는 망연자실한 채 자신의 두 손을 응시한다.

"어, 어쩐지 내가 좀 이상했어!"

평소와 달리 망설였던 것은 확실하다. 불안했던 것도 사실이고, 그래서는 아니지만, 그의 손길도 싫지는 않았다.

다만, 모르는 사이에 스스로도 알 수 없는 무언가에 빠져드는 기분이 든 것이다. 정신도, 몸도 무언가에 녹아버리는 느낌이었다.

티나샤는 달아오른 얼굴을 감싸고—.

"어?"

위화감은 넓은 바다에 떨어진 피 한 방울 같았다.

창밖을 보자, 밤하늘 일부가 붉게 물들어 있다. 그것을 비추는 것은 불길이고, 붉은 하늘을 날아다니는 수많은 그림자가 보인다. 새보다 훨씬 큰 그것들은 명백하게 마물이었다.

"…결계가!"

누군가가 몰래 성의 결계에 구멍을 낸 것이다.

그것이 위화감의 정체다.

의식이 순식간에 전환된다. 소녀 같은 불안정함이 마녀의 냉철함으로 바뀐다.

티나샤는 아름다운 얼굴을 찡그리고, 흐트러진 옷매무새를 정리하면서 바닥을 박차고 전이했다.

※

원래 같으면, 마물이 파르사스 성을 습격하는 일은 있을 수 없다.

왜냐하면 여기에는 왕의 수호자인 마녀의 결계가 있기 때문이다. 과거에 이 결계를 깨고 침입해온 것은 칠십 년 전의 전쟁에서 맹위를 떨쳤던 마수뿐이고, 따라서 갑작스러운 습격에 성 안은 대혼란에 빠졌다.

성의 상공, 구름 없는 밤하늘에는 사람만 한 크기의 마물이 날개를 펄럭거리며 날아다니고 있다.

새까만 피부에 인간을 닮은 호리호리한 몸, 박쥐의 날개를 가진 그 마물들은 눈에 보이는 것만도 오십여 마리는 되는 것 같았다. 그것들은 급강하해 창문을 박살내고, 도망치는 사람들을 향해 위협적으로 날카로운 발톱을 뻗는다.

정원에서 보초를 서고 있던 병사들은 용감하게 그것들과 맞서 싸우고 있었지만, 벌써 희생자가 나오기 시작하고 있었다.

회랑을 달리는 병사 중 한 명이 어둠 속에서 뻗어온 발톱에 팔을 붙잡힌다.

다음 순간, 그의 팔은 어깨에서 순식간에 뜯겨나갔다. 피를 흩뿌리며 쓰러지는 병사를 보고, 근처에 있던 여관이 날카로운 비명을 지른다.

"힉…!"

하지만 정신없이 정원으로 도망치는 그녀를 향해, 상공에서 다른 마물이 급강하했다.

번뜩이는 발톱이 여관을 관통하려 한 순간, 마물의 몸은 옆에서 날아든 검에 의해 두 동강 나버렸다.

여관 앞에 서서 검을 휘두른 알스는 큰소리로 부하들에게 지시를 내렸다.

"셋 이상씩 뭉쳐 있도록! 사각을 만들지 마! 싸우지 못하는 자는 밖에 나오지 마라!"

깜깜하던 하늘은 시뻘겋게 물들어 있다.

성 뒤편이 불타고 있다는 보고가 알스에게도 들어와 있었다. 마물과 싸우면서 불을 끄기란 매우 어려운 일이지만, 진화 작업을 위해 마법사들이 그곳으로 향하고 있다. 지금은 눈앞의 적을 처리하는 게 우선이다.

알스는 지휘를 위해 일대를 둘러보았다.

그때, 성문 근처에서 여자의 비명이 울렸다.

쳐다보니, 두꺼운 천으로 머리를 보호하면서 한 여관이 바닥에 몸을 웅크리고 있고, 그녀를 지키기 위해 문지기가 검을 휘두르고 있었다. 알스는 순간적으로 단검을 뽑아, 두 사람에게 달려드는 마물을 향해 던졌다.

※

밤까지 보관고 정리 작업에 매달려 있던 노먼은 바깥이 묘하게 소란스러운 것을 깨닫고 고개를 들었다. 의아하게 생각하면서 램프를 손에 들고 보관고 문을 연다.

하늘이 붉다. 시뻘건 불길로 인해 붉게 물든 하늘에 마물의 그림자가 수없이 날아다니고 있다.

"뭐지?!"

반사적으로 튀어나온 목소리에, 근처를 날고 있던 마물 두 마리가 노먼의 존재를 알아차렸다. 방향을 바꿔 날아오는 마물들. 그 붉게 번뜩이는 눈빛에, 그는 얼어붙고 말았다.

—안에 들어가서 문을 닫아야 해.

머리로는 그렇게 생각하면서도 발이 움직이지 않는다. 몸이 자신의 것이 아닌 것 같다.

뻣뻣하게 굳어버린 그의 눈앞에 흰 발톱이 날아든다.

피할 수 없는 죽음을 각오한 순간.

그러나 그 발톱은 아무 전조도 없이 바닥에 내동댕이쳐졌다.

압도적인 힘에 의해 짜부라져버린 마물의 몸. 그 등에… 검은 옷의 마녀가 사뿐히 내려선다.

그녀를 향해 날아오는 다른 한 마리를 향해 하얀 손을 든다.

"사라져라."

힘 있는 말. 검은 마물은 소리도 없이 흩어져버린다. 먼지가 되어 사라지는 그 몸을 노먼은 멀거니 바라보았다. 대체 무슨 일이 일어나고 있는지, 사고가 상황을 따라잡지 못한다. 그런 그를 마녀가 돌아보았다.

"다친 곳은요?"

"…아, 아뇨…. 괜찮습니다."

"그럼 안에 있어요. 끝날 때까지 나오지 마세요."

강한 목소리는 당연한 듯 사람을 복종시키는 힘을 지니고 있다.

힘을 숨긴 검은 눈동자. 거기에 있는 것은 강한 의지와 흔들림 없는 위엄이다. 그의 주군이 가진 것과 같은 그것. 노먼은 그때 비로소, 그녀가 여왕임을 이해했다.

그는 놀라움을 삼키고, 자신의 의지로 고개를 숙였다.

"부디 무운을…. 폐하를 잘 부탁드립니다."

마녀는 고개를 끄덕이고 모습을 감춘다. 노먼은 홀로 보관고로 돌아와, 그저 성이 무사하기만을 신에게 기도했다.

결계 안에 침입한 마물은 감지할 수 있는 것만도 약 백 마리.

그것은 마물의 습격으로는 이례적일 정도로 대규모였다. 평범한 성이라면 전멸해도 이상하지 않다.

다만 티나샤에게는 그 숫자보다도, 어떻게 결계를 뚫고 이 많은 마물을 침투시켰는지가 더 문제였다.

"시간을 들이면 놓칠 것 같아…."

성 상공에 선 티나샤는 무수한 기척 속에서 소환주를 탐색한다.

그런 그녀를 본 마물 몇 마리가 기성을 지르며 육박해왔다. 마녀는 눈매를 가볍게 좁히고서 오른손을 앞으로 내밀었다. 손바닥 위에 눈부신 빛을 뿜는 광구가 나타나… 다음 순간, 폭발했다.

비말로 변한 빛이 육박하는 마물을 속속 지워버린다. 티나샤는 벼락같이 외쳤다.

"센! 카르! 밀라! 니르! 쿠나이! 나와!"

여왕의 명령에 응해 다섯 정령이 상공에 출현했다. 티나샤는 짧게 명령했다.

"마물들을 죽여라. 예외는 없다. 가라."

정령들은 제각기 대답하고 그 자리에서 사라졌다. 마녀는 이어서 주문을 외우기 시작했다.

"나의 의지를 명령으로 인식하라. 땅에 잠들고 하늘을 달리는 전환자여. 나는 너의 물을 지배하고 소환한다. 나의 명령이 현출의 개념의 전부라고 이해하라."

하얀 오른손에 공기 중의 수분이 응고되어간다. 그녀는 거기에 왼손을 대고 다시 구성을 조정했다. 수분은 눈 깜짝할 사이에 무수한 물방울로 변했다. 티나샤는 안개비 같은 그것을 불길이 타오르는 성 뒤편의 헛간을 향해 쏘았다. 그리고 번개같이 소환자의 기척을 쫓아 허공을 달려갔다.

불을 끄고 있던 마법사 도안은 이따금씩 습격해 오는 마물을 마법으로 태워버리면서, 꺼질 기미가 없는 불길에 마음이 급해지기 시작하고 있었다. 아마 마법으로 붙인 듯한 불길은 붉은 혀를 날름거리며 맹렬하게 타오르고 있었다.

"상황이 심각해…. 이대로는 성까지 옮겨 붙을지도 몰라."

성을 노린 습격 자체가 이미 이상 사태인 것이다. 게다가 아까부터 불길한 예감이 든다. 이 성에 이런 대규모 공격을 감행해온 적이 티나샤의 존재를 모를 리 없다. 오히려 적은, 최강의 마녀인 그녀를 계산에 넣고 공격해오고 있는 게 아닐까.

그렇다면 어디서 발목을 잡힐지 알 수 없다. 일각이라도 빨리 전모를 파악해야 한다.

그럼에도 불구하고 지금은 이 불길 하나 제대로 못 잡고 있는 게 현실이다. 도안은 이 자리에 있는 마법사들을 전부 모아 하나의 거대구성을 만들지 말지 망설인다.

하지만 그때, 상공에서 무수한 물방울이 쏟아지기 시작했다. 물방울은 불을 끄는 것과 동시에 결계를 만들어 불길을 가둔다. 얇은 막 형태의 결계 안에서 붉은 화염이 일렁거렸다.

"이건… 티나샤 님인가! 살았다."

일단 마녀의 결계가 있으면 불길이 번질 염려는 없다.

안도의 한숨을 내쉬고, 도안은 다시 화재 진압을 위한 구성을 짜기 시작했다.

※

글랜포트 장군과 함께 중정으로 나온 오스카는 성문 쪽으로 걸어가면서, 달려드는 마물을 닥치는 대로 베어버리고 있었다. 성내 피난은 라자르에게 지시를 내려두었다. 지금 그가 해야 할 일은 마물의 토벌이다.

날벌레처럼 날아드는 마물을 죽이면서, 그 수가 스무 마리를 넘었을 무렵, 드디어 성문이 보이기 시작했다. 문 앞의 광장에서는 알스와 병사들이 고군분투하고 있었다.

알스는 오스카를 발견하고 외쳤다.

"폐하! 무사하셨군요!"

"뭐야, 이건…."

투덜거리면서 오스카는, 하늘에서 습격해 오는 마물을 향해 아카시아를 치켜들었다. 왕의 목을 노리고 급강하하던 마물은 피할 새도 없이 아카시아에 목이 관통되었다.

하지만 마물은 절명하면서도 아카시아를 움켜 안은 채 땅바닥에 나동그라진다. 오스카가 성가신 듯이 왕검을 뽑으려 했을 때, 그 틈을 놓치지 않고 또 다른 한 마리가 달려들었다.

"읏차."

그는 날카로운 발톱을 오른쪽으로 슬쩍 피하고, 왼손으로 스쳐가는 마물의 다리를 붙잡았다. 그대로 일견 가볍게, 하지만 무서운 힘으로 땅바닥에 마물을 내동댕이쳤다. 딱딱한 바닥 위에서 신음하는 마물의 목을, 오스카는 아카시아로 날려버린다.

그러는 동안 알스가 달려왔다.

"폐하."

"괜찮아."

오스카가 하늘을 올려다보자, 마물의 수는 처음과 비교해 많이 줄어 있었다. 아마도 상공에서 무언가와 싸우고 있는 모양인지, 날개 달린 마물은 눈에 띄게 그 수가 줄어들어간다. 왕 옆에서 글랜포트가 밤하늘에 떠 있는 몸집이 작은 사람의 그림자를 가리켰다.

"저기 하늘에 있는 게 뭘까요?"

"저건… 티나샤의 정령이야."

진홍색 머리카락을 가진 소녀가 깔깔 웃으면서 마법을 쓰고 있다. 마녀가 사역하는 투르다르의 정령은 전원이 상위마족이다. 소녀 외에도 몇 명이 더 하늘에 떠 있는 것을 보고 오스카는 가볍게 숨을 내쉬었다.

"그 녀석이 정령까지 불렀다면 시간문제로군. 알스, 부상자를 부탁한다."

"알겠습니다."

오스카는 달려드는 마물이 없는 것을 확인하고 아카시아를 검집에 꽂았다. 주위에는 마물의 사체가 무수하게 나뒹굴고 있어, 공세는 어느 정도 마무리된 것 같았다. 달려온 마법사들이 부상자를 구조하기 시작한다.

그동안 오스카는 무관을 몇 명 불러 현재상황의 확인과 보고를 명했다. 왕명을 받은 그들이 흩어져가는 것과 동시에 상공에 마녀가 나타났다. 티나샤는 천천히 계약자 옆으로 내려왔다.

"어때, 티나샤?"

"진화는 완료된 것 같아요. 소환자를 쫓고 있었는데 놓쳤어요. 미안해요."

"네가 놓칠 정도면 상당한 실력자인가 보군."

"면목이 없어요…."

미안해하며 고개를 숙이는 마녀에게 오스카는 쓴웃음을 지었다.

"아무튼 사후처리가 남았으니까, 미안하지만 좀 도와줘."

"네."

마녀는 지면에 내려와 중상자를 향해 달려갔다. 평소와 다름없는 그 뒷모습에 오스카는 얼마간 안도했다. 그녀의 모습이 안 보이면, 어디서 또 무모한 짓을 하고 있는 건 아닌지 마음이 불안해지는 것이다. 그런 점에서, 눈길이 닿는 곳으로 돌아왔다면 일단은 안심이다.

"그나저나 상대도 보통이 아니군. 실컷 휘저어놓고 순식간에 도망쳐 버린 건가."

마물이 관련된 이상, 적 쪽에는 실력 있는 마법사가 있는 게 분명하지만, 목적도 수단도 여전히 알 수 없다. 오스카는 땅바닥에 나뒹굴고 있는 마물의 사체를 둘러보았다.

다행히 사망자는 그리 많지 않은 것 같았다. 성문 근처에서 병사들이 부상자를 안아 올린다. 두꺼운 천으로 머리를 가린 여관이 걱정스럽게 그 옆을 따른다. 성 안으로 대피하는 그들이 왕의 옆을 지나칠 때, 병사들을 따르던 여관이 가볍게 비틀거렸다. 오스카는 손을 뻗어 그녀를 부축했다.

여관이 쓰고 있던 천이 땅바닥에 떨어진다.

그녀의 눈동자가 오스카를 쏘아보았다.

낯익은 얼굴— 그것은 여기에 있을 리 없는 사람의 얼굴이다.

"너…."

오스카가 그 이름을 부르려 했을 때, 여자를 부축한 손에 가벼운 통증이 퍼졌다.

무심코 손을 뗀 순간, 그것은 격통으로 바뀌었다.

여자는 소리 높여 환희의 웃음을 터뜨렸다.

메아리 치는 기괴한 웃음소리에, 알스와 티나샤가 돌아보았다.

"클라라?!"

광기에 사로잡힌 여자의 눈이 비웃음을 품고 마녀를 포착한다.

그 옆에서 무너지듯 쓰러지는 남자를 보고, 티나샤는 부르짖었다.

"오스카!"

밤을 찢는 마녀의 목소리는 처절한 비명이다. 티나샤는 풀 위를 달리기 시작한다. 여전히 웃고 있는 여자에게는 눈길조차 주지 않고, 쓰러진 오스카에게 달려든다.

"왜…."

방호 결계에는 아무것도 닿지 않았다. 그런데도 그가 혼절했다면, 정신마법이거나 그 비슷한 무엇이다. 티나샤는 의식이 없는 계약자의 몸에 손을 대고 체내에 마력을 주입했다. 체온이 급격히 떨어지는 것을 알 수 있다. 맥박이 약해지고 핏기가 사라져간다. 이대로 가면, 죽음에 이를 것은 명백하다.

그럼에도 불구하고— 그의 체내에서는 마법의 흔적을 찾을 수 없다.

"말도 안 돼…."

티나샤는 고개를 저었다. 숨이 막힌다. 자신이 혼란에 빠진 것을 느낄 수 있다.

당황한 그녀는, 그러나 경련하듯 껙껙대는 웃음소리를 듣고 고개를 들었다.

여관의 차림을 한 여자, 과거에 죽음을 부르는 노래를 불러 국외로 추방당한 클라라는 진심으로 기쁜 듯이 마녀에게 속삭였다.

"뒤를 따르는 게 어때?"

여자는 그렇게 말하고, 손에 든 것을 가리켰다.

은색의 긴 침. 중간쯤부터 검게 변색된 그것을 보고, 티나샤는 할 말을 잃었다. 계약자에게 눈길을 돌린 그녀는, 오스카의 왼손이 똑같이 변색된 것을 알아차렸다.

"…자연 독."

마력의 흔적이 없는 게 당연하다. 마법으로 만들어진 게 아니니까. 처음부터 자연에 존재하는 독.

구하기도 힘들고 취급도 까다로워 지금은 거의 쓰이지 않는 그 독들은— 대부분 마법으로는 해독할 수 없다.

휘청, 눈앞이 깜깜해진다.

하지만 그렇게 느꼈을 때 이미 티나샤는 구성을 짜고 있었다. 변색된 오스카의 왼손을 잡는다. 다른 손을 그의 이마에 대고 주문을 외운다.

"나의 의지를 명령으로 인식하라. 세계를 흐르는 축인 전환자여. 나는 너를 거절한다. 멈춰 있어라. 네가 떠나는 것을 허락하지 않는다. 나는 거절한다. 거절한다. 거절한다—."

마녀의 이마에 땀방울이 맺힌다. 기도하듯이 주문을 반복한다. 완성되어가는 구성이 오스카의 체내시간을 급격히 늦춰나갔다.

하지만 그래도 꺼져가는 그의 생기는 돌아오지 않는다. 그대로 천천히 정지해갈 뿐이다.

"나는 거절한다, 거절한다…."

사람들이 달려온다. 알스가 여전히 웃고 있는 클라라를 체포한다.

그 기척을 느끼면서, 그러나 티나샤는 피를 토하듯이 언제까지나 주문을 계속하고 있었다.

※

습격 방식의 기이함과 규모에 비해 피해는 상당히 경미했다. 부상자는 많지만 사망자는 열 명을 넘지 않고, 화재 피해도 헛간 하나에 그쳤다. 다른 나라의 성이었다면 이 정도로 끝나지는 않았을 것이다.

하지만 진짜 피해는 그게 아니었다.

보고를 받은 선대왕 케빈은 부랴부랴 아들의 방으로 달려왔다. 한밤중의 소동이었기 때문에, 그곳에는 중신 몇 명 외에는 진압에 임했던 무관과 마법사들 몇 명이 있을 뿐이었다.

방의 주인은 침대에 눕혀져 있다. 머리맡에는 수호자인 마녀가 바닥에 무릎을 꿇고 앉아 있었다. 남자의 손을 잡고, 그 손등에 자신의 이마에 대고서 눈을 감고 있는 마녀는, 흡사 인형처럼 미동도 하지 않는다. 그리고 그것은 침대 위의 남자도 마찬가지였다.

케빈은 조심스럽게 두 사람 옆으로 다가가 아들의 얼굴을 들여다보았다. 핏기 없는 그 몸에서는 본래 있어야 할 생명의 고동을 느낄 수 없었다.

"이게 대체…."

마녀가 고개를 든다. 검은 눈동자에는 공허한 빛이 떠올라 있었다.

"체내의 시간을 거의 정지시켜놨어요. 달리 방법이 없어서…."

"그럼 살아 있는 건가?"

"살아 있긴 하지만, 독이 퍼졌어요. 시간을 흐르게 하면 몇 분 안에 죽음에 이를 거예요."

청천벽력 같은 말에 경악하는 케빈에게, 알스가 보충설명을 해주었다. 과거의 사건으로 국외 추방당한 여자가 누군가의 도움으로 성 안에 침입했다는 것, 그 여자가 침을 사용해 수호결계를 뚫고 오스카에게 독을 주입했다는 것을.

"그 여자는?"

"가둬놨습니다. 하지만 이미 제정신이 아니라서…."

케빈은 고개를 끄덕이고 마녀를 보았다.

"해독할 수 있겠소?"

마녀는 울음을 터뜨릴 것 같은 얼굴로 전왕을 마주보았다. 그녀의 그런 얼굴을 보는 건 모두가 처음이라, 새삼 그들은 사태의 심각함을 인식한다.

"이 독은… 독침을 압수해 조사했는데, 알카키아라는 유명한 자연 맹독으로… 해독약이 존재하지 않아요. 순수하게… 인간을 죽이기 위한 독이에요."

그 말을 들은 케빈은 할 말을 잃는다.

검붉은 꽃잎을 가진 꽃, 알카키아. 그 꽃잎에서 추출되는 것이 동명의 독이다.

먼 옛날 암흑시대부터, 종종 역사의 그늘에서 사용되어온 악명 높은 맹독. 그 독으로부터 살아 돌아온 자는— 기록상으로는 아무도 없다.

선왕은 사태를 이해하고, 마녀에게 물었다.

"그럼 이대로 계속 잠든 채로…?"

"오래는 버틸 수 없어요. 시간을 멈춰놨다고 해도 완전히 정지시킨 건 아니라서, 언젠가는 독이 퍼질 거예요."

아름다운 마녀는 입술을 깨물었다. 붉은 입술에 피가 배어나온다.

케빈은 아무 말도 할 수 없었다. 망연히 아들의 창백한 얼굴을 바라볼 뿐이다.

"로잘리아…."

그의 입에서, 지금은 고인이 된 아내의 이름이 흘러나왔다.

티나샤는 다시 눈을 감았다. 남자의 손을 힘껏 움켜잡는다.

그토록 가까웠던 이 손이, 지금은 지독히 멀게 느껴진다. 생각해야 할 일이 산더미지만, 정리가 되지 않는다. 기억이 나지 않는다.

—그러니까 최소한, 나아가야 할 길이 필요했다.

그녀는 고개를 들었다. 방 한복판에 일그러짐이 생겨났다. 마법의 전이에 수반되는 일그러짐은 소리 없이 밤의 실내에 폭발한다.

다음 순간, 거기에는 '닫힌 숲의 마녀'가 서 있었다. 화난 목소리가 방 안에 울린다.

"센을 보내다니 미친 거 아냐? 악취미에도 정도가 있는 법이야!"

"미안해."

사과하는 친구의 목소리에 심상치 않은 분위기를 감지했는지, 루크레치아는 방 안을 둘러보았다. 침통한 분위기에 싸인 일동의 얼굴을 둘러보고, 마지막으로 친구와, 침대에 잠든 남자에게 시선을 향한다. 루크레치아는 두 사람 곁으로 다가와 남자의 얼굴을 들여다보았다.

"이게 뭐야…. 시간을 멈춰둔 거야?"

"응."

루크레치아는 왕의 얼굴을 가만히 바라보다가, 티나샤가 잡고 있는 남자의 왼손을 보았다. 그의 손바닥이 불길하게 짓무른 것을 알아차리고 마녀는 얼굴을 찌푸렸다.

"알카키아?"

"응."

긍정하는 대답을 듣고, 루크레치아의 얼굴이 순식간에 일그러진다. 그녀는 주저앉아 있는 친구에게 내뱉었다.

"이건 무리야. 시간을 멈춰서 뭘 어쩌려고?"

마법약에 관해서는 누구보다 탁월한 실력을 자랑하는 마녀의 말. 그 잔인한 결론에, 방 안에는 충격이 퍼졌다. 그들은 피할 수 없는 죽음을 눈앞에 둔 왕을 응시한다.

하지만 티나샤는 감정 없는 목소리로 친구의 말에 대답했다.

"무리라고 말하지 마. 어떻게든 할 거니까."

완고한 대답. 루크레치아는 신경질적으로 친구를 노려보았다.

"무슨 수로?"

"혈청을 만들 거야."

그 대답에, 일순 루크레치아조차 의표를 찔리고 말았다.

—알카키아에 혈청은 존재하지 않는다.

그것은 대륙의 숨겨진 역사를 아는 자에게는 주지의 사실이다. 검붉은 꽃잎에서 채취되는 독은 손쓸 도리가 없는 맹독으로, 수백 년 동안 공포의 대상이었다. 따라서 그것이 사용될 때는, '역사가 돌이킬 수 없는 방향으로 움직인다'라고까지 말해져온 것이다.

닫힌 숲의 마녀는 눈살을 찌푸렸다.

"뭐? 사람을 즉사시키는 맹독이야. 어떻게 만들 건데?"

"내 몸으로 만들 거야. 내 몸속은 시간의 흐름이 정체되어 있고 마력도 많으니까, 이 맹독이라도 하루 정도는 버틸 거라고 생각해. 그동안 마법을 사용해 항체를 만들 거야."

왕의 수호자의 말에, 모두가 경악한다. 그들은 저마다의 표정으로 두 마녀를 응시했다. 실낱 같은 희망에 의지하고자 하는 분위기가 생겨난다.

하지만 루크레치아만은 달랐다. 그녀의 아름다운 얼굴이 삽시간에 분노의 빛으로 물든다. 그녀는 크게 숨을 마시더니, 방 밖에까지 쩌렁쩌렁 울릴 만큼 크게 소리쳤다.

"바보 같은 소리 마! 혈청은 마법약이 아니야! 완성된다 해도 네가 죽어! 일단 끔찍한 통증으로 마법 같은 건 쓸 수도 없어! 그렇다고 통증을 지우면 체내의 감각이 둔해지고…."

루크레치아의 성난 목소리가 방 안의 공기를 지배한다. 그 분노에, 티나샤를 제외한 모두가 얼어붙었다. 왕의 마녀가 건너려고 하는 다리의 위험성을 알고, 그들의 얼굴이 창백해진다.

하지만 정작 당사자인 마녀는 아무렇지 않은 얼굴이다.

"그러니까 너한테도 부탁하는 거잖아. 그리고 난 통증에는 강해."

담담하게 대답하고, 티나샤는 고개를 들었다. 심연을 담은 그 눈에는 강한 의지가 떠올라 있었다.

루크레치아는 그것을 보고 기세가 약간 꺾였다.

"싫어."

"부탁해…."

"싫어! 뭐야, 대체! 바보 아냐? 이건 미친 짓이야! 하지 마. 그냥 다른 남자를 찾아봐!"

"부탁해."

물러설 생각이 전혀 없는 티나샤의 모습에, 루크레치아는 다시 신경질적으로 초조함을 드러냈다.

티나샤의 어깨를 세게 움켜잡는다. 호박색 눈동자가 이글거리는 분노를 띠고 티나샤를 노려보았다.

마녀와 마녀의 시선이 부딪친다.

의지의 상극. 거기에 있는 것은 오직 지나치게 강한 감정이다.

루크레치아는 입을 열어 조용히 물었다.

"네가 목숨을 걸 만한 가치가 이 남자에게 있다는 거야?"

"있어."

망설임 없는 대답.

오로지 확신뿐인 마음.

그리고 푸른 달의 마녀는 조금 난처한 듯이 미소 지었다.

길고 긴 한숨은 루크레치아의 것이다.

그녀는 고개를 들어 주위의 사람들을 다시 한번 둘러보았다. 그 속에서 실비아와 파밀라를 손가락으로 가리킨다.

"당신들도 도와줘."

지명당한 두 사람은 얼른 고개를 끄덕이고, 루크레치아 앞으로 나왔다. 같은 마법사인 레나트와 카브가 손을 들었다.

"저도 부탁드립니다."

“돕겠습니다.”

“남자는 안 돼.”

단호하게 거부당한 두 사람의 눈이 동그래진다. 몸을 일으킨 티나샤가 쓴웃음을 지었다.

“괜찮아요. 믿어주세요.”

왕의 마녀는 침대를 돌아보고, 잠든 남자의 볼을 쓰다듬었다. 다정한 눈길로 그 얼굴을 응시하다가 이마에 살며시 입맞춤한다.

고개를 든 티나샤가 침대 옆의 테이블을 보자, 그녀가 선물한 수정구슬이 지금은 감겨 있는 그의 눈동자와 똑같은 색으로 반짝이고 있었다.

자신의 방으로 돌아온 티나샤는 옷을 전부 벗고 알몸이 되었다.

방 한가운데에 의자를 놓고 거기에 앉는다. 그동안 루크레치아가 주변 바닥에 마법진을 그려나갔다.

실비아와 파밀라가 복잡하기 그지없는 진의 바깥쪽에 서로 마주보고 선다.

“전대미문의 시도라 시간이 얼마나 걸릴지는 나도 몰라. 네가 죽는 게 먼저일지도 몰라.”

“난 체력이 없으니까. 마력은 남아돌지만.”

태연하게 대꾸하는 티나샤를 보고 파밀라의 얼굴이 창백해진다. 그래도 말리지 않는 것은 오스카의 목숨이 달려 있기 때문이리라. 티나샤는 깊은 숨을 내쉬었다.

—긴장은 하고 있다. 계약자를 구할 수 있느냐 없느냐의 분수령이다.

다만, 그럼에도 기분은 신기할 정도로 차분하다. 과거에 그녀의 탑에 도전했던 인간들도 모두 이런 기분이었을까.

"소원을 이루어주는 시련의 탑이란 정말로 오만한 말이었구나…."

대륙 최강의 마녀는 모든 불가능을 가능하게 한다—. 그렇게 생각하는 인간은 많을 것이다. 하지만 막상 뚜껑을 열어보면, 한 남자를 구하기 위해 자신의 목숨을 거는 게 고작이다.

필사적이고, 망설이고, 다른 인간과 전혀 다를 게 없다.

하지만 그래도 괜찮다고 생각한다.

자신은 분명, 지금은 도전자인 것이다. 현실에, 운명에 도전하고 있다.

티나샤는 자신의 몸을 내려다보고 쓴웃음을 지었다.

"이럴 줄 알았으면, 미리 단련을 좀 더 해둘걸."

"육체의 다소의 차이는 관계없어. 그보다 제정신을 잃지 않게 조심해, 결계는 쳐놨지만, 마력이 폭주하면 귀찮아지니까."

"명심할게."

준비가 끝나자, 루크레치아는 알카키아 독침이 든 병을 손에 들고 티나샤 앞에 섰다.

루크레치아는 티나샤의 하얀 알몸을 보고 눈살을 찌푸리더니, 목덜미에 있는 붉은 자국을 가리켰다.

"이건 뭐야."

"응?"

하지만 본인에게는 사각이라 보이지 않는다. 어리둥절하며 고개를 좌우로 갸웃할 뿐이다.

루크레치아가 기가 찬 표정으로 친구를 쳐다본다.

"뭐, 상관없지만…."

"응…."

티나샤는 짧게 주문을 외웠다. 고통 속에 있어도 몸부림치지 않도록 자신의 몸을 의자에 고정시킨다. 그것이 끝나자, 그녀는 루크레치아를 올려다보았다.

"내가 죽으면 뒷일은 부탁해."

"알았어."

"이왕이면 그 사람에게서 나에 대한 기억도 지워줘."

"거절하겠어. 네가 죽으면 그 남자가 평생 그 기억을 짊어지게 만들 거야."

냉담한 대꾸에 티나샤는 쓴웃음을 지었다. 긴 속눈썹을 내리깔고 생각에 잠긴다.

왜 아직도 살아 있는 걸까, 그렇게 생각했다. 왜 죽지 않는 걸까, 하고.

하지만 죽을 곳을 찾고 있는 것은 아니다. 죽을 이유를 그에게서 찾지 않는다.

그러니까 괜찮다.

결코 죽지 않는다.

티나샤는 깊은 숨을 토했다.

소리가 사라지는 착각.

의식이 명료해져간다.

라나크와 대치했을 때도 그랬다. 자신은 분명 이런 상황에 강하다.

더는 망설이지 않는다.

망설이지 않을 자신이 있었다.

"부탁해."

티나샤는 미소 짓고 눈을 감는다.

현실을 뛰어넘고자 하는 의지.
운명을 거부할 만큼의 힘.

그리고 두 마녀의 도전이 시작되었다.

손을 뻗어도 금방은 닿지 않는다.

그러니까 거리를 절반 줄인다.

그 다음은 다시 절반.

천천히, 그러나 애타게 그리며 서서히 다가간다.

결코 사라지지 않는 거리를, 가능한 한 무(無)에 근접시켜간다.

아무리 원해도 결코 만날 수 없는 거리를 슬퍼하면서.

—사람은 그것을, 사랑이라 부르는 걸지도 모른다.

※

눈을 떴을 때, 자신의 방에는 묘하게 많은 사람들이 모여 그를 주시하고 있었다.

오스카는 의아하게 생각하면서 자신의 이마를 짚었다. 몸을 일으키려 하자, 왼손에 희미한 통증이 느껴졌다.

하지만 손바닥을 봐도, 거기에는 아무런 상처도, 흉터도 없다. 라자르가 달려와 그를 부축했다.

"폐하, 무리하지 마십시오."

"대체 뭐야? 어떻게 된 거냐."

"병으로 의식을 잃고 계셨습니다. 모두가 걱정했습니다."

그 말을 듣고 그는 방 안을 둘러보았다. 라자르의 말을 뒷받침하듯이 여러 명의 사람들이 그를 걱정스럽게 바라보고 있었다. 입구에 제일 가까이 있는 실비아가 울어서 퉁퉁 부은 눈을 하고 있는 걸 보고 오스카는 미간을 찌푸렸다.

"그렇게 심하게 앓았나? 기억이 없는데…."

말하면서 그는 모두의 얼굴을 확인했다.

—어쩐지 제일 가까이에 있어야 할 사람이 없는 느낌이 들었다.

하지만 그게 누구인지 알 수 없다. 오스카는 손으로 얼굴을 감쌌다.

"머릿속이 명료하지 않아."

"이제 막 깨어나셨으니까요."

직전까지 생생하게 꾸고 있던 꿈이 전혀 기억나지 않는 듯한 답답함이 의식 속에 무겁게 고여 있다.

오스카는 고개를 가볍게 저었지만, 떨어져나간 기억은 되찾을 수 없었다. 라자르가 바닥에 무릎을 꿇고 그의 얼굴을 들여다보았다.

"뭐라도 좀 드시겠습니까? 아니면 좀 더 쉬시겠습니까."

"아니, 집무가 있어서."

"아버님께서 하고 계십니다."

"아바마마께서? 웬일로?"

평소 자신의 거처에서 잘 나오지 않는 아버지가 집무를 볼 정도면, 자신은 대체 어떤 병을 앓았던 걸까.

오스카는 고개를 갸웃했지만, 앓아눕기 전의 기억이 전혀 없었다. 그저 권태감만이 온몸에 끈끈하게 달라붙어 있을 뿐이다.

"그럼 좀 더 잘까…. 미안해."

"그렇게 하십시오. 모두 나가 있겠으니…… 무슨 일 있으면 불러주십시오."

라자르와 다른 사람들이 고개를 숙이고 나가자, 오스카는 다시 침대에 누웠다.

하지만 지금까지 잠들어 있었기 때문인지 잠이 오지 않는다. 그 이상으로 기억의 결락이 마음에 걸려, 그는 결국 다시 일어나 앉았다.

"뭐지…?"

자신이 누구인지는 알고 있다. 라자르와 아버지, 신하들도.

오랜 역사를 가지고 왕검 아카시아를 계승해온 나라 파르사스. 자신은 그 왕태자로 태어나, 어릴 때 '침묵의 마녀'에게 저주를 당했다. 하지만 그 저주는 '푸른 달의 마녀'의 탑을 답파해 해주했다. 그 뒤에는 신흥국 쿠스쿠르를 둘러싼 전쟁 등도 있었지만, 특별한 문제 없이 즉위해 지금에 이른다. 불만도 없고, 시급한 현안 사항도 없다. 물론 태어날 때부터 짊어지고 있는 책무에 따른 답답함은 늘 있지만, 그것은 자신이 짊어지는 게 당연하다. 누구와도 나눌 수 없으며, 그런 인생을 살아갈 각오는 있다.

그것이 자신이라는 인간이고— 다만 뭔가, 중요한 걸 놓치고 있는 느낌이 드는 것이다.

아까부터 기묘한 위화감이 스치고 있다. 오스카는 그 정체를 찾아 주위를 둘러보았다.

언제 놔둔 건지, 침대 옆의 테이블에 작은 수정구슬이 놓여 있었다. 어디에 사용하는 걸까. 그 안은 신비한 푸른빛으로 물들어 있었다. 오스카는 수정구슬을 집어 들고 들여다보았다. 거기에는 밝은 밤하늘이 담겨 있었다.

투명한 푸른색. 그의 눈동자와 같은 색의 하늘이다.

"이건…?"

이런 걸 가지고 있었던가? 오스카는 고민하면서 침대에서 내려왔다.

방을 나서자, 보초를 서고 있던 병사들이 놀란 얼굴로 그를 보았다.

"폐하, 무슨 일이십니까?"

"아무것도 아니야. 잠시 성 안을 걷고 오겠다. 혼자서도 괜찮아."

병상에서 막 일어난 왕의 말에 병사들은 불안한 표정이었지만, 왕이 호위는 필요 없다고 하는 이상 더는 붙잡을 수 없다.

오스카는 그들을 뒤로하고 홀로 성의 복도를 걷기 시작했다.

잘 알고 있는 성은, 그러나 묘하게 텅 비어 어두컴컴하다. 창밖으로 보이는 푸른 하늘이 뭔가 시치미를 떼는 것처럼 느껴졌다. 오스카는 손 안에서 수정구슬을 굴리며 아무도 없는 복도를 걸어간다.

하지만 그래도 기억에 낀 안개는 걷히지 않는다. 아주 가까이에 있으면서 닿지 않는 것.

거기에 계속 신경 쓰던 오스카는, 복도 저편에 나타난 사람을 발견하고 걸음을 늦췄다.

서류뭉치를 안은 문관 노먼은 주군의 모습을 보고 약간 놀라는 듯하더니, 얼른 복도 구석으로 피해 고개를 숙였다. 오스카는 고개를 끄덕이면서 그의 앞을 지나치려다가… 무심코 질문을 던졌다.

"노먼, 내가 앓아눕기 전의 일을 알고 있나?"

"예?"

의아한 어조의 반문에, 오스카는 퍼뜩 정신을 차렸다. 아무리 오래전부터 성에 있던 사람이라 해도 일개 문관인 그에게 왜 그런 걸 물었을까—. 왜 라자르와 신하들이 거짓말을 하고 있다고 생각해버렸을까.

"아니, 아무것도 아니야. 이상한 걸 물었군."

오스카는 고개를 흔들고 걸음을 옮기기 시작했다. 그 뒤에서 노먼의 차분한 목소리가 들렸다.

"폐하, 왕비님은 결정하셨습니까?"

"왕비?"

어째서 지금 그런 걸 묻는가. 돌아본 오스카에게 노먼은 진지한 얼굴로 말을 이었다.

"슬슬 후계를 생각하실 때가 되었습니다. 조건에 걸맞은 분을 택해주십시오."

"조건…?"

머리가 지끈거린다. 마음의 결락이 꿈틀거린다. 움켜쥔 수정구슬이 열기를 띠었다.

오스카는 자신의 관자놀이를 눌렀다.

—누구를 왕비로 택할지는 생각해 보지 않았다.

그것은 그에게 줄곧 저주가 걸려 있었기 때문이고… 다만, 그 저주가 풀린 후에도 생각하지 않았다.

결코 결혼을 의식하지 않은 것은 아니다. 그것은 자신의 책무이자 의무다.

다만 그 이상으로, 누구를 택할지는 생각할 필요조차 없었던 것이다.

"—티나샤."

자연스럽게 흘러나온 이름. 그 이름에 오스카는 경악한다.

어째서 그녀를 잊고 있었을까.

무엇과도 바꿀 수 없는 사랑스러운 여자, 자신의 인생에 단 한 명, 주위의 반대를 무릅쓰고라도 원했던 존재.

'오스카, 무모한 짓은 하지 마세요.'

부드러운 목소리가 들린 것 같아서 그는 돌아보았다. 하지만 거기에는 아무도 없다.

아름답고 정 많은, 고독한 마녀.

그녀가 곁에 있을 때, 그를 따라다니는 모든 답답함은 사라진다. 어디서나 자신을 짓누르는 무게조차도 즐길 수 있다. 그녀는 당연한 듯이 그 힘으로, 정신으로, 그에게 자유를 선사하는 것이다.

오스카는 땀에 젖은 앞머리를 쓸어 올렸다.

"어째서 그 녀석을 잊고…."

"왕비님을 정하셨다면 매우 기쁜 일입니다. 하지만 너무 무리는 하지 마십시오. 치료가 끝났다고는 해도 아직 옥체가 완전하지는 않으니까요."

노먼은 그 말만을 남기고 인사한 후 사라진다. 다시 혼자가 된 오스카는 움켜쥐고 있던 수정구슬을 눈높이까지 들어올렸다. 안쪽의 밝은 밤하늘은 티나샤가 마법으로 담아준 것이다. 그때는 아직 그녀는 평소처럼 곁에 있었다.

"……!"

갑자기 왼손이 아파서 그는 수정구슬을 고쳐 잡았다. 그것은 기억이 있는 통증이다. 기억에 덮여 있던 베일이 벗겨져 떨어진다.

그리고 봉인된 기억을 전부 떠올렸을 때— 그는 사태의 수상함을 깨닫고 망연자실했다.

성의 복도를 달려 마녀의 방 앞에 도착한 오스카는, 그 문에 결계가 쳐진 것을 알아차렸다. 벽이 죽 이어진 것처럼 보이도록 불가시 마법이 문에 걸려 있었다.

왜 문을 숨겨둔 걸까. 아까부터 도무지 알 수 없는 일뿐이다. 이 성에서, 그의 안에서 누군가가 티나샤의 흔적을 지우려 하고 있다고밖에 생각할 수 없다. 그 이유를 생각하면 악몽 같은 상상에 도달해버릴 것 같아서, 오스카는 생각을 떨쳐버리고 결계에 의식을 집중했다.

결계를 깨는 데 효과적인 아카시아는 자신의 방에 두고 와버렸다. 하지만 그걸 가지러 가는 시간이 아까웠다. 그는 정밀하게 짜인 구성을 응시했다. 그 핵심에 손을 뻗는다.

—자신은 이것을 풀 수 있다.

그런 확신이 그의 등을 떠민다. 오스카는 자신의 손가락으로 결계를 풀려고 했다.

하지만 그의 손가락이 구성에 닿기 직전, 결계는 갑자기 사라져버렸다. 벽에 문이 나타난다.

오스카가 문을 밀고 안으로 들어가자. 방 안에서는 닫힌 숲의 마녀가 화난 얼굴로 팔짱을 끼고 그를 노려보고 있었다.

"이렇게 찾아오지 못하게 기억까지 조작해놨는데, 대체 뭐 하는 짓이야. 심지어 결계까지 건드리려고 하다니, 좀 자중해."

"티나샤는?"

루크레치아는 들으란 듯이 크게 한숨을 내쉬었다. 턱짓으로 방 안쪽을 가리킨다. 거기에 있는 침대에, 그의 마녀는 미동도 없이 누워 있었다.

오스카는 침대를 향해 걸어가면서, 자신이 긴장하고 있음을 깨달았다.

물어보기가 무섭다. 보기가 무섭다. 그러나 확인하지 않으면 안 된다.

그는 머리맡에 서서 마녀의 얼굴을 들여다보았다. 평소에도 하얀 그녀의 피부는, 지금은 핏기가 전혀 느껴지지 않을 만큼 창백하다. 오스카는 주뼛주뼛 손을 뻗어 볼을 만져보았다. 매끄러운 피부는 조금 차가웠다.

"살아 있는 거야?"

"죽었으면 이런 데 안 놔두지."

루크레치아가 내뱉은 말에, 그는 다리가 풀려 휘청거릴 만큼 안도한다. 마녀는 더 화난 어조로 말을 이었다.

"남자가 생기면 좀 안정될까 싶어서 권했는데 더 악화돼버렸잖아.

왜 사경을 헤매고 있는 거냐고! 자신을 돌보지 않는 데도 정도가 있어. 악취미야. 불쾌해."

"미안해."

오스카는 티나샤에게서 눈을 떼지 않고 사과했다.

—자신의 안이함은 자신이 짊어져야 하는 것이다.

그래서 클라라를 살려주었다. 마녀에게 그 죽음을 짊어지게 하고 싶지 않았기 때문이다.

하지만 그 안이함은 결국 돌고 돌아 그녀를 끌어들였다. 잘못은 전부 자기 자신에게 있다.

오스카는 윤기가 약간 사라진 흑발을 손가락으로 빗어주었다. 이렇게 누워 있는 그녀 곁에 선 것은 이번이 세 번째다. 첫 번째는 마수와의 싸움 후. 두 번째는 마법호를 둘러싼 전쟁 후. 잠들어 있는 마녀에게 약간의 불안감을 느끼면서, 그녀가 깨어나기를 기다린 것이다.

무패니 최강이니 하면서, 언제나 자신은 뒷전으로 하고 위험한 다리를 건너는 그녀다. 스스로를 전혀 돌보지 않는 마녀를, 그래서 그는 자신이 지켜주고 싶었다.

하지만 이번에는 이런 꼴이다. 구체적으로 무슨 일이 있었는지는 모르지만, 그녀가 누워 있는 원인이 오스카 자신이라는 것은, 루크레치아의 태도로 쉽게 알 수 있었다.

무거운 회한에 얼굴을 찌푸리면서 오스카는 확인하듯이 그녀의 피부를 어루만진다. 가늘고 하얀 목에 손가락을 미끄러뜨리다가— 이상한 점을 깨달았다.

매끄러운 피부가, 하얀 이불에 가려진 부분의 가장자리부터 희미하게 갈색으로 변색되어 있었다.

오스카는 조금 망설이다가 이불에 손을 가져갔다. 뒤에서 제지하는 목소리가 날아든다.

“하지 마.”

“마음에 걸려.”

“그런 걸 보여주고 싶은 여자가 있을 것 같아? 하지 마.”

“하지만 이건… 나 때문에 생긴 상처지?”

루크레치아는 대답하지 않는다. 그것을 묵인으로 간주하고 오스카는 이불을 걷었다.

이불 아래 그녀의 몸은, 아무것도 걸치지 않은 알몸이었다. 오스카는 저도 모르게 숨을 삼켰다.

눈길을 끈 것은 그녀의 몸이 아니다. 그 전신을 뒤덮은 짓무른 상처와 물집이다.

매끄럽고 하얀 피부는 간데없이 흉측하게 변색된 몸은 곳곳이 거칠거칠하게 살이 터지고 피가 엉겨 있었다.

마치 지독한 화상을 입은 듯한 모습이다. 처참한 그 모습에 오스카는 할 말을 잃는다. 루크레치아의 괴로운 목소리가 울렸다.

“알카키아가 온몸에 퍼졌어. 죽지 않은 게 신기할 정도야. 제정신으로 있기 힘들 만큼 끔찍한 고통이었을 텐데 끝까지 버티고 주문을 외웠어.”

“…나을 수 있는 거야?”

“마력이 좀 더 안정되면 치유를 시작할 거야. 지금은 안 돼. 체내에서 혈청을 응축시킨 반동으로 마력이 엉망진창이 돼버렸으니까.”

루크레치아의 설명에 안심하면서, 오스카는 짓무른 가슴에 살며시 손가락을 가져갔다.

거친 감촉이 가슴 아프다.

하지만 그것이 형언할 수 없이 사랑스러웠다.

가슴이 뜨겁다.

목 놓아 울고 싶어지는 열기가 거기에 있다.

입 밖에 냈다간 루크레치아의 주먹이 날아올 것이다. 악취미다. 알고 있다.

하지만 그는, 그것이 줄곧 자신이 원했던 그녀의 집착의 증표처럼 느껴져서, 이가 갈리는 후회와 아찔한 충족감을 동시에 느끼고 있었던 것이다.

3. 알 수 없는 일

“완전히 없어지진 않았네.”

흰 돌이 깔린 넓은 욕장에서, 루크레치아는 선 채로 티나샤의 등을 내려다보고 탄식했다.

의자에 앉아 머리를 감고 있는 티나샤의 허리에는, 루크레치아의 말대로 어린아이의 손바닥만 한 갈색 흉터가 남아 있었다. 티나샤의 마력이 회복되어 눈을 뜬 후, 두 마녀는 알카키아가 피부에 남긴 상흔의 치유에 들어갔다. 하지만 전신의 치유가 끝난 뒤에도, 등의 그 부분만은 지워지지 않는 흉터로 남고 만 것이다.

새하얀 피부에 남은 얼룩을 보고 루크레치아는 눈살을 찌푸렸다.

“나중에 흉터를 흐릿하게 만드는 마법액을 만들어줄게.”

“상관없어. 안 보이는 곳이니까 괜찮아. 고마워.”

“잘 관리해! …뭐, 그걸 보는 남자에게는 좋은 약이 되겠지만.”

“이런 곳을 왜 봐? 나도 안 보는데.”

“…….”

루크레치아는 조그맣게 한숨을 내쉬었다. 발길을 돌려 깊은 욕조 안으로 들어간다.

두 사람이 있는 곳은 티나샤의 방에 딸린 욕실이 아니라, 파르사스 성에 있는 대욕장이다. 도자기와 흰 암석으로 만들어진 그곳은 높은 천장까지 뿌연 수증기로 가득하고, 욕조는 헤엄도 칠 수 있을 만큼 넓었다.

원래는 왕족만 사용할 수 있는 욕장에, 지금은 두 마녀만이 있다.

루크레치아는 욕조 안에서 거품을 만들어 놀면서, 몸을 씻고 있는 친구를 바라보았다. 티나샤는 아까부터 긴 검은 머리를 빗질하는 중이다. 그 작업에 열중하고 있는 친구에게, 루크레치아는 가볍게 말했다.

"너랑 있으면 이 나이가 되어도 놀랄 일이 많아서 심심하진 않은 것 같아."

푸른 달의 마녀는 붉은 입술로 "고마워" 라고 말하고 웃었다.

루크레치아는 욕장에서 나와 그대로 자신의 숲으로 돌아가버렸다.

친구와 헤어진 티나샤는 자신의 방으로 전이해 화장대 앞에서 긴 머리를 말리기 시작했다. 그녀가 돌아온 것을 알아차린 파밀라가 방에 들어와 그것을 거들었다.

"티나샤 님, 준비가 끝나면 폐하께서 만나고 싶다고 하셨습니다."

"알겠어요."

티나샤는 스르륵 잠들어버릴 것 같은 의식을 되돌렸다.

혼수상태에서 눈을 뜬 후, 오스카와 한 번 만나긴 했지만, 그때는 루크레치아가 "절대 안정!"을 외치며 곧바로 쫓아내버린 것이다. 제대로 시간을 내는 것은 깨어난 이후로 처음일지도 모른다.

"뭘 입으시겠어요? 루크레치아 님이 옷을 많이 주셨어요."

"그 변태가 고른 옷을 입으면 큰일 나요."

쓴웃음을 짓는 파밀라에게, 티나샤는 어깨를 으쓱했다. 루크레치아가 일부러 옷을 선물했다면, 명백하게 짓궂은 장난이 목적이리라. 묘하게 맨살을 드러내는 옷을 준비한 게 분명하다.

파밀라는 주인을 위해 흰 비단 드레스를 골라, 거기에 맞춰 세심하게 채비하기 시작했다. 주인의 긴 흑발을 공들여 빗어주고, 왼쪽 귀 옆에 드레스와 같은 소재의 커다란 꽃송이를 하나 꽂아 장식한다. 조금 창백한 볼과 입술에는 연한 화장으로 생기를 더해준다. 마녀는 아직 몸에 나른함이 가시지 않아, 파밀라가 하는 대로 몸을 맡기고 있었다.

준비가 끝나자 티나샤는 집무실 앞으로 전이했다. 문을 두드리고, 안으로 들어간다.

안에는 방의 주인 외에도 마법사장 쿰과 문관 여러 명이 있었다. 그들은 흰 드레스를 입은 마녀의 미모에 숨을 삼켰다. 왕이 가볍게 눈썹을 치켜 올렸다.

"뭐야, 그냥 방에서 기다리면 내가 갔을 텐데."

"전이했기 때문에 금방이에요. 방해가 되었나요?"

"상관없어."

오스카는 마녀를 손짓해 불렀다. 옆으로 온 그녀를 무릎 위에 앉힌다. 그는 하얀 피부가 다 나은 것을 확인하면서 그 이마에 입맞춤했다.

깨지기 쉬운 것을 다루듯 조심스럽게 마녀를 어루만지는 왕을 보고, 방 안에 있던 문관들은 자리를 비켜줘야 할지 서로 눈치를 살핀다. 쿰이 쓴웃음을 지으며 그들을 재촉했다. 두 사람만 남자, 마녀는 난처한 표정이 되었다.

"역시 일에 방해가 됐나 보네요."

"상관없어. 그보다 나중에 잠깐 벗어봐."

"왜요."

"말끔히 나았는지 보고 싶어."

"나았어요!"

티나샤는 조그만 두 손으로 주먹을 쥐고, 남자의 관자놀이를 꾹 눌렀다. 하지만 그는 아프지도 않은지 태연한 얼굴이다.

"닳는 것도 아니잖아."

"심리적으로 닳아요."

마녀는 쌀쌀맞게 대꾸하고, 남자의 손에서 벗어나 허공으로 떠올랐다.

평소와 너무 다름없는 그 대답에 오스카는 문득 의심이 들었다. 확인할 것까지도 없다고 생각했었지만, 역시 확인하기로 한다.

"넌 나를 어떻게 생각해?"

고전적인 질문에 마녀는 의아한 표정을 하더니 짧게 대답했다.

"계약자."

오스카는 책상에 푹 엎드렸다.

반쯤은 예상하고 있었지만, 그래도 실제로 들으니 상당한 피로감이 있다. 어쩐지 피로를 넘어 웃음이 터질 것 같았다.

책상에 엎드린 채 웃기 시작한 남자를, 티나샤는 수상한 사람을 보는 눈빛으로 내려다본다. 그녀는 떠 있는 높이를 낮춰, 남자의 머리카락을 손가락으로 빗어주었다.

"그리고 소중해요."

"그렇군."

다시 웃음을 터뜨리는 오스카를 보고 마녀는 미간에 주름을 잡는다. 맹독의 후유증으로 정신이 이상해진 걸까. 예전부터 종종 생각했지만, 이 남자의 웃음 포인트는 도무지 알 수가 없다.

"뭐예요…."

"아니…, 너도 생각을 좀 해 봐. 응?"

하, 우스워라, 하고 말하면서 고개를 든 계약자를 보고 마녀는 고개를 갸웃했다.

듣고 보니 뭔가 생각하지 않으면 안 되는 일이 있었던 것 같기도 하다. 그때는 굉장히 중요하게 느껴졌지만, 워낙 많은 일이 있었고, 게다가 사흘이나 잠들어 있었던 탓에 잊어버리고 말았다. 언제 무엇을 생각하려고 했는지, 그녀는 기억을 더듬으면서, 집무로 돌아간 계약자를 남겨두고 방을 나왔다.

마녀가 담화실로 가자, 거기에는 평소의 마법사 멤버들 외에도 알스와 멜레디나가 와 있었다.

앞서 담화실에 와 있던 파밀라가, 티나샤를 만나고 싶어하는 두 사람을 부른 것 같았다. 모두의 환영을 받은 티나샤는 황송해하면서 의자에 앉아, 파밀라가 내준 차를 마셨다. 가장 먼저 나온 화제는 문제의 독에 관해서였다. 티나샤는 허공에 손가락으로 원을 그렸다.

"다행히 알카키아의 혈청이 완성돼서…. 루크레치아에게 해석을 부탁했으니까, 잘하면 양산도 가능할 것 같아요. 그렇다 해도 죽음에 이르기까지 불과 몇 분밖에 안 걸려서, 실제로 대응하기는 힘들지만요."

"그래도 대응책이 있는 것과 없는 건 천지차이지요."

마법약을 전문으로 하는 카브가 흥분한 눈빛으로 역설한다. 알카키아는 구하기도 어렵지만, 그 대처법이 없다는 점이 지금까지 최대의 문제였던 것이다. 혈청의 존재가 분명해지면, 이번에야말로 완전히 역사의 그늘에서도 사라질지도 모른다.

알스가 생각난 듯이 손가락을 딱 튕겼다.

"그러고 보니 결국 흑막은 누구였을까, 그 많은 마물을 소환하고, 클라라에게 독침을 건네 성에 들여보낸 거잖아? 보통 일이 아닌데, 혹시 여러 명이 한 건가?"

"그때는 내 결계가 침식됐었어요. 나 모르게 구멍을 냈다고 할까요. 마법사가 관여된 건 확실한데, 실력이 너무 뛰어나서 무서울 정도예요. 클라라는 아무 말 안 하던가요?"

"전혀. 대화가 아예 안 돼."

이번 사건에서 왕을 암살하려 한 실행범 여자는 이미 미쳐버린 상태다. 정보도 얻을 수 없는 이상, 처형당하는 것은 시간문제이리라. 왕이 한 번은 살려준 목숨이지만, 결국은 잃게 되고 말았다. 그것을 생각하자, 티나샤는 복잡한 기분이 되었다.

다만 결국, 그것은 클라라가 자신의 삶을 선택한 결과다. 그러니까 이 일로 오스카가 방식을 바꿀 필요는 없다고 그녀는 생각한다. 그를 지키지 못한 것은 수호자인 자신의 잘못이다. 사실 독침을 튕겨낼 만큼 결계의 정밀도를 높이는 것은 일상생활에 지장이 생겨 불가능하지만, 그래도 그런 상황에서 그의 곁을 떠나서는 안 되었던 것이다. 거기에 대한 후회와 함께, 그나마 돌이킬 수 없는 결과가 되지 않아 다행이라고 안도한다.

사건에 대한 감상을 제각기 이야기한 후, 대화는 잡담으로 바뀌었다. 티나샤는 아까 집무실에서 있었던 일을 떠올리고 화제에 올렸다.

"—그래서 왜 웃었는지 의미를 모르겠어요."

내용을 대강 이야기한 후, 그렇게 마무리하고 티나샤가 주위를 둘러보자, 전원이 뭐라 할 말이 없는 얼굴을 하고 있다, 도안은 주군과 마찬가지로 테이블에 엎드려 폭소를 터뜨리고, 파밀라는 두통이 오는 듯 머리를 싸쥐고 있다. 카브는 "그 상황에 웃으시는 폐하가 대단해…" 라고 중얼거린다.

알스가 머리를 긁적이며 물었다.

"티나샤 양, 자각이 없는 건가?"

"무슨 자각이요?"

"……."

—이건 약도 없군.

거의 모두가 그렇게 생각하고 한숨을 삼켰을 때, 레나트가 입을 열었다.

"티나샤 님, 폐하의 말씀대로 좀 더 잘 생각해 보시기 바랍니다."

부하의 진지한 충고에, 마녀는 당황하며 미간에 주름을 잡았다.

"하지만 뭘 생각해야 될지 기억이 안 나서…."

"예를 들어, 이번과 같은 상황에서 과거의 계약자들이라면 똑같이 하셨겠습니까?"

이어진 질문에 티나샤는 고개를 갸웃했다. 몇 명의 얼굴을 떠올린다.

"으으으음, 상황에 따라 다를… 것 같아요…."

"폐하는 특별하지요?"

"아마… 응, 맞아요."

어쩐지 어린애 같은 대답이 되어버렸다.

티나샤는 멋쩍은 표정을 지었지만, 다른 사람들은 어떤 자는 재미있다는 듯이, 어떤 자는 걱정스러운 듯이 두 사람의 대화를 지켜보고 있다.

레나트는 결론에서 한 발짝 직전의 질문을 던졌다.

"왜 특별한 겁니까?"

"왜, 왜일까요…. 애착?"

모두가 맥이 빠져버린다. 이번에야말로! 하고 생각했지만, 다시 처음으로 돌아와버리고 말았다. 이 정도면 백 년쯤 들이지 않으면 가망이 없을지도 모른다.

하지만 그래도 레나트는 꺾이지 않았다. 그는 주인에게 결정적인 지적을 날렸다.

"티나샤 님은 폐하에 대해, 계약자 이상으로 남성으로서 애정을 가지고 계신 것 아닙니까?"

"—네?"

갑자기 공백이 찾아온다.

아무도 입을 열지 않는다. 중심에 있는 마녀는 어리둥절하고 있다.

일동이 마른침을 삼키며 지켜보는 가운데, 티나샤가 갑자기 일어서더니 옆에 있던 알스의 목을 조르기 시작했다.

"그런 거예요?!"

"나한테 묻지 말아줘…. 그리고 목 조르지 마."

아무리 연약한 그녀의 손이라도 숨이 막히기는 마찬가지다. 티나샤는 목을 조르던 손을 떼고, 알스의 양 어깨를 붙잡고 흔들었다.

"나이가 사백 살도 넘게 차이 난다고요!"

"당신은 나이 차를 신경 쓰면 안 된다고 생각해…."

마녀의 마력이 새어나와 유리창이 삐걱거리기 시작한다. 창문을 등지고 있던 도안은 고개를 움츠렸다.

—그만큼 노골적으로 구애를 받고 있으면서, 그리고 망설임 없이 그를 위해 목숨을 걸 수 있으면서, 어째서 이토록 자각이 없는 걸까.

사백 년의 세월은 사람에게서 많은 것을 빼앗는 모양이라고, 일동은 말은 하지 않았지만 속으로 생각했다. 마법사들은 제각기 폭풍에 대비해 몰래 결계를 쳤다.

마녀는 망연자실하게 중얼거렸다.

"내, 내가?"

마력을 띤 바람이 방 안에 불기 시작했다. 카브는 황급히 책상 위에 펼쳐져 있던 서류를 모았다. 도안이 알스와 멜레디나를 자신의 결계 안에 집어넣었다.

서서히 강해지는 바람. 하지만 그 발생원은 바람을 깨닫지 못할 만큼 혼란에 빠져 있다. 폭풍의 와중에 마녀는 자신의 두 손을 물끄러미 응시했다.

"난 그런 감정은 없다고 생각했는데…."

"그건 아니라고 생각해요…."

머뭇거리며 실비아가 말참견하자, 마녀는 머리를 싸쥐면서 전원을 둘러보았다.

"잠깐 다수결로 정해도 될까요?"

"왜 그렇게 되는지는 모르겠지만, 하시죠…."

"내가 오스카를 좋아한다고 생각하는 사람?"

상당히 무사태평하게 들리기도 하는 마녀의 목소리, 그 질문에 전원이 얼굴을 마주보다 소심하게 손을 들었다.

영문을 알 수 없는 광경에, 마녀는 얼이 빠져버렸다.

그리고 부르짖었다.

"뭐, 뭐야, 그건!"

다음 순간, 담화실에 와장창, 하는 요란한 파쇄음이 울려 퍼졌다.

간신히 집으로 돌아와 한숨 돌리고 있던 루크레치아는, 폭풍 같은 기세로 들이닥친 친구를 보고 눈살을 찌푸렸다. 긴 머리가 산발이 된 티나샤를, 그녀는 눈을 반쯤 뜨고 흘겨본다.

"무슨 일 있었어?"

"아니, 별일은 아니야. 내가 저녁 준비할 테니까 얘기 좀 들어줘."

"그러든가…. 일단 차부터 준비해줘 그리고 그 옷이나 먼저 갈아입어.”

집안일에 어울리지 않는 흰 드레스를 가리키자, 티나샤는 어깨를 으쓱했다.

하지만 갈아입을 옷을 가지러 갈 시간적 여유는 있어도, 정신적인 여유는 없다.

티나샤는 친구에게 옷을 빌려 기장이 짧은 검은 드레스로 갈아입었다. 옷 취향이 다른 탓에, 다리가 상당히 드러나지만, 움직이기 편하니까 신경 쓰지 않기로 한다.

티나샤가 저녁식사를 차리자, 두 사람은 옛날처럼 식탁에 마주앉았다. 루크레치아는 띄엄띄엄 털어놓는 친구의 이야기를 참을성 있게 듣고 있었지만, 식사를 마친 후 기가 찬 표정을 지었다.

“저기 말이야…, 그건 상당히 새삼스러운 이야기라고 생각하는데.”

“그런 거야?”

“그래.”

루크레치아는 한숨을 내쉬는 대신 찻잔을 입으로 가져갔다.

식탁 맞은편에서는 티나샤가 난감한 얼굴로 신음하고 있다. 난해한 구성을 앞에 둔 듯한 그 표정에 맥이 빠져서, 루크레치아는 손으로 턱을 괴었다.

—티나샤가 지금의 계약자를 가진 뒤로, 이러니저러니 해도 루크레치아는 언제나 이 연하의 마녀를 뒷바라지하고 있는 느낌이다.

그게 바로 그녀가 흔들리고 있다는 증거가 아닐까. 그때까지의 티나샤는 무슨 일이든 태연하게, 어떤 난제라도 혼자 알아서 해결해온 것이다.

다만 그것은, 그녀가 탑에 살게 될 때까지의 백 년을 제외한 이야기지만.

루크레치아는 멋대로 사고의 미로에 빠져버릴 것 같은 친구를 보았다. 찻잔을 내려놓고 손톱을 붉게 칠한 손가락을 뻗어 티나샤의 이마를 가리킨다.

"아무리 생각해도 모르는 건 모르는 거야. 좀 더 솔직해지는 게 어때? 너는 훨씬 전부터 그 남자를 좋아했잖아."

"왜!"

"그걸 나한테 물으면 어떡해. 묻고 싶은 사람은 오히려 나야. 왜 자각이 없는 건데? 하여간 정령술사는 이래서 문제라니까. 사백 년을 고지식하게 살면 이렇게 되는구나."

"변태에게 그런 말 듣고 싶지 않아!"

"여기저기다 나를 변태라고 말하고 다니는 게 너였구나!"

마녀간의 응수가 흡사 어린애들 싸움이다.

티나샤는 자신이 흥분한 것을 자각하고 심호흡했다. 그녀는 테이블에 푹 엎드려, 소녀 시절처럼 루크레치아를 올려다보았다.

"그런 건가…."

"난 그렇다고 생각해."

"으으."

티나샤는 머리를 싸쥔다. 생각해도 전혀 알 수 없다. 감조차 안 잡힌다.

솔직해지라고 하지만, 인정하면 자신이 변질돼버릴 것 같아서 무서웠다.

그녀는 다시 계약자에 대해 생각한다. 자신을 사로잡는 힘이 있는 눈동자가 뇌리에 떠올랐다. 티나샤는 무의식적으로 중얼거렸다.

"…죽여야지 안 되겠다."

"결론이 왜 그렇게 되는데? 바보 아냐?"

루크레치아는 이해할 수 없는 친구의 정신세계에, 테이블을 두드리다 탈진해 늘어져버렸다.

※

하루의 집무를 마친 후, 오스카는 파밀라를 붙잡고 그 주인이 있는 곳을 물었다. 하지만 그녀는 애매하게 쓴웃음을 지으며 "곧 폐하를 찾아갈 거라고 생각합니다" 라고 대답할 뿐이었다.

일단 마녀는 성에는 없는 것 같았다. 대신 왠지 담화실의 테이블이 두 동강 났다는 보고가 들어와 있고, 그 배상은 티나샤가 하는 걸로 되어 있었다.

"뭐 하는 거야, 그 녀석은…."

보나마나 또 뭔가 제 기세에 못 이겨 테이블을 부순 것이리라. 성에 없는 것도 혹시 그것과 관계있을까. 자신의 방으로 돌아온 오스카는 옷을 갈아입으면서 낮에 집무실에서 나눈 대화를 떠올렸다.

아무튼 마녀는 종잡을 수 없어서 재미있다. 보고 있으면 심심하지 않은 것은 좋은 일이다.

오스카는 낮의 일을 떠올리고 웃으면서 하늘을 올려다보았다. 바깥은 완전히 어두워져 있었다. 병에서 막 회복된 그녀가 오늘 안으로 돌아올지 슬슬 걱정이 된다.

하지만 그 걱정은 기우였다. 창문도 두드리지 않고, 방 안으로 직접 그녀가 전이해온 것이다.

전에 없이 갑작스러운 일에 오스카가 놀라는 동안, 마녀는 허공에 뜬 채로 그의 양 어깨를 움켜잡았다.

“오스카, 잠깐 괜찮아요!”

“뭐야, 갑자기.”

“생각해도 진짜로 전혀 모르겠어서, 지금 모두에게 의견을 물어보고 다수결로 결정하려고 하는 중이에요!”

“뭐 하는 거야.”

—의미를 알 수 없다. 종잡을 수 없는 데도 정도가 있다고 생각한다.

두통이 밀려올 것 같아서, 오스카는 마녀를 바닥에 내려 그 자리에 남겨두고, 자신은 침대로 가서 걸터앉았다. 피로감 가득한 한숨을 내쉰다.

“그래서?”

“내가 당신을 좋아하는 건가요?”

“…아주 제대로 망가졌군.”

티나샤는 정말로 몹시 난처해하며, 침대에 앉은 계약자를 응시했다.

오늘 하루, 이야기를 나눈 모든 사람이 황당해하는 느낌이다. 모두의 눈에는 그렇게 자명한 일일까?

—그가 특별하다.

그것은 명백한 일이다.

하지만 이 감정을 뭐라고 이름 지어야 좋을지 자신이 없다.

사백 년 넘도록 느껴본 적 없는 감정인 것이다.

몸의, 정신의 가장 깊은 곳에, 확실하게 열기가 있다.

미온수처럼, 불꽃처럼 일렁거리면서, 그것은 결코 꺼지는 일이 없다.

그 존재를 정의할 수 없다.

그래서 이름이 필요했다.

오스카는 진지한 눈빛을 한 마녀를 보고 쓴웃음을 지었다. 천천히 눈을 깜빡이고, 다시 미소를 짓는다.

"그래, 이제야 알았어?"

그는 오른손을 마녀를 향해 내민다.

마녀는 처음 만났을 때처럼, 맑고 아름다운 눈으로 그를 보고 있었다.

"이리 와."

다정하게 부르는 목소리에, 그녀는 머뭇머뭇 발걸음을 내딛는다.

티나샤는 한 발짝, 한 발짝 확인하듯이 다가와 그의 팔 안에 섰다.

그 모습은 소녀처럼도, 여인처럼도 보인다. 오스카는 그녀를 올려다보며 하얀 볼을 쓰다듬었다.

"왜 울어."

검은 눈동자에서 수정 같은 눈물이 흘러 떨어진다.

길고 검은 속눈썹을 따라, 따뜻한 눈물방울이 그의 손을 적셨다.

티나샤는 그의 말을 듣고서야 비로소 자신이 울고 있음을 깨달았다.

가슴의 열기가, 그대로 눈물이 되어 그의 손에 떨어진다.

—드디어 도달했다.

정말로 길었던 것은, 지금까지일지도 모른다.

티나샤는 두 손으로 남자의 얼굴을 감싸고, 자신을 응시하는 푸른 눈동자를 똑바로 마주보았다.

무엇보다도 소중한 남자의 눈. 속삭이는 목소리가 떨렸다.

“전혀 모르겠어요…. 하지만… 당신을 만나서 다행이에요.”

그 다음은 말이 나오지 않는다.

다만 뭐라고 부르는지는 이미 알고 있었다.

티나샤의 말을 자신의 몸에 스며들게 하듯이 가만히 듣고 있던 그는, 조용히 마녀의 눈물을 닦아준다.

“그건 영광이야.”

마치 평범한 청년처럼, 오스카는 그렇게 말하고 환하게 웃었다.

※

미치고 싶지 않다고, 그녀는 생각한다.

강렬한 감정에 미치는 것은 이미 충분하다.

애정도, 미움도 필요 없다. 아무것에도 집착하지 않는다.

다만, 먼 세계의 일처럼 모든 걸 그저 바라보고 있으면 된다.

자신만이 이질적인 존재인 것처럼, 아무하고도 교류하지 않고, 다가가지 않고, 언제까지나 변함없는 채로.

그렇게 긴 시간을 건너왔다.

하지만 이제 시간을 뛰어넘을 필요는 없다.

여기가 그녀의 종착점인 것이다.

※

눈을 떴을 때, 방 안은 이미 충분히 밝았다.

동이 트는 것과 동시에 일어나는 그에게는 드문 일이다. 오스카가 침대에서 몸을 일으켜 옆을 보았다. 거기에는 그의 마녀가 고른 숨소리를 내며 잠들어 있었다.

그는 그녀의 조그만 머리를 쓰다듬으면서, 그녀의 몸에 남은 독의 상흔을 떠올린다. 루크레치아의 '꼴좋다'라는 표정이 눈에 선하다.

—그녀의 흉터는 그에게 주는 교훈이다.

그것을 볼 때마다 분명, 상처에 박힌 가시처럼 동통을 느끼게 될 것이다. 그리고 그런 아픔을 받아들이는 것이, 그녀와 살아간다는 것이리라.

머리를 쓰다듬는 손길을 느꼈는지, 마녀가 몽롱하게 눈을 떴다. 잠에 취한 그 눈을 오스카는 가만히 응시한다.

"잘 잤어?"

"으응…."

그녀는 웅얼거리며 조그맣게 고개를 저었다. 긴 속눈썹이 다시 감기려고 한다.

고양이처럼 몸을 웅크리는 그녀를 오스카는 물끄러미 바라보았다.

"역시 넌 아침에 약하구나."

전에 요새에서 그녀와 한방을 썼을 때도, 몹시 지쳐 있었다고는 하나 그녀는 아침에 좀처럼 일어나지 못했던 것이다. 지금까지 계약자 앞에서는 의식적으로 신경 써서 행동하고 있었을 뿐, 실은 아침에 약한 체질인지도 모른다.

티나샤는 눈을 몇 번 비볐다. 이마에 손을 대고 천장을 올려다보고, 이어서 옆에 있는 남자를 확인한다.

"잘… 잤어요…?"

졸음에 겨운 목소리다. 오스카는 무심코 소리 내어 웃고 만다.

남자의 웃음소리에, 서서히 잠에서 깬 마녀는 비로소 상황을 파악한 것 같았다. 그녀는 오른손으로 빨개진 얼굴을 가렸다.

"왜 그래?"

놀리듯 심술궂은 웃음을 띠는 남자를 보고, 티나샤는 미간을 찡그렸다. 검은 눈동자에서 졸음기가 사라지고, 이지적인 빛이 돌아온다.

그녀는 몸을 덮은 이불을 끌어당기면서 우아하게 몸을 일으켰다. 한 손으로 남자의 볼을 어루만지며, 그의 입술에 자신의 그것을 포갠다.

입술을 뗀 마녀는 눈을 한 번 깜빡이고, 영혼까지 사로잡을 만큼 아름다운 미소를 지었다.

"사랑해요."

투명한 그 속삭임에, 오스카는 웃으며 그녀를 끌어안았다.

※

"구성이 잘 안 짜져…."

어제 책상을 두 동강 내버린 담화실에 온 티나샤는, 자신의 손바닥 위에 나타난 구성을 보고 탄식했다.

자신이 부순 비품은 자신이 물어낸다고 해도, 어쨌든 부수지 않는 게 제일이다.

그래서 선수를 쳐서 담화실에도 결계를 쳐두려고 한 건데, 예상한 바라고 하면 예상한 바지만, 역시 뜻대로 되지 않았다.

새 테이블에 모여 있던 평소의 마법사 멤버들 중, 가장 가까이에 있던 도안이 물었다.

"티나샤 님, 무슨 일 있습니까?"

"아뇨…, 그냥 좀…."

이전과 똑같은 구성은 짤 수 있지만, 필요한 마력의 양이 몇 배로 늘어나버렸다. 이러면 아예 구성의 구조 자체를 재검토하는 편이 나을지도 모른다.

티나샤는 정령마법이 아닌 구성을 몇 개 손바닥 위에 짜서 확인했다. 이쪽은 이전과 다름없이 사용할 수 있지만, 이왕 구성을 검토하는 김에 같이 해두면 좋을 것이다.

창의 연구도, 노력도 싫어하는 편은 아니다. 지금까지 무수히 그것들을 거듭해왔으니까.

티나샤는 마음을 다잡고 결계 구성을 다시 짰다.

"일단 이걸로 가고, 나중에 제5계열 정도까지 조정할게요."

"기본 구성을 변경하시는 건가요?"

정령술사인 파밀라가 의아한 어조로 묻자, 마녀는 고개를 끄덕였다.

"토대부터 전부 바꾸지 않으면, 나중에 영향이 생길 것 같아서요."

"—그렇군. 정령술사가 아니게 되면, 그렇게 되는 건가."

"오스카?!"

실내에 없었던 왕의 목소리에, 티나샤는 비명처럼 소리를 질렀다.

마침 라자르를 대동하고 담화실 앞을 지나던 오스카는, 어안이 벙벙해진 일동의 시선을 받고 웃음을 터뜨렸다.

"신경 쓰지 마. 마법을 못 쓰게 돼도 상관없으니까."

"평범하게 쓸 수 있어요! 마력이 추가로 좀 더 필요할 뿐이에요!"

"내가 책임지고 평생 지켜줄게."

"내가 당신의 수호자예요! 아니, 그 이전에 사람들 앞에서 말하지 말라고, 바보야!"

씩씩대며 부르짖는 마녀를, 오스카는 웃으면서 얼싸안는다.

그리고 이마에 입맞춤하자, 티나샤는 못마땅한 듯이 새침한 표정을 하고서—

문득 표정을 누그러뜨리더니, 행복하게 미소 지었다.

4. 백지의 아이

넓은 침실은 심해처럼 정적에 싸여 있었다.

창문으로 쏟아져 들어온 달빛이 여자의 긴 흑발에 눈부신 광채를 만든다. 비단실 같은 머리카락을 침대 가장자리에 늘어뜨리고 엎드려 있는 그녀의 목덜미와 하얀 등이 어두운 방 안에 두드러진다.

다만 그 피부의 하얀색이 요염함보다는 청량한 아름다움을 느끼게 하는 것은, 여자가 지닌 분위기 때문일지도 모른다. 오스카는 옆에 있는 그녀의 모습을 물끄러미 바라보았다.

티나샤는 시트 위에 양쪽 팔꿈치를 대고 상체를 일으킨 자세로, 손바닥 위에 마법구성을 만들었다 지우기를 반복하고 있었다. 남자는 그 모습을 흥미진진한 얼굴로 바라본다.

“역시 마법을 사용하기 어려운 모양이네.”

“정령마법은 구성을 짜는 데 소요되는 마력이 상당히 늘었어요. 이러면 확실히 평범한 정령술사는 마법을 쓰기 힘들 것 같아요. 이 기회에 아예 구성 자체를 조금 손보려고 생각해요. 가끔은 이렇게 하지 않으면, 실력이 녹스니까요.”

열 달 이상을 수호자였던 마녀가 연인이 된 지 일주일. ‘순결을 잃으면 마법을 쓸 수 없게 된다’고 하는 정령마법에 한해서는, 최강의 마녀인 그녀도 그 영향에서 완전히 벗어날 수는 없었다.

다만 원래 가진 마력이 차원이 다른 만큼, 정령마법이 아닌 다른 마법도 구사하는 그녀에게는, 이런 변질조차 사소한 기술 확인의 기회에 불과할지도 모른다. 틈만 나면 구성의 조정에 열정을 쏟고 있다.

열심히 손바닥 위의 구성에 집중하고 있는 여자를 보고, 오스카는 손가락을 뻗어 그 등을 쓰다듬었다. 마녀는 간지러운지 몸을 비틀어 피하려 한다. 그는 긴 흑발을 손가락에 휘감고 잡아당겼다.

"식은 언제 올릴까?"

"무슨 말이에요?"

티나샤는 고개를 갸웃하고 남자를 쳐다보았다. 칠흑의 눈동자가 방 안에 있는 어떤 것보다도 깊고 진한 검은색을 띠고 있다. 오스카는 얼굴을 가까이 가져가 그녀의 왼쪽 눈꺼풀에 입맞춤했다.

"결혼식 말이야. 혼인 계약을 마치면, 너도 파르사스 왕족의 권리를 가질 수 있어."

그녀의 반응은 오스카가 예상했던 그 어느 것도 아니었다. 까맣게 잊고 있던 일을 떠올린 것처럼 경악한 표정이 떠오른다. 불길한 예감에 오스카는 눈살을 찌푸렸다.

"뭐야, 그 얼굴은…."

"아, 아뇨…."

티나샤는 손바닥 위의 구성을 지워버리고, 침대 위에서 머리를 싸쥐었다. 잠시 그러고 있다가 이윽고 고개를 들어, 몹시 말하기 어려운 것처럼 입을 연다.

"결혼은 좀…."

"뭐라고?"

"아얏!"

남자에게 관자놀이 응징을 당한 마녀는 비명을 질렀다. 또다시 머리를 싸쥐는 그녀를, 오스카는 자신의 팔 안에 가두었다. 그는 아름다운 얼굴을 코앞에서 노려보았다.

"그게 무슨 소리야. 지금 싸우자는 거야?"

"그런 건 아니지만… 결혼은 다른 문제예요. 누군가 다른 분을 왕비로 맞이해서 아이를 낳아주세요."

"네가 마녀라서?"

"그것도 있지만, 그것 때문만은 아니고… 그냥 여러 가지로…."

애매하게 말꼬리를 흐리고 티나샤는 눈을 감았다. 순간 그녀의 감정을 읽을 수 없게 된다. 오스카는 그녀의 그런 모습을 보고 끌어안은 팔에 힘을 주었다.

"너, 설마 계약이 끝나면 내 기억을 지우려고 생각하는 건 아니겠지?"

"…생각 안 해요."

고개를 팩 돌리는 마녀는, 마치 꾸지람을 피하려고 하는 어린아이 같다. 생각하는 바가 있는 듯한 모습에, 오스카는 미간에 주름을 잡았다.

그 자신은 바로 얼마 전 루크레치아의 정신마법에 기억을 조작당했지만, 임시변통으로 걸어놓은 마법조차 희미한 위화감밖에 느끼지 못한 것이다. 마녀가 작정하고 기억을 조작한다면, 그것을 풀기란 불가능할지도 모른다.

오스카는 그런 불안감을 겉으로는 드러내지 않고 다짐을 놓았다.

"명심해. 멋대로 행동하지 마. 기억을 지우거나 자취를 감추는 건 안 돼. 네가 걱정할 만한 짓은 안 할 테니까, 너도 독단으로 움직이지 마."

"오스카."

"반만이라도 좋으니까 나에게 맡겨."

어떤 상황이든, 그녀가 얼마간 맡겨만 준다면 최종적으로는 어떻게든 할 자신이 있다. 지금까지도 그렇게 해왔으니까.

티나샤는 연인을 마주보며 토라진 것처럼 큰소리친다.

"걱정 말아요. 그런 짓을 하면 당신이 엄청 화낼 것 같으니까 안 해요."

"잘 아는군."

태연하게 대꾸하면서, 오스카는 내심 안도했다. 모르는 사이에 그녀를 잃을 가능성이 사라진 것을 솔직하게 기뻐한다. 하지만 안심하면서도, 이대로 타협하고 싶지는 않았다.

"다른 여자를 왕비로 맞이하라고 쉽게 말하지 마. 그 여자가 불쌍하잖아."

"왕족의 결혼은 원래 그런 거잖아요. 상대도 신분이 높은 여성이라면 그런 각오가 있겠죠. 적어도 나에게는 있었어요."

넌지시 정략결혼을 암시하는 마녀의 말에, 오스카는 싫은 얼굴을 한다.

—결혼에 자유가 없는 것은 물론 각오하고 있다.

애당초 그는 저주에 짓눌린 상황 속에서 자란 것이다. 결혼과 연애에 대한 희망은 아예 없다고 해도 좋을 정도였다.

하지만 지금은 다르다.

파르사스는 오스카의 증조부인 레기우스 국왕 대부터 정략결혼을 하지 않았다. 그것은 이 나라가 그런 결탁을 필요로 하지 않을 만큼 안정된 강국이 되었기 때문이고, 지금도 상황은 변함이 없다.

아버지인 선대왕도, 상대 부모의 반대를 무릅쓰고 신분이 없는 여성을 왕비로 맞이했다고 들었다. 필요한 정략결혼이라면 오스카 자신도 받아들이겠지만, 티나샤가 결혼을 거부하는 이유가 명확하지 않은 동안은 납득할 수 없다.

—확실히 마녀는 역사상 오랫동안 기피되어온 존재다.

그녀를 왕비로 맞이한다고 발표하면, 국내에서는 반대하는 목소리도 나올 것이다. 거기에 더해 최강의 마녀를 왕비로 갖게 되는 파르사스에 대해, 타국의 경계심도 커질 게 분명하다.

다만 그런 문제들에 대해서는, 다소의 풍파는 있어도 어떻게든 해결할 수는 있을 것이다.

실제로 성 안에서의 그녀의 평판은, 처음과 비교하면 대체로 호의적이 되었다. 그녀의 성격과 행동, 그 태생을 모두가 알게 되었기 때문이다.

거기에 더해 대외 문제에 있어서도, 이쪽에서 먼저 타국에 대해 그녀의 힘을 행사할 생각은 없다. 만에 하나 그 힘이 사용된다면, 어디까지나 방어를 위해서일 것이다.

결론적으로, 시간은 걸릴지언정 그녀가 마녀라는 사실이 치명적인 걸림돌이 되지는 않을 거라고 오스카는 생각하고 있다. 오히려 투르다르의 여왕 후보로 자란 그녀는, 신분이 없는 여성을 처음부터 교육시키는 것보다 훨씬 왕비로서 잘 적응할 거라고 생각하는데, 대체 뭐가 문제인 걸까.

오스카는 내심 고개를 갸웃했지만, 티나샤는 그 이상 이야기할 생각이 없는 듯 입을 가리고 조그맣게 하품을 했다. 눈꺼풀이 무거운지 긴 속눈썹이 몇 번 흔들렸다.

“나는 당신의 정인으로 충분해요.”

“난 너를 음지에 둘 생각은 없어.”

“어디가 양지고 어디가 음지인지는 본인이 생각하기 나름 아닌가요? 욕심을 내면 안 돼요.”

마녀는 그렇게 말하고, 졸음을 참기 힘들어졌는지 눈을 감았다. 그래도 노력해서 다시 한번 눈을 뜨고 남자를 응시한다. 검은 눈동자가 졸음에 취해가는 모습을 보고, 오스카는 쓴웃음을 지었다.

"됐어. 자."

"…네."

아침에 일어날 때 힘들어하는 연인은 잠에 빠져들 때는 급작스럽고 빠르다. 눈을 감자마자 이내 고른 숨소리가 들려오기 시작한다.

오스카는 그것을 확인하고 자신도 눈을 감았다.

—욕심을 내면 안 된다.

마녀의 말은 그녀 자신에게도, 그리고 그에게도 향해진 것이리라. 그는 그녀의 집착을 원했고, 간신히 그것을 손에 넣었음에도 불구하고, 이번에는 공적으로나 사적으로나 자신 곁에 서기를 바라고 만다. 이것이 아마 욕심이리라.

다만, 그걸 알아도 오스카에게는 양보할 생각이 없었다. 다른 여자를 아내로 맞이하는 것은 현재로서는 생각할 수 없다. 그녀가 아내가 되기를 끝까지 거부한다면, 최소한 그 이유라도 듣지 않으면 납득할 수 없었다.

그는 거기서 생각을 멈추고, 품속의 연인을 좇듯이 잠에 빠져들었다.

서로가 다른 꿈, 다른 잠 속에 있어도 상관없다.

잠에서 깨면, 그녀는 확실하게 곁에 있으니까.

※

"결혼을 거절하신 거예요?!"

저도 모르게 비명처럼 말이 튀어나와서, 파밀라는 당황하며 자신의 입을 틀어막았다.

하지만 당사자인 주인은 그것을 나무라지 않고 쓴웃음만 지었을 뿐이다. 티나샤가 옷 갈아입는 걸 도와주고 있던 파밀라는 무례를 사과하고 다시 물었다.

"저어, 이유를 여쭤봐도 될까요?"

"이유는 단순해요. 내가 마녀이기 때문이에요."

푸른 달의 마녀는 그렇게 말하고, 가볍게 손가락을 튕겼다.

그녀가 왕의 수호자이자 연인이라는 것은, 오스카 자신이 전혀 숨기려 하지 않는다고 할까, 오히려 공공연하게 드러내고 있는 사실이다. 그가 전부터 이 마녀를 아내로 맞이하고 싶어한다는 것은 성 안에서는 모두가 아는 사실이지만, 당사자인 마녀는 줄곧 그것을 염두에 두지 않았던 것이다.

그를 그토록 소중히 여기면서도 자신의 마음에는 둔감한 주인 탓에, 파밀라는 애가 탈 때도 많았지만, 이제 주인도 드디어 자신의 감정을 자각했다. 덕분에 최근에는 분위기도 온화하고 차분하게 바뀌었다. 거기에 파밀라는 안도감을 느끼고 있었던 것이다.

이제야 간신히 주인의 혼례를 준비할 수 있다고 생각하다 허를 찔린 파밀라는 그 이유를 캐묻지 않고는 견딜 수 없었다.

"마녀이기 때문이라고 말씀하시지만, 그런 건 다 극복할 수 있어요. 기껏 부모님께서 웨딩 베일도 남겨주셨는데…."

티나샤의 방 한편에는 등나무 선반 위에서 바닥까지 길게 펼쳐진 순백의 베일이 장식되어 있다. 부식 방지 마법이 걸려 있는 그것은, 사백 년도 더 전에 티나샤의 친부모가 그녀에게 보낸 것으로, 지금까지 투르다르의 보물고에 보관되어 있었다. 아마 여왕이 될 예정이었던 그녀의 혼례를 위한 것이었으리라.

티나샤는 파밀라의 말에 베일을 힐끔 쳐다보았다. 조금 난처한 듯이 미소 짓는다.

“파밀라, 마녀가 어떻게 태어나는지 알아요?”

주인의 질문에, 긴 흑발을 빗어주고 있던 파밀라는 손을 멈췄다.

“티나샤 님, 비슷한 질문을 레나트에게도 하지 않으셨나요? ‘남자의 몸과 마음은 백 년이 넘으면 버티지 못하니까’라고 말씀하신 걸로 아는데요.”

“그건 마녀 중에 남자가 없는 이유고요. 그게 아니라, 마녀가 발생하는 원인 말이에요.”

“바, 발생?”

어째서 자신들을 무슨 현상처럼 표현하는 걸까. 파밀라는 잠시 생각했지만 답을 알 수 없었다.

주인이 마녀가 된 이유는, ‘조국을 멸망시킨 거대한 마력을 몸 안에 받아들였기 때문’이라고 알고 있지만, 다른 마녀들에 대해서는 짐작조차 할 수 없다. 곤혹스러워하는 기색을 느꼈는지, 티나샤는 웃었다.

“간단해요. 지금 있는 다섯 마녀는 모두 후천적으로 마녀가 되었어요. 나 같은 마녀도 있고, 계약으로 마력을 증폭시킨 마녀도 있지만, 모두 도중에 마녀가 되었어요.”

“그렇군요….”

파밀라는 감탄했다. 긴 시간을 사는 마녀의 시작은 상상한 적도 없다. 주인의 친구인 루크레치아에 대해서도 자세한 내용은 하나도 모르는 것이다.

티나샤는 양쪽 소매의 단추를 채우면서, 먼 기억을 떠올리듯이 아련한 눈빛을 했다.

“태어날 때부터 마녀였던 사람은 없어요. 그런 힘을 가진 아기를 잉태할 수 있는 어머니는 없으니까요. ―그게 결혼하지 않는 이유예요.”

마녀는 조그맣게 웃었다.

하지만 파밀라는 그 의미를 알 수 없어 다시 곤혹스러움을 느낀 것이었다.

※

연습실 부근의 벽에는 오늘도 각지에서 들어온 의뢰서가 붙어 있었다.

궁정마법사를 대상으로 준비된 임무는, 그 난이도도 내용도 다양하다. 사흘에 한 번은 이곳을 확인하러 오는 티나샤는, 자신을 따르는 마법사 레나트와 함께 그것들을 바라본다.

파르사스에 오기 전까지 재야의 마법사였던 레나트는, 이 성에 온 뒤로 자신의 연구에 많은 시간을 쏟고 있었다. 원래 그는 실력 있는 마법사임에도 불구하고, 여러 사정으로 전투훈련만 해온 것이다. 그런 그에게, 일정한 업무만 해내면 그 뒤엔 시간과 설비를 마음대로 사용해도 되는 파르사스의 시스템은 새로운 세상이 열린 것이나 마찬가지인 듯했다.

레나트는 의뢰서 중에 마법약 작성을 의뢰해온 것을 한 장 떼어낸다. 마녀가 그것을 보고 웃었다.

"당신이 마법약을요? 드문 일이네요."

"가능한 한 약점인 분야를 만들지 않으려고 하고 있습니다."

진지하게 대답하는 남자에게 미소를 짓고, 티나샤도 다른 의뢰서 한 장을 떼어냈다. 그것은 나붙은 지 얼마 안 된 의뢰서였다. 평소 아무도 손대지 못하고 남아버린 의뢰만 선택하는 주인에게, 레나트는 의아한 표정을 보였다.

"무슨 의뢰입니까?"

그 질문에 티나샤는 의뢰서를 보여주었다. 거기에는 '접혈석 재고가 부족하니, 혹시 보게 되면 확보해주십시오'라고 적혀 있었다.

"접혈석? 처음 들어봅니다만."

"옛날엔 여기저기 많았어요. 핏빛나비라는 나비가 있는데요. 아, 나비라고는 해도 생물이 아니라, 마력계와 인간계의 경계가 과도하게 교차할 때 발생하는 거예요."

"과도하게 교차할 때요?"

티나샤가 손가락을 튕기자, 공중에 심홍색 나비가 나타났다. 커다란 날개를 우아하게 펼치는 나비는 아름답지만 어쩐지 불길한 느낌이다. 레나트가 놀라는 동안, 마녀가 만든 나비는 스르륵 사라져버렸다.

"기본적으로 이게 발생하는 것은, 수많은 사람을 희생시킨 금주가 구성되었을 때예요. 마력과 생명력이 과도하게 혼탁해지기 때문이겠죠. 어디서라고 할 것도 없이 나타나, 시간이 지나면 연기처럼 사라져요. 그리고 이게 사라질 때 같은 색의 작은 돌이 남는데요, 이 돌을 촉매로 사용할 수 있어요. 마력과 생명력을 품고 있기 때문에 쓸모가 많아요."

"그런 게 있었군요…."

"최근에는 거의 보기 힘들어졌어요. 솔직히 없어지는 게 나은 돌이죠. 출처가 출처이니만큼 암흑시대에는 많이 있었지만, 사용하면 없어지니까 지금은 많이 줄어들었을 거예요."

티나샤는 벽에서 떼어낸 의뢰서를 곱게 접었다.

"접혈석 대신 내가 비축용 촉매를 만들까 해요. 수정을 준비해주세요. 작은 조각이면 되니까, 많이요."

"알겠습니다."

"그리고 또 뭐가 있으려나."

티나샤는 까치발을 하고 의뢰서를 살펴본다. 대륙 최강의 마녀이자 국왕의 총희이기도 한 그녀의 천진한 모습에, 지나가는 여관들과 마법사들이 미소를 지었다.

그런 가운데, 서류를 손에 들고 문관 노먼이 지나간다. 그는 티나샤를 보고 눈살을 찌푸렸다.

"뭘 하는 겁니까."

"아."

깐깐함이 묻어나는 목소리. 레나트의 눈초리가 약간 날카로워진 것은, 파밀라에게 전에 있었던 일을 들었기 때문이리라.

하지만 그의 주인은 아무렇지도 않은 듯 미소를 보였다.

"의뢰를 좀 처리할까 하고요. 딱히 할 일도 없으니까요."

"당신의 임무는 잡무가 아니라 후계자를 낳는 일입니다."

"……."

예상 밖의 쓴소리에, 마녀의 검은 눈이 동그래진다. 하지만 노먼은 아랑곳없이 담담하게 말을 이었다.

"마법사들을 너무 오냐오냐 대하지 마십시오. 그들이 못 하는 일이 있다면, 당신이 직접 하지 말고 방법을 가르쳐주면 될 일입니다."

그 말만 남기고 문관인 남자는 자리를 떠난다. 어안이 벙벙해져 아무 말도 못 한 티나샤는 노먼의 모습이 보이지 않게 되자 관자놀이를 긁적였다.

"오냐오냐한 건 아닌데…."

중얼거리는 주인을 보고 레나트는 쓴웃음을 지었다.

"일리 있다고 생각합니다. 저희는 그걸 위해 이 성에 고용되었으니까요. 티나샤 님은 본인만이 할 수 있는 일을 우선하시는 게 좋을 것 같습니다."

"나만이 할 수 있는 일이요?"

그건 예를 들면, 방금 노먼이 말한 것처럼 총희로서 왕의 아이를 낳는 일일까.

평범한 여성이라면 당연한 임무지만, 마녀라면 이야기가 다를뿐더러 상대가 오스카라면 더더욱 그렇다. 티나샤 자신도 오스카를 처음 만났을 때, '왕가의 혈통에 마녀의 피를 섞으려 하다니 제정신이 아니다'라고 충고했던 것이다.

그녀는 팔짱을 끼고 조그맣게 신음했다.

"저주는 풀었지만, 한 바퀴 돌아 처음으로 다시 돌아온 기분…."

"돌아오지 않았습니다. 앞으로 잘 나아가고 있습니다."

"오스카는 어떤 여자든 마음대로 선택할 수 있는 사람인데, 왜 나인 걸까요?"

"이제 와서 그런 말씀을…."

어딘지 모르게 지친 기색인 목소리에, 티나샤는 입을 다문다. 이 이상 개인적인 일로 레나트를 괴롭힐 수는 없다. 그런 그녀에게 레나트는 복도 저편을 가리켰다.

"그런 건 폐하께 직접 물어봐주십시오."

마침 당사자인 국왕이 복도를 걸어오는 게 보인다. 그의 모습을 본 티나샤가 가볍게 놀란다. 오스카도 그녀를 본 것 같았다. 미소 지으며 연인에게 손짓한다.

마녀는 시선을 그에게 향한 채로 레나트에게 속삭였다.

"수정 건을 부탁해요."

"걱정 마십시오."

대답을 들은 티나샤는 가벼운 발걸음으로 복도를 달려가기 시작한다.

그리고 왕에게 다가가 환하게 웃는 주인을, 레나트는 온화한 눈으로 바라보았다.

※

한 해의 끝이 다가왔다.

파르사스의 성도에도 새해를 앞두고 분주한 공기가 감돌고 있다. 그것은 성 안도 예외가 아니어서, 올해의 자료 정리를 마친 문관들은 새해 축제 준비에 쫓기고 있었다.

"당신은 당일에 뭘 하나요?"

집무실에서 차를 준비하며 아름다운 마녀가 왕에게 묻는다. 그는 서류를 훑어보면서 간결하게 대답했다.

"동쪽의 신전에 가서 간단한 의식을 행하고, 성도로 돌아와 성에서 국민에게 인사."

동쪽의 신전은 성도에서 삼십 분 정도 말을 달리면 나오는 초원에 있는데, 일대에는 신전 외에는 아무것도 없다.

아이테아 신을 비롯해 여러 신이 모셔져 있는 이 신전은, 전시에는 전승 기원 등에 사용되지만, 지난 몇 년간은 새해 의식 외에는 사용되지 않고 있었다.

마녀는 고개를 약간 갸웃했다.

"전이진을 사용하는 건가요?"

"아니, 말을 타고 갈 거야. 민중에게 모습을 보여준다는 목적도 있으니까."

"우와…."

티나샤는 수호를 철저히 할 필요성을 느끼고 머리를 싸쥐었다.

마법이든 검이든 정면공격은 무섭지 않다. 그런 공격이라면 그 혼자서도 막아낼 수 있을뿐더러 수호결계도 있다. 하지만 왕을 시해하려 하는 인간은 더 주도면밀하고 음흉한 수단을 사용하게 마련이다. 지난번에 마물의 습격 소동 속에 독침으로 암살당할 뻔했던 일을 생각하면, 이번에는 물샐 틈 없는 수호를 행해야 한다.

마녀는 잠시 생각에 잠겨 있다가 가볍게 손가락을 튕겼다.

"신전과 가도에 미리 구성을 깔아놔도 되나요?"

"상관없어. 부탁할게. 수고스럽게 해서 미안해."

"이 정도는 아무것도 아니에요."

그녀는 미소 짓고, 의식 일정이 적힌 서류를 오스카에게서 받아들었다. 재빨리 그것을 훑어본다. 사본을 뜰까 망설이던 그때, 그녀의 귀에 다른 사람에게는 들리지 않는 목소리가 들렸다.

마녀는 그 목소리에 대답한다.

"리트라, 무슨 일이야?"

오스카가 고개를 드는 것과 동시에, 티나샤 앞에 탑 관리를 맡고 있는 사역마가 나타났다. 어린아이의 모습을 하고 있지만 성별을 알 수 없는 리트라는, 가볍게 인사하고 주인을 향해 감정 없는 목소리로 입을 열었다.

"탑에 내방자가 왔습니다."

"닫아놨잖아."

"닫아놓기는 했지만, 찾아온 자는 어린이들입니다."

"뭐라고?"

"열 살 가량의 남자 어린이가 다섯 명. 대화 내용으로 미루어 파르사스 성도에 사는 아이들 같습니다."

"뭐?"

성도에서 마녀의 성까지는, 어른이 전속력으로 말을 달려도 반나절이 걸린다. 도중에 작은 마을이 몇 개 있지만 모두 파르사스 국내에 있는 마을로, 옛 투르다르 영지 내에 있는 탑에서는 상당히 떨어져 있는 것이다. 땅이 평탄해서 동부로 가는 것보다는 쉽지만, 결코 가까운 거리는 아니다. 오스카와 티나샤는 얼굴을 마주보았다.

"어떻게 할까요. 이 시간이면 어두워지기 전에 아이들이 성도로 돌아오기는 힘들 것 같습니다만…."

마녀는 팔짱을 끼고 아름다운 미간을 찌푸렸다.

"대체 무슨 일로 온 거지. 왕도 왕이지만, 국민도 똑같이 무모하네."

"은근슬쩍 비꼬지 마."

연인의 불평을 흘려들으며, 티나샤는 서류를 책상에 돌려놓았다.

"뭔가 중요한 용건일지도 모르니까, 잠깐 갔다 올게요."

"조심해서 다녀와."

사역마가 한 발 먼저 사라진다. 그 뒤를 따라 티나샤도 자신의 탑으로 전이했다.

어느 나라도 아닌 황야에 솟은 푸른 탑은, 꼭대기까지 올라가면 마녀가 소원을 이루어준다고 하는 전설이 있다.

하지만 그 안은 마물과 함정으로 가득 차 있어, 자신의 실력을 시험하기 위해 도전했던 도전자들은 대부분 탑에서 돌아오지 못했다는 사실도 잘 알려져 있다. 덕분에 지난 백 년 정도는 도전자 자체도 거의 나타나지 않았다.

실제로는, 실격된 도전자들은 탑에 관한 기억을 조작당한 채 대륙 여기저기로 전이되었다. 그런 탓에 탑에 관한 정보는 거의 알려지지 않았지만, 극히 드물게 기억조작과 전송을 면하는 실격자들도 있었다. 그들은 실력을 시험하기 위해서가 아니라, 간절한 소망을 품고 탑을 찾은 사람들이다.

어떤 자는 마물에게 납치된 자식의 탈환을.

어떤 자는 병든 가족의 치료를.

포기할 수 없는 소망 앞에서 방법을 찾지 못한 그들은, 자신의 목숨과 바꿀 각오로 마녀의 탑을 찾는다.

그리고 티나샤는 그런 사람의 소원은 탑의 달성과 관계없이 가능한 한 들어주고 있었다.

마녀의 강대한 힘으로도 세상을 전부 구할 수는 없으며, 그렇게 해서도 안 된다고 마녀가 되었을 때 그녀는 결심했다. 다만 그럼에도, 각오를 품고 의지해오는 사람에게만은 힘을 빌려주고 싶다고 생각하는 것이다.

완전한 침묵을 교환조건으로, 마녀는 소원을 이루어준다.

그리고 그것은 역사의 뒤안길에 숨겨져, 결코 겉으로 드러나는 일은 없다.

"빨리 열어, 이 겁쟁이야."

"아니, 안 열린다니까…."

네 명의 소년이 야유를 퍼붓는 가운데, 빨간 머리 소년은 탑의 외벽에 손을 대고 난처한 목소리로 말했다. 벽에는 문으로 짐작되는 부분은 있지만, 밀어도 꼼짝하지 않고, 당기려고 해도 손잡이가 없다.

그럼에도 불구하고, 뒤에 있는 네 명은 "겁쟁이"라며 비웃고 것이다.

빨간 머리 소년은 씩씩거리며 뒤를 돌아보았다.

"그럼 너희가 해 보든가!"

"우리가 왜?"

"성에 볼일이 있는 건 너잖아, 사이에."

소년들은 노골적으로 싫은 얼굴을 하면서 아무도 움직이려 하지 않는다. 누가 더 겁쟁이냐, 하고 사이에는 생각한다.

문이 안 열리면 그냥 포기하고 돌아가는 편이 낫다는 것은 알고 있다. 하지만 다른 네 소년이 사이에를 겁쟁이라고 비난하는 데다, 기껏 한밤중에 집을 빠져나와 여기까지 온 수고가 아깝게 느껴지기도 했다.

사이에는 다시 한번 문을 밀어보려고 손에 힘을 준다.

—하지만 그때 뒤에서 젊은 여자의 목소리가 그를 꾸짖었다.

"어허!"

"힉!"

돌아보자, 스무 살 안팎의 아름다운 여자가 팔짱을 끼고 서 있었다. 긴 칠흑의 머리카락과 하얀 도자기 같은 피부. 검은 눈동자는 파르사스에서는 별로 볼 수 없는 색이다. 여자는 화난 얼굴로 다섯 소년을 쏘아보았다.

"이런 곳까지 뭘 하러 온 거지?"

그 질문에, 넋을 잃고 여자를 쳐다보던 사이에는 화들짝 정신을 차렸다.

"갑자기 어디서 나타난 거야…."

"어디서 나타났든 무슨 상관이야. 그보다 마녀에게 무슨 볼일이지?"

"그건—."

갑자기 나타난 여자와 대화를 시작한 사이에를 보고, 어안이 벙벙해졌던 다른 네 명도 정신을 차렸다. 저마다 질세라 일러바치기 시작한다.

"사이에가 북쪽에서는 비 대신 얼음이 내린다고 했잖아."

"순 거짓말! 말도 안 돼."

"그래서 마녀에게 물어보려고 온 거야."

소년들의 말에 티나샤는 고개를 갸웃했다.

"얼음…. 우박…이 아니라, 눈?"

사이에가 눈을 반짝거렸다.

"맞아, 그거야! 알아, 누나?"

"물론 알지만."

내륙에 위치해 연중 온난한 기후인 파르사스에는 눈이 내리지 않는다. 주위에 높은 산도 없어서, 성도에 사는 사람들은 아마 눈을 본 적이 없을 것이다. 평생 바다를 못 본 사람도 있을 정도다. 어린이들이 눈의 존재를 의심하는 것도 무리는 아니다.

사이에는 티나샤의 말에 기쁨을 감추지 못하고 친구들을 향해 의기양양하게 말했다.

"거봐, 내가 말했지! 아빠들도 그런 게 있는 것 같다고 했잖아. 이제 믿어져?"

"어른들의 말이 다 정말은 아니야!"

끝날 것 같지 않은 언쟁에 티나샤는 극심한 피로를 느꼈다. 다시 깊은 한숨을 내쉰다.

"설마… 그런 이유로 여기에 온 거니?"

"응."

입을 모아 대답하는 아이들의 모습에, 티나샤는 이마를 짚었다. 하지만 상대가 아이들이라면 더욱 따끔하게 주의를 줘야 한다. 그녀는 허리에 양손을 올리고, 숨을 마신 다음, 엄한 목소리로 꾸짖었다.

"애들끼리 이런 데까지 와서! 마녀에게 잡혀 죽으면 어쩌려고! 오다가 마물이나 도적이라도 만나면 어쩌려고! 철없는 짓 좀 하지 마!"

그녀의 호통에 네 명은 나란히 고개를 움츠린다. 하지만 사이에만은 물러서지 않았다.

"위험한 건 나도 알아! 하지만 양보할 수 없는 때도 있어! 폐하도 여기저기 모험을 떠나서 강해진 거야!"

"결국 그 남자의 영향이었냐!"

—하여간 남자와 소년의 모험심이란 도무지 이해할 수가 없다.

하지만 아무리 오스카라도, 이 소년처럼 어린 나이에 검도 없이 마녀의 탑에 오는 짓은 하지 않을 것이다.

머리를 싸쥐고 싶은 충동을 꾹 참고, 티나샤는 몸을 숙여 사이에와 눈높이를 맞추었다.

"잘 들어. 폐하는 모험을 떠나서 강해진 게 아니야. 그 이전에 끊임없이 노력했기 때문에 강해진 거야. 강해지기 위해 필요한 건 무모함이 아니라 판단력이야. 알아들었으면 오늘은 데려다줄 테니까 집으로 돌아가."

여자의 설교에 사이에는 불만스러운 얼굴로 입을 다물었다.

—그 말이 옳다는 것은 안다. 그래도 자신은 틀리지 않았다고 생각한 것이다. 그래서 고생을 무릅쓰고 여기까지 왔다.

소년의 눈동자에 고집스러운 빛이 떠오른다. 티나샤는 그런 소년의 모습에 쓴웃음을 지으며 연인을 떠올렸다.

티나샤는 늘 자신의 연인에게 너무 무모하다고 잔소리를 하지만, 사실 그의 판단은 어떤 의미에서는 옳은 것이다. —즉, 신하들에 비해 그가 훨씬 더 난관을 잘 타개할 수 있다는 점에서.

무고한 희생자를 내고 싶지 않기 때문에, 자신이 직접 나선다, 그런 그의 마음은 알지만, 그렇다면 최소한 수호자에게만은 비밀로 하지 말아달라고 말하고 싶다. 결국 그도 모험을 즐기는 것이리라.

사이에는 그녀의 쓴웃음을 보고 잠시 망설였지만, 마지못해 고개를 끄덕였다. 실은 집에 어떻게 돌아가야 할지 난감했던 것이다. 흥분이 가라앉고 나니 그녀의 제안이 고마웠다.

티나샤는 빙그레 웃고 사이에의 머리를 쓰다듬었다. 하지만 소년은 발끈해서 그 손을 뿌리쳤다.

"어린애 취급하지 마!"

"난 이 나이에도 자주 쓰담쓰담 당해."

가볍게 어깨를 으쓱한 티나샤는, 머리를 쓰다듬는 대신 사이에의 이마에 입맞춤했다. 소년은 순간 놀란 듯했지만, 이내 얼굴이 새빨개졌다.

하지만 그녀는 아랑곳하지 않고 나머지 네 명에게 말을 데려오라고 명령했다. 사이에와 그녀의 대화를 멀거니 지켜보던 아이들은 부랴부랴 나무에 묶어놓았던 말을 끌고 온다.

소년들과 말이 전부 모이자, 티나샤는 주문 없이 전이문을 열었다. 그녀의 지시에 따라 아이들이 머뭇거리며 문으로 들어간다.

마지막에 남은 사이에는 티나샤를 돌아보았다. 그 아름다운 모습을 말똥말똥 쳐다본다.

"혹시… 누나가 마녀야?"

"…글쎄?"

티나샤는 눈을 조금 크게 떴다가, 심술궂은 미소를 지었다.

※

마녀는 다음날부터 신전과, 거기까지 이르는 길을 시찰하고, 쿰과 의논해 그것들 전체에 구성을 둘러쳤다. 꼬박 하루를 투자해 완성한 그녀의 구성을 보고, 다른 마법사들은 할 말을 잃는다. 도안은 카브에게 몰래 귀엣말까지 속삭였다.

"티나샤 님은 정령술사로서는 힘이 약해지신 거 맞지…?"

"상식적으로 생각하면 안 되는 분이야."

그녀가 짠 구성에는 크게 두 가지 효과가 있다.

하나는, 그 범위 내에서는 사전에 허가받은 마법사가 아니면 구성을 짤 수 없다. 물론 밖에서 구성한 마법도 범위 안으로 들어온 순간 효력을 잃는다. 구성을 치기는 힘들지만, 미리 준비해두는 방어마법으로서는 최상위의 것이다.

그리고 또 하나의 효과로, 구성 범위 안의 모든 상황을 술자가 지각할 수 있다. 감시용 마법인데, 이 정도로 광범위하게 둘러치는 일은 일단 있을 수 없다.

감탄하는 마법사들을 보고 마녀는 쓴웃음을 지었다.

"지각 구성 쪽은 굳이 말하자면, 치는 일 자체보다는 당일이 더 힘들어요. 하지만 자동으로 수상한 사람을 찾아내려고 하면 아무래도 구멍이 생기게 마련이라… 스스로 주의하는 게 제일이죠."

당일, 구성 범위 안에서 일어난 일은 전부 마녀에게 인식된다. 인간의 정보처리 능력을 훨씬 뛰어넘는 그 부하(負荷)는 상상을 초월하는 것이다.

하지만 마녀는 확실함을 위해 이 마법을 선택했다. 그 정도로 지난번의 독침 건이 뼈아팠던 것이다.

그가 독침에 찔린 것을 알고, 급하게 체내의 시간을 멈췄을 때의 그 피가 얼어붙는 심정은 결코 잊을 수 없다. 그런 자객을 보낸 자도, 알아내기만 하면 그에 상응하는 보복을 해줄 작정이었다.

구성에 대해 마녀에게 보고를 받은 오스카는 그것을 승인한 후, 걱정스럽게 그녀를 쳐다보았다.

"그런 감시방법을 써도 괜찮겠어?"

"처음도 아니고 괜찮아요. 대신 내 주변에 대해서는 경계가 조금 허술해지겠지만요."

"내 근처에 있어. 확실하기도 하고 일석이조니까."

"알겠어요."

티나샤는 쓴웃음을 짓고 집무실 벽 쪽으로 물러나, 다른 보고를 하는 쿰에게 자리를 양보했다.

실은 눈에 띄는 곳을 피해 상공에 있을 작정이었지만, 그의 말에도 일리가 있다. 원래 근거리 전투라면 오스카가 그녀를 압도하는 것이다.

보고를 마치고 쿰이 물러가자, 오스카는 서류를 처리하기 시작했다. 그러면서 그는 문득 지난번 일을 떠올렸다.

"그러고 보니까, 탑에 왔던 아이들은 무슨 일로 온 거였어?"

"아, 그게요…."

티나샤는 간단히 자초지종을 설명했다. 일하면서 듣고 있던 오스카는 이야기를 다 듣고 나서 눈살을 찌푸렸다.

"열 살이나 돼서 눈의 존재를 의심한다고? 교육제도를 정비해야겠군."

"엥, 그런 이야기였나요?!"

"문제는 그 점이잖아."

파르사스에서는 어느 일정한 나이까지는 희망하면 누구나 교육을 받을 수 있다. 하지만 그래도 집안일을 돕느라 바빠서 교육을 받지 못하는 어린이가 있는 것 또한 사실이다.

차라리 강제해버릴까, 하고 생각하기 시작한 오스카에게, 티나샤는 천진하게 웃는다.

"뭐든지 의심해 보는 자세는 바람직하잖아요. 물론 거기서 그친다면 앞으로 나아갈 수 없겠지만…. 당신은 눈을 본 적이 있나요?"

"타일리 원정 때 멀리서 보긴 했어."

대륙의 북부에 있는 타일리에는 높은 산이 많다. 산 정상 부근은 연중 눈으로 덮여 있다.

그 말을 듣고, 그가 타일리에 가는 원인을 제공한 마녀는 애매하게 미소 지었다. 허둥지둥 차를 준비하기 시작하는 그녀의 뒷모습을 오스카는 물끄러미 바라본다.

"그래서 너는 왜 결혼하기 싫은 거야?"

의표를 찌르는 질문에 티나샤는 하마터면 찻잔을 떨어뜨릴 뻔했다. 간신히 고쳐 잡고 그를 돌아본다.

"뭐예요, 갑자기…."

"궁금하니까. 내가 원인이야?"

마녀는 미간을 찌푸리고 있다가, 이윽고 깊은 한숨을 내쉬고 팔을 벌렸다.

"전에 당신에게 마력이 있다고 말했던 걸 기억하나요?"

"그러고 보니, 자세히 물어본다고 하다가 잊어버렸어."

자신에게도 마력이 있다는 말은 몇 번인가 들었지만, 다른 일에 쫓겨 그 이상의 이야기를 듣지 못한 것이다. 티나샤는 손가락으로 오스카의 가슴을 가리켰다.

"당신의 마력은 아마 어릴 때 상당히 강력하게 봉인된 것 같아요. 그래서 평범한 마법사는 눈치 못 채지만…, 당신이 가진 마력의 양은 실은 어마어마해요. 마법사로서 제대로 훈련을 쌓았다면 상당한 술자가 되었을 거예요."

"…뭐?"

그 말에는 오스카도 놀라지 않을 수 없었다.

확실히 전에 티나샤가 '봉인되어 있다'라고 말한 적은 있지만, 자신의 마력이 어느 정도인지에 대해서는 생각해 본 적도 없었다.

그녀에게는 피하고 싶었던 화제인 듯, 티나샤는 괴로운 얼굴로 말을 잇는다.

"마력의 발현은 핏줄과 관계없다고 하지만, 그건 마력이 없는 부모에게서도 마법사가 태어날 수 있다는 의미고, 내가 당신의 아이를 낳는 경우, 확실하게 상당히 강력한 마법사가 태어날 거예요. 원래는 마녀만큼 힘이 강한 아기를 잉태하는 일은 없고, 있다 해도 사산하겠지만, 내가 낳는 경우는 별개예요. 아기가 딸인 경우, 아마 그 아이는 태어나면서부터 마녀라고 해도 좋을 거예요."

그래서 낳고 싶지 않은 거라고, 티나샤는 말 속에 넌지시 암시한다.

그것은 오스카가 생각해 본 적도 없는 가능성이다.

—태어나는 자신의 아이는 마녀가 된다.

그 사실을 마주하고, 그도 금방은 아무 말도 할 수 없었다.

오스카는 티나샤의 검은 눈동자를 응시하고, 이어서 자신의 손바닥에 시선을 떨구었다. 그는 놀라움을 겨우 삼키고, 의문을 던졌다.

"아들이면 어떻게 되지?"

"마찬가지로 상당한 마력을 물려받겠지만, 아카시아가 있으니까요. 그걸 가지고 있는 한 마력을 집중할 수 없기 때문에 구성도 짤 수 없어요. 당신이 일찍부터 아카시아를 물려받은 데도 아마 같은 이유가 있었던 게 아닐까요."

"아바마마가 내 마력에 대해 알고 있었다는 뜻이야?"

"실은 전에 쿰에게 넌지시 떠본 적이 있는데, 그는 당신의 마력에 대해 모르고 있었어요. 그렇다면 당신의 어머니나 혹은 그 주변 사람이 봉인한 게 아닐까요. 실은 더 일찍 말했어야 했을지도 모르지만, 전에는 저주 때문에 배우자를 선택할 수 없는 상황이었고, 내가 그렇게까지 당신의 사정에 관여하기도 좀 뭐해서…."

"그랬군…."

오스카는 지금은 고인이 된 어머니를 떠올렸다.

그가 다섯 살 때 병으로 세상을 떠났다고 하는 어머니에 대해, 오스카는 거의 기억이 없다.

다섯 살이나 됐으면 기억이 더 남아 있을 법도 한데, 이상하게도 기억이 나지 않는 것이다. 하물며 그녀가 마법사였는지 어떤지는 더더욱 알지 못한다. 이 문제는 아버지에게 물어보는 편이 좋을지도 모른다.

오스카는 자신과 과거의 일에 대해 탄식한 후, 마음을 다잡고 마녀를 마주보았다. 사랑스러운 연인의 모습을 응시한다.

"태어나면서부터 강대한 힘을 갖는 게 불행하다고 생각해?"

"좋은 일이라고 생각하지는 않아요. 더구나 왕족이니까요."

"나에게도 힘이 있다고 했잖아. 그리고 너도 원래는 여왕이 될 몸이었어."

그는 손짓했다. 거기에 응해 가까이 다가온 티나샤는 시무룩한 얼굴로 그의 무릎에 앉는다. 오스카는 그 몸을 뒤에서 가볍게 끌어안았다.

"처음부터 힘의 존재를 부정하지 마. 너의 그 힘으로 수많은 사람을 구했잖아."

"사람을 죽인 적도 무수히 많아요."

마녀는 눈길을 떨궜다. 숙여진 조그만 머리를 오스카는 다정하게 쓰다듬는다.

"나도 있어. 싸우는 것을 선택했으니까. ―티나샤, 힘은 쓰기에 달렸어. 너밖에 낳을 수 없는 아이라면, 너에겐 키울 수 있는 힘이 있다는 뜻이야. 힘에 대해, 목숨에 대해 하나씩 가르쳐주고 생각하게 만들면 돼. 처음부터 가능성을 빼앗지 마. 아이에게 태어날 기회를 주기 바라."

티나샤는 대답하지 않는다.

억누르기 힘든 감정을 가슴에 품고, 그녀는 눈을 감았다.

※

새해를 앞둔 밤, 파르사스 성도는 들뜬 술렁임으로 가득 차 있었다.

새해 의식 준비로 분주한 성 안에서는, 여관과 문관들이 종종거리며 뛰어다니고 있다.

파르사스의 관습을 잘 모르는 티나샤는 의식이 새해 아침에 행해진다고 생각하고 있었지만, 실제로는 한밤중에 시작되어 신전에서 새해를 맞이하는 형태다.

장군의 정장을 차려입고, 성문 안쪽에서 경비 상황을 최종점검하고 있던 알스는 축제 분위기에 섞여 풍겨오는 술 냄새에 눈을 가늘게 떴다.

"마시고 싶어…."

"근무 중이야."

뒤에서 날아온 손바닥에 등짝을 얻어맞고 돌아보니, 기르기 시작한 머리를 가볍게 묶은 소꿉친구가 서 있었다. 대륙에서 여성은 머리를 기르는 게 일반적이지만, 멜레디나는 지금까지 직업상 어깨에 닿지 않는 길이를 고수하고 있었던 것이다.

하지만 지금은 그 머리도 어깨보다 조금 아래까지 자라 있다. 그녀는 진홍색을 기조로 한 무관의 정장을 차려입고, 자신의 장검을 차고 있었다.

"비가 올 것 같아."

"제발 성으로 돌아올 때까지 버텨주면 좋겠는데."

두 사람이 올려다본 밤하늘은 잔뜩 흐리고 어둡다. 때때로 구름 사이로 희미한 달빛이 한 줄기 새어나오는 정도다.

비가 오면 새해를 앞둔 흥겨운 분위기도 깨져버리고, 경비하기도 힘들어진다. 가능하면 비가 내리기 전에 의식을 끝낼 수 있기를 알스는 바랐다.

출발까지 앞으로 삼십 분 남짓, 준비는 만전이다.

한편 마법사들은 미리 신전에 나가 대기하는 자와, 성에서 출발하는 자로 나누어져 있었다. 신전으로 향하는 길가에도 병사들과 마법사들이 경호를 위해 배치되었고, 그들은 이미 성을 출발한 상태였다.

쿰과 도안은 정장으로 몸을 감싸고, 신전으로 출발하는 자들이 대기하는 홀에 있었다. 그들은 출발을 앞두고 마녀가 쳐둔 구성에 접촉해, 길목의 상황을 살핀다. 티나샤가 구성에 간섭할 수 있도록 허가해준 사람은 이 두 사람을 비롯해 열 명이 채 안 되는, 신뢰할 수 있는 소수의 마법사들뿐이다. 그래도 술자 본인인 티나샤와는 지각의 정밀도가 크게 다르기 때문에, 진정한 감시자는 실질적으로 마녀 한 사람뿐이다.

두 마법사는 감시 구성을 탐색하면서 얼굴을 마주보았다.

"현재까지 수상한 자는 없는 것 같군."

"신전에도 별다른 이상은 없는 것 같습니다."

그들은 안도의 한숨을 내쉰다. 지난달에 성을 습격한 마물의 소환주도 아직 잡지 못한 상황이다. 아무리 조심해도 지나치지 않다.

그때, 안쪽의 문이 열리고 젊은 국왕이 들어왔다.

그는 걸음을 옮기면서 자신의 장비를 확인하고, 쿰에게 시선을 향했다.

"어떤가?"

"이상 없습니다."

"그렇군."

—파르사스 왕의 정장은 예로부터 전투를 의식한 차림새다.

금속갑옷에 자주색 외투를 걸치고, 아카시아를 찬 왕. 용맹함과 위엄이 넘치는 그 모습은 단정한 용모와 어우러져 말 그대로 그림 같았다. 어깨 위에는 작은 드래곤이 장식품처럼 앉아 있어, 한층 비현실감을 자아내고 있었다.

오스카는 홀 안을 둘러보고 고개를 갸웃했다.

"티나샤는?"

"함께 계신 줄 알았습니다만."

"아니, 못 만났어."

사람을 시켜 불러오게 할까 말까 오스카가 망설이고 있을 때, 때마침 마녀가 들어왔다. 기척을 느끼고 돌아본 세 사람은 그 모습을 보고 말문이 막혀버렸다.

그녀는 마법사의 정장을 입고 있었다.

하지만 그것은 파르사스의 정장이 아니라 투르다르의 의례용 정장이다.

투르다르 왕족이 입는 진청색과 흰색의 장의. 거기에는 곳곳에 복잡한 문양의 자수가 놓여 있고, 옷자락은 둥글게 펼쳐져 있었다. 긴 흑발은 일부만 남긴 채 땋아 올렸고, 수정구슬을 꿰어 만든 이마장식과 귀걸이가 은은하게 빛을 발하고 있었다.

투명한 신비감을 구현화한 마녀의 모습에, 오스카는 경탄을 금치 못했다.

"어떻게 된 거야, 그 옷차림은?"

"실비아와 파밀라에게 붙잡혔어요."

화장까지 한 걸 보면 꽤나 철저하게 당한 모양이다. 투르다르의 보물고에 보관되어 있던 마법복과 정장을, 두 여자가 크게 기뻐하며 티나샤를 위해 챙겨왔던 것이다.

최근에는 마녀도 강제 몸단장에 익숙해졌는지, 못마땅한 얼굴을 하면서도 받아주고는 있었다.

그녀가 걸친 의상은 손등에 착용한 수정장식을 비롯해 대부분이 마법구로 이루어진 것 같았다.

티나샤는 고개를 들어 오스카의 모습을 살짝 보았다.

"원래 예쁜 얼굴이라 그런 차림도 잘 어울리네요."

자연스러운 칭찬에 그는 쓴웃음을 지었다.

"네가 예쁘다고 하니까 기분이 이상하네. 그 이전에, 남자에게 하는 칭찬의 말이 아니잖아."

"그런가요? 솔직하게 칭찬한 건데."

티나샤는 고개를 갸웃하며 쿰 옆으로 가서 섰다. 오스카는 그들을 둘러보면서 잠시 숨을 골랐다.

"그럼 갈까."

왕의 명령에, 도열해 있던 사람들 모두가 고개를 숙인다.

홀의 문을 열고, 그들은 성문을 향해 걷기 시작했다.

선도하는 병사들이 성도의 동쪽으로 뻗은 큰길을 열어나간다. 민중은 길 양쪽으로 몸을 피하면서 왕의 모습을 보기 위해 모여 있었다.

알스가 이끄는 무관들에 이어, 마법사들과 국왕 일행이 모습을 드러낸다. 순간, 한밤중의 성도는 뜨거운 열광으로 가득 찼다. 파르사스 왕가는 대대로 호탕한 성격의 인물이 많기 때문인지, 민중에게는 인기가 높은 편이다.

어른들 사이에서 그 행렬을 구경하던 사이에는, 국왕 바로 뒤에서, 자신의 말 위에 옆으로 앉아 있는 여자를 보고 깜짝 놀라 숨을 삼켰다. 고삐를 잡지 않았는데도 똑바로 나아가는 말 위에서 그녀는 눈을 감고 있었다.

복장이 달라서 불가사의한 박력과 기품이 느껴지는 미모의 여자는 그러나, 탑에서 만났던 여자가 분명하다. 사이에는 그녀가 마녀라고 믿고 있었지만, 돌이켜 생각하면 그녀는 왕을 알고 있는 듯한 말투였다. 그렇다면 마녀가 아니라 궁중마법사일지도 모른다.

일행이 지나가자, 길은 다시 군중으로 가득 메워졌다.

왕이 돌아오는 것은 해가 바뀌는 한 시간 후의 일이다. 사이에는 지금 본 여자 이야기를 친구들에게 해주려고, 그 자리를 떠나 달려가기 시작했다.

신전에는 아무 일 없이 무사히 도착했다. 일동은 얼마간 가슴을 쓸어내린다.

초원 한가운데에 있는 오래된 건물. 흰 석재로 건축된 넓은 신전은, 평소에는 사람들 눈에 띄지 않는 파르사스의 또 하나의 얼굴이다. 암흑시대 초기부터 이어지는 긴 역사가 잠든 고요함이 거기에는 있다.

신전이라고 해도 건물에 장식은 많지 않다. 안에는 넓은 직사각형 공간이 하나 있을 뿐이다.

그 안쪽에는 일곱 개의 돌기둥이 서 있고, 그 돌기둥 표면에는 문자가 빼곡하게 새겨져 있다. 이 돌기둥은 각각 파르사스가 신앙하는 일곱 신에 대응하는 것이다.

의식이 시작되고 신관들이 축복과 기도를 올리는 가운데, 오스카는 제단 앞에 아카시아를 뽑아들고 서 있었다. 수행한 자들은 뒤에서 조용히 그 모습을 지켜본다. 입구 근처에서는 티나샤가 눈을 감은 채 구성에 의식을 연결하고 있었다.

이윽고 신관의 축사가 끝나자, 오스카가 신에게 바치는 축문을 읊기 시작했다. 그것을 들으면서 알스가 시간을 확인한다.

—예정대로, 이제 곧 새해가 밝아오려 한다.

무녀들이 대기 중인 자들에게 붉은 포도주가 담긴 술잔을 나누어주기 시작한다. 왕도 축문을 마치고, 준비되어 있던 술병을 손에 들었다. 그는 그것을 제단 위에서 세 개의 잔에 따랐다.

오스카는 술병을 내려놓고, 첫 번째 잔을 들어 안에 든 술을 땅에 뿌렸다. 두 번째 잔은 하늘을 향해 뿌린다. 그리고 그는 마지막 잔을 손에 들고, 그것을 단숨에 마셔버렸다.

신하들이 왕의 뒤를 이어 술잔을 입으로 가져간다. 새해를 축하하는 환성이 울려 퍼진다.

티나샤는 눈을 가늘게 뜨고 그 광경을 바라보았다.

그녀는 파르사스 사람이 아니므로 포도주는 입에 대지 않는다. 원래 술이 그렇게 센 편은 아니라서, 의식을 구성에 연결하고 있는 와중에 마시고 싶지는 않았다.

—하지만 그런 이유는 사실 핑계에 지나지 않는다.

그녀는 이 무리 속에 들어가는 데 여전히 저항감이 있는 것이다. 계약을 뛰어넘어 친밀해져도 되는지에 대한 불안과 두려움이 사라지지 않는다. 이런 초조감을 그의 어머니도 느끼고 있었을까…. 문득 그런 의문이 떠올라, 의미 없는 상상에 마녀는 쓴웃음을 지었다.

다양한 사람들의 운명을 싣고, 시간은 흘러간다.

제21대 국왕 아래, 파르사스력 527년이 시작되려 하고 있었다.

"모두 수고했다. 남은 절반도 잘 부탁한다."

오스카가 호위병들의 노고를 위로하자, 그들은 저마다 다른 표정으로 고개를 끄덕였다.

신전을 뒤로한 일행은 깜깜한 초원을 마법의 빛으로 밝히면서 천천히 되돌아간다. 어느새 공기 중에 습기가 가득해 금방이라도 비가 쏟아질 것 같았다.

오스카는 고개를 돌려 뒤에 있는 마녀를 확인했다. 그녀는 여전히 계속해서 흘러들어오는 지각(知覺)을 확인하기 위해 눈을 감고 있었다. 말을 걸까 말까 망설이던 오스카는 불현듯 무언가를 느꼈다.

그가 말없이 아카시아를 뽑자, 동시에 주문을 외우는 마녀의 목소리가 울린다.

"정의한다—. 나는 소환과 지배를 명한다. 벼락이여, 현출하여 내 명령에 따르라!"

다른 사람들이 깜짝 놀라 눈이 휘둥그레진다.

다음 순간, 지면에서 천공을 향해 거대한 흰 섬광이 번뜩였다. 공기를 찢는 소리가 귓전을 때리고, 눈부신 빛이 일대를 환하게 비춘다.

그것이 사라졌을 때, 세상에는 다시 어둠과 정적이 돌아와 있었다.

쿰이 창백한 얼굴로 오스카에게 물었다.

"무슨 일입니까?!"

"누군가가 지켜보고 있었다."

왕은 아카시아를 검집에 꽂으면서 불쾌한 듯이 대답한다. 그 말에 일행 사이에 술렁임이 퍼져나간다.

오스카가 마녀를 돌아보자, 그녀는 감고 있던 검은 눈을 뜨고 쓴웃음을 지었다.

"놓쳤어요. 이미 사라져버렸어요."

그렇게 말하고 그녀는 하얀 손가락을 튕겼다.

느닷없이 동쪽 하늘에 섬광이 번쩍이는 것을 보고, 성도에 있던 사람들은 파도처럼 술렁거렸다.

거리 여기저기에서 왕의 안위를 걱정하는 목소리가 터져 나온다. 성에 남아 있던 자들도 동요를 숨기지 못하는 가운데, 마법을 통해 왕의 무사함을 알리는 보고가 들어왔다. 일단 성내에는 안도감이 감돈다.

한편 그 무렵, 도시를 빠져나와 신전으로 향하고 있던 사이에 일행 다섯 명은, 거대한 섬광에 놀라 얼어붙어 있었다. 이대로 끝까지 가서 확인해야 할지, 다시 돌아가야 할지 망설인다.

"어떡할 거야, 사이에."

"네가 가자고 했잖아."

"시끄러워. 폐하에게 무슨 일이 생긴 거면 큰일이잖아."

소년들이 언쟁을 시작하자마자, 시야 끝에 왕 일행이 나타났다.

사이에 일행은 안심했지만, 동시에 허둥지둥 숨을 곳을 찾았다. 아이

들끼리 성도를 빠져나와 왕을 보러 온 걸 들켰다가는 무슨 벌을 받을지 모른다. 그들은 근처 덤불 속에 숨어, 왕 일행이 지나갈 때까지 기다리기로 하고 숨을 죽였다.

그러나 왕 일행이 막 덤불 앞에 다다랐을 때, 뒤에서 아름다운 여자의 목소리가 풀숲을 향해 날아왔다.

"사이에, 나와."

이름을 불린 소년은 너무 놀라 하마터면 펄쩍 뛰어오를 뻔했다. 소년은 간신히 그걸 참았지만, 다른 네 명이 쿡쿡 찔러대는 바람에 할 수 없이 덤불 속에서 일어섰다.

그런 그를 왕 일행은 말을 세우고 바라보고 있었다. 가운데 있는 여자가 눈살을 찌푸리고 그를 쳐다본다.

"또 이런 곳까지 오다니, 내 충고를 못 알아들은 거니?"

"…미안해."

사이에는 순순히 고개를 숙였다. 어차피 변명해도 소용없다고 생각한 것이다.

티나사는 손짓으로 그를 불렀다. 마녀 옆으로 온 소년을, 오스카는 재미있다는 듯이 바라본다. 사이에는 긴장하면서 오스카에게 공손하게 고개를 숙였다.

"폐하, 실례했습니다. 궁금해서 그랬어요."

"상관은 없다만, 조심해라."

티나사는 손을 뻗어 사이에를 자신의 말에 태웠다. 덤불을 향해 일침을 놓는 것도 잊지 않는다.

"나머지 네 명도 나와. 비가 쏟아질 것 같으니까 같이 돌아가자."

멋쩍은 얼굴로 나온 네 소년을, 신하들이 한 명씩 맡아 말에 태운다. 일행은 다시 길을 나아가기 시작했다.

티나샤 옆에 앉은 사이에는 작은 목소리로 물었다.

"누나, 어떻게 알았어?"

"경계하고 있었으니까. 누가 가까이 오면 알아."

여자의 말에 사이에는 고개를 푹 숙였다. 애당초 이런 곳까지 온 것은 그녀가 정말로 탑에서 만난 여자가 맞는지 궁금했기 때문이지만, 목적을 달성했음에도 불구하고 실패한 기분이었다.

소년은 한숨을 내쉰다. 문득 차가운 감촉이 볼을 스친 것 같아서, 그는 캄캄한 밤하늘을 올려다보았다.

그 감각을 뒷받침하듯이, 이내 빗방울이 후드득 떨어지기 시작했다. 알스가 선두에서 하늘을 올려다본다.

"결국 쏟아지는군요. 폐하, 비 가리개를…."

"괜찮아."

어느덧 성도가 보이기 시작한다. 그리 오래 걸리지는 않을 것이다.

오히려 마녀의 몸이 차가와질까 봐 걱정이 된 오스카가 뒤를 돌아보자, 그녀는 옆에 앉은 소년과 뭔가 작은 목소리로 이야기를 나누고 있었다. 시선을 느꼈는지 검은 눈동자가 그를 쳐다본다. 장난스러운 빛이 그 안에 반짝였다.

티나샤는 입꼬리를 올리고 미소 지으며, 두 손을 벌렸다.

"변질을 바라노라. 형상은 변함없이 떨어져갈 뿐. 얼어붙는 숨결을 전환의 손으로 삼으라."

하얀 두 손 안에 구성이 생겨났다.

그것은 그녀의 손에서 날아올라 천천히 퍼지면서 상승해간다.

구성이 상공에서 사라지자마자, 비가 그쳤다.

의아하게 생각한 일행이 고개를 들어 올려다보자, 캄캄한 하늘에서 무수히 많은 하얀 조각이 춤추듯이 내려오고 있었다.

하얀 깃털 같은 눈에 모두가 놀라는 가운데, 사이에만이 환희에 찬 표정으로 친구들에게 외쳤다.

"봐! 내가 말했지!"

그런 그들의 모습을 티나샤는 즐겁게 웃으며 바라본다. 아이들뿐 아니라 어른들도 모두 입을 떡 벌린 채 하늘을 바라보고 있다.

오스카는 손바닥에 떨어진 눈송이가 녹아 사라지는 것을 보고, 마녀를 돌아보았다.

"어떻게 한 거야?"

"수분만 상공에서 얼렸어요. 내 주변 한정이지만, 털어내면 비보다는 덜 젖을 거예요."

"이런 거구나…."

오스카는 마녀가 말한 대로, 무릎에 떨어진 눈을 털었다. 땅바닥에 떨어진 눈은 눈 깜짝할 사이에 풀잎 사이로 녹아 사라졌다. 올려다보자, 어둠 속에 하늘하늘 춤추는 하얀 조각이 꿈처럼 몽환적이다.

"너랑 있으면 세계가 넓어져서 좋아."

오스카의 말에, 티나샤는 눈을 감고 미소 지었다.

일행은 성도에 도착해 아이들을 내려주었다. 민중은 왕의 귀환과 처음 본 눈송이에 뜨겁게 열광했다.

사이에는 이별이 아쉬운 듯 여자를 향해 손을 흔들고, 그녀는 웃으면서 거기에 답했다.

결국 초원에서 느낀 수상한 시선 외에는 아무 일 없이, 오스카 일행은 무사히 입성했다.

오스카는 서둘러 성 안을 이동해, 발코니에서 민중 앞에 모습을 드러내고 연설을 한다.

거대한 구성을 유지하고 탐색하느라 지친 티나샤는 방 안쪽에서 장의자에 엎드려 있다. 수마와 싸우면서, 그래도 그녀는 발코니의 결계를 삼중으로 유지하고 있었다.

인사를 마친 왕은 발코니에서 돌아와 걱정스럽게 그녀를 내려다보았다.

"괜찮아?"

"괜찮아요. 신경이 조금 곤두섰던 것뿐이에요"

호위에 임했던 알스와 쿰은 의식이 전부 끝난 것에 안도의 한숨을 내쉰다. 오스카는 웃으면서 그들을 돌아보았다.

"수고했어. 알스는 한잔하러 가도 좋다."

"…황송합니다."

어깨의 짐을 내려놓은 알스는 인사하고 방을 나갔다. 아마 멜레디나라도 불러 거리의 북새통에 참가할 심산이리라. 쿰은 티나샤에게 구성의 뒤처리에 대해 확인을 받고 물러갔다. 경호에 임했던 다른 병사들도 평소의 자리로 돌아갔다.

오스카는 마지막으로, 기진맥진해 있는 마녀를 안아 올렸다. 그녀는 눈을 가늘게 뜨고 그를 보았다.

"내 발로 걸을 수 있어요…."

"그냥 있어."

티나샤는 난처한 표정을 지었지만, 이내 조그맣게 고개를 끄덕이고 남자의 가슴에 몸을 기댔다. 그는 그대로 방을 나와 복도를 걷기 시작한다. 기분 좋은 진동에 마녀는 얕은 숨을 토했다.

—전에는 도저히, 이렇게 안겨 이동하는 것을 견딜 수 없었다.

하지만 지금은 이미 아무렇지도 않다. 그것이 사백 년 전의 정산을 끝냈기 때문인지, 아니면 그녀를 안고 있는 남자 때문인지는 알 수 없다.

티나샤는 잠에 빠져들 것 같은 의식을 부여잡으며 남자에게 속삭인다.

"지난번 그 이야기 말인데요…."

"무슨 이야기?"

"결혼 이야기요."

"아아, 응. 뭔데?"

"역시 조금만 더 생각할 시간을 주세요. 계약이 끝날 때까지…."

"알았어."

흔쾌히 돌아온 대답에 티나샤는 안도했다.

원래 둘의 계약은 새해가 밝으면 곧 종료될 예정이었지만, 그녀가 파르사스를 떠나 쿠스쿠르에 몸을 의탁하고 있던 한 달 반 동안을, 두 사람 모두 암묵적으로 계약기간에서 제외하고 있었다.

결과적으로 실제 계약 종료까지는 앞으로 두 달이 조금 안 남은 것이다. 이만큼의 시간이 있으면, 앞으로의 거취에 대해 진지하게 생각해 볼 수 있을 것이다.

오스카는 품에 안긴 마녀를 내려다보았다.

정장을 한 그녀는 종잡을 수 없는 비현실적인 분위기를 품고 있다. 그대로 품안에서 사라져버릴 것 같은 상상이 스쳐, 그는 쓴웃음을 지었다.

"아바마마께 조금 여쭤봤는데."

티나샤는 흠칫 몸을 떤다. 검은 눈동자가 그를 응시했다

"아바마마도 고집을 부려 결혼했으니까, 마력을 이유로 결혼을 반대할 생각은 없대. 괜찮으니까 마음대로 하라고 하셨어."

"그렇군요…."

"뭐, 나는 낳아줘서 좋았어. 지금 여기에 있을 수 있으니까."

남자의 말에 마녀는 조금 쓸쓸한 미소를 지었다. 눈을 내리뜨고 "동감이에요" 라고 중얼거린다.

사백 년의 시간을 사이에 두고 태어난, 원래는 만날 수 없었던 두 사람은 작은 시간의 축적에 감사하며 앞으로의 시간을 쌓아간다. 그것이 짧은 한순간이 될지, 아니면 유구하게 이어져갈지 지금은 아직 짐작조차 할 수 없다.

눈앞에 나타나기 전까지는, 행복도 비극도 그 얼굴을 보이지 않는다.

※

캄캄한 방에는 달빛이 휘영청 비치고 있었다.

창문 밖으로 보이는 하늘은 구름 한 점 없다. 넓은 방에 여자의 즐거운 목소리가 울린다.

"그 아이는 어땠어?"

"여전해 보였습니다. 다만… 구성이 조금 달라진 것 같습니다. 어쩌면 마법도 약해졌을지도 모릅니다. 제 기분 탓일 수도 있지만요…."

대답하는 남자의 목소리에 여자의 눈이 커졌다.

"남자에게 넘어간 건가? 죽을 뻔하고도 아직 정신 못 차렸네. 정령마법으로 가장하고 있던 밑천이 드러난 거라면 재미있겠지만."

여자는 두 손을 깍지 끼었다. 눈을 내리뜨고 생각에 잠긴다. 각도에 따라서는 푸른색으로도 보이는 초록색 눈동자에 잔인한 기쁨이 떠올랐다.

"좋아. 허점이 있는 것 같으면 죽여버리자. 이 놀이가 일단락되면 말이야."

"뜻하시는 대로."

주인의 말에 남자는 고개를 깊이 숙였다.

그들의 대화를 듣는 인간은 아무도 없다.

그것은 대륙에서 오랫동안 기피되어온… 마녀의 말이다.

5. 손톱을 자르는 밤

"티나샤?"

다음날 아침, 평소보다 조금 늦게 눈을 뜬 오스카는, 옆에 연인이 없는 것을 알아차리고 몽롱한 머리를 흔들었다.

하지만 곧, 새해 의식으로 지쳐버린 그녀를 그녀의 방에 눕혀주고 온 것을 떠올린다. 아직은 깊은 잠에 빠져 있을 것이다. 어제의 상태로 봐서는 한참동안 깨지 않을지도 모른다. 오스카는 미소 짓고, 채비를 하기 위해 몸을 일으켰다.

그의 수호자인 마녀는 연인이 된 뒤로도 여전히 무자각인 면이 있는 듯, 과거에 그 목숨을 그렇게 했던 것처럼 무방비하게 애정을 기울여온다.

그래서 오스카는 자칫 방심하면 간신히 손에 들어온 사랑하는 여자에게 빠져버릴 것 같은 자신을 자제하고, 지금까지처럼 유지하려고 의식하고 있었다. 하지만 예전부터 연인 사이로 보인다는 말을 들을 정도였으니까, 그 정도가 딱 좋은 걸지도 모른다.

"어머니라…."

무의식적으로 흘러나온 중얼거림은 이중의 의미를 갖는다.

즉, 어머니가 되는 것을 망설이는 마녀와, 아마 망설이면서 그를 낳았을 어머니를.

아버지는 확실하게 말하지 않았지만, 그 태도로 미루어 어머니가 상당히 강한 마법사였음을 알 수 있었다. 당시 상대쪽 부모가 결혼을 반대한 것은 그것이 이유였을지도 모른다. 마법사 킬러인 검을 계승하는 왕가에, 마법사인 딸을 시집보내고 싶어하는 부모는 없으니까.

왕가에 대해서도, 지금까지 마법사인 왕을 갖지 않았던 나라는 대륙에서도 소수다. 작위적으로 안 태어나게 할 수 없기 때문에 당연하지만, 타일리처럼 마법을 기피하는 나라가 아닌데도 불구하고 파르사스 왕가에 마법사가 나타나지 않았던 것은 아마 왕검 아카시아의 영향이리라.

이 검을 가지면 마력이 있어도 마법을 쓸 수 없다. 오스카도 저주를 당하지 않았다면, 그리고 티나샤를 만나지 않았다면, 비마법사인 왕 중 한 명으로 역사 속에 묻혔을지도 모른다.

오스카는 아버지의 한숨 섞인 말을 떠올렸다.

『봉인은 태어나자마자 로잘리아가… 네 어머니가 해둔 것이다. 어차피 불필요하다고 하면서.』

그 이야기를 듣고 오스카는 '진작 말해줄 것이지'라고 생각했지만, 어머니를 지극히 사랑했던 아버지는, 그녀의 뜻을 가능한 한 존중해주고 싶었던 걸지도 모른다. 그녀가 세상을 떠난 것은 서른 살 때. 젊은 나이에 세상을 떠난 왕비의 자취는 아직 아버지 안에 강하게 남아 있다.

어머니의 모습을 거의 기억하지 못하는 오스카는 쓴웃음을 짓다가… 갑자기 두통을 느꼈다. 오른손을 관자놀이에 가져간다.

달빛이 비친다.

하얀 손톱.

밤.

흩뿌려진 피의 붉은색.

가로누운, 그것은.

표상도, 문장도 되지 않는 형상이, 순간 뇌리에 가득해진다.

그리고 그것들은 순식간에 사라져버렸다.

오스카는 의아하게 생각하며 고개를 흔들었지만, 흩어져버린 파편은 끝내 되찾을 수 없었다.

※

"으, 너무 오래 잤네요…. 미안해요."

티나샤는 오후의 티타임이 되어서야 비로소 집무실에 모습을 드러냈다.

멋쩍은 얼굴로 문가에 서 있는 마녀를, 오스카는 웃으면서 손짓해 불렀다. 마녀는 남자의 무릎에 앉아 그를 올려다보았다.

"차 안 마셔요?"

"나중에 마셔도 돼."

오스카는 마녀의 머리카락을 빗어주며, 그 이마에 입맞춤한다. 티나샤는 조금 못마땅한 표정을 지었지만, 손을 뻗어 책상 위에 펼쳐진 서류를 집어 들었다.

"새해 첫날부터 고생이 많네요."

"새해니까 할 일이 많지."

"도와줄게요."

마녀는 그렇게 말하면서 서류를 팔락팔락 넘기더니, 별로 중요하지 않은 서류를 몇 장 골라냈다. 그대로 남자의 무릎에서 내려와 그것들을 정리하기 위해 장의자로 자리를 옮긴다.

잠시 후, 라자르가 나타나 축제의 뒤처리에 대해 보고를 시작했다. 티나샤는 자신이 골라낸 서류를 일단 내려놓고, 차를 준비하기 시작했다. 평소와 다름없는 평온한 광경이다.

라자르는 서류에 서명을 받은 후, 다음 현안을 소리 내어 읽었다.

"간도나의 건국기념축전과 관련해 상세한 내용이 도착했습니다."

"가기 싫은데."

"안 됩니다."

그냥 말해본 것뿐이지만, 말을 꺼내기 무섭게 면박을 당하고 말았다. 오스카는 입속으로 씁쓸한 감정을 곱씹었다.

파르사스에 국왕의 탄생기념식전이 있는 것처럼, 동쪽의 대국 간도나에도 일 년에 한 번, 주변국 인사를 초청해 열리는 축전이 있다. 각 나라의 왕족 중 한 명이 참석하면 되기 때문에, 보통은 왕자나 왕녀가 참석하지만, 파르사스에는 현재 오스카뿐이다. 선왕이 이미 은거에 들어간 이상, 그가 갈 수밖에 없는 것이다.

차를 따른 찻잔을 오스카에게 내밀면서 티나샤는 고개를 갸웃했다.

"얼마나 걸려요?"

"거기서 1박 해야 돼. 파르사스의 식전과 거의 비슷해. 미네다트 요새로 전이해서 거기서부터 말을 타고 가니까, 그게 아마 꽤 걸릴 거야."

"간도나 왕궁 근처로 직접 전이하면 안 되나요?"

"미리 말해두면 상관없을 것 같긴 한데… 가능해?"

"당연하죠."

마녀는 그렇게 말하고, 손 안에서 쟁반을 빙빙 돌렸다.

"장거리 전이는 좌표 취득이 문제니까, 그것만 해결되면 완전 가능해요."

"좌표를 알아?"

"옛날에 간 적이 있어요."

"그럼 부탁해. 상당히 편해지겠군."

티나샤는 온화하게 미소 짓고, 정리가 끝난 서류를 그에게 돌려주었다. 그녀의 간단한 설명을 들으면서, 오스카는 그 서류들에 서명을 한다.

전이로 간다면, 이주일 후인 식전 당일에 간도나로 출발하면 될 것이다. 거기까지 생각하다가 오스카는 문득 고개를 들었다.

"그럼 여기에 마물을 투입해온 녀석은 직접 전이로 보낸 건가?"

"그렇게까지는 내가 용납하지 않아요…. 그건 결계를 침식해 그 구멍으로 마물을 집어넣은 거예요. 결계를 몰래 녹였다고 할까요. 솔직히 말하면, 내 결계에 그런 짓을 하는 인간이 있을 줄은 상상도 못했어요. 즉시 알아차리지 못한 내 잘못이지만요."

"그때 넌 정신이 몽롱해져 있었으니까."

"반은 당신 때문이에요!"

얼굴이 새빨개진 마녀가 던진 쟁반을 오스카는 잽싸게 받아냈다.

예의 그 사건 이후, 티나샤는 성의 결계를 다시 손본 것 같았다. 하지만 그것도 완벽한 대책은 아니라는 사실을 두 사람 다 알고 있다. 한 가지 대책을 세우면 적은 다른 방식을 취해온다. 어차피 이런 건 다람쥐 쳇바퀴인 것이다. 적을 특정하지 못하는 이상, 불씨는 그때그때 처리할 수밖에 없다.

"뭐, 동쪽의 야르다도 불온한 느낌이라 신경 쓰이니까 할 수 없지. 가볼까."

"당연하죠, 폐하…."

라자르가 괴로운 표정을 한다. 십일 년 전의 전쟁에서 파르사스에 패배한 이웃나라 야르다는 간도나와도 국경을 접하고 있다. 아마 축전에도 왕족 누군가가 참석할 것이다.

오스카는 남은 서류를 처리하면서 중얼거렸다.

"티나샤가 있으니까 호위는 많이 필요 없어. 아, 파밀라나 실비아를 데려가야겠군. 너도 준비를 도와줄 사람이 필요하지?"

뜬금없이 나온 이야기에 마녀의 눈이 동그래졌다. 놀라움과 불길한 예감이 섞인 표정이 된다.

"내가 왜 준비가 필요하죠? 직접 할 거예요."

"정장을 해야 되니까 필요하잖아."

"역시! 참석 안 해요! 난 호위로 가는 거예요!"

티나샤는 몇 달 전 파르사스의 식전에 참석했던 기억을 떠올렸다. 그때는 좋은 구경거리 겸 질투의 표적이 돼버려서 내심 후회했던 것이다. 더구나 지금은 그녀가 마녀라는 사실을 아는 사람도 많다. 어떤 얼굴로 참석해야 좋을지 전혀 알 수 없다.

오스카도 그 점을 떠올렸는지 턱을 괴었다.

"하긴 그런가…. 어쩔 수 없지."

하지만 그의 반응에 티나샤가 안도한 것도 잠시, 라자르가 입을 열었다.

"하지만 티나샤 님은 폐하의 약혼녀인 걸로 되어 있습니다."

"아."

"그러고 보니!"

짧은 침묵 후에, 마녀는 머리를 싸쥐었다.

"그 설정을 잊고 있었어…."

"나도 잊고 있었어."

전에 사대국이 모인 전후 처리 때, 티나샤의 신병을 인수하기 위해 오스카가 쓴 방법이 '약혼자니까'라는 것이었는데, 둘 다 그걸 까맣게 잊고 있었던 것이다.

다만, 각국의 왕족과 재상들 중에는 그 말이 거짓임을 간파한 자도 많고, 소국 중에는 측실로라도 파르사스에 왕녀를 시집보내고 싶어하는 나라도 있다. 마녀는 그렇다 쳐도, 오스카에게는 아무 효과도 없는 방책이다.

티나샤는 작은 머리를 싸쥐었다.

"우와, 어떡하지."

쏟아지는 무수한 싸늘한 시선을 벌써부터 예감할 수 있다. 눈에 띄게 풀이 죽은 마녀를 보고, 오스카는 한숨을 내쉬었다.

"굳이 참석 안 해도 괜찮아. 어디 있는지만 명확하게 해둬."

"미, 미안해요…."

티나샤는 순순히 고개를 숙였다.

자신이 짊어져야 할 일인 건 알지만, 자신의 입장에 망설임이 있는 지금 상태로는 어떻게 해야 좋을지 명확한 답을 찾을 수 없다.

그를 사랑한다—. 그것만 알면 모든 게 안정될 것 같았지만, 그것만으로 해결하기에는 두 사람은 어려운 입장에 있는 것이다.

티나샤는 자신의 약함과, 선택해야 할 기로를 생각하고 입술을 깨물었다.

※

당일은 오스카와 티나샤 외에, 알스와 다섯 명의 병사가 동행하게 되었다.

원래 성 안의 경비는 간도나 측에서 하게 되어 있다. 너무 많은 인원을 데려가면 상대의 경비 체계를 의심하는 걸로 보일 수 있어서 좋게 받아들여지지는 않을 것이다.

마녀가 연 전이문 너머는 간도나 성도의 외곽이었다. 거기서 여덟 명의 일행은 말을 타고 이동한다. 도보로도 갈 수 있는 거리지만, 그렇게 했다간 의심을 사게 될 것이다.

성에 도착한 일행은 환대를 받은 후, 각자에게 주어진 방으로 이동했다. 축전은 저녁부터 밤에 걸쳐 행해지고, 그 후 하룻밤을 지낸 후 파르사스로 돌아가게 되어 있다.

의례용 정장으로 갈아입으면서, 오스카는 방에 결계를 치고 있는 마녀에게 말을 건넸다.

"넌 옛날에 간도나에 온 적이 있다고 했었지. 무슨 일로 온 거야?"

"마족 토벌을 의뢰받은 적이 있어요."

"그렇군."

티나샤는 결계를 다 치고 나서, 연인을 마주보았다. 가볍게 허공으로 떠올라 그의 머리카락을 정돈해준다. 오스카는 그 몸을 끌어안았다.

"수상한 느낌이 들면 내 이름을 불러주세요. 금방 알 수 있게 해놨으니까요."

"알았어. 너는?"

"회장 안에는 들어갈게요. 당신이 보이는 곳에 있을 거예요."

마녀는 보는 이의 마음을 사로잡는 우아한 미소를 짓고, 살며시 남자에게 입맞춤했다.

식전의 회장이 된 장소는 성 안의 큰 홀이다.

삼백 명은 족히 들어갈 만큼 넓은 홀은 거대한 원통형 구조로, 여러 층이 트여 있는 꼭대기에는 유리 천장이 펼쳐져 있다. 벽 쪽에는 천장

근처까지 회랑이 나선형으로 이어져 있어, 맨 위층의 회랑에서는 상당한 높이에서 홀을 내려다볼 수 있었다.

장식이 별로 없는 검은 드레스로 갈아입은 티나샤는 높은 회랑에서 홀을 내려다본다.

때때로 간도나의 경비병이 지나갈 뿐, 주위에는 아무도 없다. 아래층의 홀에서는 조금 전까지 간도나 국왕이 인사를 하고 있었지만, 지금은 모두가 제각기 흩어져 저마다 이야기를 나누고 있다. 공주들의 화려한 드레스가 흐드러지게 피어난 꽃처럼 아름답다.

마녀의 연인인 파르사스 왕도 다양한 빛깔의 드레스에 둘러싸여 있는 게 보인다.

근처에는 호위인 알스의 모습도 있고, 현재까지 특별히 수상한 자는 없다. 마녀는 경계 태세를 유지한 채 아래를 주시한다.

—어째서 그는 자신을 선택했을까.

레나트에게도 물어봤듯이 그 이유가 궁금하지만, 이제 와서 오스카에게 물어볼 생각은 없다. 그것은 그가 결정한 일이고, 자신은 그 범위 내에서 그에게 불이익을 초래하지 않으면 된다고 티나샤는 생각한다. 결국 자신은, 그가 거느린 마녀다. 정인이 되었다 해도 그것은 변함없다.

그리고 티나샤에게는— 질투심이 존재하지 않는다.

다른 사람을 부러워하는 감정은 사백 년을 살아오는 동안 완전히 마모되어버렸다. 그래서 여성들에게 둘러싸인 연인을 봐도, 자신이 도망친 것을 미안하게 생각할지언정 질투심은 생기지 않는다. 아마 그가 그녀들 중 한 명을 티나샤 대신 연인으로 삼는다 해도, 슬프기는 하겠지만 미워하는 마음은 들지 않을 것이다. 그래도 괜찮다고 티나샤는 생각하고 있다.

질투가 만에 하나 미움으로 바뀐 경우, 그녀가 가진 힘은 지나치게 강대하다. 분노에 사로잡혀 모든 것을 파괴할 바에는 홀로 슬퍼하는 편이 훨씬 낫다.

티나샤는 난간에 기대 아래층을 바라보았다. 그 옆으로 누군가가 불쑥 술잔을 내밀었다.

젊은 남자의 부드러운 목소리가 이어진다.

"한 잔 어때?"

"안 마셔. 알잖아."

마녀는 냉담하게 대꾸하고 돌아보았다.

거기에는 스물다섯 전후의, 은발에 검은 눈동자를 가진 호리호리한 남자가 서 있었다.

—남자는 기이할 정도로 아름다운 용모를 지니고 있었다.

수려한 얼굴은 말없이 미소만 지어도 여자들의 마음을 순식간에 사로잡을 수 있을 것이다. 고귀함이 감도는 그 모습은 어느 나라 왕족의 숨겨둔 아들이라 해도 납득하고 말 정도다.

하지만 그런 그는 마녀의 시선을 받자 고약한 성격을 얼굴에 드러냈다.

"오랜만이야. 멋진 여자로 성장했군. 남자가 생긴 덕분인가?"

"반대야, 반대. 성장한 건 상처를 입었기 때문이야."

"그만큼의 힘을 가지고도 상처를 입다니, 인간은 역시 약한 존재로군."

"이 정도가 딱 좋아."

남자는 심술궂게 웃고 손 안의 술잔을 지웠다. 그는 티나샤와 나란히 아래층을 내려다본다. 그 시선 끝에 있는 것은 오스카다.

"그럼 역시 저 독특한 인간이 네 남자인가."

"그래. 독특하다고 말하지 마."

"여자였으면 탐났을 것 같은데, 아깝군."

"소름 끼치는 소리 하지 마…."

티나샤는 두통이 생길 것 같아서 머리를 눌렀다.

오래 전부터 아는 사이인 이 남자는 남이 싫어하는 짓을 매우 좋아한다. 그의 눈에 띈 인간은 대부분 불운한 운명을 걷게 된다. 티나샤는 연인의 성별이 남자인 것에 진심으로 감사했다.

티나샤는 옆에 선 남자를 흘겨보았다.

"그래서 이런 곳에서 뭘 하는 거지? 또 무슨 수작을 부리려고?"

"지금은 이 나라에서 공작으로 지내고 있어. 마음에 둔 여자도 있고."

"가엾게도…."

만난 적 없는 여성을 티나샤는 진심으로 동정했다. 하지만 그 감상이 마음에 안 든 모양인지 남자는 눈살을 찌푸렸다.

"소중히 잘 키우고 있어."

"그, 그래…. 적당히 해."

너무 자세히 듣고 싶지는 않다. 어차피 좋은 일은 아닐 게 분명하니까.

남자는 못마땅한 얼굴을 하고 있었지만, 곧 체념했는지 한숨을 내쉬었다.

마녀는 다시 아래층을 내려다본다.

그때 문득, 시선 끝의 연인이 순간 그녀를 올려다본 것 같았다. 하지만 주위의 여자가 뭐라고 말을 걸어와서, 그는 이내 시선을 다시 돌려버렸다.

티나샤는 부드러운 미소를 띠고 그 모습을 바라보았다. 옆에 선 남자가 그 모습을 재미있다는 듯이 쳐다본다.

"아주 넋이 나갔군, 그래. 목표가 사라져서 맥빠져버렸어? 지금이라면 너를 죽일 수 있을 것 같은데."

"그럼 시험해 보든가."

티나샤는 남자를 쏘아보면서 천천히 몸을 일으켰다. 입으로만 웃고 있는 마녀의 눈은 호전적인 빛을 띠고 있다. 우아한 팔다리에 마력이 모이는 것을 보고 남자는 웃었다.

"뭐야, 그런 표정도 할 줄 아는군. 아니, 사양할게. 소란을 일으키면 잔소리꾼 녀석이…."

"트라비스!"

말이 채 끝나기도 전에 이름을 불린 남자는 어깨를 으쓱했다.

두 사람이 돌아본 곳에는, 열대여섯 살 정도 되어 보이는 아름다운 소녀가 서 있었다. 연녹색 드레스를 입은 그녀는 남자보다 조금 회색에 가까운 은발이다.

소녀는 거침없이 남자에게 다가와 그 배에 주먹을 날렸다.

"또 여자한테 집적거리고 있지! 당신은 왜 항상 그 모양이야? 그러다 외교 문제로 번지면 어쩌려고 그래!!"

배를 얻어맞은 트라비스는 아프지도 않은 모양인지 웃으면서 그녀의 손을 붙잡고 있다. 티나샤는 어안이 벙벙해져서 소녀를 응시했다.

소녀는 붙잡힌 손을 뿌리치고, 티나샤를 향해 인사했다.

"트라비스가 무례를 범했습니다. 저는 올레리아 카나우 나이샤 포르시아라고 합니다."

"아, 티나샤 어스 메이야 우르 아에테르나 투르다르예요."

지나치게 공손한 소녀의 태도에 무심코 본명을 말해버렸다.

인사하면서 티나샤는 소녀의 이름에 간도나 왕가의 인척인 귀족 가

문의 가명(家名)이 들어 있음을 깨달았다. 남자를 쳐다보자, 그는 "내가 후견인을 하고 있어" 라고 덧붙였다.

아마 이 소녀가, 그가 말한 '마음에 둔 여자'이리라. 귀찮은 건 딱 질색인 그가 귀족들 속에서 후견인을 하는 것은 티나샤도 처음 보는 일이다.

올레리아라고 자신을 소개한 소녀는 티나샤의 인사를 듣고, 다시 트라비스를 노려보았다.

"파르사스 국왕의 약혼녀분이시잖아. 대체 뭐 하는 거야!"

"옛날부터 아는 사이야."

"또 그런 말도 안 되는 거짓말을…."

"아, 정말이에요."

잠시 올레리아의 기세에 눌려 있던 티나샤는 가볍게 손을 들고 말참견했다.

"그런가요?"

되묻는 소녀의 눈동자에 의심과 불안과, 희미한 질투가 일렁인다.

그것을 마녀가 귀엽게 생각하고 있을 때, 트라비스가 소녀의 어깨를 가볍게 두드렸다.

"안심해. 이런 여자는 전혀 내 취향이 아니니까."

"그런 실례되는 말을 하면 어떡해!"

얼굴이 빨개지는 올레리아의 모습에, 티나샤는 소리 내어 웃음을 터뜨렸다.

올레리아는 잠시 마음을 가라앉힌 후에, 티나샤에게 물었다.

"왜 이런 곳에 계시나요? 아래층으로 내려가시지 않고요."

"나는 호위니까요."

솔직한 의문에 티나샤는 웃었다. 티나샤가 오스카의 약혼자인 걸 안다면 마녀라는 사실도 알 텐데, 전혀 아랑곳하지 않는 소녀가 재미있다.

트라비스가 그 말을 듣더니 한쪽 눈썹을 치켜 올렸다.

"뭐야, 약혼했어?"

"대외적으로는."

"재미있군. 저 남자와 너의 아이가 태어나면 즐거울 것 같아."

"전혀 즐겁지 않아서 결혼을 망설이는 중이야."

쌀쌀맞게 대꾸한 티나샤는, 소녀의 낯빛이 흐려진 것을 알아차렸다. 마찬가지로 그것을 알아차린 트라비스가 한 팔로 소녀를 안았다.

올레리아는 조금 망설이는 듯하다가 고개를 들고 티나샤를 똑바로 주시했다.

"아이를 싫어하시나요?"

"아뇨, 그런 건 아니에요…."

"이 녀석은 마녀니까, 자기 자식도 그렇게 되는 게 무서워서 그럴 거야."

쉽사리 이유를 알아맞히는 것은 오래 알고 지낸 사이라 그렇기도 하지만, 그 이상으로 트라비스가 마력의 성질을 잘 알기 때문이다. 티나샤는 쓴웃음을 지으며 고개를 끄덕였다.

하지만 올레리아는 의아한 듯이 고개를 갸웃한다.

"단지 그뿐인가요?"

"그뿐이에요."

소녀의 연푸른색 눈동자가 티나샤를 응시했다. 옆에서는 남자가 눈을 감은 채 웃고 있다.

올레리아는 잠시 주저하는 듯 보였지만 조심스럽게, 그러나 강한 의지를 떼고 입을 열었다.

"저는 마녀분들이 얼마나 힘든지는 잘 모르지만, 만약 이유가 그것뿐이라면 부디 망설이지 말아주세요. 태어나면 괴로운 일도 있고 즐거운 일도 있겠지만, 그게 겁나서 낳지 않는 것보다는, 태어나서 그걸 함께 나누는 것을 자녀분은 바라실 거라고 생각해요."

진지한 충언은, 꾸밈이 없는 만큼 강하게 심금을 울렸다.

마녀의 눈이 동그래진다. 순간적으로 아무 말도 할 수 없다.

그 모습에 자신의 발언이 부끄러워졌는지, 올레리아는 얼른 고개를 숙였다.

"제가 주제넘은 말을 한 것 같네요. 실례했습니다."

그렇게 말하고 그녀는 트라비스의 품에서 빠져나와, 계단 밑으로 달려가 사라져버렸다. 소녀의 뒷모습을 바라보던 티나샤는 탄식했다.

"…상당한 걸물이네."

"저 녀석 자신이 그런 원치 않는 능력을 가지고 태어난 아이니까."

"그런 거야?! 내가 실언을 해버렸네…."

그런 사정이라면 확실히 마녀의 망설임이 아프게 다가왔을 것이다. 모르는 사이에 무신경한 발언을 해버린 게 부끄러워서 티나샤는 고개를 떨궜다.

트라비스가 심술궂게 웃으며 그 모습을 쳐다본다.

"그 정도 일로 상처받을 녀석은 아니야. 그보다 사백 살도 더 어린 소녀에게 설교를 들은 기분이 어때?"

"뼈에 사무치네."

마녀는 한 손으로 얼굴을 가리고 한숨을 내쉬었다.

하여간 자신은 언제나 망설이고만 있을 뿐이다. 나약한 자신이 싫어진다.

적어도 좀 더 당당해질 필요는 있다.

망설임 없이 그녀를 선택해준 남자를 위해서도.

※

식전의 끝이 고해졌을 때, 오스카는 몸에 밴 온갖 향수 냄새에 역겨움을 참고 있었다.

알스만 대동한 채 홀을 나가려고 하는 그를, 급하게 몇 명의 영애들이 따라붙는다. 오스카는 기척으로 그것을 감지하고, 복도로 한 발짝 나오기 무섭게 입을 열었다.

"티나샤."

넓은, 밤의 복도, 아직 인적이 드문 그곳에 홀연히 검은 옷을 입은 여자가 나타난다.

등 뒤로 늘어뜨린 긴 흑발. 검은 눈동자는 밤 그 자체다.

고요함을 연상시키는 미모의 여자는 매혹적인 속눈썹을 살포시 들고 남자를 보았다.

"왔어요."

청아하게 울리는 목소리는 인간이 아닌 자가 가진 신비함이다.

뒤쪽에서 숨을 삼키는 영애들을 무시하고, 오스카는 마녀에게 다가가 그 머리카락에 입맞춤한다.

"끝났어. 방으로 가자."

"수고했어요."

"머리를 감겨줘. 대신 고양이도 씻겨줄게."

"난 고양이의 모습으로 물에 젖는 건 싫다고 말했잖아요! 감겨줄 테니까 고양이는 내버려둬요."

그렇게 말하면서 복도를 걸어가는 두 사람은, 명백하게 친밀함이 느껴지는 거리감이다. 그 모습과 티나샤의 미모에, 영애들은 주눅이 들어 발을 멈춘다. 알스는 거기까지 계산하고 마녀를 불렀을 주군을 생각하고 쓴웃음을 지었다. 하지만 오스카가 극도로 지친 것은 사실이니까, 단순히 그녀의 얼굴이 보고 싶었을 뿐일지도 모른다.

오스카는 마녀와 함께 방으로 돌아와 간신히 한숨을 돌렸다.

"진짜로 피곤해…."

"그래 보여요."

티나샤는 그의 겉옷을 받아들고, 옷에 밴 향수 냄새에 쓴웃음을 지었다. 평소 그가 외교적인 자리를 싫어하는 것은 이런 이유도 있으리라. 그래도 그가 필요 이상으로 투덜거리지 않는 것은, 그것이 자신의 책무임을 알기 때문이다. 오스카가 먼저 욕실로 향하자, 마녀는 기장이 짧은 목욕용 옷으로 갈아입고 머리를 틀어 올렸다.

원래 오스카는 자신의 시중을 여관에게 맡기지 않지만, 티나샤가 연인이 된 뒤로는 그녀의 세심한 보살핌을 즐기고 있다.

마녀가 욕실로 들어가자, 그는 욕조에 몸을 담근 채 멍하니 수증기로 가득한 천장을 올려다보고 있었다. 평소 다른 사람 앞에서는 보이지 않는 남자의 그런 모습에, 티나샤는 쓴웃음을 지었다.

"많이 힘들었던 모양이네요."

"무의미한 대화가 많아서…. 집무실에서 일하는 게 훨씬 편해."

마녀는 욕조 가장자리에 무릎을 꿇고 앉아 그의 머리를 감겨주기 시작했다. 마법을 사용해 따뜻한 물의 흐름을 조절하면서, 하얀 손가락으로 공들여 갈색 머리카락을 빗어준다. 기분 좋은 얼굴로 눈을 감는 그는 커다란 강아지 같아서, 티나샤는 킥킥 웃었다.

"뭐가 우스워?"

"비밀이에요. 그보다 뭔가 특이사항은 없나요?"

왕의 수호자로서, 장래적으로 불온함이 있다면 알아두고 싶다. 그런 마녀의 질문에 오스카는 단적으로 대답했다.

"야르다의 왕녀가 안 왔어."

"불참인가요?"

"그게, 간도나 측에서 문의한 바로는 확실하게 출발은 한 모양이야. 하지만 도착하지 않았어."

"심각한 문제잖아요…."

파르사스에서 봤을 때 동쪽의 접경국에 해당하는 야르다는 현재 국내 정세가 불안정한 상황이다.

들리는 이야기에 따르면, 아마 궁정 내에서 내분이 일어난 듯했다. 그중 일부는 전쟁 준비까지 하고 있는 모양이라, 조만간 내란이 일어나는 게 아닐까 하는 소문도 있다. 야르다와 국경을 접한 다른 나라들도 그 소문을 아는 모양인지, 모두가 이번 식전에 왕녀의 참석 여부를 주목하고 있었다.

—하지만 그녀는 오지 않았다. 아니면 오지 못한 걸까.

오스카는 젖은 앞머리를 쓸어 올렸다.

"간도나 측에선, 왕녀가 국경에 도착하기 전에 행적이 끊긴 것 같다고 했어. 무슨 일이 있었던 건지…."

"야르다의 왕족은 그분밖에 없나요?"

"아니, 오빠가 있을 거야. 부왕은 이미 상당히 고령인 걸로 알고 있어."

"그렇군요…."

야르다는 십일 년 전 파르사스에 덤볐다가 패배했을 때, 왕녀를 오스카의 신부로 보내겠다고 제안했었다. 그렇다면 둘은 비슷한 또래일 테니 왕녀는 늦둥이일지도 모른다. 그런 그녀가 행방불명된 것을 그녀의 오빠는 어떻게 생각하고 있을까.

"일이 복잡해질 것 같으면 사역마를 보내서 정찰하게 할게요."

"그래…. 상황을 좀 살피다가 길어질 것 같으면 부탁해."

"알겠어요."

티나샤는 연인의 머리카락에서 물기를 털어내고, 그 이마에 입맞춤한다. 그리고 욕실을 나가려고 몸을 일으키던 그녀는 갑자기 오스카에게 손을 붙잡혀 비틀거렸다. 순간적으로 한 손으로 욕조 가장자리를 짚는다.

"잠깐만, 뭐 하는 거예요…. 위험하게."

"나도 물어보고 싶은 게 있어."

"네…?"

불길한 예감이 든 것과 동시에, 티나샤의 몸은 욕조 안으로 끌려들어갔다. 옷을 입은 채로 그의 무릎에 앉혀진 마녀는 경직된 웃음을 보였다.

"뭐, 뭔데요?"

"너 아까 식전 중에 어떤 남자랑 이야기하고 있었지. 그 남자는 인간이야?"

"우와…, 봤어요?"

오스카와 일순 눈이 마주쳤다고 느낀 건 기분 탓은 아니었던 모양이다. 연인인 청년은 당연하다는 듯 고개를 끄덕였다.

"봤어. 그 남자는 이 나라의 공작이라고 하던데, 아무래도 기척이 수상해."

"와…, 그걸 간파하는 인간은 거의 없을 거라고 생각해요. 그 남자는 최상위마족 중 한 명이에요. 세간에서는 마왕이라 부르죠."

솔직하게 대답하자, 오스카도 놀란 것 같았다. 티나샤는 어색하게 관자놀이를 긁적거렸다.

"마족은 여러 종류가 있지만, 내가 사역하는 정령이나 그 사람 같은 상위마족은 다른 위계의 존재예요. 힘도 일반 마물과는 차원이 다르고, 기본적으로 인간에게는 흥미를 갖지 않아요. 그렇게 알고 있었는데…."

"최상위?"

"네. 최상위는 그들의 위계에도 열두 명밖에 없고, 원래 인간계에는 출현하지 않아요. 다만 그 남자는 예외라서… 인간이 재미있어 죽겠는 모양이에요. 벌써 수백 년째 이 위계에 살면서, 눈에 띄는 인간에게 간섭해 주변까지 휘저어놓고 있어요. 왕궁에 숨어들어 혈족 분쟁을 부추기기도 하고, 전쟁을 일으키게 만들기도 하고…. 아무튼 뭐 하나 좋은 일은 안 해요."

"아는 사이야?"

"낮에 말했던 간도나의 마족 토벌 상대가 그 남자였어요."

티나샤는 몸을 돌려 남자의 가슴에 기댔다.

"그때는 몰아내는 데 성공했지만, 꽤 심각한 상처를 입었었죠. 나는 친구라고 생각하지만, 일단 서로 의견도 안 맞고, 목숨을 걸고 싸운 적도 몇 번 있으니까, 상대도 그렇게 생각할지는 잘 모르겠네요."

"…황당한 이야기로군."

탈진한 기색이 역력한 얼굴에 티나샤는 웃음을 터뜨렸다. 어지간한 일에는 동요하지 않는 계약자도 최상위마족 이야기에는 완전히 질려버린 것이리라.

천진하게 웃는 마녀를 보고 오스카는 미간에 주름을 잡았다. 그녀를 안은 팔에 힘이 실린다.

"둘이 친해 보이던데."

티나샤는 순간 허를 찔린 듯 눈이 동그래졌지만, 이내 은쟁반에 옥구슬이 굴러가듯 청아한 목소리로 말했다.

"그 남자는 마녀에게는 흥미가 없어요. 그보다 당신에게 흥미가 있는 것 같으니까, 접근하지 않도록 하세요!"

"그게 뭐야…. 네 이야기를 들으니까 머리가 지끈거리기 시작했어."

오스카의 손이 그녀의 턱을 붙잡고 자신 쪽을 향하게 한다.

그는 자신을 비추는 검은 눈동자를 물끄러미 바라보다가, 얼굴을 가까이 대고 한숨을 쏟아 붓듯이 깊이 입맞춤했다.

※

식전이 끝난 한밤중, 간도나 성의 홀에서는 재상과 문관들이 뒷정리를 하며 푸념 섞인 이야기에 꽃을 피우고 있었다. 다른 나라 사람들이 없기 때문에, 자연스럽게 비난의 화살이 불씨를 품은 나라로 향한다. 문관 중 한 명이 높은 천장을 올려다보며 말했다.

"야르다도 실은 행방불명이라는 핑계로 왕녀를 안 보내고 싶었던 게 아닐까?"

"의중을 들키기 싫었던 거겠지."

"왕녀가 왔으면 인질로 삼을 수도 있었는데."

"에이, 암만 그래도 그건 아니지."

재상인 넬치는 부하들의 대화를 들으면서 혀를 찼다.

전쟁 준비까지 하고 있다는 소문이 도는 야르다다. 만약 그들이 간도나와 전쟁을 벌일 생각이라면, 주제를 알게 해줘야 한다. 대국 중 하나인 간도나는, 야르다와는 국가의 규모부터가 다른 것이다.

하지만 정말로 전쟁이 벌어지면 간도나에도 피해가 생긴다. 그것을 최소한으로 막기 위해서도 가능하면 안팎으로 모두 기반을 다져두고 싶었지만, 이번 식전에서 보여준 주군의 처세는 넬치에게는 약간 불만이 남는 것이었다.

애당초 국왕은 전쟁에 어울리는 성격이 아니다. 왕의 자녀들도 넬치가 보기에는 오냐오냐 자라서 역부족이라는 것을 부인할 수 없는 인물뿐이다. 그들에 이은 왕위 계승자인 올레리아는 심지가 굳고 결단력도 있지만, 부모에게 버림받고 자란 탓인지 성격에 약간 난점이 있다. 게다가 그녀 뒤에는 트라비스라는 교활한 남자가 버티고 있다. 대국도 한 꺼풀 벗겨보면 전도가 다난한 것이다.

"파르사스만이라도 우리 편으로 끌어들일 수 있다면…."

마찬가지로 야르다와 국경을 접한 파르사스와 혼인관계를 맺으면, 상황은 호전될 것이다.

다만, 파르사스에는… 마녀가 있다.

넬치도 한 번 봤지만, 오싹할 정도로 아름다운 여자였다. 그런 여자가 옆에 있으면 간도나의 왕녀 따위는 눈에 들어오지도 않을 것이다. 애당초 파르사스의 젊은 국왕은 그 마녀를 얻기 위해, 다른 대국들을 상대로 교섭을 벌인 전력이 있는 것이다. 쉽게 양보할 리 없다.

넬치는 마음처럼 되지 않는 상황에 초조함을 느끼면서, 주위의 문관들을 향해 중얼거렸다.

"하여간 마녀는 꺼림칙한 존재야. 아주 지긋지긋해."

"—꽤 무례한 말을 하네."

얼음장처럼 차가운 여자의 목소리.

난데없이 홀 안에 울린 그 목소리에 넬치는 그만 얼어붙고 말았다.

그는 눈동자만 굴려 주위를 살폈지만, 어디에도 여자의 모습은 없다. 환청인가도 생각했지만, 다른 자들도 낯빛이 변해 있었다.

본격적인 공포를 느끼고, 넬치의 다리가 후들거렸다.

"누구냐!"

모습은 보이지 않는다. 다만 여자가 웃는 기척만이 있을 뿐.

그리고 그 목소리의 주인은 노래하듯이 속삭였다.

"아무도 아니야."

다음 순간, 홀의 창유리가 굉음을 내며 모조리 산산조각 나버렸다.

※

오스카의 방과 방 하나를 사이에 둔 대기실에서 자고 있던 알스는 멀리서 뭔가가 깨지는 소리에 눈을 떴다. 반사적으로 검을 붙잡고 몸을 일으킨다.

그는 일단 안쪽 방으로 통하는 문에 이상이 없는 것을 확인했다. 이어서 복도 쪽의 문을 조심스럽게 연다.

그곳에 있던 병사 두 명이 의아한 얼굴로 장군을 보았다.

"무슨 일이십니까?"

"아니, 혹시 이상한 소리가 나지 않았나?"

"아무 소리도 못 들었습니다만…."

기분 탓인가? 알스가 고개를 갸웃하며 방으로 돌아가려고 했을 때, 복도 저편에서 여자의 비명소리와 여러 사람의 고함소리가 들려왔다.

"뭐지?!"

알스는 검을 뽑아들고 복도로 뛰쳐나갔다. 암흑이 지배하는 통로 저편에 시선을 집중한다.

아무것도 보이지 않는다.

하지만 무언가가 다가오는 기척이 있다.

그는 호흡을 가다듬고 검을 겨누었다.

사람이 뛰어오는 발소리가 들렸다. 그리고 그것을 지워버리는, 바람 비슷한 소리도.

그렇게 기다리고 있던 알스가 본 것은— 복도를 날아오는 날개 달린 마족의 모습이었다.

마족은 세 마리, 모두 앞서 파르사스 성을 습격했던 것들과 같은 종족이다.

그중 한 마리는 발톱으로 간도나의 병사를 붙잡고 질질 끌면서 날아오고 있었고, 병사는 정신을 잃은 건지, 이미 숨진 건지 꼼짝도 하지 않는다. 그 뒤에서 간도나의 경비병들이 마족을 쫓아 달려오는 모습이 보였다.

알스는 숨을 내뱉으면서, 선두의 마족을 향해 바닥을 박찼다.

몸을 찢을 기세로 뻗어오는 날카로운 발톱.

그는 그것을 간발의 차로 피하고, 상대의 몸통을 온 힘을 다해 두 동강 내버렸다. 이어서 자신을 공격하는 두 번째 마족의 날개를 피한다. 그대로 세 번째 마족 앞으로 쇄도해, 병사를 붙잡고 있는 발을 베어버렸다. 소름 끼치는 비명소리가 복도에 메아리친다.

알스는 뒤로 물러나, 창가에서 날개를 펄럭이는 두 번째 마족과 마주했다.

달빛이 푸르스름하게 이형의 모습을 비춘다.

불길함이 감도는 그 광경에 알스가 검을 고쳐 잡았을 때, 두 번째 마족의 뒤로 펼쳐진 창밖에 새로운 무리가 나타났다.

"아앗? 말도 안 돼!"

밀려드는 마족은 열 마리가 넘는다. 다른 마족과 싸우고 있던 간도나의 병사들도 그것을 보고 말문이 막혀버렸다.

창가에 떠 있는 두 번째 마족이 비웃듯이 날카로운 울음소리를 낸다.

그 소리를 듣고 날아온 새로운 마족 무리가 유리창을 깨기 위해 날카로운 발톱을 번뜩인다.

—하지만 그때, 안쪽의 방에서 무형의 충격파가 생겨났다.

회오리바람처럼 문을 부순 충격파는 그대로 창문을 깨뜨리고 밖에 있던 마물을 삼켜버렸다. 유리 파편과 나뭇조각이 휘날려 밤하늘에 흩어진다. 갑작스러운 사태에, 미처 피하지 못한 마족들은 순식간에 그 수가 절반으로 줄어들었다.

한편, 인간들은 숨을 삼키고 충격파가 밀려온 방향을 응시했다.

부서진 문 안쪽에서 잔뜩 성난 표정을 한 청년이 나타났다. 잠옷 하의만 입고 아카시아를 뽑아든 파르사스 국왕은, 알스와 살아남은 마족을 보고 넌더리나는 얼굴을 한다.

"뭐야, 이상 발생 중인가?"

"소란을 피워 죄송합니다."

알스가 고개를 숙이는 틈을 타, 마족 한 마리가 오스카를 향해 급강하했다.

하지만 그는 아카시아를 한 번 휘둘러 그것을 베어버렸다. 동료의 죽음에 다른 마족들은 증오에 찬 울음소리를 냈다. 그리고 일제히 오스카를 향해 달려든다.

하지만 그런 그들을, 다시 충격파가 날려버렸다.

순식간에 살점이 흩뿌려진 복도를 보고 간도나의 병사들은 경악한다.

어두운 복도에 청아한 여자의 목소리가 울렸다.

"—오스카, 괜찮아요?"

"넌 그런 차림으로 밖에 나오지 마!"

왕의 마녀는 가냘픈 몸에 하얀 천만 두른 모습으로 나타나, 어깨 위에 늘어진 헝클어진 머리카락을 쓸어 올렸다. 알스를 비롯해 파르사스의 병사들은 황급히 고개를 돌렸다.

한편, 간도나의 병사들은 무례함도 잊고, 갑자기 나타난 요염한 마녀의 모습에 넋을 잃고 있었다.

그녀는 아랑곳하지 않고, 복도에 나뒹구는 마족의 사체 쪽으로 걸어간다.

"이건…."

그녀가 손가락을 뻗어 그 사체를 만지려고 했을 때, 키득키득 웃는 다른 여자의 요사스러운 기척이 새어나왔다.

티나샤의 표정이 일그러진다.

"죽으러 온 거냐."

마녀는 번개같이 구성을 짠다.

그것이 전이임을 알아차린 오스카가 손을 뻗었지만, 간발의 차로 마녀는 그 자리에서 사라져버렸다. 연인의 팔을 놓쳐버린 오스카는 뻗은 손으로 주먹을 움켜쥐고, 아름다운 마녀에게 욕설을 내뱉었다.

"그 바보가!"

혀를 찬 오스카가 창밖을 보자, 홀이 있는 쪽은 한밤중인데도 불구하고 휘황하게 밝다. 거기서 들려오는 사람들의 목소리가 밤을 소란스럽게 만들고 있었다.

밤하늘을 달리는 마녀는, 마족의 소환주를 쫓으면서 지난 일을 떠올리고 있었다.

파르사스를 습격당한 그날 밤에도 이렇게 범인을 쫓았었다. 하지만 결국, 성에서 너무 멀어지는 걸 걱정하는 그 짧은 순간에 놓치고 만 것이다.

—오늘밤은 도망치게 놔둘 생각은 없다.

"포박하라, 둥근 고리여."

티나샤는 앞서가는 여자를 향해 재빨리 구성을 쏘았다.

은실의 그물이 도주자를 에워싸듯이 하늘에 펼쳐진다. 갑자기 눈앞을 가로막힌 여자는 미처 멈추지 못하고, 마력으로 생겨난 그물에 부딪쳐버렸다. 그물은 순식간에 여자의 몸을 휘감고 조이기 시작한다.

티나샤는 상대의 앞쪽으로 전이해, 그 얼굴을 똑바로 주시했다.

초록색 머리카락을 가진 젊은 여자는 처음 보는 얼굴이다. 티나샤는 공중에서 팔짱을 끼고 그녀에게 물었다.

"목적이 뭐냐?"

여자의 붉은 입술이 웃는 모양으로 변한다.

"내 주인의 명령으로…."

그 이상은 대답할 생각이 없는 듯하다. 도전적인 태도에, 티나샤는 위압적인 목소리로 물었다.

"네 주인이 누구냐."

"아무도 아닙니다."

"그럼 여기서 죽어서 가라."

마녀는 오른손을 앞으로 내밀었다. 그곳에 힘을 모은다.

복잡한 구성은 아니다. 단순히 적을 지워버리기 위한 힘이 현출한다.

하지만 여자는 그걸 보면서도 여전히 희미한 미소를 띠고 있다. 티나샤는 말없이 여자를 향해 힘을 쏘았다. 막을 수 있는 자는 거의 없는 필

살의 일격이 허공을 가른다.

하지만 압도적인 공격이 여자를 막 삼키려 한 순간— 거기에 전이문이 열렸다.

여자가 연 것이 아니다. 누군가가 반대편에서 연 것이다.

동시에 여자 뒤에서 검을 찬 남자가 바람처럼 뛰쳐나온다. 남자는 여자를 끌어안고 그대로 전이문으로 미끄러져 들어갔다.

문이 순식간에 닫혀버린다. 티나샤는 이해할 수 없는 사태에 부르짖었다.

"이게 뭐야?!"

표적을 잃은 힘은 그대로 밤하늘을 가르며 날아간다. 티나샤가 급하게 그것을 멈추려고 했을 때, 힘은 무언가에 부딪쳐 사방으로 흩어졌다.

거기에는 한 남자가 떠 있었다.

"어이, 지금 나랑 싸우자는 거야?"

마녀의 힘을 막아낸 트라비스는 기분이 상한 듯 얼굴을 일그러뜨렸다.

오랜 지기의 그 말에, 티나샤는 맥이 빠져서… 당연한 의문을 입에 담는다.

"왜 이런 곳에 있는 거지?"

"전이문에 뛰어든 남자를 쫓아왔어. 그놈이 올레리아를 죽이려고 했거든. 건방진 데도 정도가 있는 법이야."

살기등등한 남자의 모습에, 마녀는 벗은 어깨를 으쓱했다. 자신보다 더 분노한 존재가 옆에 있으면, 사람은 냉정해지기도 하는 법이다. 티나샤는 반쯤 풀어진 머리의 리본을 잡아당겼다.

"그녀는 괜찮아?"

"결계도 쳤고 부하도 붙여놨어. 그보다 넌 꼴이 그게 뭐냐."

그 말에 티나샤는 자신의 모습을 내려다보았다. 얼굴이 순식간에 창백해진다.

"호, 혼나겠다…."

전율하는 마녀를 심술궂은 눈으로 쳐다본 트라비스는 기분이 조금 풀렸는지 슬며시 웃었다.

티나샤는 방으로 돌아와, 끝없이 이어지는 오스카의 잔소리를 들으면서 옷을 입었다. 제지하는 것도 무시하고 쫓아갔다가 놓쳤으니 변명의 여지가 없다. 물 마시는 새처럼 연인의 쓴소리에 연신 고개를 끄덕인다.

오스카는 생각나는 모든 비판의 말을 쏟아낸 후에, 옷을 다 입은 마녀의 머리를 토닥였다.

"간도나의 재상이 죽은 모양이야. 다른 피해도 있는 것 같아. 그래서 네가 돌아오면 물어볼 게 있다고 와달라는 연락이 왔어."

"우와, 불길한 예감."

"동감이야."

뭘 물어보려고 하는지는 대강 짐작할 수 있다.

고개를 떨군 마녀와 오스카, 그리고 알스가 안내를 받아 홀에 도착했을 때, 거기에는 이미 사체는 없었다. 다만 흩어진 유리 파편과 엄청난 양의 핏자국이 남아 습격의 참상을 보여주고 있었다.

그들을 부른 간도나 국왕은 파리한 얼굴로 홀 한복판에 서 있었다. 왕은 오스카를 보자, 가볍게 팔을 벌렸다.

"한밤중에 불러서 미안합니다."

"비상사태니까요. 엄청난 일이 벌어지고 말았습니다. 이 녀석에게 물어보신다는 게 무엇인지요."

오스카 옆에서 마녀는 인사했다. 그 아름다운 모습을 간도나 왕은 공포와 혐오의 눈빛으로 응시한다.

"살아남은 문관의 말로는, 범인인 여자는 넬치가… 죽은 재상이 마녀를 비난한 것에 반응해 마물을 소환했다고 합니다. 그래서 묻고 싶습니다만, 당신은 그때 어디에 있었습니까?"

"나는 왕의 방에 있었습니다."

티나샤는 검은 눈동자로 간도나의 왕을 똑바로 쏘아본다. 오스카가 그 말을 받아 입을 열었다.

"범인인 여자는 그후에 우리 쪽에도 마물을 보냈습니다. 소환주의 기척도 느꼈고, 그 이전에, 티나샤가 내 방에 있었다는 사실은 귀국의 병사들도 확인한 것으로 압니다만."

"물론 보고는 받았습니다. 하지만 마녀님 정도 되면 따르는 부하도 있겠지요. 의심을 피하기 위해, 자신이 있는 곳에도 마물을 보낸 건 아닙니까? 실제로 간도나 사람은 스무 명 넘게 희생됐지만, 그쪽은 부상자조차 없습니다."

알스는 왕의 말에, 애당초 원래의 인원수가 다르잖아, 라고 반박하고 싶었지만 꾹 참았다.

오스카와 티나샤가 침묵하자, 간도나 왕은 다시 말을 이었다.

"습격 후에 대체 어디로 사라졌던 겁니까. 부하에게 상황을 보고받고 있었던 건 아닙니까?"

"나는 소환주를 쫓고 있었습니다. 힘이 모자라 놓치고 말았지만…."

"그걸 본 사람은 아무도 없겠지요?"

"—내가 봤습니다."

갑자기 나타난 새로운 목소리의 주인공을, 일동이 돌아보았다.

일동의 시선 끝에는 트라비스와 올레리아가 서 있었다.

트라비스는 경직된 소녀의 어깨를 안으면서, 간도나 왕을 마주보았다.

"아마 같은 시각이었던 것 같습니다만, 올레리아의 집에 자객이 침입했습니다. 나는 그 남자를 쫓다가, 마찬가지로 여자를 쫓고 있던 그녀와 만났습니다. 두 자객은 아마 동료인 모양인지 함께 도망쳤습니다."

"…그렇군."

간도나 왕은 트라비스의 말에 떨떠름한 표정을 지었다.

—원래부터 간도나 왕은 트라비스와 올레리아가 마음에 들지 않았다.

올레리아는 그의 누나의 손녀인데, 묘하게 촉이 좋다고 할까, 사람의 마음과 과거를 꿰뚫어본다고밖에 생각할 수 없는 면이 많이 있었다. 어릴 때부터 그런 그녀를 모두가 꺼림칙하게 여겨서, 그녀의 양친은 집에도 거의 들어가지 않는 생활을 하고 있었다.

하지만 어느 날, 양친이 모두 사고로 세상을 떠나자, 트라비스가 그녀의 후견인으로 나타난 것이다.

트라비스는 트라비스대로 실로 수수께끼가 많은 남자다. 자식이 없는 걸로 알려진 선대 공작의 임종시에 나타나 친자라는 증명을 얻어 순식간에 지위를 계승해버렸다.

그후로 그는 아름다운 용모와 뛰어난 언변으로 많은 여성들의 지지를 모았지만, 속내를 알 수 없는 그 미소에 경계심을 품는 자도 적지 않았다.

트라비스와 올레리아는 둘 다 머리가 비상하다. 분명 간도나 왕 자신이나 그 자녀들보다도. 이대로 가면 이 나라가 그들 차지가 되는 것도 시간문제일지 모른다. ―왕은 그런 가능성을 염려하고 있었던 것이다.

왕은 못마땅한 얼굴로 일동을 둘러봤지만, 결국 오스카와 티나샤를 향해 고개를 숙이고 "의심해서 미안합니다" 라고 사과한 뒤 물러갔다.

"도와줬으니까 고맙다고 해."

"…고마워."

일동은 자리를 옮겨, 성 근처에 있는 올레리아의 집에서 차를 마시고 있었다. 오스카의 방 주변은 마물과의 싸움으로 창문과 문이 몽땅 부서져, 머물 수 있는 상태가 아니었다.

간도나 왕이 당연히 다른 방을 마련해줘야 하지만, 티나샤를 의심한 게 민망해 우물쭈물하는 사이, 올레리아가 "괜찮으시면 저희 집으로 오시겠어요?" 라고 먼저 말을 꺼내주었다. 결국 이 밤은 모두에게 개운치 않은 뒷맛을 남긴 채, 사실상의 해산을 맞이한 것이다.

알스는 경비를 위해 병사들과 함께 저택 바깥을 순찰 중이라, 방에서 차를 마시는 것은 네 사람뿐이다. 오스카는 최상위마족이라고 하는 트라비스를 흥미진진하게 쳐다보다가, 시선을 돌려 마녀의 머리를 토닥였다.

"너는 의심받기 쉬우니까 밖에서 혼자 사라지지 마. 그리고 이왕 갔으면 확실하게 처리하고 와."

"자신 있었는데…. 하지만 덕분에 범인이 누군지는 알 것 같아요."

"뭐야, 아는 얼굴이었어?"

"여자 쪽은 몰라요. 그건 반 요괴? 아무튼 순수한 마법사는 아닌 것 같아요. 하지만 트라비스가 쫓고 있던 남자는 알아요."

티나샤는 고개를 들어 트라비스를 보았다. 그는 언짢은 얼굴로 마녀를 마주보았다.

두 사람은 잠시 입에 담고 싶지 않은 듯 침묵하고 있었지만, 올레리아가 트라비스의 등을 두드렸다.

"뭐야! 알면 얼른 말해!"

"말하기 싫어"

"동감이야. 같은 사람을 떠올리고 있는지, 동시에 말해 볼까…."

마족의 왕과 마녀는 얼굴을 마주보고, 가볍게 숨을 마셨다.

그리고 같은 이름을 말했다.

""레오노라.""

두 사람은 서로의 예상이 일치한 것을 확인하고, 격하게 탈진해버렸다.

트라비스는 "애들은 잘 시간이야" 라고 하면서 올레리아를 내보냈다. 소녀는 불만스러운 듯이 입술을 삐죽거리면서도 그 말에 따른다. 트라비스가 문 쪽에서 돌아오자, 오스카는 마녀에게 물었다.

"그래서 레오노라가 누구야?"

"'불리지 않는 마녀'예요…."

"…마녀였군!"

"남자 쪽은 우나이라고 해서, 레오노라의 심복인 칼잡이예요. 그녀가 흑막이라고 생각하면, 당신과 올레리아가 표적이 된 이유도 알 것 같아요."

"이유가 뭐야? 난 짚이는 게 없는데."

눈살을 찌푸리는 오스카에게, 트라비스가 손으로 턱을 괴고서 대답했다.

"레오노라는 이 녀석을 싫어하니까."

"너를 더 싫어해! 아주 지독하게 차버렸잖아!"

"난 그런 여자는 잊었어."

트라비스는 천연덕스럽게 받아넘긴다. 그 대화를 듣고, 오스카는 비로소 사태를 파악할 수 있었다. 요컨대 여기 있는 두 사람은 불리지 않는 마녀에게 앙심을 산 것이다. 그 바람에 각자의 상대가 표적이 된 것이리라.

어쩌면 트라비스가 마녀에게 흥미가 없는 것은 레오노라와의 과거가 원인일지도 모른다.

"아무튼 난 이제 꼴도 보기 싫으니까, 네가 가서 죽이고 와."

마족의 왕인 남자는 대수롭지 않은 어조로 마녀에게 말한다. 티나샤는 눈살을 찌푸렸다.

"죽이고 싶은 마음은 굴뚝같지만, 어디 있는지 몰라."

"야르다에 있어. 거기 왕자에게 붙은 것 같아."

그 정보에, 오스카와 그의 마녀는 서로 얼굴을 마주보았다.

※

다음날 파르사스로 돌아온 오스카는 집무실에 알스와 쿰을 불러 세 번째 마녀에 대해 이야기했다. 자초지종을 듣고 난 쿰이 깊은 한숨을 토한다.

"왜 또 마녀가…."

"그 마녀가 얼마 전에 있었던 습격의 흑막입니까?"

알스의 질문에, 오스카 옆에 선 마녀는 수긍한다.

"아마 틀림없을 거예요. 알카키아를 사용한 것도 그야말로 그녀가 할 만한 짓이에요."

"야르다의 왕자가 계약자인 걸까요?"

"아뇨, 계약이라는 개념이 있는 건 나와 '물의 마녀'뿐이에요. 레오노라는… 거의 알려지지 않았지만, 국가에 기생하는 마녀예요."

그 말을 들은 오스카의 눈초리가 날카로워진다. 그는 옆에 선 마녀를 무릎 위에 앉히고, 그 얼굴을 들여다보았다.

"그게 무슨 말이야? 마녀는 국가와 전쟁에 개입 안 하는 거 아니었어?"

"표면적으로는 그렇지만, 레오노라는 별개예요. 그녀는 권력을 원하는 게 아니라, 뒤에서 나라를 키우거나 멸망시키는 걸 좋아해요. 자신은 마법을 거의 사용하지 않고, 총희로서 궁정에 들어가 사람을 조종하죠. 마법약도 별로 사용 안 하고… 대신 자연 독을 이용한 암살이 주특기예요."

세 남자는 할 말을 잃었다. 설마 그런 마녀가 있을 줄은 생각도 못한 것이다.

마녀라고 하면, 강대한 마법을 사용해 대놓고 재앙을 일으키는 이미지라, 설마 마법을 사용하지 않고 나라를 좀먹는 마녀가 있다고는 상상도 못 한 것이다.

티나샤는 남자의 무릎 위에서 두 팔을 벌렸다.

"그녀는… 뭐랄까, 사람을 매혹시키는 불가사의한 매력이 있어요. 마녀 중에서는 드물게 많은 부하들과 함께 행동하고 있고, 왕족이나 귀족을 농락하는 데도 도가 튼 것 같아요."

"사람의 마음을 마법으로 조종하는 건가?"

"아뇨, 그런 건 루크레치아의 특기예요. 레오노라는 마법이 아니라 그냥 타고난 매력 같아요. 그녀가 잘하는 건 소환과 인간의 몸을 조작하는… 치유와 변질이에요. 최상위마족을 소환할 수 있었던 건 아마 역사상 그녀뿐이었을 거라고 생각해요."

"혹시 그게 그 남자야?"

"정답이에요. 많은 일이 있었던 것 같지만, 관심 없어서 물어본 적은 없어요."

쓴웃음을 짓는 마녀에게 오스카가 묻는다.

"일단 확인하겠는데, 그 남자는 신용할 만해? 정보 자체가 함정은 아니겠지?"

"그 점은 괜찮을 거라고 생각해요…. 나를 속일 이유가 없고, 내가 본 바로는 트라비스는 올레리아를 소중히 여기는 것 같으니까요. 그 무자비한 남자가 무슨 바람이 불었나 싶기도 하지만, 아무튼 그런 상황에 일부러 나를 적으로 돌리진 않을 거예요."

주군의 질문에 이어, 쿰이 입을 열었다.

"그럼 반대로, 불리지 않는 마녀가 그를 속였을 가능성은 없습니까?"

"아마 그렇진 않을 거예요. 트라비스는 인간보다 훨씬 권모술수에 능하니까요. 레오노라도 그렇지만, 아마 그가 한 수 위일 거예요. 그러니까 대신 마족을 보내는 식으로 괴롭히는 거겠죠."

"너는 그런 건 잘 못할 것 같으니까."

"하려고 생각하면 할 수 있어요! 계약으로 재상을 지낸 적도 몇 번 있으니까요!"

"너의 과거는 정말로 재미있군…."

마녀의 뛰어난 집무능력은 여왕 후보로 키워졌기 때문인 줄 알았는데, 꼭 그렇지만은 않은 모양이다. 정보의 확실성이 보증되자, 쿰은 또 다른 의문을 입에 올렸다.

"불리지 않는 마녀가 소환에 능한 건 알겠습니다만, 티나샤 님도 정령을 사역하고 계시지요. 소환 실력에 그렇게 큰 차이가 있습니까?"

"정령은 내가 소환한 게 아니라 계승한 것뿐이에요. 처음부터 그 많은 마족을 소환한다는 건 나에겐 무리일 수 있어요. 파르사스 습격 때도 아마 레오노라가 결계 침식과 마족 소환 구성을 짰을 거예요. 다만 본인이 여기까지 오지는 않고, 부하들을 시켰던 것 같아요. 그녀가 직접 왔다면 훨씬 힘들어졌을 거예요…."

티나샤의 말에, 쿰과 알스의 얼굴에서 핏기가 가셨다.

그날 밤은 오스카도 쓰러져 사경을 헤맨 것이다. 그런 상황에 다른 마녀가 나타났다면, 성이 통째로 넘어가도 이상하지 않다.

새삼 마녀의 위험성을 인식하는 그들에게, 티나샤는 가볍게 손가락을 튕겼다.

"레오노라는 지난 백 년 정도 역사의 무대에 등장하지 않았지만, 암흑시대에는 수없이 자신의 손을 더럽혀왔으니까, 아마 다섯 마녀 중에서 사람을 제일 많이 죽였을 거예요. 성 하나를 통째로 호박(琥珀) 속에 봉인해버렸다는 이야기도 있어요."

"호박성 말이야? 그게 실화였어?"

오스카는 어릴 때 읽은 그림책을 떠올렸다.

사람이 들어갈 수 없는 깊은 숲속에 있는 성. 그 성은 거대한 호박으로 덮여 있고, 그 안에는 죽은 사람들이 자신이 죽은 줄도 모르고 살고 있다고 한다.

티나샤는 씁쓸한 얼굴로 고개를 끄덕였다.

"실화예요. 내가 태어나기 전의 이야기지만요. '불리지 않는 마녀는 성 하나를 통째로 자신의 보석으로 만들어, 들고 사라졌다.' —뭐, 들고 갈 수 있는 크기는 아니니까, 실제로는 어디선가 부숴버렸겠지만요. 어디에도 현존하지 않으니까요."

"이미지 그대로의 전형적인 마녀로군. 재미있어."

아마 세상 사람들이 상상하는 '마녀'의 모습에 가장 가까운 존재는 레오노라이리라.

어쩐지 긴장감 없는 계약자에게 티나샤는 기가 찬 표정을 지었다.

"더 조심해야 돼요. 레오노라는 과거에 아카시아의 검객과 싸워서 이긴 적도 있다고 하니까요."

"뭐? 그런 이야기는 금시초문이야. 기록에는 없어."

"그렇겠죠. 왕이 싸운 게 아니라, 직계 왕족이 아카시아를 빌려 그녀를 토벌하려고 했던 것 같아요. 하지만 그때는 일 대 일로 싸워서 레오노라가 그 왕족을 이겼어요. 아카시아가 파르사스로 돌아온 건 루크레치아가 개입했기 때문이래요."

"아니, 너희 마녀들은 왜 그런 말도 안 되는 이야기에 불쑥불쑥 등장하는 거냐고…."

"당신보다 수십 배나 오래 살았기 때문 아닐까요."

태연하게 대꾸하면서, 티나샤는 평범한 소녀처럼 연인의 무릎 위에서 자세를 고쳐 앉는다. 오스카는 그녀의 땋은 머리카락을 손에 잡았다.

"그래서 넌 나도 그 마녀를 이길 수 없다고 생각해?"

"그럴 리가요. 당신보다 강한 검객은 없어요."

그것은 그를 단련시킨 스스로에 대한 자부심이며, 무엇보다도 그 자신에 대한 신뢰다.

티나샤는 자신의 가냘픈 무릎을 끌어안았다.

"하지만 당시 레오노라는 아직 부하를 데리고 다니지 않았어요. 그때에 비하면 지금은 일 대 일이 되기는 조금 어려울 것 같아요. 아마 내가 그녀를 상대하는 게 더 나을 거예요."

티나샤의 담담한 말에, 방 안에는 무거운 침묵이 흐른다.

상대의 막강함은 알았지만 어떻게 대처할지를 생각하는 오스카를, 무릎 위에서 마녀가 올려다본다.

"그럼 내가 잠깐 가서 죽이고 올게요."

"안 돼."

"안 들키게 잘하고 올게요."

"너의 단독행동은 기본적으로 금지야."

신용이 전혀 없음을 보여주는 그 말에, 티나샤는 고개를 떨궜다.

하지만 지난 일을 생각하면 어쩔 수 없을지도 모른다. 알스가 서류를 들여다보면서 참견하고 나섰다.

"그럼 아마 야르다가 이번 사태의 가장 큰 피해자이겠군요. 내부분열 상황이라는 건, 불리지 않는 마녀가 기반을 다지는 중이라는 뜻일지도 모릅니다. 그 일을 마치면 파르사스에 오거나 간도나에 오거나…. 그렇다면 지금 야르다 왕자의 반대세력과 접촉하는 게 어떨까요."

"그렇군."

왕은 팔짱을 끼려다가 무릎 위 연인의 존재를 깨닫고, 대신 그녀의 머리에 턱을 괴었다. 눈을 감고 생각에 잠긴다.

"행방불명된 왕녀가 뭔가 알고 있을지도 몰라."

그는 세 사람에게 두세 가지 지시를 내렸다.

알스와 쿰은 그 지시를 받고 방을 나갔다.

오스카는 마녀와 단둘이 남자, 그녀의 목덜미를 쓰다듬으면서 궁금했던 것을 물었다.

“그래서, 너는 왜 불리지 않는 마녀의 원한을 산 거야?”

“왜일까요…. 싸운 적은 한 번밖에 없지만, 기생충이라고 욕한 게 문제였을까요.”

“넌 가끔 엄청난 말을 하더라….”

“상대도 만만치 않았어요. 피차일반이라고 생각해요.”

티나샤는 담담한 척하지만, 아름다운 얼굴에 떠오른 것은 냉소다. 지난번 일과 합쳐 상당히 화가 난 것이리라. 오스카는 마녀의 눈빛이 된 연인을 보고 얼굴을 찡그렸다.

“멋대로 행동하지 마. 넌 이미 정령술사가 아니야.”

“아직 정령마법을 쓸 수 있어요! 구성도 다 정리했다고요!”

티나샤는 가냘픈 다리로 바둥바둥 발을 굴렀지만, 남자의 진지한 얼굴을 보고 이내 얌전해졌다. 오스카는 그녀의 머리카락을 정성스럽게 쓰다듬었다.

“실은 네가 싸우지 않아도 상관없다고 생각했기 때문에 힘을 줄여버린 거야. 그냥 나한테 맡겨두면 돼.”

“…괜찮아요. 나도 정령마법 때문에 최강이라 불린 건 아니에요. 나에게 맡겨주면 빠르게 처리할게요.”

티나샤는 겸연쩍은 듯이, 하지만 단호하게 말했다.

거기에 스며있는 것은 그녀 자신의 긍지다. 아마 그녀는 그를 사랑한 탓에 자신의 힘이 약해졌다고 말할 생각은 털끝만큼도 없는 것이리라.

그런 마녀에게, 그러나 오스카는 못을 박는다.

“안 돼. 혼자 움직이지 마. 난 너를 기다리는 건 좋아하지 않아. 그리고 상대한테는 부하도 있잖아. 무슨 일 있으면 어쩌려고 그래.”

그 말에 마녀는 고개를 들어 등 뒤의 남자를 돌아보았다.

티나샤는 그의 얼굴을 감싸듯이 두 손을 볼에 가져간다. 그대로 허공으로 떠오르면서 빙글 몸을 돌려 머리를 아래로 향했다. 검은 눈동자가, 심연 그 자체의 깊이를 품고 그를 응시한다.

티나샤는 미소 짓는다. 아름다운 그 미소는, 서슬 퍼런 칼날의 아름다움이다.

"—나는, 당신을 죽이려고 한 인간을 결코 용서하지 않아."

살기를 결정화한 듯한 그 목소리에 오스카는 전율했다.

그녀는 질투심을 갖지 않는다.

그것은 사랑한 사람을 죽이지 않기 위한 무의식적인 방어다. 애정이 깊으면 깊을수록 그녀의 살의는 날카롭게 연마되어간다. 그는 그 바닥없는 깊이를 생각한다.

—언젠가 그녀의 칼날이 자신을 죽일지도 모른다.

문득 그런 환상이 뇌리를 스친다.

하지만 그래도 오스카는 한 번 잡은 마녀의 손을 놓을 생각은 없었다.

6. 모래의 성

모래폭풍에 가로막힌 시야는 거의 앞이 보이지 않는다.

흰 모래만이 세차게 휘몰아칠 뿐인 광경을, 말 위의 남자는 얼굴을 감싼 천 사이로 바라보았다. 옆에서 나란히 말을 타고 있는 동행자에게 말을 건넨다.

"이건 정말 어마어마하군…. 항상 이래?"

질문을 받은 남자는 과장스러운 몸짓으로 어깨를 으쓱했다.

"그건 아닌 것 같아…. 명백하게 이상해."

"난감하군. 과연 간도나 요새에 도착할 수 있을까?"

"못 도착하면 객사 확정."

심각한 내용에도 불구하고, 두 남자의 대화에는 어쩐지 절박감이 없다. 거기에 소녀의 목소리가 끼어들었다.

"모래폭풍 정도는 피하게 해줄게."

그 말과 동시에, 그들을 중심으로 돌연 모래폭풍이 멈췄다. 시야가 트이자, 그곳은 흰 모래언덕이 펼쳐진 광대한 사막이다. 소녀의 목소리가 두 사람의 등을 떠민다.

"자, 얼른 가!"

"너무 몰아붙이는 거 아냐…?"

소녀의 닦달에, 마법사 도안은 어깨를 늘어뜨리고 고삐를 고쳐 잡았다. 장군인 가젠이 쓴웃음을 지으며 뒤를 따른다.

그들 두 사람이 야르다 국내에 여행객으로 들어온 것은 닷새 전의 일이다.

미네다트 요새에서 출발한 두 사람은 야르다에 입국해, 그대로 국경선을 따라 간도나 방면을 향해 이동했다. 그 도중에 몇 개의 큰 도시에 들르면서, 야르다의 국내 상황과 행방불명된 왕녀에 대해 탐문을 해온 것이다.

그들이 얻어낸 정보와, 여러 방면에서 행한 조사 결과를 대조해 보면, 아마도 야르다 왕은 현재 자리보전 중이고, 재상인 지시스가 정무를 행하고 있는 것 같았다. 하지만 왕자 사바스와 그를 지지하는 세력이 지시스에 반대해, 내부는 완전히 분열 상태라는 소문이었다.

한편, 행방불명된 왕녀 네펠리는 어느 쪽에도 속하지 않고 양쪽을 중재하려 했다고 한다.

"왕자와 재상이 모두 군을 편성하고 있다면, 내전이라도 벌일 작정인가?"

안타까워하는 가젠과 달리 도안은 신랄한 미소를 지었다.

"내전만이라면 하든 말든 상관없지만, 우리를 건드리면 못 참지. 이번에는 티나샤 님도 상당히 노하셨으니까."

"적의 마녀를 죽이면 사태가 해결되려나?"

"안 되면 맞서 싸워야지."

야르다는 십일 년 전의 패전으로 영토의 절반을 잃었다. 그 절반은 현재, 미네다트 요새에서 동쪽으로 파르사스의 영지가 되었다. 앞으로 만약 전쟁이 일어난다면, 야르다는 나라가 송두리째 없어질 수도 있다. 가젠은 망연히 이웃나라의 앞날을 생각한다.

말을 달리는 두 남자 뒤에는, 열 살 가량의 빨간 머리 소녀가 말을 타고 있다.

나이에 비해 앙칼진 미모에 냉소적인 표정. 심홍색 눈동자를 가진 그녀는 실은 인간이 아니라 파르사스 국왕의 총희인 마녀의 정령이다.

이번 임무에 임하면서, 일단 야르다 측에 동향을 들키지 않기 위해 두 사람만 정찰에 나섰는데, 그들의 안전을 확보하기 위해 정령이 하나 따라오게 된 것이다. 밀라라는 이름의 정령은 귀찮다고 투덜거리면서도, 아직까지는 그들에게 힘을 빌려주고 있었다.

세 사람은 그렇게 결계로 모래폭풍을 피하면서, 야르다 서부에 있는 가도스 요새로 향했다. 행방불명된 왕녀를 수행하던 마법사가 그쪽 방향으로 갔다는 목격증언을 얻었기 때문이다.

지도상으로는, 모래폭풍만 방해하지 않는다면 슬슬 요새에 도착할 때가 되었다. 뜨거운 사막을 달리는 말을 다독이면서 도안이 고개를 들었을 때, 그는 시야 저 멀리 어렴풋이 보이는 거대한 석조건물을 발견했다.

"도착한 건가…."

도안은 중얼거리고 뒤를 돌아보았다.

그러자 가젠은 쓴웃음을 짓고, 밀라는 따분한 듯이 그의 얼굴을 쳐다보았다.

요새가 가까워지자, 가젠은 자신의 검을 확인하고 걱정스러운 표정을 지었다.

"이렇게 다짜고짜 찾아가도 괜찮을까. 좀 수상하지 않아?"

"조난당한 여행자라고 하면 돼. 실제로도 조난당할 뻔했으니까. 그리고 만약의 경우에는 티나샤 님이 전이문으로 회수해주시기로 했어."

"여왕의 손을 수고롭게 하지 마. 그때는 그냥 깨끗이 죽어."

"……."

이 소녀는 정말로 자신들의 안전을 위해 따라온 걸까? 가젠은 의심스러웠지만, 굳이 깊이 생각하지는 않기로 했다.

세 사람은 말을 타고 문으로 가까이 다가갔다. 요새인데도 파수병의 모습은 보이지 않는다. 가젠은 안쪽까지 들리도록 목청을 높였다.

"아무도 안 계십니까?"

목소리는 높은 벽에 부딪쳐 사라졌지만, 안쪽까지는 도달한 모양인지, 잠시 후 문 안쪽에서 분주한 발소리가 들렸다. 도안과 가젠은 긴장한 채 문이 열리는 것을 바라보았다.

안에서 나타난 병사는 그들을 보고 깜짝 놀라 외쳤다.

"여긴 어떻게 온 거냐!"

"뭐?"

경계나 적의가 아닌, 순수하게 놀란 그 목소리에 두 남자는 서로의 얼굴을 마주보았다.

세 사람은 간단한 신체검사 후, 요새 안으로 안내되었다.

가젠은 검을 차고 있었지만, 여행자의 호신용이라는 말에 별 문제 없는 것으로 간주되었다.

다만 밀라는 인간이 자신의 몸을 건드린 것에 심기가 매우 불편해진 상태라, 앞서 걸어가는 두 남자는 자신들에게 불똥이 튀지 않기만을 기도하고 있었다.

그들이 안내된 방에는 야르다의 장군이라고 하는 이오세프와 마법사 게이트, 그리고 무관 네오나가 기다리고 있었다.

이오세프는 삼십대 중반의 정력적인 남자로, 가무잡잡한 피부에 오래된 흉터가 몇 개 남아 있는 게 보였다.

마법사 게이트는 왕녀의 호위였을 것으로 추정되는 인물로, 날카로운 눈빛을 지닌 청년이었다.

마지막으로 무관 네오나는 야르다에서는 드물게 젊은 여성으로, 긴 금발을 땋아 위에서 묶은 모습이다. 웃으면 사랑스러울 것 같은 얼굴이지만, 지금 그녀는 엄격한 눈으로 세 사람을 주시하고 있었다.

이오세프는 사람 좋은 미소로 세 사람에게 의자를 권하고, 그들이 자리에 앉자 입을 열었다.

“자네들은 정말 운이 좋았군. 실은 일주일 전부터 갑자기 모래폭풍이 발생해서, 우리도 밖에 못 나가고 꼼짝없이 갇혀 있었거든.”

장군의 말에 가젠이 대표로 물었다.

“이런 폭풍이 종종 발생합니까?”

“그럴 리가! 안 믿을지도 모르지만, 이 일대는 일주일 전까지 평범한 황야였어. 그게 일주일만에 사막이 돼버린 거야.”

가젠과 도안은 입을 떡 벌렸다.

그들은 둘 다 아직 이십대로, 십일 년 전의 전쟁에는 참가하지 않았다. 따라서 야르다 국내의 일은 서면과 간단한 지도로밖에 알지 못하기 때문에, 여기가 원래 황야였다고는 상상도 못 한 것이다.

이오세프는 자조 섞인 웃음을 지었다.

“그러니까, 자네들은 여기 도착해서 살았다고 생각할지도 모르지만, 지금 우리 요새는 갇혀 있는 거나 마찬가지인 셈이야.”

그 말을 듣고 도안이 손을 번쩍 들었다.

“마법사분께선 전이를 못 하십니까?”

그 질문에 마법사 게이트는 코웃음을 쳤다.

“이 황야… 아니, 지금은 사막인가. 여기에는 결계가 쳐져 있어서 직접 전이가 불가능해. 심지어 이건 우리가 친 게 아니라, 누군가가 우리를 가두기 위해 쳐놓은 거야.”

"네…?"

도안은 머리를 싸쥐고 싶은 충동을 간신히 억눌렀다.

사막에 들어설 때부터 묘한 느낌을 받기는 했지만, 설마 그런 결계가 쳐져 있을 줄은 생각 못 한 것이다. 뒤를 돌아보니 밀라가 남의 일처럼 무심한 얼굴로 다리를 꼬고 있다. 어차피 이 정령은 알면서도 말하지 않은 것이리라. 그 정체가 마족인 만큼, 주인이 아닌 다른 사람에겐 신경도 쓰지 않는다.

—그러나 임무인 이상, 여기서 포기할 수는 없다.

도안은 마음을 다잡고, 상황을 파악하기 위해 신중하게 떠보기 시작했다.

"누군가가 작위적으로 여기를 봉쇄해버렸다는 말씀입니까?"

"그런 거겠지."

게이트의 목소리에는 증오심이 가득하다. 도안은 다시 물었다.

"실은 저희는 간도나에서 왔습니다만…, 야르다의 왕녀님이 행방불명이라는 게 정말입니까?"

"……!"

세 야르다인의 낯빛이 일제히 변했다.

—왕녀 네펠리의 실종은 야르다 국내에서는 공표되지 않았다.

야르다 국민들에게는 왕녀는 지금도 성에 있는 것으로 되어 있다. 진실을 아는 것은 간도나와, 거기서 정보를 얻은 자들뿐이다.

세 사람은 굳은 얼굴로 서로를 마주보다가. 별안간 이오세프가 한숨을 내쉬었다

"글쎄…. 어떤지 모르겠군. 왕녀 전하께서 성에 안 계신다는 소문도 듣기는 했네. 최근 아무래도 성 안의 정세가 수상해서 말이야. 나도 뭐가 뭔지 잘 몰라. …아아, 자네들에게 할 이야기가 아닌데, 미안하네."

—생각했던 것보다 훨씬 만만치 않은 상대다.

도안은 짐짓 안타까운 표정을 지으면서 고개를 끄덕였다.

게이트가 여기 있는 이상, 그들은 왕녀의 행방을 알고 있을 것이다. 하지만 이오세프는 다소의 진실과 친절함으로 그것을 숨기려 하고 있다.

도안은 옆에 있는 가젠을 슬쩍 쳐다보았다. 그는 도안을 향해 고개를 끄덕인다.

두 사람의 목적은 조사만이 아니다. 가능하다면 교섭의 실마리를 찾는 것이 진짜 목적이며, 그 권한은 도안에게 있었다.

그는 자세를 바로 했다. 그리고 눈을 들어 똑바로 이오세프를, 이어서 게이트를 주시했다.

"당신들을 여기에 가둔 자가 누구인지 아십니까?"

그들은 대답하지 않는다. 그저 떨떠름한 얼굴로 침묵을 지킬 뿐이다.

하지만 그것은 몰라서가 아니다. 알아도 말하고 싶지 않은 것이다.

밀라가 깔보는 눈빛으로 그들을 쳐다본다. 도안은 조용히 일어나 세 사람 앞으로 다가갔다. 가능한 한 차분한 목소리로 고한다.

"혹시 누구인지 알고 계시다면, 그리고 그 인물을 타도하고 싶으시다면, 힘을 빌려줄 수 있다고 우리의 왕은 말씀하셨습니다."

마지막 말에 이오세프가 고개를 들었다. 놀란 눈으로 도안을 응시한다.

"자네들은 대체…."

"우리는 파르사스 국왕 오스카 라에스 인클레아투스 로즈 파르사스 님의 사자로 왔습니다. —지금이 귀국의 전환기라고 생각하신다면, 부디 결단을 내려주십시오."

그 말에 지금까지 고개를 숙이고 있던 네오나가 그 귀여운 얼굴을 홱 치켜들었다.

※

이오세프와 게이트가 이야기한 내용은 다음과 같았다.

왕녀 네펠리는 궁정 내부의 분열 조짐에서, 오빠 사바스의 정인인 불가사의한 여자의 개입을 느꼈다고 한다. 원래 와병 중인 왕을 대신해 재상인 지시스가 실권을 잡았을 때, 거기에 사바스는 반발했다. 하지만 그에게는 재상에게 정면으로 대항할 만한 패기도, 힘도 없었던 것이다.

—하지만 그런 때, 한 아름다운 여자가 나타나 사바스에게 조언을 해주기 시작했다.

그녀의 조언은 적확해서, 사바스를 지지하는 사람이 속속 늘어나, 마침내 지시스와 맞서 싸울 수 있는 정도까지 되었다. 거기까지는 네펠리도 걱정하면서 오빠를 응원했지만, 어느 순간 사바스가 "나라를 되찾으면 다음은 영토다. 파르사스에 빼앗긴 땅을 되찾는다" 라고 말하는 것을 듣고 경악했다. 오빠의 그런 변모가 마치 딴사람 같았던 것이다.

가뜩이나 내부 분열이 극심해 나라가 위태로운 상황이다. 그런데 기껏 분열을 수습하고 다시 파르사스에 싸움을 건다면, 나라가 아예 없어질 수도 있다.

네펠리는 오빠를 필사적으로 만류했다. 하지만 사바스는 여동생의 말에 귀를 기울이기는커녕 오히려 그녀를 유폐하려고 했다. 동생에게 상냥했던 오빠는 이미 어디에도 없었다.

궁지에 몰린 네펠리는 도망치기 위해 간도나의 축전에 참석한다는 핑계로 성을 떠났다. 일단 국외로 나가, 인척이 있는 다른 나라에 도움을 청해야 한다고 생각한 것이다.

하지만 국경에 도달하기 직전, 그녀에게 추적자가 따라붙었다.

추적자의 낌새를 알아차린 네펠리 일행은 진로를 바꿔 가도스 요새로 몸을 피했고— 그리고 거기에 갇혀버렸다고 한다.

“성에 있는 요망한 여자는 사사건건 사바스 전하에게 야심을 불어넣고 있다고 합니다. ‘나라를 되찾아라, 영토를 되찾아라, 전 대륙에 손을 뻗쳐라’라고요. 지시스 진영에서는 암살당한 자도 나왔다고 하니까, 지시스가 군을 움직이는 것은 시간문제입니다. 이대로는 부끄럽지만, 내전은 피할 수 없습니다.”

이오세프의 목소리는 괴로움을 쥐어짜는 듯하다. 타국의 일이지만, 가젠과 도안은 침통한 얼굴이 된다.

나라를 키우거나 멸망시키는 게 취미라고 하는 마녀는, 바야흐로 지금 한창 그 놀이 중이다. 사바스가 이기든 지든, 그녀의 즐거움은 변함없다. 역사의 무대에 등장하지 않을 뿐, 과거에 이런 식으로 흥망을 조작당한 나라가 더 있었던 게 분명하다.

“그래서 지금 왕녀 전하는요?”

“그게… 요새로 향하는 도중에 혼란 속에서 호위들과 헤어져, 여전히 행방을 알 수 없는 상태입니다. 저희도 이 모래폭풍 때문에 수색도 못 하고….”

“아….”

두 파르사스인은 망연자실했다.

왕녀는 결국 정말로 행방불명인 것이다. 그러면 이 요새를 같은 편으로 끌어들여도, 야르다의 내부 분쟁에 끼어들 명분이 부족하다. 파르사스로서는 타국의 문제인 이상, 야르다의 왕족을 끌어들이지 않으면 움직일 수 없는 것이다.

어떻게 할지 도안은 망설였다. 왕녀를 찾아야 할까, 아니면 요새를 버리고 다른 타개책을 찾는 게 나을까. 타국의 일에 냉철한 그는 어떤 방법이 최적인지 잠시 생각한다.

그때, 줄곧 침묵을 지키고 있던 네오나가 입을 열었다.

"왕녀 전하가 안 계시는데도 불구하고 이 요새가 봉쇄되어 있다는 것은, 추적자는 아직 여기에 전하가 계시는 걸로 생각한다는 뜻일 겁니다."

"그걸 이용하라는 겁니까?"

"모래폭풍이 사라지면 전하의 행방을 수색할 예정이니까, 그때까지는 병으로 몸져누워 계시는 걸로 하면 되지 않을까 싶습니다. 전하를 전면에 내세우면 오히려 표적이 될 위험이 커지니까요."

"…그렇군요."

왕녀의 행방불명을 역으로 이용하다니, 상당히 영리한 여성이다. 도안은 감탄하고, 나쁘지 않은 제안에 고개를 끄덕였다.

"그럼 그 방법으로 가지요."

네오나는 도안의 말에 안도한 표정을 지었다.

사정을 듣고, 요새 측의 협력을 얻어낸 도안은 다시 한숨을 쉬었다.

"그나저나 보고하러 돌아가려고 해도 전이가 안 되니 어떡하지."

"또 사막 길을…."

가젠이 가볍게 어깨를 떨군다. 그러자 가당찮다는 듯이 소녀의 목소리가 울렸다.

"내가 싫어. 귀찮아."

"하지만 방법이 없으니…."

"직접 돌아가면 되지. 티나샤 님, 들었어?"

"들었어."

귀에 익은 아름다운 여자의 목소리가 방 안에 울렸다. 도안과 가젠은 깜짝 놀라 고개를 들었다. 그것은 누구의 목소리인지 모르는 세 야르다인도 마찬가지였다.

다음 순간, 밀라의 옆 공간에 일그러짐이 생겨났다.

아무것도 없는 공간에, 흑발의 아름다운 여자가 나타난다. 그녀는 머리를 쓸어 올리면서 정면의 세 사람에게 가볍게 인사했다.

"밀라와 지각을 공유했어요. 훔쳐듣는 거나 다름없는 짓을 해서 미안해요."

"당신은…."

"내가 누군지는 중요하지 않아요. 왕에게도 이야기는 전했어요. 앞으로 한 시간 정도면 업무가 일단락되니까, 그때 다시 의논하기로 해요."

척척 지시를 내리는 여자의 모습에, 세 야르다인은 어안이 벙벙해졌다.

마녀의 개입에, 도안과 가젠은 가슴을 쓸어내린다. 밀라가 허공에 떠오르면서 기쁜 얼굴로 주인의 목에 매달렸다.

"티나샤 님, 도움이 됐어?"

"큰 도움이 됐어. 고마워, 밀라."

"언제든지 불러줘! 니르보다 도움이 될 테니까!"

"그래, 그래."

쓴웃음을 짓는 마녀에게 밀라는 손을 흔들고 모습을 감추었다. 도안이 지친 목소리로 중얼거렸다.

"우리를 대할 때와는 태도가 전혀 달라…."

그 말을 들은 티나샤는 소리 내어 웃음을 터뜨렸다.

한 시간 후, 약속대로 오스카는 마녀와 두 신하를 대동하고 요새로 전이해 왔다.

아까의 세 야르다인, 이오세프, 게이트, 네오나가 대표로 그들을 맞이했다.

오스카는 이오세프의 인사를 받은 후, 간결하게 말했다.

"먼저 말해두고 싶은 것은, 이번에 파르사스가 개입한 사실을 우리 측에선 공표할 생각이 없다. 그대들도 그렇게 알기 바란다."

"알겠습니다."

"그리고 왕녀가 행방불명이라고 들었는데, 그녀의 행방을 알아낼 수 있을지 없을지는, 미안하지만 보장할 수 없다. 우리가 할 일은 왕자에게 야심을 불어넣는 여자의 처단뿐이다."

"충분합니다."

이오세프는 즉답하고 고개를 숙였다.

—설마 파르사스의 조력을 얻게 되리라고는 생각도 못 했다.

설령 그것이 지극히 한정된 범위의 협력일지라도, 이 상황을 타파할 수 있는 계기가 된다면 대환영이다.

다만, 마음에 걸리는 점이 한 가지 있다.

그는 어째서 지금 도움을 주는가. 내전을 지켜보다가, 그것이 끝난 후 야르다를 멸망시키는 일도 그라면 가능할 텐데.

이오세프가 에둘러 그렇게 묻자, 파르사스 왕은 수려한 얼굴에 자신만만한 웃음을 지으며 대답했다.

"먼저 시비를 걸어온 건 그쪽이니까. 그리고… 상대가 마녀라면 내가 나서는 건 당연해."

왕 옆에서는 흑발의 미녀가 눈을 감고 미소 짓고 있다.

그 말에 이오세프를 비롯한 세 사람은, 비로소 그들을 궁지로 몰아넣고 있는 여자가 전 세계에 다섯 명밖에 없는 마녀 중 한 명임을 깨달았다.

네오나가 깜짝 놀라 중얼거린다.

"마, 마녀가 왜…."

"글쎄요? '불리지 않는 마녀'는 그 이름처럼, 부르지 않아도 나타나니까요. 원인을 생각하는 건 무의미해요. 그냥 불운했던 것뿐이에요."

담담하게 대답한 사람은 왕이 데려온 미녀다. 말문이 막혀버린 야르다인들을 무시하고, 파르사스의 국왕이 입을 열었다.

"자, 그럼 레오노라를 어떻게 유인해낼까…."

오스카는 턱에 손가락을 대고 방 안을 둘러보았다.

왼쪽부터 네오나, 게이트, 이오세프, 그리고 알스, 쿰, 티나샤가 저마다 생각에 잠긴 표정으로 서 있다. 모두의 얼굴을 둘러보던 오스카는 문득 어떤 사실을 깨달았다.

"레오노라는 왜 네펠리 왕녀를 죽이지 않는 거지?"

마녀의 힘이라면, 요새를 통째로 날려버리는 편이 모래폭풍을 유지하는 것보다 훨씬 간단하다. 그런데 왜 일부러 귀찮은 짓을 하고 있을까.

그 질문에 대답한 사람은 게이트였다.

"네펠리 님은 성을 떠나실 때, 폐하에게 왕가의 반지를 받으셨습니다. 그것은 왕권 계승을 행하는 신전의 열쇠이기도 합니다."

"요컨대 그 반지가 없으면 사바스는 즉위할 수 없다 이건가?"

"그렇습니다."

오스카는 고개를 갸웃했다. 그런 사정으로 왕녀를 가둬놓고 있는 거라면, 그녀가 행방불명된 현재 상황은 레오노라에게도 좋지 않다. 그 사실을 들켜 예측불가의 전개가 되는 것보다는 왕녀가 무사한 걸로 해 두는 편이 낫다.

"그럼 왕녀의 신병에 이쪽에서 개입한 것처럼 위장하면 되는 건가. 상대도 재상과 대립 중인 이상 함부로 군은 움직일 수는 없을 테니, 아마 본인이 직접 오겠지."

"아, 그 부분은 내가 보장해요. 레오노라는 성미가 급하니까 낙승이에요."

티나샤는 자신은 안 그런 것처럼 가볍게 말했다. 오스카는 마녀의 머리를 가볍게 토닥인다.

"준비에 얼마나 걸려?"

"모래폭풍을 풀면 개입을 들키니까, 그 전에 일대에 소환 금지 구성을 둘러치고… 이래저래 이틀은 꼬박 걸릴 것 같아요. 사흘째 되는 날 모래폭풍을 풀어 레오노라를 유인할게요. 기껏 레오노라가 사람이 들어오지 않는 영역을 만들어줬는데, 여기서 죽게 해줘야죠."

태연하게 내뱉는 마녀는 아름답고, 그리고 잔혹하다.

대륙에 다섯 명밖에 없는 마녀. 자신과 같은 존재인 그중 한 명을 죽이려 하면서 일말의 망설임도 없다. 여유마저 느껴지는 미소에, 다른 자들은 압도되어 할 말을 잃는다. 오스카만이 태연하게 고개를 끄덕였다.

"알았어. 또다시 성을 습격당하긴 싫으니까. 준비는 어떡할 거야?"

"몇 명만 동원해서 내가 직접 작업할 생각이에요. 이틀째 밤에 당신을 데리러 갈게요. 그때까지 평소처럼 집무를 보도록 하세요."

마녀의 말에 고개를 끄덕이다가 오스카는 눈살을 찌푸리고 연인의 귀를 잡아당겼다.

"너, 그 사이에 독단행동은 하지 마."

"무슨 말인지 통?"

티나샤는 눈길을 피했다 오스카는 귀를 잡아당기는 손에 힘을 더 주었다.

"말없이 엉뚱한 짓을 하면 거꾸로 매달아버릴 줄 알아."

"……."

마녀는 싫은 얼굴로 눈을 꾹 감더니, 남자에게 보이지 않는 각도에서 혀를 날름 내밀었다.

그리고 그 표정에 알스와 쿰은 두통을 느낀 것이었다.

오스카가 돌아가자, 티나샤는 정령 넷을 불러내 사막에 구성을 설치하러 나갔다. 알스는 요새의 구조를 파악하기 위해 이오세프의 안내로 내부를 돌아보고 있다. 성벽 위에서는 쿰이 정령을 사이에 두고 티나샤와 대화하고 있었다.

준비가 점차 진행되는 가운데, 네오나는 요새의 회랑에서 멍하니 밖을 바라보았다. 시선 끝에는 자신들을 가두는 절망일 뿐이었던 모래폭풍이 몰아치고 있다.

—마치 폭풍 같다고, 그녀는 생각한다.

밖이 그렇다는 게 아니다. 갑자기 나타난 파르사스인들 이야기다.

그중에서도 특히 자신감에 넘친 파르사스 국왕의 모습이 그녀의 마음을 강렬하게 사로잡고 있었다.

옛날부터 소문은 익히 들었던 것이다. 수려한 용모에 최고의 검 실력을 가진 왕자라고. 그를 높이 평가하는 목소리는 국경 너머까지 퍼져 있었다.

하지만 그의 매력은 그런 외적인 것이 아니다. 지금이라면 알 수 있다. 그 강한 영혼의 빛. 사람을 사로잡고 복종시키는 왕의 눈. 망설임 없는 시선에 스스로를 맡기고 싶어진다.

평생 만날 일 없다고 생각했었다. 그러나 만나고 만 것이다. 마녀에게 매료되었다고 하는 사바스 왕자도 이런 감정을 느꼈을까.

아주 잠깐 만났을 뿐 대화를 나눈 것도 아닌데, 어리석다는 것은 알고 있다.

그래도 네오나는 어느새 자꾸만 그의 기억을 좇아 모래폭풍을 응시하고 있는 자신을 깨닫고 마는 것이었다.

※

"레오노라…, 어디 있어?"

"여기야."

여자의 나른한 목소리가 울린다.

밖은 아직 해가 중천이다. 그럼에도 불구하고 방의 창문에는 긴 천이 드리워져, 방 안은 어두컴컴했다.

이름을 불린 여자는 침대에서 몸을 일으킨다. 벌꿀색 머리카락이 완만한 곡선을 그리며 등에 물결친다. 낮에도 어두컴컴한 숲속 같은 초록색 눈동자. 오뚝한 콧날과 그 아래 장밋빛 입술은 자애 넘치는 성녀와도 같다.

커다란 꽃송이를 연상시키는 화려한 미모의 여자는 긴 머리를 쓸어 넘긴다. 살짝 열린 문틈으로 남자가 안을 들여다보았다.

"자고 있었어? 미안해."

"괜찮아. 무슨 일이야?"

여자는 생긋 미소 지었다. 그 미소에 안심하고 청년은 방으로 들어와, 그녀가 있는 침대에 걸터앉았다.

"지시스가 수하의 장군들을 모으고 있는 것 같아. 드디어 군을 움직이려는 걸지도 몰라."

"그렇구나…. 하지만 괜찮아. 정통 왕위 계승자는 당신이니까, 반역죄로 처단하면 돼."

"하지만 아직 왕은 아니야. 네펠리가 없으면…."

"걱정 마. 금방 좋은 쪽으로 일이 잘 풀릴 거야. 나를 믿어, 사바스."

마녀는 하얀 손으로 남자의 볼을 감쌌다. 그 미소는 남자를 사로잡는 미소다.

남자는 꿈속에 있는 것처럼 멍하니 고개를 끄덕이고, 그녀로부터 몇 가지 지시사항을 듣는다. 그리고 수하의 군을 언제든지 움직일 수 있도록 조처하기 위해 방을 나섰다.

그의 모습이 문 밖으로 사라지자, 레오노라는 실소한다.

"약한 사람…."

왕태자임에도 불구하고, 그는 혼자서는 아무것도 결정하지 못한다. 레오노라가 없었다면 이 나라는 진작 지시스의 손에 넘어갔을 것이다.

하지만 그래도 상관없다. 강한 남자와 오만한 남자는 이제 지긋지긋하다. 농락당하는 것은 좋아하지 않는다. 그녀에게는 자신이 농락하는 쪽이고, 모든 인간은 놀이를 위한 귀여운 장난감에 지나지 않는다.

레오노라는 침대에서 일어나 조그맣게 하품을 했다. 그 귀에 부하의 목소리가 들렸다.

"레오노라 님, 트라비스 님에게 보낸 마족은 전멸했습니다."

"그래? 그쪽은 이제 됐어."

"파르사스 쪽은 푸른 달의 마녀가 성을 비운 것 같습니다."

"흐음?"

별일도 다 있다. 자신들을 노리는 적이 있다는 사실을 알 텐데, 계약자를 놔두고 사라지다니 무슨 일이 있었던 걸까.

레오노라는 티나샤가 그런 남자를 선택한 것을 믿을 수 없었다.

자신과 동등하게, 때로는 상위에 남자를 두는 것은 그녀에게는 견디기 힘든 일이다. 더구나 아카시아의 검객이 아닌가. 자신을 죽일지도 모르는 인간 곁에 머물다니, 어리석기 짝이 없는 짓이다.

하지만 티나샤는 어차피 왕족 출신의 어린 계집이다. 혼자 살아가기가 괴로워진 것이리라. 레오노라는 과거의 비쩍 마른 말라깽이 소녀를 떠올리고 코웃음 쳤다.

—건방진 계집이다. 자신과는 다른 마녀. 다른 빛으로 사람을 매료시킨다.

그 빛이 조금쯤은 흐려져도 괜찮다고 생각한다. 미워하는 것은 아니다. 단지 마음에 안 들 뿐이다.

그리고 티나샤가 죽는다면, 혹은 그녀가 세상에서 가장 사랑하는 연인을 잃는다면 얼마나 재미있을까.

상상만 해도 가슴이 설렌다. 새로운 놀이다.

레오노라는 농염하게 웃으면서, 부하에게 두세 가지 지시를 내렸다.

※

오스카는 성으로 돌아와, 집무를 최대한 앞당겨 처리를 끝냈다.

파르사스의 개입 사실을 덮어두는 이상, 동행할 사람은 신중하게 택해야 한다. 이번에는 티나샤도 정령을 모두 불러낼 작정인 것 같은데,

상대 또한 같은 마녀다. 암흑시대에 수천 명을 죽인 상대라면, 이쪽에도 상응하는 준비가 필요하리라.

왕의 마녀는 이번 일에 계약자를 끌어들이고 싶지 않았던 것 같지만, 원래의 발단이 무엇이든, 그 표적이 되어 사경을 헤맨 것은 오스카 자신이다. 파르사스 습격 때 희생자도 나왔고, 앞으로 또 같은 짓을 못하게 하기 위해서도, 그가 직접 나서 레오노라를 처단할 작정이었다.

"그나저나 그 녀석은 정말로 인정사정없군…."

똑같이 그에게 해를 끼친 마녀라도, 티나샤는 저주를 건 '침묵의 마녀'에게는 간섭하려 들지 않았던 것이다. 그러나 레오노라에게는 오로지 살기만을 드러낼 뿐이다. 오스카에게 직접적인 피해가 있었기 때문이겠지만, 그렇다 해도 무자비한 대응이다. 다만, 티나샤의 말투로 봐서는 단순히 상대가 싫은 걸지도 모른다.

그런 생각을 하면서 호위 병사와 함께 자신의 방으로 향하던 오스카는 앞쪽의 복도 창문에 아름다운 흑발의 여자가 앉아 있는 것을 발견했다. 좌우의 병사들이 그녀를 향해 고개를 숙였다.

"티나샤, 무슨 일이야?"

"보고 싶어서요…. 안 되나요?"

"상관없지만, 상대쪽은 괜찮아?"

"상대쪽? 괜찮아요."

여자는 생긋 웃고 창틀에서 뛰어내려 오스카 옆으로 다가왔다. 그는 그 머리를 쓰다듬고, 좌우의 병사들에게 물러가라고 명령했다.

방 안에 들어오자, 그녀는 두 팔을 뻗어 오스카에게 안긴다. 그는 쓴웃음을 짓고, 그 몸을 안아 올렸다. 넓은 침대에 내려놓고, 응석 가득한 눈으로 올려다보는 그녀 옆에 걸터앉는다.

오스카는 여자의 눈동자를 응시하며 그 가냘픈 손목을 붙잡았다. 동시에 철컹 하는 금속성 소리가 조그맣게 울린다. 그녀는 손목에 닿은 무언가를 확인하려고 고개를 기울였지만, 오스카가 그 턱을 붙잡았다.

왕이 낮은 목소리로 말한다.

"그 녀석에게 벌을 줄 때 쓰려고 놔둔 건데, 도움이 되었군."

"…오스카?"

"함부로 부르지 마. 누구인지 몰라도, 내가 자신의 여자를 몰라볼 거라 생각했나?"

"……!"

그 말에 여자는 실패를 깨닫고 전율했다. 남자의 눈이 차갑게 그녀를 노려본다.

여자는 도망치기 위한 구성을 짜려고 하다가 마력을 집중할 수 없다는 것을 깨달았다. 턱을 붙잡힌 그녀는 볼 수 없지만, 그 손목에 채워진 것은 아카시아와 같은 재질로 만들어진 봉식구다. 이것을 몸에 착용하면 티나샤조차도 구성을 짤 수 없다.

오스카는 눈빛만으로 상대를 죽일 수 있을 것 같은 박력을 품고, 붙잡힌 여자를 내려다보았다.

"일단 심히 불쾌하니까, 그 의태부터 풀어."

여자는 긴장감에 마른침을 삼켰다. 거부하면 그대로 목을 졸라버릴 듯한 기세다. 그녀는 의식을 집중해, 마력이 아닌 힘을 움직인다. 그러자 흑발이 선명한 초록색 머리로, 검은 눈동자가 마찬가지로 초록색으로 변해갔다. 평범한 인간에게는 없는 선명한 그 색을 보고, 오스카는 눈살을 찌푸렸다.

"네가 마족을 소환한 여자인가. 반 요괴일지도 모른다고 하더니…."

여자는 입술만 움직여 웃었다. 오스카는 냉소를 짓고, 턱을 붙잡고 있던 손을 여자의 가냘픈 목으로 가져갔다.

"이름을 말해."

"…아델라이야라고 합니다."

"목적이 뭐냐."

"나의 주인의 명령에 의해."

"레오노라인가. 악취미로군."

아델라이야는 최소한의 긍지로 말없이 미소를 지어 보였다. 온몸이 죽음의 예감에 차갑게 식어간다. 봉식구 때문만은 아니다. 실제로 지근거리에서 대치중인 이 남자의 힘이 느껴지는 것이다. 주인은 가능하면 체내 독으로 죽이라고 명령했지만, 티나샤의 방호결계가 없다 해도 이 거리에서는 도저히 이길 수 있을 것 같지 않았다.

오스카는 잠시 파랗게 질린 여자의 얼굴을 내려다보다가, 이윽고 가볍게 웃었다.

"레오노라는 너를 소중히 여기고 있나?"

그 말의 의미를 깨닫고, 아델라이야는 숨을 헐떡이듯이 입술을 움직였다.

"나, 나 같은 건 쓰레기나 마찬가지예요."

"그래? 뭐, 어느 쪽이든 상관없어."

무심한 어조로 그렇게 내뱉고, 오스카는 여자의 목을 조르는 손에 힘을 주었다. 경동맥을 적확하게 누른다. 아델라이야의 눈동자가 크게 벌어진다.

몇 초 후, 의식을 잃은 여자의 몸을 끌고서, 오스카는 마법사를 부르기 위해 복도로 나갔다.

티나샤는 한밤중이 될 때까지 구성을 치다가, 일단 작업을 중단하고 그날은 요새에 머물렀다. 아무리 최강의 마녀라고 불려도 자신의 힘을 과신하지는 않는다. 사전준비에는 공을 들일 작정이다. 상대 역시 마녀라면, 그렇게 해도 부족할 정도다. 더구나 레오노라는 다섯 마녀 중에서도 루크레치아에 이어 두 번째로 오래 산 마녀다. 순수하게, 마법사로서의 경험치 자체가 다른 것이다.

"뭐, 그래도 내가 이기겠지만."

태연하게 중얼거리고, 티나샤는 요새의 회랑에서 아침햇살에 비친 사막을 바라보았다.

소환 금지 영역의 형성은, 레오노라를 상대한다면 필수적이다.

이게 무너지면 모든 것이 와해된다. 무진장으로 소환되는 마족에 의해 소모전을 강요당할 뿐이다.

따라서 이 사막의 존재는 유리한 조건이지만…, 그래도 무언가가 마음에 걸리는 것이다.

"뭐지…. 잘 모르겠어."

이 땅이 원래 황야였다는 사실은 알고 있다. 옛 투르다르령과 마찬가지로, 옛날부터 초목이 자라지 않는 땅이었다고 한다. 그것은 이 땅에 정체되어 있는 미약한 마력과 관계가 있을 것이다. 지금은 사라진 마법호만큼은 아니지만, 대륙에는 그런 역장이 몇 군데 있다. 레오노라가 삽시간에 이 땅을 모래로 덮어버린 것도, 이 마력을 끌어 쓴 게 아닐까 싶을 정도다.

—하지만 그것을 감안해도 어딘지 석연치 않은 감각을 느낀다.

"또 신(神) 옆이라거나 그런 건 아니겠지…."

만약 그렇다고 한다면 성가시기 짝이 없지만, 그런 존재가 그렇게 몇 개씩 있지는 않으리라.

시간에 여유가 있다면 좀 더 확실하게 위화감의 정체를 찾아보고 싶었지만, 지금은 레오노라에게 들키지 않는 게 우선이다.

티나샤는 일단 위화감을 누르고, 회랑을 박차고 공중으로 솟아올랐다.

그렇게 오전 시간을 전부 투자해 간신히 작업을 마친 그녀는, 오후부터 요새에 와 있는 알스와 멜레디나를 불렀다. 이미 요새와 파르사스 성을 연결하는 전이진은 어젯밤에 준비가 끝났다. 다만, 그것을 사용할 수 있는 자는 안전상 파르사스인으로 한정되어 있었다.

티나샤는 탑에서 가져온 마법의 검을 스무 자루 정도 책상 위에 늘어놓고 두 사람에게 보여주었다.

"마음에 드는 검을 가져가세요. 아카시아만큼은 아니지만, 전부 명검이에요."

멜레디나가 입을 떡 벌리고 마녀를 보았다.

"네? 정말로 가져도 되는 건가요?"

"물론이죠."

"마법의 검… 이군요."

"아마 상대는 마족이 될 테니까요. 마물 처단에 특화된 검을 골라왔어요."

알스가 조심스럽게 맨 위에 있던 한 자루를 집어 든다. 자루에 용이 새겨진 그 검을 뽑자 날이 푸르스름하게 번뜩인다.

"굉장해."

그는 눈을 빛내면서 몇 자루를 차례로 들어보고, 자신과 멜레디나에게 제일 잘 맞는 검을 골랐다. 건네받은 검을 품에 안고, 두 사람은 감격에 겨운 눈빛으로 마녀를 바라본다.

"감사합니다!"

"이런 싸움에 끌어들인 건 나에게도 원인이 있으니까요…. 고맙다는 말은 하지 마세요."

티나샤는 자조 섞인 웃음을 지으며 남은 검을 치웠다. 그녀는 묶고 있던 검은 머리를 풀고 시간을 확인한다.

"그럼 난 잠깐 성으로 돌아갈게요."

"벌써 폐하를 부르러 가시는 건가요?"

"아뇨, 일단은 선공 허가를 받으러…."

티나샤는 장난스럽게 웃고, 그 자리에서 전이했다.

마녀는 일단 집무실로 전이했지만, 거기에는 아무도 없었다. 그녀는 고개를 갸웃하면서 복도로 나왔다. 오른쪽을 보자, 마침 라자르가 걸어오고 있어서 티나샤는 가볍게 손을 들었다.

"혹시 오스카 못 봤어요?"

"제3강의실에 계십니다. 어젯밤에 적의 마법사를 붙잡으셨거든요."

"우와, 무슨 일이야!"

마녀는 예상 밖의 전개에 놀랐지만, 감사 인사를 하고 강의실로 전이했다.

평소 마법사들이 강의를 듣는 그 방에 있는 사람은, 오스카 외에 마법사 카브와 레나트였다. 그리고 그들의 시선 앞에는 초록색 머리카락을 가진 여자가 의자에 묶여 있었다.

낯익은 얼굴에 티나샤의 눈이 동그래졌을 때, 오스카가 마녀를 돌아보았다.

"오, 마침 잘 왔어."

"대체 어떻게 된 거예요?"

"뻔뻔하게 나타났기에 붙잡았지."

잘 보니, 여자의 손목에는 봉식 세크타가 채워져 있었다. 싫은 기억이 되살아나서 티나샤는 여자를 조금 동정했다. 하지만 그건 그거고, 이건 이거다.

"마침 잘된 건 나도 마찬가지예요. 운이 좋았네요. 잡으러 가는 수고를 덜었어요."

"그래? 어떡할지 난감하던 참이었는데. 입을 안 열어서 우물에라도 던져버릴까 생각하던 중이었어."

"그러면 우물을 못 쓰게 되잖아요."

싫은 얼굴로 대꾸하면서 티나샤는 여자 앞에 섰다. 허리를 숙여 그 얼굴을 들여다본다. 여자는 마녀를 보고 대담하게 웃었다. 허세겠지만, 그 배짱에 티나샤는 감탄했다.

"이름은?"

"아델라이야래."

"좋은 이름이네요. —그럼 아델라이야, 야르다 성내의 구조와 지금의 상황을 자세히 말해봐."

여왕의 위엄을 띤 티나샤의 말에, 아델라이야는 비꼬는 웃음을 지었다.

"방금 왕께서 입을 안 연다고 말씀하신 걸 못 들으셨나요?"

"말해."

티나샤는 오른손을 위로 뻗었다. 그곳에 투명한 액체가 담긴 작은 병이 나타났다. 마녀는 그 병을 손에 쥐고 가볍게 흔들어 내용물을 확인했다.

"좋아."

마녀가 아델라이야에게 시선을 향하자, 그 하얀 팔에 상처가 생겼다. 금세 붉은 피가 배어나온다. 티나샤는 작은 병을 열어, 안에 든 액체를 한 방울 아델라이아의 상처 위에 떨어뜨리면서 조그맣게 주문을 외웠다. 액체 방울은 상처를 통해 몸 안으로 급속도로 스며든다. 그것을 확인하고 티나샤는 상처를 닫았다.

아델라이아는 긴장감에 얼굴이 굳어지면서도 오만하게 고개를 들었다.

"나에게 마법약은 안 통해요."

"나도 그렇지만, 예외가 있어. 닫힌 숲은 마녀 루크레치아가 만든 자백제야."

그 말에 아델라이아의 얼굴이 창백해졌다. 마법약에 있어서는 아무도 견줄 사람이 없는 마녀의 이름을, 그녀도 알고 있는 것이다.

오스카는 아직 반 이상 내용물이 남은 작은 병을 보았다.

"그런 걸 왜 가지고 있어?"

"바람 피우면 사용하라면서 루크레치아가 줬어요."

"…안 피워."

"그런 말은 루크레치아한테 하세요."

씁쓸한 얼굴로 입을 다문 왕의 뒤에서, 레나트가 웃음을 참고 있다.

카브는 루크레치아의 수제 마법약에 흥미가 있는 듯 "멋지다" 라고 중얼거렸다.

티나샤는 그로부터 삼십 분 동안에 걸쳐, 아델라이아로부터 야르다에 관한 정보를 들어냈다. 그녀는 팔짱을 끼고서 마음속으로 가볍게 방침을 결정하고, 오스카를 올려다보았다.

"지금부터 잠깐 야르다에 갔다 올게요."

"환청인가?"

"아얏, 아얏!"

관자놀이 응징을 당하고 마녀는 버둥거렸다. 오스카는 손을 떼고 냉담한 눈빛으로 그녀를 쳐다보았다.

"내 말을 못 알아들은 거야?"

"알아들었어요. 하지만 야르다는 지금 내전 직전이에요. 레오노라를 죽여도 바로 멈춘다는 보장도 없고, 어쩌면 그 전에 시작돼버릴지도 몰라요. 그걸 조금만 늦추고 올게요."

"네가 그렇게까지 할 필요는 없어. 쓸데없는 오지랖이야."

"하게 해주세요. 괜찮아요. 그리고 레오노라의 부하들을 미리 줄여놓고 싶어요."

"그런 짓을 하면 상대에게 들키잖아."

"흔적도 없이 하나씩 없애면 괜찮아요. 그 정도의 역량 차이는 있어요. 상대도 이쪽의 성에 침입했었으니까, 어차피 피차일반이에요."

"너…."

"레오노라는 안 만날 거예요. 조금 휘저어주고 오는 것뿐이에요."

가벼운 침묵이 흐른다.

오스카는 불가사의한 기시감을 느끼고, 그것이 마수 토벌 때의 일임을 떠올렸다. 그때도 불안하게 생각하면서 결국은 그녀를 보내주었던 것이다.

지금은 왕이 된 남자는 내심 탄식을 삼킨다.

"…금방 돌아올 거지?"

"두 시간 안에 돌아올 거예요. 그리고 당신을 데리러 올게요. 안 되나요?"

검은 눈동자가 그를 올려다본다. 오스카는 잠시 그 눈동자를 응시하다가 한숨을 내쉬고 그녀의 머리를 쓰다듬었다.

"갔다 와."

마녀는 그 말을 듣고 부드럽게 미소 지었다. 남자에 대한 신뢰가 담긴 그 표정은, 그가 그녀를 신뢰하는 것과 완전히 같다.

티나샤는 장거리 전이 구성을 짜면서, 오스카 뒤에 있는 신하에게 말했다.

“레나트도 같이 와주세요. 할 일이 많으니까요.”

“알겠습니다.”

전이 구성과 함께 두 마법사가 모습을 감추자, 왕은 아델라이아를 돌아보았다.

약을 투여당한 그녀는 몽롱해진 초록색 눈동자를 바닥에 고정한 채 꼼짝하지 않는다. 그는 고개를 약간 갸웃하다가 여자를 향해 물었다.

“레오노라는 왜 티나샤를 싫어하는 거지?”

그걸 물어본 것은 단순한 호기심이다. 아델라이아는 일순 침묵 후, 힘없이 중얼거렸다.

“그위드의 배신 때문에.”

그 말을, 오스카는 입속으로 곱씹었다.

※

“오늘밤에라도 왕의 신병을 확보한다.”

지시스의 말에, 그의 진영에 참여한 세 장군은 고개를 끄덕였다.

내전은 오래 끌면 끌수록 나라가 피폐해진다. 결착은 하루라도 빨리 짓지 않으면 안 된다. 왕의 권위는 권위로서 존중하지만, 그것은 상징으로만 존재해야 한다.

다행인지 불행인지 사바스에게는 나라를 움직일 만한 능력이 없다. 게다가 레오노라 같은 수상한 여자에게 놀아나기까지 한다면 앞날은 자명하다. 지금의 그가 왕위를 잇는 것만은 어떻게든 막아야 한다.

현재, 왕위 계승에 필요한 네펠리는 행방불명 중이다. 지시스는 일단 왕의 신병을 확보해 사바스를 무력화한 뒤에 천천히 그녀를 찾으려고 마음먹고 있었다. 실권을 쥘 수 있다면, 상징으로서의 왕위는 네펠리에게 넘겨줘도 상관없었다.

지시스는 장군들을 둘러보았다.

"사바스 전하의 사병이 움직일 수도 있지만, 그건 알아서 처리하도록."

"알겠습니다."

"—아니, 잠깐만 기다려."

갑자기 울린 남자의 목소리는 그 자리에 있는 누구의 것도 아니었다. 한순간의 사이를 두고 전원이 자리를 박차고 일어섰다.

어느새 방 입구에 한 남자가 서 있었다. 차림새로 미루어 마법사인 듯한 청년은 두려워하는 기색도 없이 그 자리에 서 있었다.

나라를 전복시키기 위한 극비 모임에, 모르는 남자가 침입하는 것은 있어서는 안 될 일이다.

동석해 있던 세 장군은 서로 얼굴을 마주보고— 직후, 검을 뽑아 남자를 향해 달려들었다. 남자는 가볍게 주문을 외우면서 구성을 짠다.

머리 위로 날아든 검이 남자를 베어버리려 한 그때, 그들의 눈앞에 전이문이 열렸다.

그것은 크게 일렁이더니 세 장군을 삼켜버렸다.

아군이 갑자기 사라진 것을 본 지시스는 경악해 외쳤다.

"누, 누구냐, 너는! 대체 무슨 짓을 한 거냐!"

"적당히 멀리 보낸 것뿐이야. 나의 여왕이 그걸 바라시니까."

레나트가 손을 앞으로 뻗는다. 거기에 응해 전이문이 형태를 바꾸더니 흐느적거리며 가장자리가 늘어나, 도망치려고 하는 지시스를 삼켰다.

회색빛 돌 회랑.

끝없이 이어진 듯한 그것은 어느 성에서나 변함없는 풍경이다.

여관의 차림을 한 마리아는 왕에게 가져갈 물주전자를 손에 들고, 다른 성과 다를 바 없는 그곳을 걸어간다.

그녀가 주인인 레오노라를 따라 이 나라에 온 것은 약 반년 전의 일이다.

과거에 세자르의 궁정마법사였던 마리아는 평온한 생활에 염증을 느끼고 성을 떠나 이곳저곳을 방랑하고 있었다. ―그런 어느 날 레오노라를 만난 것이다.

이 대륙에 다섯 명밖에 없는 마녀. 인간의 모습을 한 재앙이라고 말해지는 그녀는 강하고, 아름답고, 도도하고… 그리고 어떤 것에도 아부하지 않았다.

잔혹하고 섬세한 그 존재. 그런 그녀에게 마리아는 금세 매료되었다. 그녀라면 모든 것을 뒤집어엎어줄 것 같았다. 그래서 "제발 저를 데려가주세요" 라고 간청했다.

그리고 레오노라는, 마리아가 기대한 삶을 그녀에게 주었다.

나라가 멸망해가는 모습을 보는 것은 처음이다. 마리아는 조금씩 색채를 잃어가는 성 안을 바라보며 미소 짓는다. 이 성이 화염과 피비린내로 가득해지는 미래를 상상하고―.

하지만 그때, 회랑 앞쪽에 갑자기 검은 그림자가 나타났다.

"어…?"

잘못 본 건가 싶어 눈을 깜박인 순간, 그것은 그녀의 눈앞으로 다가왔다.

—어둠을 잘라낸 듯한 눈.

아름다움 그 자체인 여자가, 지근거리에서 마리아를 응시하고 있다. 대체 어디서 나타났을까. 그 긴 흑발도, 검은 마법복도 모든 게 비현실적이다.

모든 걸 매료시키고 불살라버릴 것 같은 주인과는 다른, 모든 걸 집어삼키고 무한히 낙하시키는 검은 눈동자.

검은 여자는 웃음기 없는 얼굴로 마리아에게 손을 내밀었다.

"남길 말은 있나?"

그것이 자신의 사망선고임을 마리아는 깨닫지 못했다.

깨달은 것은, 눈앞에 있는 여자가 적이라는 사실뿐이다.

그녀는 반사적으로 공격 구성을 짠다. 구성을 쏘려고 오른손을 올리다가—

"아."

그 오른팔은 이미 어깨에서 사라지고 없었다.

검게 그을린 단면. 이글거리는 칼날을 번뜩이며 여자는 마리아에게 고했다.

"남길 말이 없다면, 너는 아무것도 남지 않는다."

그 목소리와 동시에 마리아의 시야는 암전된다. 피 한 방울 남김없이 세상에서 사라져버린다.

그렇게 완전히 한 사람을 지워버린 티나샤는, 남겨진 물주전자를 흘끔 쳐다보고 다시 그 자리에서 전이했다.

성 안의 변화를 깨달은 자는 많지 않았다.

혹은 깨달았어도, 그것을 '예상 가능한 변화'로 오인한 걸지도 모른다. 야르다 궁정은 일촉즉발의 상황이므로, 마침내 그때가 온 거라고 생각한 자도 있을 것이다.

그것이 이상사태임을 깨달은 것은 중심부에 가까이 있는 사람뿐으로, 왕태자인 사바스도 그중 한 명이었다. 그는 초조함을 감추지 못한 채 성 안의 복도를 걸어간다.

"뭐야, 대체…. 다들 어디로 간 거야?"

아까부터 지시스에게 대항하기 위해 지시를 내리려고, 자신을 지지하는 장군과 마법사들을 부르고 있지만, 기다려도 아무도 나타나지 않는다. 결국 포기하고 자신이 직접 찾아 나섰지만, 아무도 보이지 않는 것이다.

도대체 이 민감한 시기에 다들 뭘 하고 있는 것인가. 결국 레오노라 외에는 아무도 신용할 수 없고, 도움이 안 되는 것이다.

사바스는 같은 편인 마법사장의 연구실에 도착해, 거칠게 그 문을 열어젖혔다. 안에 있던 사람이 돌아본다.

"어서 오세요."

사바스는 그 인물을 보고 아연해졌다.

방의 주인이 아니다. 무서울 정도로 아름다운 여자가 거기 서 있었다.

긴 흑발의 여자는 미소 지으며 사바스의 뒤를 가리켰다.

"문을 닫아주세요."

"아, 으응…."

사바스는 얼른 문을 닫는다. 그는 내심 압도당하면서 여자를 마주보았다.

"너는 누구냐."

"동생분의 부탁으로 왔습니다."

"뭐…! 넌 그럼 네펠리가 어디 있는지 안다는 말이냐?!"

"알고 있습니다. 하지만 전하께는 말씀드릴 수 없습니다."

"나는 그 녀석의 오라버니다!"

"얼마 전까지는 그랬겠지요."

신랄한 말에 사바스는 얼굴을 붉혔다. 변명을 하려다, 거의 남아 있지 않은 얄팍한 긍지로 그것을 삼킨다.

여자는 책상에 걸터앉아 다리를 꼬았다. 옷자락 사이로 보이는 다리가 무서울 정도로 새하얗다.

검은 눈동자가 비스듬히 그를 올려다본다.

"당신이 원하는 건 왕위인가요? 아니면 더 큰 권위?"

"왕위다! 그건 당연한 권리야! 지시스가 쓸데없는 짓만 안 했어도……."

"당신이 더 좋은 나라를 만들 수 있었다는 건가요?"

"당연하지! 나는 왕족이다."

"그러기 위한 노력은 했나요?"

그녀는 싸늘한 눈빛으로 사바스를 응시했다. 아무것도 모르는 여자의 말에, 그의 머리는 뜨거워진다.

하지만 사바스가 입을 여는 것보다 먼저, 여자의 날카로운 목소리가 이어졌다.

"나라는 왕의 권위를 보여주기 위한 도구가 아니에요. 왕도, 나라도 모두 사람을 지키기 위해 사람이 만든 기관이에요. 그걸 이해하지 못하는 사람은 나라를 움직일 자격이 없어요."

"나도 알아!"

"알면 다행이고요."

칠흑의 눈동자가 마음속을 꿰뚫어보는 것처럼 그를 쏘아본다. 마음이 불편해진 사바스는 몸을 비틀고 싶어졌다.

—불가사의한 힘을 가진 눈이다. 무서운 여자다.

사바스는 그녀를 보고 싶지 않았다. 보면 무언가가 속속들이 폭로되는 느낌이 드는 것이다.

하지만 여자는 그것을 허락하지 않는다. 싸늘하게 그를 마주하고 압력을 가해온다.

"주변을 좀 더 살피는 게 어떤가요? 당신이 죽이려 하는 자도, 죽이게 시키려 하는 자도 당신의 국민이에요. 당신이 그들을 지키지 않으면 누가 지킬까요. 당신의 여자는 그들을 노리개로밖에 보지 않아요."

"레오노라는 나쁜 여자가 아니야!"

"나쁜 여자라고는 안 했어요. 다만 당신과는 입장이 다르다는 이야기예요. 그녀는 수단을 가리지 않아요. 자신이 결정할 일, 해야 할 일을 남에게 맡긴 채 누구를 죽이려는 거죠?"

비꼬는 말이라기에는 직설적인 물음에, 사바스는 말문이 막힌다.

스스로는 아무것도 결정하지 않았던 것도, 왕위를 둘러싼 싸움이 시작되려 하고 있는 것도 모두 사실이다. 그리고 거기서 시작되는 비극이, 자신의 나약함에 기인하고 있다는 것도.

"건방진…. 네가 뭘 안다고."

"당신에 대해서는 아무것도 몰라요. 하지만 나라를 짊어져야 하는 사람이 당신 혼자만은 아니에요."

담담한 여자의 말은, 마치 그녀 자신이 나라를 짊어진 것처럼, 혹은 그 책임을 진 사람을 가까이서 보고 있는 것처럼 들리기도 한다.

그는 분한 마음에 주먹을 꽉 움켜쥐었다. 감정을 읽을 수 없는 여자의 눈을 응시한다. 들여다보고 있으면 그 심연 속으로 빨려들 것만 같다. 깜깜한 방 안에 놓인 거울을 들여다보는 것 같아서 현기증이 난다.

사바스는 허리의 검에 손을 가져갔다.

"…꺼져라, 계집. 칼을 맞고 싶으냐."

"그건 조금 곤란해요. 당신을 죽이면 혼나거든요."

"뭐라고?"

얼른 이해하지 못하고 사바스는 되물었다. 여자는 물끄러미 그를 응시했다.

분노도, 위협도, 아무것도 닿지 않는 상대. 그것은 마치 갑작스러운 심판과도 같다.

여자를 에워싼 공기가 그의 허세를 벗겨나간다. 외면하고 있던 망설임이 고개를 든다.

—후회가 없는 것은 아니다. 자신의 무력함을 모르는 바도 아니다.

하지만 그래도 자신은 왕족이다. 어리석더라도 그 사실은 변함없다.

하지만 타고난 그 권리는… 나라 안에 많은 희생을 낳아도 당연한 것인가.

긴 침묵과 망설임.

여자는 굳어버린 그를 재촉하지 않는다. 이끌지도 않는다. 그저 눈을 떼지 않고 그를 마주볼 뿐이다. 모든 걸 알고, 아무것에도 구애되지 않는 눈. 여자가 그런 건 당연하다. 그녀는 이 나라의 왕족이 아니다. 레오노라와 마찬가지로 당사자는 아니니까.

그러니까… 결정하지 않으면 안 되는 것은 그 자신뿐이다.

사바스는 문득 어깨를 늘어뜨리고 힘없이 중얼거렸다.

"그렇다 해도… 이미 멈출 수 없어."

지시스와의 갈등은 결정적이고, 심지어 군까지 움직이려 하고 있다. 설사 사바스가 공격의 기치를 올리지 않아도, 상대는 공격을 해올 것이다.

하지만 여자는 그 말에 쓴웃음을 지었다.

"아무 일도 안 일어났는데, 돌이킬 수 없는 일은 없어요. 필요한 건 긍지를 조금 꺾는 일뿐이에요. 당신은 그럴 수 있나요?"

여자는 책상에서 내려와 사바스 앞으로 걸어왔다. 흰 손을 뻗어 그의 볼을 감싼다.

따뜻하고 부드러운 손이다.

그 온기에 그는 울고 싶어졌다. 지금은 세상을 떠나고 없는 어머니의 모습이 되살아난다.

"…늦지 않았을까?"

"당신이 그것을 원한다면, 시간을 드릴게요."

여자는 미소 지었다. 그것은 상냥한 목소리였다.

※

저물어가는 해가 휘몰아치는 모래폭풍을 영롱하게 비춘다.

티나샤는 정령과 함께 구성의 최종확인을 하고, 그 전체에 위장을 걸어 감지할 수 없게 숨겨놓았다. 평범한 마법사는 일단 구성을 볼 수 없지만, 상대가 마녀라면 조금 미묘하다.

그래도 안 하는 것보다는 훨씬 나을 것이다. 티나샤는 주술의 완성도에 고개를 끄덕이고, 천천히 하늘을 날아 회랑에 내렸다.

그곳에는 이미 그녀의 계약자가 기다리고 있었다. 옆에는 게이트와 네오나도 있다.
오스카는 마녀의 머리에 손을 올리고 토닥거렸다.
"어때?"
"그런대로 괜찮아요. 너무 강한 구성을 쳐놓으면 이곳을 피할 수도 있으니까요. 불만을 말하자면 한이 없지만, 이 정도가 타협점이에요."
"그렇군."
마녀는 조그맣게 하품을 했다. 신경을 곤두세우고 있을 때는 졸리지 않지만, 어느 순간 갑자기 견딜 수 없이 졸음이 쏟아진다. 가냘픈 몸으로 강대한 힘을 발휘하는 것에 대한 반동일지도 모른다.
오스카는 그녀의 머리를 쓰다듬었다.
"야르다는 어땠어?"
"내분의 주요인물은 거의 국경 근처로 뿔뿔이 날려 보내고 왔어요. 마법사는 마력을 봉인해놨으니까 금방은 돌아오지 못할 거예요. 군도 못 움직이게 우물에 설사약을 풀고 왔어요."
"너도 정말 수단을 가리지 않는군…."
상당히 인정사정없는 짓을 한다. 하지만 마녀는 새침하게 그 말을 받아넘겼다.
"사바스 왕자하고는 조금 이야기를 나누고 왔어요. 그도 현재 상황에 후회는 있었던 모양이라 시간은 벌 수 있을 것 같아요. 그리고 왕에게는 아마 마법약을 꾸준히 먹여온 것 같아서 치료해주고 왔어요. 완치까지는 시간이 걸리겠지만, 병상에서 일어날 수는 있게 됐어요."
"폐하께서?!"
옆에서 듣고 있던 게이트가 놀란 목소리로 외쳤다. 네오나가 창백한 얼굴로 입을 틀어막는다.
"왕에게 마법약을 먹이고 있었다고? 그건 몰랐네."

"처음 먹이기 시작한 건 시기적으로 지시스일 수도 있지만, 지금은 레오노라의 부하가 먹이고 있었어요. 상당히 미약한 약이지만, 서서히 체력을 빼앗는 작용이 있어요."

마녀의 담담한 설명에, 네오나의 목소리가 거칠어졌다.

"그걸 알았으면서 왜 폐하를 모시고 오지 않은 거죠? 치료받은 사실을 마녀가 알면 오히려 더 위험해지는 것 아닌가요?!"

금방이라도 달려들 듯한 네오나의 기세에, 그러나 티나샤는 눈썹 하나 까딱하지 않는다.

"사바스 왕자에게 직접 돌보라고 말하고 왔어요. 애당초 이 비상시국에 왕이 성에서 도망친 사실이 알려지면 나중에 영향이 생겨요. 왕께서도 그 점은 잘 알고 계셨어요. 하루 정도는 버틸 수 있을 거예요."

냉담한 티나샤의 대답에 네오나는 말문이 막혀버렸다. 확실히 마녀에게 기생당한 채, 국왕만이 성을 빠져나온다면 성을 그대로 넘겨주는 것이나 다름없는 일이다.

오스카는 반박하지 못하는 네오나를 내려다보며 차갑게 들릴 수도 있는 목소리로 말했다.

"야르다의 내분을 늦추고 온 건 이 녀석의 오지랖이야. 그렇게까지 도울 생각은 없다고 처음에 분명히 말했을 텐데?"

"…죄송합니다."

네오나는 얼굴을 붉히며 고개를 숙인 후 도망치듯이 사라졌다. 게이트가 그 뒤를 쫓는다. 회랑에 두 사람만 남자, 오스카는 조그맣게 한숨을 내쉬었다.

"하여간, 이래서 쓸데없는 짓은 하지 말라고 한 거야."

"이 정도는 마녀의 뒤처리 범위 내예요."

티나샤는 허공으로 떠올라 남자의 목에 두 팔을 휘감았다. 오스카는 고양이처럼 응석을 부리는 마녀에게 미소를 지었다.

이러고 있으면 평범하게 천진한 여자처럼 보이지만, 결코 아무에게나 무조건적으로 상냥한 것은 아니다. 오히려 왕족에게는 가혹할 정도다. 그것은 아마 그녀의 출신 때문이리라.

오스카는 문득 그때 아델라이아에게 들은 말을 떠올렸다.

"그위드가 사람 이름이야, 지명이야?"

"와, 세상에! 어떻게 알았어요?"

눈이 동그래진 티나샤에게 오스카는 들은 내용을 간단히 설명해주었다.

그것을 듣고 티나샤는 돌바닥에 내려와 섰다. 표정을 지우고, 그늘진 눈동자를 아래로 떨군다.

"레오노라가 마음에 담아두고 있는 줄은 몰랐어요."

"한 번 싸웠다고 하더니, 그때의 일이야?"

"아뇨, 그건 더 나중의 일이에요. …그위드는 타일리의 왕이었던 사람이에요."

오스카는 깜짝 놀라 눈썹을 치켜 올렸다.

타일리는 마법사를 혐오하는 국가가 아닌가. 그 왕이었던 사람이 마녀와 대체 무슨 관계였을까. 호기심이 생겼지만, 물어봐도 괜찮을지 알 수 없다.

침묵하는 오스카에게 티나샤는 쓴웃음을 짓고 고개를 가로저었다.

"별로 대단한 이야기는 아니에요. 적어도 나에게는요."

두 사람은 나란히 걸음을 옮기기 시작한다. 스쳐 지나가는 야르다의 병사들이 두 사람을 돌아보는 가운데, 티나샤는 띄엄띄엄 이야기를 시작했다.

"내가 갓 마녀가 되었을 무렵의 이야기예요. ―당시 그위드와 레오노라는 연인 관계였던 것 같아요. 하지만 사랑하는 사이가 아니라, 서로가 서로를 조종해 이용하려고 하는 것처럼 보였어요. 레오노라는 마법을 혐오하는 타일리를 농락하고 싶어했고, 그위드는 마녀를 지배해 마법사를 굴복시켰다는 느낌을 원했던 것 같아요."

"바보냐."

오스카의 솔직한 감상에, 그녀는 난처한 미소를 지었다.

"그리고 거기에 내가 나타나서…. 난 그때 타일리에서 가수를 하고 있었는데요, 레오노라가 그걸 알고 그위드에게 나에 대해 알려준 모양이에요."

"그래서 너로 갈아탄 거야?"

"끙, 그렇게 말하면 너무 노골적이지만, 사실로서는 그래요. 그위드는 내가 투르다르의 여왕후보였다는 사실을 알고, 나를 측실로 삼으려고 했어요. 당시는 투르다르가 멸망한 직후라, 그 원인에 대해 주변국에서 소문이 분분한 상황이었거든요. 그는 나를 측실로 삼아, 타일리가 투르다르를 멸망시켰다는 인상을 주변국에 주려고 했던 거예요."

"그게 뭐야. 까부는 데도 정도가 있어."

오스카의 목소리에 분노가 묻어난다. 교활한 잔꾀로 나라의 위신을 높인다 한들, 그것은 어차피 허상일 뿐 아무 의미도 없다. 거짓으로 쌓아올린 긍지로 무엇을 하고 싶은 건지 전혀 이해할 수 없다.

마녀는 아름다운 얼굴에 비웃음 섞인 미소를 보인다.

"당시 내 외모는 열세 살이었어요. 말도 안 되는 이야기죠. 물론 나는 곧바로 타일리를 떠났어요. 그위드는… 나중에 의문의 죽음을 맞이했다고 해요."

"그런 이유로 너를 미워하는 건가. 완전히 말도 안 되는 분풀이로군."

"그것 때문만은 아닐 거예요…. 기본적으로 안 맞아요. 아마 내가 마음에 안 드는 게 아닐까요."

"마음에 안 든다는 이유만으로 마물을 보낸다고?"

"그게 마녀예요. 잊었나요?"

티나샤는 둥실 떠올라 그의 이마에 입맞춤한다.

그 검은 눈동자에는 어딘지 자조적인 빛이 섞여 있었다.

※

꿈을 꾼다.

까마득히 먼 나날의 꿈이다. 자신이 아직 아무것도 갖지 않은 어린 소녀였을 때의 일.

『이리 와, 언니!』

아름답게 가꿔진 정원 한가운데서, 쌍둥이 여동생이 크게 손을 흔들며 까르르 웃는다.

그것은 늘 하던 놀이의 시작으로, 가슴이 아파올 만큼 평온한 나날의 기억이다.

『정말로 둘이 참 많이 닮았어. 우애 좋은 자매라 기뻐.』

『너희 둘은 아빠의 보물이란다, 공주님.』

그녀는 한 지방 영주의 딸이었다. 다정한 부모님과 동생과 함께 숲속의 성에서 행복하게 살고 있었다.

그런 생활이 급변한 것은 성에 들이닥친 누군가에게 은밀하게 습격을 당한 뒤부터였다.

눈이 소복소복 내려 쌓이는 고요한 밤이었다.

습격자는 말없이 성에 들이닥쳐, 잠든 양친을 살해했다. 그리고 그녀는 홀로 빈사 상태가 되어 밤의 숲에 버려졌다.

『살려줘, 엘르….』

동생의 모습은 그곳에 없었다. 그녀는 난생 처음으로 혼자가 되었다.

피는 멈추지 않고, 사무치는 추위에 어느새 그녀는 눈밭에 쓰러져 있었다.

왜 이런 일을 당해야 하는지 그 이유를 알 수 없었다. 그래서 불합리하다고도 생각할 수 없었다.

그녀는 그때 한 번 죽을 운명이었던 것이다.

하지만 그렇게 되기 전에, 반 요괴인 노파에게 발견되었다.

숲속의 오두막에서, 노파의 하녀로 일하며 마법을 익힌 나날.

사람이, 사람으로 취급되지 않는 시대였다. 갑자기 변해버린 환경 속에서, 그녀는 살기 위해 필사적이었다.

그래서 그 무렵의 그녀는 상상도 못한 것이다.

그 눈 내리는 밤에 겪은 것보다 더한 증오와 고통이— 곧 자신에게 찾아오리라는 것을.

"—…니."

레오노라는 어두운 방 안에서, 자신의 목소리에 눈을 떴다.

눈동자만 굴려 주위를 둘러본 그녀는, 그곳이 야르다 성에 있는 자신의 방임을 기억해낸다. 레오노라는 천천히 몸을 일으켜, 아직 졸음에 취해 몽롱한 머리를 짚었다.

"꿈…?"

뭔가 꿈을 꾼 것 같은데, 그게 뭔지는 알 수 없다.

최근 몇 년 사이, 어쩐지 잠자는 시간이 길어지고 있다.

놀고 있어도 재미있다고 느끼는 일이 줄어든 탓일지도 모른다. 재미없는 일을 할 바에는 꿈속에 있는 편이 훨씬 낫다.

그래서 그녀는 한 나라 안에 들어가면, 씨앗만 뿌리고, 태엽만 감아준 뒤 잠들어버린다. 그 후에 무언가가 자라기 시작하고, 누군가가 춤추기 시작하는 것을 옆에서 지켜보는 짓은 하지 않는다. 감상은 모든 게 끝나기 시작하고 나서부터다.

마녀인 그녀에게 시간은 얼마든지 있다. 사소한 일은 신경 쓰지 않는 정신적인 여유도 있다.

다만…, 때때로 무심코 생각하는 것이다. '슬슬 세상에 싫증이 난 걸지도 모른다'고.

이 세상은 언제까지나 변함이 없다.

공백기부터 암흑시대, 그리고 마녀의 시대로, 이름만 달라졌을 뿐 일어나는 일은 늘 똑같다. 사람이 어리석게 살다가 죽어갈 뿐. 눈이 번쩍 떠지는 일은 전혀 일어나지 않는다.

하지만 그래도, 너무 오래 살았다고 생각하고 싶지는 않다.

살고 싶으니까 살아온 것이다. 거기에 후회는 없다. 그리고 돌아가고 싶다고도 생각하지 않는다.

레오노라는 침대에서 일어나, 얇고 하얀 잠옷 자락을 끌며 복도로 나갔다.

"사바스?"

군 준비는 어떻게 되었을까. 그가 자신에게 조언을 구하러 오지 않는 것은 드문 일이다. 상황은 어떻게 되어가고 있을까. 그녀는 부하의 이름을 부른다.

"마리아? 없어?"

평소 같으면 부르기 무섭게 나타나는 부하는, 그러나 오늘은 그 모습을 드러내지 않는다. 레오노라는 의아하게 생각하면서 몽롱한 머리를 흔들었다. 아무래도 잠을 너무 잔 탓인지, 머리가 멍하다. 기억도 애매하게 시간감각이 뒤엉켜, 마지막으로 부하인 여자를 본 게 언제인지도 알 수 없었다.

"라케스? 미즈하? 아델라이야?"

이름을 부르는 목소리는 복도에 메아리쳐 사라질 뿐이다. 한숨을 내쉰 그녀는 포기하고 방으로 돌아온다.

그리고 창밖에 시선을 던진 레오노라는, 밤하늘에 뜬 푸르스름한 달을 보고 반사적으로 얼굴을 찡그렸다.

—달의 이름으로 불리는 또 한 명의 마녀.

마녀 중에서 가장 젊고, 가장 마음에 안 드는 여자다.

처음 봤을 때는 그저 어린애였다. 멸망한 마법대국의 마지막 여왕이라고 하는 그녀는, 검은 두 눈동자에 인간에 대한 증오를 이글거리며 인파 속에 서 있었다. 그 모습을 보고, 완전히 어리석다고 생각한 것이다.

—마녀는 그런 눈을 하면 안 돼.

기껏 마녀가 되었으니, 사람에 대한 미움 따위는 잊고 그저 즐기면 된다. 증오에 지배당해서 좋을 일은 아무것도 없다. 레오노라는 몸으로 그걸 배워 알고 있다.

그래서 타일리의 왕이었던 그위드에게 티나샤를 보여준 것도, 단순히 변덕일 뿐이었다. 그리고 그가 자신을 버린 것도, 화는 나지만 그뿐이었다.

그래도 레오노라의 안에서 무언가가 싹트기 시작한 때를 굳이 고른다면, 그것은 그위드가 고독한 말라깽이 소녀를 보고, "저 눈동자가 마음에 들어" 라고 말했을 때일지도 모른다.

그 말은 나중에 서서히 타격을 가해왔다.

그 눈동자.

증오와 복수로 가득한 심연.

레오노라가 처절한 몸부림 끝에 간신히 버린 그 감정과 똑같은 것.

아직 어린 마녀는 그걸 가지고 있었고, 하지만 레오노라와 달리 그 속에 있으면서도 맑고 깨끗했다.

—티나샤는 그 존재로 사람을 매혹시킨다.

자신과는 다르다. 어둡고 시커먼 감정에 사로잡혀 추하게 일그러져 있었던 자신과는.

사람을 매료시키기 위해 증오를 버리고 미소를 띠는 자신과 달리, 그녀는 오히려 눈부신 증오의 빛으로 사람을 사로잡는 것이다.

"…꼴 보기 싫어."

마음에 안 드는 계집이다. 그것은 티나샤가 눈동자에서 증오를 지워 버린 지금도 변함없다.

레오노라는 몸을 휘감는 권태감에 끌려가듯이 침대에 앉는다.

"우나이, 이리 와."

그 이름은, 가장 오래전부터 그녀를 섬겨온, 가장 신용할 수 있는 오른팔이라고 해도 좋은 남자의 것이다.

부름에 응해 한 남자가 그녀 앞에 나타난다.

가무잡잡한 피부를 가진 장신의 남자는, 둥그스름하게 휘어진 장검을 차고 있었다. 원래는 갈색이었던 머리카락과 눈동자는, 그녀가 힘을 부여했을 때 진한 빨간색으로 바뀌었다.

레오노라는 우나이의 얼굴을 보고 안도의 미소를 지었다. 남자는 그녀 앞에 무릎을 꿇었다.

"부르셨습니까, 레오노라 님."

"변한 건 없어?"
"저는 명령에 따라 간도나에 있습니다. 특별한 이상은 없습니다."
"참, 그랬지…."
그것까지 까맣게 잊고 있었다. 어쩐지 자신이 어딘가에 홀로 남겨진 기분이다. 형태 없는 불안감이 몸 안에 침전되어 있는 것 같다.
우나이는 방 안에 놓인 물병에서 물을 따라, 안색이 나쁜 주인에게 내밀었다.
"피곤하십니까? 조금 누우시는 게 좋을 것 같습니다."
"금방 일어났는데…."
레오노라는 난처한 듯이 미소 지었다. 그래도 우나이의 말에 따라, 물을 마시고 침대에 눕는다. 몸이 묘하게 무겁다. 침대 속으로 몸이 가라앉는 것만 같다.
"우나이, 잠들 때까지 곁에 있어줘."
"알겠습니다."
레오노라는 그 대답에 안도하고 눈을 감는다.
―오늘 밤만 조금 더 자자. 그리고 눈을 뜨면, 더 즐거운 일을 하는 것이다.
마녀는 아름다운 입술에 미소를 머금은 채, 잠 속으로 빠져들었다.

※

레오노라가 잠들었을 무렵, 가도스 요새도 밤의 장막 속에 있었다.
회의실에서는 파르사스 국왕과 그 측근들, 그리고 야르다의 장군과 마법사들이 최종확인을 하고 있었다. 자리를 주도하는 오스카가 옆에 앉은 연인을 돌아보았다.

"티나샤, 상대가 어느 정도라고 생각해?"

"음, 대단하지는 않다고 생각해요. 오늘 야르다에 있던 부하들은 거의 처치해버렸으니까요. 마음 같아선 오른팔인 우나이도 처리해두고 싶었지만요."

마녀는 차를 한 모금 마셨다. 창밖의 모래폭풍을 바라본다.

"마법사분들께는 사막에 깔아둔 구성의 유지를 부탁하고 싶어요. 난 레오노라를 상대하려면 그럴 여유가 없을 것 같아요. 문양을 사용해 마법진을 그리면, 바로 상대에게 들켜버리니까…. 수고롭게 해서 미안해요."

그녀의 말에, 방 안에 모인 마법사 전원이 고개를 숙여 승낙의 뜻을 나타낸다.

오스카가 요새의 평면도를 손에 들었다,

"무관과 병사들은 요새의 방어를 맡으면 되겠지. 티나샤, 상대의 마족은 정령으로 대처할 수 있겠어?"

"알아서 한다고 하니까 맡겨보죠."

"레오노라는 소환 기술에 특화되어 있다고 했지?"

"맞아요. 하지만 요새 주변에는 소환 금지 구성이 깔려 있고…, 그리고 이번에는 협력자가 있으니까요. 상위마족 중에 그녀의 소환에 응할 자는, 계약한 자 말고는 없어요. 압력이 가해지고 있거든요."

약간 애매모호한, 하지만 장난스러운 마녀의 말에, 오스카는 그 이유를 짐작할 수 있었다.

트라비스가 끼어든 게 분명하다. 그가 마족에게 압력을 가하고 있는 것이리라. 레오노라는 싸우기도 전부터 괜한 존재까지 적으로 돌려버린 셈이다.

티나샤는 자신의 머리카락에 묶인 리본을 탁 튕겼다.

"그래도 모든 마족을 죽일 수 있을지는 뚜껑을 열어보기 전에는 모르는 일이니까, 장군들에게는 수고를 끼치게 될 것 같아요."

"최선을 다하겠습니다."

마녀는 그들에게 고개를 끄덕이고, 미간에 약간 주름을 잡았다. 검은 눈동자가 전원을 둘러본다.

"불리지 않는 마녀…, 레오노라는 사실 그 소행으로 인해, 가장 많이 토벌이 시도되었던 마녀예요. 그럼에도 불구하고 그녀는 여전히 건재한 상태로 새로운 나라를 좀먹고 있어요. 허를 찌르는 게 주특기인 방심할 수 없는 상대예요. 모쪼록 주의해주세요."

최강의 마녀의 충고에, 전원은 마음을 다잡는다.

티나샤는 그런 그들의 모습에 표정을 누그러뜨리고 덧붙였다.

"내일 아침에는 모래폭풍을 없앨게요. 상대가 눈치채서 준비에 시간이 걸린다 해도… 아마 내일 안으로 오지 않을까 싶어요. 안 오는 경우에는 내가 움직일게요."

"오기를 빌어야겠군."

오스카가 태연하게 마무리한다.

역사상 거의 기록이 없는 마녀와의 전쟁을 앞두고, 저마다의 얼굴에 긴장감이 배어나온다.

하지만 파르사스의 멤버들이, 그럼에도 어떻게든 될 거라 믿는 이유는 그들의 왕과, 그 총희인 마녀가 있기 때문이다. 그들은 두 사람의 힘을 잘 알고 있다. 현 시점에서 대륙 최강이라고 해도 과언이 아니다.

그렇게 그들은, 내일 밤이면 모든 게 끝나 있으리라 믿고 각자의 방으로 돌아갔다.

티나샤는 방으로 돌아와, 그곳에서 요새 주변에 대기하고 있는 정령 모두에게 확인을 했다.

그녀가 야르다 성에 침입한 사실이 노출된 경우에 대비해, 정령이 미리 포진하고 있는 것인데, 현재로서는 레오노라가 예정보다 빨리 습격해오는 낌새는 없었다.

전원에게 이상 없다는 대답을 듣고, 티나샤는 창가를 떠났다. 침대에서는 오스카가 아카시아를 천으로 문질러 닦고 있었다. 그녀는 그 옆에 앉는다.

오스카는 아카시아에 시선을 고정한 채 옆에 앉은 마녀에게 물었다.

"한 번 싸운 적이 있다고 했지? 그때는 어땠어?"

"이겼어요. 이겼지만… 무승부라고 할 수도 있을 것 같아요. 내 파트너가 중상을 입었으니까요."

"파트너?"

"그때는 2대 2로 싸웠거든요. 상대에게는 우나이가 있었고…, 나에게는 나에게 검을 가르쳐준 남자가 있었어요. 두 사람의 검 실력은 막상막하였지만, 우나이는 인간이 아니니까요."

"인간이 아니라고?"

"레오노라가 마족을 흡수시킨 것 같아요. 그래서 신체능력이 조금 이상해요."

오스카는 아카시아를 촛불에 비춰보며 날의 광채를 확인하고 검집에 꽂았다.

"내가 그 녀석을 상대하면 되는 건가?"

"그렇게 되겠죠."

이번의 대 마녀전을 총괄하는 사람은 티나샤다. 오스카는 가볍게 고개를 끄덕였다.

"안심해. 확실하게 이겨줄 테니까."

"잘 부탁해요."

연인의 말에 마녀는 소리 내어 웃는다. 그 눈에 있는 것은, 전쟁에 특화된 최강 마녀로서의 자신감이다. 오스카는 그런 그녀를 슬쩍 쳐다보고, 손질을 마친 아카시아를 침대 밑에 내려놓았다. 그는 마녀를 품에 안고, 섬세한 턱을 붙잡고 그 볼에 입맞춤했다.

티나샤는 눈을 감고 입맞춤을 받아들였지만, 그의 입술이 서서히 목덜미에서 아래로, 아래로 내려가는 것을 깨닫고 얼굴을 붉히면서 남자의 몸을 밀어냈다.

"안 돼요."

"왜."

"때와 장소를 가려주세요."

"알았어."

남자의 대답에 티나샤는 안도한다. 다음 순간, 그에게 떠밀려 침대에 쓰러진 채 눈이 동그래진다.

"알긴 뭘 알아!"

"너의 그 태클도 오랜만이군."

"새겨들으라고!"

목에서 가슴 쪽으로 입술이 천천히 미끄러진다. 하얀 다리를 남자의 커다란 손이 부드럽게 쓰다듬는다. 등줄기가 뜨겁게 떨리는 감각을 간신히 억누르면서, 티나샤는 손을 뻗어 그의 귀를 잡았다.

"지금 들이닥치면 어쩌려고요."

"그럼 멈출게. 하지만 지금 멈췄다가 내일 죽으면 미련이 남을 거야."

"그, 그런 불길한 소리를…."

하여간 이 남자는, 질 생각은 전혀 없는 주제에 고약한 농담을 한다.

오스카는 고개를 들어 미소 짓고, 마녀의 귀에 속삭였다.

"알았으면 순순히 응해."

"…내일 전쟁의 혼란통에 당신을 날려버리고 싶어졌어요…."

긴장감이 전혀 없다. 저항하는 것도 바보같이 느껴진다.

티나샤는 맥이 빠지면서도 왠지 웃고 싶은 충동에 사로잡혔다.

그리고 그녀는 연인의 목에 두 팔을 휘감고, 그 몸을 확인하듯이 끌어안았다.

다음날 아침 오스카가 깨우는 소리에 일어난 티나샤는 잠이 덜 깬 눈으로 회랑에 섰다.

불안한 얼굴의 야르다 진영과, 최근에야 비로소 그녀가 아침에 약하다는 사실을 알고 쓴웃음을 짓는 파르사스 진영 앞에서, 마녀는 모래폭풍을 향해 손을 뻗었다.

"정의의 변질을 명한다. 의미의 소실을 명한다. 감옥은 그 안도 세계이며 경계는 역전한다—. 내 명령이 전부임을 받아들여라."

마녀의 손에서 마력을 띤 구성이 거미줄처럼 일대에 펼쳐진다.

삽시간에 뻗어나가는 그 구성은, 그녀의 손을 떠나 모래폭풍 속으로 빨려 들어갔다. 그리고 구성이 사라지고 잠시 후, 돌연 모래폭풍이 기세를 잃었다.

조금씩 시야가 걷혀간다.

하얀 모래가 햇빛을 반사해 반짝거렸다. 이오세프와 네오나가 광대한 모래벌판을 보고 숨을 삼킨다.

티나샤는 두 손으로 입을 가리고 하품을 했다,

"자, 됐어요…. 레오노라가 올 때까지 빠르면 한 시간 정도 걸릴 거예요. 이미 깨어 있을 경우의 이야기지만요."

"자고 있으면 모르는 거야?"

"글쎄요…."

졸음기 가득한 애매한 대답에, 오스카는 그녀의 관자놀이를 주먹으로 꽉 눌렀다. 마녀의 눈에 눈물이 고인다.

"아, 아파…. 정신이 번쩍 들어…."

"일단 확실하게 잠부터 깨고 와. 파밀라, 부탁한다."

"알겠습니다."

파밀라는 눈을 비비고 있는 주인을 질질 끌다시피 하고 요새 안으로 돌아갔다.

그것을 불안한 눈빛으로 지켜보는 야르다 일행을 향해 오스카는 가볍게 손을 내저었다.

"저 녀석은 괜찮아. 꼭 한 시간이란 법도 없으니까, 전원이 굳이 여기서 대기할 필요는 없어. 적당히 교대하도록."

오스카는 그렇게 말하고, 자신도 요새 안으로 돌아갔다. 쿰과 알스가 남은 인원을 간단히 나누기 시작했다.

네오나는 요새 안으로 사라지는 파르사스 국왕의 뒷모습을 지켜보다가, 자신이 그 모습을 좇고 있음을 깨닫는다. 하지만 이내 고개를 흔들어 자신의 감정을 지워버렸다.

그럴 때가 아닌 것이다. 국가의 존망이 이번 싸움에 달렸다고 해도 과언이 아니다. 그녀는 마음을 다잡고 재차 각오를 다졌다.

그렇게 네오나는 주먹을 가볍게 쥐고, 남은 한 시간을 보내기 위해 요새 안으로 돌아갔다.

※

머릿속에 뭔가가 쪼개지는 소리가 울렸다. 레오노라는 반사적으로 고개를 들었다.

지금까지 잠들어 있었음에도 불구하고, 졸음기는 완전히 사라지고 없었다. 날카로운 목소리로 부하의 이름을 부른다.

"마리아! 아델라이야! 신크!"

아무도 나타나지 않는다. 그녀는 기억을 더듬는다.

그러고 보니 아델라이야에게는 파르사스로 가라고 명령했었다.

"설마…."

부하들의 기척이 느껴지지 않는다. 사바스도 오지 않는다.

그리고 왕녀를 가둬놓고 있던 모래폭풍이 사라졌다.

누가 무슨 짓을 하고 있는지는 생각할 필요까지도 없다. 그런 일이 가능한 사람, 마녀에게 덤비는 사람은 정해져 있다.

—그 여자가 움직이고 있는 것이다.

분노가 그녀의 세계를 물들여간다. 방 안의 유리창이 차례로 요란한 소리를 내며 깨졌다. 허공에 흩어지는 파편을, 다시 마녀의 목소리가 깨부순다.

"우나이!"

"여기 있습니다."

남자가 나타나 여자 앞에 무릎 꿇는다. 레오노라는 그 모습을 오만하게 내려다보았다.

"그 여자를 죽이러 간다. 준비해야겠어. 거들어."

"알겠습니다."

레오노라는 눈매를 좁히고, 피처럼 붉은 입술에 미소를 머금었다.

모래폭풍이 사라졌다면, 그녀는 그 요새에 있을 것이다. 그곳이 레오노라의 영역이라는 사실도 모르고 뛰어든 것이다. 어리석기 그지없다.

지금은 선수를 빼앗긴 걸지도 모른다. 하지만 이건 예정한 대로다.

잠에서 깨면 즐거운 일을 하자고, 처음부터 정해놓고 있었으니까.

※

마녀가 들이닥칠 것으로 추정되는 시간까지 앞으로 한 시간.

요새 안으로 돌아온 네오나는 훈련장에서 잠시 검을 휘둘러봤지만, 도저히 마음을 다스리기 힘들었다. 그녀는 조금 망설이다가, 긴장을 풀기 위해 욕실에서 땀을 씻어내기로 했다.

모래폭풍에 갇힌 동안은 물이 부족해질 수 있어 요새의 대욕장은 폐쇄되고 몸은 천으로만 닦았지만, 파르사스 사람들이 왔을 때, 아름다운 마법사 여자가 내친김에 하는 것처럼 힘들이지 않고 마법으로 물을 끌어와 주었다. 아마도 전이 금지 마법은 그녀에게는 전혀 상관없는 것 같았다. 그 거대한 힘의 덕을 본 입장에서는 감사하지만, 어쩐지 두려움이 느껴지는 것은 여전하다.

옷을 벗고 대욕장 안으로 들어간 네오나는, 뿌연 김으로 흐려진 시야 속에 흑발 여자의 뒷모습을 발견하고 순간 멈칫했다.

여자는 욕조 가장자리에 앉아 발을 물에 담그고 있는 것 같았다. 그 옆에서는 마법사 여자가 옷을 입은 채 주인의 흑발을 빗어주고 있다. 시녀는 곧 네오나를 발견하고 고개 숙여 가볍게 인사했지만, 주인은 등을 돌리고 있어 모르는 모양인지 미동도 하지 않는다.

네오나는 살짝 고개 숙여 인사하고, 두 사람에게서 조금 떨어진 욕조 가장자리에 무릎을 꿇고 앉았다. 따뜻한 물을 끼얹으면서 흑발의 여자를 곁눈질한다.

보드라워 보이는 하얀 피부는 같은 여자라도 매혹될 만큼 고혹적인 광채를 띠고 있다. 확실하게 말하진 않았지만, 그녀 역시 마녀일 거라고 네오나는 짐작하고 있었다.

안 그러면 레오노라의 마법을 그렇게 간단히 없애버릴 수 있을 리 없다. 무엇보다 파르사스 국왕이 마녀를 곁에 두고 총애한다는 소문은 네오나도 알고 있었던 것이다.

그녀의 하얀 나신 곳곳에 새겨진 붉은 흔적을 발견하고, 네오나의 마음은 괴로웠다. 이 아름다운 마녀가 그의 정인임은 알고 있었지만, 막상 눈앞에서 보고 나니 더 괴롭다.

저도 모르게 입술을 깨물다가, 네오나는 어느새 마녀가 물끄러미 자신을 응시하고 있는 것을 깨달았다. 훔쳐본 걸 들켰을지도 모른다. 민망함에 얼굴이 달아오른다.

그러나 마녀는 그녀를 향해 의아한 듯 고개를 갸웃했을 뿐이었다.

주인에게 뒤에서 파밀라가 귀엣말을 속삭인다. 그 말을 들은 티나샤는 한 손으로 얼굴을 가리고 쓴웃음을 지었다.

"실례했어요…."

그 말과 동시에 몸의 붉은 흔적이 전부 사라진다. 마녀의 기술에 네오나는 숨을 삼켰다.

이 정도 일은 주문조차 외우지 않는 것이다. 너무나도 강대한 힘. 인간이지만 인간이 아닌 존재.

검은 눈동자에, 성에서 만났던 레오노라의 초록색 눈동자가 겹쳐진다. 그녀들이 가진 매력은 의심의 여지없이 나라를 기울게 할 수 있는 것이다.

—자신에게는 이런 힘이 없다. 그런 눈빛은 할 수 없다.

그렇게 생각하자 어쩐지 서글프고 괴로웠다. 억누르기 힘든 감정이 북받친다.

"…당신은 왜 그분 곁에 있는 건가요. 사바스 왕자처럼, 그분도 조종하려는 건가요?"

그렇게 내뱉고 나서, 네오나는 자신의 실언을 깨달았다.

얼굴에서 핏기가 가신다. 감정이 뒤죽박죽되어, 해서는 안 될 말을 해버리고 말았다.

얼어붙은 네오나를 보고, 그러나 마녀는 전혀 신경 쓰지 않는 것처럼 가볍게 웃는다.

"조종이라뇨. 내 말은 절대 안 듣는걸요. 오히려 내가 조종당하는 게 아닌가 싶을 정도예요."

티나샤는 그렇게 말하면서 오른손을 욕조에 담갔다. 그대로 천천히 손을 들어올린다. 가느다란 손가락에서 흘러 떨어져야 할 물방울은, 마치 보이지 않는 손에 떠받쳐진 것처럼 허공에 멈추더니 작은 물의 탑이 되었다.

하지만 마녀는 섬세한 조형물을 한 번 쳐다보고 나서 아무렇게나 부숴버린다. 그리고 그것과 똑같은 정도로 가볍게 그녀는 네오나에게 물었다.

"당신은 그 사람을 원하나요? 네펠리 왕녀."

"……!"

심장이 멎는 기분이었다.

질문의 내용과, 그 이상으로 그녀가 부른 이름에.

네오나는 숨을 헐떡이듯이 되물었다.

"어, 어떻게…."

"알기 쉽잖아요. 모래폭풍을 멈추는 걸 늦춰도 반대도 안 하고요. 보통은 어떻게든 먼저 멈추게 해서 왕녀를 찾고 싶어하지 않나요? 그리고 왕위 계승에 필요한 반지를 왕녀가 가지고 있다는 것도 거짓말이죠? 열쇠가 되는 건 당신 몸 안에 삽입된 마법 문양 아닌가요? 보면 알아요."

마녀는 미소 지으며 그렇게 말한다.

네오나는 그 말에 반박할 수 없었다. 전부 마녀가 꿰뚫어본 그대로니까.

네펠리는 조그맣게 한숨을 내쉬고 자세를 바로했다. 마녀의 눈을 똑바로 응시한다. 거기에는 왕녀로 태어나 자란 자의 확실한 위엄이 있었다.

"그분에게 이 일은…?"

"말하지 않았지만, 그 사람은 눈치가 빠르니까 벌써 알지도 몰라요."

"그렇군요…."

뿌연 김에 녹아드는 왕녀의 목소리를 들으면서, 티나샤는 손으로 따뜻한 물을 떠서 세수를 했다. 뒤에 대기하고 있는 파밀라에게 속삭인다.

"이제 잠이 좀 깼어요. 아무래도 누가 깨워서 일어나면 너무 힘들어요…. 혼자 잘 걸 그랬나 봐요."

"그러면 제가 깨우러 갔을 거예요."

"끄응."

티나샤는 얼굴에 달라붙은 검은 머리카락을 쓸어 올린다. 옆을 보자, 네펠리가 마찬가지로 욕조 가장자리에 앉아 자신의 두 손을 응시하고 있었다. 사랑스러운 왕녀의 옆얼굴을 그녀는 바라본다.

마녀의 간섭이 없었다면, 어쩌면 네펠리가 파르사스의 왕비가 되었을지도 모른다.

침묵의 마녀가 오스카에게 저주를 걸지 않았다면.

티나샤라는 수호자가 나타나지 않았다면.

레오노라가 야르다에 눈독을 들이지 않았다면.

—만약을 이야기하기 시작하면 한이 없다.

사람의 운명은 언제나 기구하다. 그리고 그것을 농락하는 마녀는, 이를테면 역사에서 밀려난 일그러짐 같은 존재다. 절대로 평범한 인간처럼은 존재할 수 없다. 사소한 감정으로 변덕스럽게, 수많은 운명을 바꾸어버린다. 티나샤 자신은 그게 싫어서 아무것에도 관여하지 않고 살아온 것이다.

"불쌍한 아이, 라…."

과거 레오노라에게 그렇게 조롱당한 적이 있다. 사람이 싫어 견딜 수 없었던 시절, 느닷없이 나타난 불리지 않는 마녀는, 사람의 눈을 피해 살아가는 티나샤를 비웃었다.

그리고 그것은 사실이다.

그 무렵 자신은 그냥 어린애였다. 사람이 무섭고, 접하기도 싫고, 언제나 증오에 불타고 있었다.

그런 감정을 간신히 다스린 후에도, 탑을 세워 사람들로부터 멀리 떨어져 살았다.

그래서 상상도 하지 않았던 것이다. 이런 자신을 한 인간으로서 원하는 사람이 나타나리라고는.

"…구제의 여지가 없어…."

하지만 이미 망설임은 끝났다.

티나샤는 올레리아의 눈을 떠올린다.

강한 의지가 빛나는 두 눈. 그것은 연약한 육신에 정신이라는 불을 밝힌 인간 그 자체다.

뜨거워지는 가슴을 자각하고, 그녀는 깊이 숨을 마신다.

이제 괜찮다.

당당하게 설 수 있다.

마주할 수 있다.

티나샤는 폐 속의 공기를 천천히 토해냈다.

뭔가 말을 해야 할지, 말아야 할지 망설이던 네펠리는 마녀가 갑자기 일어선 것을 깨닫고 고개를 들었다.

부드러운 미소를 띠고 있던 마녀의 얼굴이 어느새 차갑고 날카로운 표정으로 변해 있었다. 따뜻한 욕실 안인데도 불구하고, 그 얼굴을 본 네펠리는 등줄기가 얼어붙는 기분이었다.

파밀라의 손에 옷바구니가 나타난다. 마녀는 준비된 옷을 젖은 몸에 그대로 걸쳤다. 파밀라가 옷매무새를 매만진다. 티나샤는 전혀 중요하지 않은 일처럼 중얼거렸다.

"딱 한 시간 걸렸네요. 상당히 화난 것 같아요."

마녀는 파밀라가 손을 떼고 고개를 끄덕이는 것을 확인하고, 네펠리를 돌아보았다. 꽃처럼 아름답게 활짝 웃는다.

"자, 다녀올게요."

그렇게 가볍게 손을 흔들고, 마녀는 자취를 감췄다.

남겨진 왕녀는 작은 소외감과 커다란 불안감을 품고, 멍하니 그녀가 있던 자리를 바라보고 있었다.

※

“빨리빨리 다녀. 그리고 머리부터 좀 말려.”

“미안해요.”

회랑에 서서 하늘을 올려다보고 있던 오스카는, 옆으로 전이해온 마녀를 보고 어처구니없는 표정을 지었다.

그녀의 몸에서 젖어 있는 건 머리카락만이 아니다. 마법복 자락 사이로 보이는 다리에도 물방울이 남아 있다. 그야말로 지금 막 물에서 나온 모습이다.

하지만 티나샤는 별로 신경 쓰는 기색도 없이 자신의 머리카락을 손가락으로 빗는다. 동시에 순식간에 머리카락이 윤기를 더해가며 말라간다. 몸에서도 마찬가지로 물기가 사라진다.

동쪽 하늘에서는 아까부터 폭발이 연거푸 일어나고 있다. 자세히 보니, 무수한 검은 점들이 폭풍의 전조처럼 요새를 향해 다가오고 있었다. 레오노라가 소환한 마족들에 맞서 정령들이 싸우고 있는 것이다. 마녀는 귀에 손을 대고, 이 자리에 없는 정령에게 지시를 내렸다.

“사이하, 니르, 이츠, 동쪽으로 가서 도와줘.”

마녀는 정령들의 대답을 확인하고 손을 내렸다. 오스카는 주위에 대기하고 있는 신하들을 둘러보았다.

“기본적으로는 어제 이야기한 그대로다. 한심하니까 죽지 마라. 자신의 목숨을 우선하도록. —알스, 나는 티나샤와 갈 테니 잘 부탁한다.”

“알겠습니다.”

마녀가 동쪽 하늘을 올려다보고 웃었다.

“왔다.”

티나샤가 우아하게 오른손을 들어올리자, 거기에 한 자루의 검이 나타났다.

옆에서 오스카가 어깨 위에 앉은 드래곤의 이름을 불렀다. 드래곤은 주인의 목소리에 반응해 금세 본래의 크기로 돌아간다. 회랑 밖에서 그를 기다리는 나크에게, 오스카는 난간을 훌쩍 넘어 올라탔다.

젊은 왕은 뒤를 돌아보더니, 자신의 수호자에게 손을 뻗었다.

"티나샤, 이 싸움에 이기면…."

"이기면 뭐요?"

"결혼할까?"

"…좋아요. 받아들일게요."

마녀는 아름답게 웃고서 남자의 손을 잡았다. 그 대답을 들은 남자는 눈이 휘둥그레져 있다.

티나샤는 남자의 손을 빌려, 체중이 없는 것처럼 가벼운 몸놀림으로 드래곤의 등에 올라탔다. 그 머리를 오스카가 가볍게 토닥거린다.

"진심이야?"

"물론."

회랑에서는 파르사스 멤버들이 놀라움과 기쁨이 뒤섞인 얼굴로 두 사람을 바라본다. 오스카는 아름다운 연인에게 쓴웃음을 지었다.

"그러면 절대 질 수 없겠네."

"지려고 했었어요?"

태연하게 응수하는 티나샤는 즐거운 표정이다.

그녀는 긴 속눈썹을 내리깔고 눈을 감았다. 깊이 숨을 마시는 소리가 들린다.

그리고 다음으로 그 눈을 떴을 때, 검은 심연에는 전쟁을 앞둔 자의 호전적인 빛이 떠올라 있었다. 긴 흑발이 바람에 나부낀다. 마녀는 매혹적으로 미소 지었다.

"자, 전쟁의 시간이에요."

"가자."

주인의 목소리에 드래곤이 날아오른다. 그대로 천천히 선회하면서 동쪽으로 사라지는 붉은 용을, 요새에 남은 일동은 긴장한 얼굴로 지켜보았다.

바람을 가르며 나는 나크는 적의 기척을 감지한 것 같았다. 동쪽을 향해 날아가는 동안, 점차 하늘을 나는 마물 무리의 모습이 뚜렷하게 보이기 시작했다. 그것들과 맞서 싸우는 정령들의 마법이 맑은 하늘에 거대한 화염을 흩뿌렸다. 티나샤는 전황을 지켜보며 미간에 주름을 잡았다.

"숫자가 너무 많네요. 레오노라를 처치하는 게 빠를 것 같아요."

"내 결계는 없애도 돼. 유지하는 데도 힘이 소모되잖아."

"음…. 그럼 그렇게 할게요…."

티나샤는 손가락을 흔들어 가볍게 피를 내더니, 그것을 남자의 귀 뒤에 발랐다.

"마법은 여파가 있을지도 모르니까 방어하도록 할게요. 위험하다고 판단되면 바로 닦아내세요."

"괜찮아."

마녀는 미소 짓고 고개를 끄덕인 후, 자신의 머리카락 한 움큼을 묶고 있던 리본을 풀었다. 그리고 두 개의 리본 중 하나를 오스카의 왼팔에 묶고, 다른 하나는 솜씨 있게 자신의 왼팔에 묶었다.

"이게 뭐야?"

"어떤 상황이 벌어질지 모르니까요. 무슨 일 있으면 그걸 잡아당기세요. 그러면 다른 한쪽에도 잡아당기는 감촉이 전해져요."

"감촉이 전해진다고? 그게 다야?"

"그게 다예요. 하지만 그거면 충분하잖아요?"

똑바로 응시하는 검은 눈동자. 거기에 있는 것은 유일무이한 신뢰다. 자신들이라면 괜찮다고 확신하는 눈빛. 오스카는 천진하게 보이기도 하는 마녀에게 미소 지었다.

"알았어, 충분해."

그의 대답에 티나샤는 미소 짓는다.

그리고 앞을 향했을 때— 그녀는 이미 사백 년을 살아온 마녀였다.

티나샤는 검의 날이 지면과 평행해지게 잡고, 날 중간쯤에 왼손을 얹었다.

나크를 본 마물 무리가 돌진해 온다. 마녀의 청아한 목소리가 울렸다.

"정의한다. 나는 소환과 지배를 명한다. —빛이여, 현출해 내 명령에 따르라!"

세상을 불살라버릴 듯한 섬광.

하늘을 가르는 그것은 순식간에 퍼져 마물 무리를 삼켜버렸다.

그대로 하늘을 관통하는 빛은 그러나, 돌연 신기루처럼 사라져버린다.

빛이 사라진 곳에는 두 남녀가 떠 있었다.

"오랜만이야, 어린 계집."

불리지 않는 마녀는, 그렇게 말하고 웃었다.

레오노라는 천성의 매력을 지닌 마녀다.

그것은 외모가 아닌 부분을 포함한 평가지만, 외모 자체도 사람의 마음을 매혹시키는 힘을 지니고 있다.

부드럽게 물결치는 벌꿀색 머리카락에 초록빛 눈동자. 가히 경국지색이라 할 수 있는 미모는 기품을 겸비하고 있다. 그 눈은 피를 탐하는 요염함을 품고 있으면서도, 어쩐지 모든 것이 권태로운 듯한 일그러짐을 느끼게 한다.

레오노라 옆에는 가무잡잡한 피부에 빨간 머리카락을 가진 남자가 검을 뽑아들고 서 있었다.

불리지 않는 마녀는 농염하게 미소 짓는다.

"만나러 와줬어. 이제 만족했니?"

티나샤는 그 말에 웃음을 보일 뿐, 대답하지 않았다. 가볍게 드래곤의 등을 박차고 하늘로 솟구쳐 오른다. 그대로 오른손의 검을 옆으로 휘둘렀다.

"—이 실은 긍정을 기다리지 않는다."

극한까지 세련된 짧은 주문.

힘의 언어와 함께 검에서 수백 가닥의 붉은 실이 출현해, 레오노라와 우나이를 향해 뻗어나갔다.

레오노라가 그것들에 마법을 쏘려고 손을 뻗었을 때, 실은 거미집처럼 쫙 펼쳐지더니 그녀의 시야를 가득 메웠다. 하나하나가 바늘 같은 예리함을 가지고, 모든 방향에서 두 사람을 향해 날아든다.

레오노라가 혀를 찼다.

"터져라!"

강열한 의지에 의해, 일대를 뒤덮은 붉은 실이 사라진다.

시야를 되찾은 레오노라는, 그러나 티나샤가 없는 것을 깨닫고 눈이 커졌다.

다음 순간, 머리 위에서 무서운 충격파가 우나이를 직격했다. 남자는 저항할 새도 없이, 모래바람을 일으키며 발아래 사막으로 곤두박질쳤다.

"앗…?"

레오노라가 황급히 그의 무사함을 확인하려고 했지만, 그 시선을 급강하해가는 드래곤이 차단한다. 그녀는 방해되는 드래곤을 향해 손을 뻗다가— 별안간 무언가를 느끼고 몇 발짝 뒤로 전이했다.

동시에 지금까지 그녀가 있던 공간을, 티나샤의 날렵한 검이 번개처럼 지나갔다.

허공에 검을 휘두르고, 티나샤는 애교스럽게 미소 지었다.

"우나이는 걱정 마. 내 남자가 잘 대접할 거야."

"순결을 잃은 정령술사가 건방지게…."

"덕분에 구성을 정비했으니까, 실전에선 오히려 잘된 일이지."

푸른 달의 마녀는 레오노라를 향해 왼손을 들고 압축한 힘을 쏘았다.

사막에 곤두박질친 우나이는 온몸의 탄력을 이용해 벌떡 일어섰다. 레오노라의 힘으로 신체가 강화된 그는 이 정도 충격으로는 상처 하나 입지 않는 것이다.

그는 몸에 묻은 모래를 털다가— 반사적으로 검을 머리 위로 치켜들어 방어한다.

그곳에 위에서부터 강렬한 일격이 꽂혔다.

평범한 사람이라면 뼛속까지 파고들었을 강렬한 일격. 그것을 버텨내고, 우나이는 상대 쪽으로 검을 쳐냈다. 드래곤의 등에서 뛰어내린 상대는 그 기세를 이용해 후방으로 물러났다.

발로 모래를 문지르면서 태세를 정비한 왕검의 주인은 자신만만한 웃음을 띠고 우나이를 쏘아본다. 상공에서는 그의 드래곤이 선회하고 있었다.

우나이는 오스카의 모습을 바라보며 살기를 띠고 입술을 일그러뜨렸다.

“거슬리는 검이군. 사용자와 함께 없애주마.”

“그건 곤란해. 그 녀석이 화낼걸.”

가볍게 대꾸하면서 오스카는 발밑을 확인했다.

모래 때문인지 약간 미끄럽다. 하지만 조심하면 문제는 없을 것이다.

그는 아카시아를 겨누고, 강하게 숨을 내뱉으면서 우나이를 향해 쇄도했다.

“화력이 떨어진 거 아냐? 한심하네.”

도발하는 레오노라에게 티나샤는 웃음을 보였다.

“내가 어떻게 살든 내 자유야.”

그렇게 말하면서 티나샤는 검을 매개로 주문 암송 없이 구성을 짠다. 동시에 왼손에는 주문이 있는 구성을 짰다. 불꽃을 두른 검이 레오노라를 향해 번뜩인다.

하얀 불꽃을 흩뿌리며 날아간 것은 벼락이다. 티나샤는 그 궤도를 쫓아 레오노라의 눈앞으로 전이했다. 곧바로 왼손의 구성을 머리 위로 치켜든다.

하지만 불리지 않는 마녀는 왼손을 들어 벼락을 흡수했다. 이어서 마력을 집중시킨 오른손으로 티나샤의 두 번째 공격을 막아낸다.

팽팽하게 정지한 듯 보인 것은 한 순간.

유일무이한 마력끼리 충돌하는 싸움에 대폭발이 일어난다.

두 마녀는 그 힘을 타고 다시 공중에서 거리를 벌렸다. 티나샤는 검을 지우고 두 손으로 구성을 짜기 시작했다.

"본연의 상태를 정의한다. 무(無)는 영(零)이며, 유(有)는 일(一)이니 기호로서의 말은 전환을 명한다."

티나샤 앞에 복잡하게 얽힌 문양이 나타난다. 그것은 마녀의 마력을 흡수해 순식간에 빛을 더해갔다.

문양은 완만하게 펼쳐지면서 구체가 되었다가, 다시 형태를 바꾸어 거대한 엄니를 가진 턱이 된다.

"—가라."

티나샤가 명령하자, 턱은 레오노라를 향해 허공을 미끄러졌다.

레오노라는 공중에서 오른쪽으로 점프한다. 그리고 거리를 두면서, 다가오는 턱을 향해 빛의 공을 연거푸 쏘았다. 하지만 턱은 그것들을 모조리 삼키며 레오노라에게 육박한다. 크게 벌어진 턱을 본 그녀의 얼굴에 초조함이 떠올랐다.

"에잇…!"

날카로운 엄니가 그녀의 몸을 붙잡으려 한 그때, 레오노라가 턱에 자신의 손을 가져갔다.

손끝에서 쏟아지는 마력. 구성 안에 마력을 주입당한 턱은 삽시간에 안에서부터 파쇄되었다.

마법이 소멸한 것을 보고 안심하던 레오노라는 격렬한 통증에 고통의 비명을 질렀다.

"……!"

내려다보니, 하얀 종아리에 어느새 단검이 꽂혀 있었다. 레오노라는 저주의 말을 내뱉으며 검을 뽑았다. 눈 깜짝할 사이에 상처가 아문다.

단검을 던진 티나샤는 그 모습을 보고 가볍게 어깨를 으쓱했다.

"알고는 있었지만, 꽤 성가시네…."

레오노라는 치유에 관한 한 견줄 자가 없는 마녀인 것이다. 견제 수준의 공격은 명중해도 순식간에 치유되어버린다. 이것이 지금까지 레오노라가 아무에게도 죽임을 당하지 않았던 이유 중 하나다.

"더 치명적인 일격이 필요해…."

티나샤는 어떻게 움직일지를 생각하면서, 새로운 구성을 짜고 허공을 내달렸다.

※

요새의 회랑에서 멜레디나는 동쪽 하늘을 올려다보았다.

아까부터 엄청난 폭음과 함께, 저 멀리 붉은색과 흰색의 빛이 작렬한다. 거대한 마법의 충돌에 주위의 마법사들도 숨을 삼키고 같은 방향을 주시하고 있었다.

알스가 그런 소꿉친구의 어깨를 두드렸다.

"왔어."

주전장인 동쪽이 아니라 남쪽에서 마물 무리가 날아오는 모습이 보인다. 아마 정령의 허를 찌른 듯한 적의 습격에 회랑에는 긴장감이 감돌았다.

알스는 검집에서 검을 뽑았다. 커다란 양날의 검은 마치 젖은 듯 광채를 띠고 있었다. 그는 가볍게 휘둘러 무게감을 확인하면서, 동남쪽 모퉁이를 향해 질주한다.

그가 그곳에 도달한 것과, 첫 번째 마물이 감시병사에게 달려든 것은 거의 동시였다.

알스는 병사 앞으로 쇄도하면서 비스듬하게 검을 휘둘렀다. 예리한 검 끝이 닿을락 말락 한 순간, 마물의 몸에 진공으로 자른 듯한 깊은 열상이 생겼다. 그대로 검을 끝까지 휘두르고 났을 때, 두 동강 난 마물의 몸이 사막 위로 떨어졌다.

"역시 손맛이 끝내주는군."

멜레디나가 옆으로 달려온다.

알스는 그녀를 확인하면서, 다음 마물을 향해 검을 겨누었다.

시야 한쪽에서 알스 일행이 싸우기 시작하는 모습을, 도안은 긴장감을 품고 흘깃 쳐다보았다.

마법사들은 대부분 티나샤가 짠 구성의 유지에 투입되어 있었다. 사막에서 신규 마족의 소환을 금지하는 구성은 이번 전투에서는 그들의 생명줄이다. 정령의 공격을 피해 여기까지 도달한 적에 더해, 눈앞에서 새로운 적이 소환된다면 단숨에 요새가 함락되고 말 가능성이 있다. 그래서 그들은 신중하게 마음을 모아 구성에 마력을 쏟아 넣고 있었다.

다행히 마물들을 알스 일행이 막아주고 있어서, 마법사들이 있는 곳까지는 도달하지 않는다. 이대로만 가면 그럭저럭 버틸 수 있을 것 같다고 도안이 생각했을 때, 그들의 눈앞에 낯선 남자가 전이해 왔다.

남자의 긴 머리는 연보라색이고, 눈동자도 비슷한 색이다. 인간에게는 있을 수 없는 그 색채와 단정한 용모는 상위마족에게서 흔히 볼 수 있는 특징이다. 도안은 사태를 깨닫고 전율했다.

―티나샤의 정령이 아니다. 그렇다면 레오노라가 사역하는 마족이다.

뜻하지 않은 적의 출현에, 그는 구성을 유지한 채로 다른 구성을 짜려고 한다.

하지만 그 직후, 마족의 눈이 도안을 포착했다.

방어도, 공격도 불가능한 상황. 그가 죽음을 각오한 그때, 게이트 옆에 있던 네오나가 검을 뽑아들고 마족에게 달려들었다.

"에잇…!"

하지만 마족은 그녀를 힐끗 쳐다보더니, 맨손으로 검을 쳐냈다. 네오나는 힘에 밀려 뒤로 넘어져버렸다.

"네펠리 님!"

게이트의 비명소리에 경악하면서도, 도안은 네오나가 벌어준 시간에 감사했다.

완성된 마법을 마족을 향해 쏜다. 똑같은 작업을 하고 있었던 여러 명의 마법이 마족에게 집중되었다.

궁정마법사들에 의한 고압력 공격.

인간이라면 흔적도 없이 사라졌을 마법을— 그러나 마족은 손가락 하나 까딱하지 않고 막아낸다.

도안은 자신의 마법이 흩어져 사라지는 광경을 망연자실한 심정으로 바라보았다.

"아아…."

절망의 탄식이 마법사들 사이에 흘러나온다. 마족은 그들을 둘러보더니 잔인한 웃음을 지었다.

"아무나 좋으니까 한 놈은 산 채로 데려오라는 명령이 있었다."

모두가 숨을 삼킨다. 그들은 금세 그 목적을 이해했다. 오스카나 티나샤에 대한 인질로 삼으려는 것이다.

마족은 가까이에 있는 파밀라를 향해 손을 뻗는다. 그녀의 얼굴이 긴장과 굳은 의지로 일그러졌다.

그 표정을 본 도안은 부르짖었다.

"죽지 마!"

파밀라는 흠칫 몸을 떨더니 도안을 보았다.

그녀는 지금 실로 주인을 위해 혀를 깨물려고 했던 것이다. 도안은 날카로운 눈빛으로 그것을 제지했다.

—그의 주군은 '한심하니까 죽지 마'라고 말한 것이다. 그 명령을 어길 수는 없다.

하지만 그래도 지금 이 상황에서는 어떤 타개책도 찾을 수 없다.

"뭐야, 벌써 끝이냐?"

재미있다는 듯이 그들을 지켜보던 마족이 다시 파밀라에게 손을 뻗었다.

그 손이 그녀를 잡으려고 한 순간— 소녀의 가벼운 목소리가 울렸다.

"한심하게 뭐 하는 짓이야? 바보 아냐?"

마족의 뒤쪽 허공에서 여자의 손이 나타난다.

하얗고 나긋나긋한 손. 하지만 그 다섯 손톱은 갈고리처럼 휘어 번뜩이고 있었다.

목을 날려버리려 날아든 손톱을 마족은 간신히 피한다. 그가 돌아보는 것과 동시에 손톱의 주인이 모습을 드러냈다. 수상한 웃음을 머금은 빨간 머리 소녀가 나타난다.

보라색 머리의 마족은 경악한 듯 눈이 커졌다.

"밀라 피엘루아! 천 년만인가?"

"너 같은 건 몰라. 잔챙이."

마녀의 정령은 노래하듯이 오만하게 내뱉고, 사냥감을 찢어버리기 위해 갈고리 손톱을 튕겼다.

※

뿌연 모래바람을 일으키며 날아든 검을 받아내고, 오스카는 그것을 밀쳐내면서 뒤로 물러섰다.

아까부터 여러 번 허점을 노려 검을 휘둘렀지만, 인간을 초월한 반사신경을 가진 우나이는 깊은 상처를 입기 전에 피해버리고, 그 상처도 찰나에 아물어버린다. 검 실력은 자신이 위라는 실감이 있지만, 이런 식으로는 한이 없다. 시간이 지나면 피로가 쌓이는 만큼, 인간인 자신이 불리해질 것이다. 오스카는 아카시아를 고쳐 잡았다.

하늘을 올려다볼 여유는 없었지만, 아까부터 폭발음과 섬광이 지상까지 도달하고 있다. 마녀들도 아직 싸우고 있는 것이리라.

"그 녀석보다는 먼저 처리하고 싶은데… 어떡한다?"

오스카는 아카시아로 우나이를 겨누었다.

빨간 머리를 가진, 마녀의 오른팔은 모래를 가볍게 박차며 쇄도해왔다. 우나이의 둥글게 휜 검을 한 합, 두 합 받아내면서 오스카는 기회를 엿본다.

다섯 번째 합을 받아냈을 때, 오스카는 우나이의 손을 쫓아 번개같이 아카시아를 휘둘렀다. 상대의 오른팔 중간쯤에 검을 박아 넣어, 우나이가 뒤로 피하는 것보다 빠르게 베어버린다.

하얀 모래 위에 붉은 선혈이 튀었다.

그 위에 우나이의 오른팔이 떨어진다.

이어서 목을 날려버리려고 하는 아카시아의 날을, 오른팔을 잃은 남자는 왼손으로 붙잡았다.

그동안 떨어져나간 곳에서 오른팔이 재생되기 시작한다. 오스카는 절단면에서 재생되는 오른팔을 보고 경악했다.

"인간이 아닌 게 맞긴 맞네."

"약자의 헛소리냐?"

오스카는 적의 왼손을 베면서 단숨에 아카시아를 빼내고 한 발짝 물러나, 모래 위에 떨어진 우나이의 팔과 검을 멀리 차버렸다.

우나이는 손닿지 않는 곳에 있는 자신의 검을 보고, 다음으로 빈 오른손에 눈길을 향한다. 그가 날카롭게 눈매를 좁히자, 재생된 오른손이 커다란 낫 모양으로 변형되어간다. 우나이는 무기가 된 오른손을 들어 보였다.

"모든 게 헛수고다. 어차피 인간은 인간에 지나지 않아."

"헛수고인지 아닌지는 결과를 보고 나서 말해."

오스카는 아카시아를 고쳐 잡고, 비꼬듯이 웃었다.

구성을 속속 투입하면서 티나샤는 간신히 한숨을 억누르고 있었다.

아까부터 레오노라에게는 상위마족 둘이 붙어 있다. 쌍둥이처럼 똑같은 용모를 가진 여자 마족은 하얗고 긴 머리카락을 나부끼며 허공을 날아 티나샤를 추격하고 있었다.

"하여간 귀찮아 죽겠네…."

줄기차게 날아드는 공격을 막으면서 티나샤는 반격의 기회를 노린다. 그녀의 정령은 다른 마족들의 발을 묶어놓는 동시에 요새의 방어까지 맡고 있어, 원호를 바랄 수 없다. 시간이 지나면 움직일 수 있는 정령도 있을지 모르지만, 그때까지 마냥 기다릴 수는 없었다.

티나샤는 쏟아지는 무수한 빛의 화살을 피한다. 깜빡이는 빛의 소나기 너머로, 레오노라가 강대한 구성을 구축하고 있는 모습이 보였다.

선명한 초록색 눈동자가 티나샤를 포착한다. 사람을 매혹시키는 미소가 거기에 떠올랐다.

"도망치기만 할 거야? 사백 년 전과 달라진 게 없구나."

그 말과 함께 구성이 발사된다.

거대한 마력을 담은 마법의 일격.

그것은 거대한 검붉은 소용돌이가 되어 티나샤에게 육박했다.

티나샤는 가볍게 눈썹을 치켜 올리면서 뒤로 물러났다. 이어서 활을 겨누듯이 오른손을 당긴다.

그리고 눈에 보이지 않는 화살을 쏜다.

"—관통해라."

극한까지 날카롭게 연마된 화살. 그것은 소용돌이의 중앙을 관통해 — 그대로 빠져나갔다.

화살은 정통으로 레오노라의 배에 꽂혀, 폭발한다.

마녀의 살점과 피가 사방에 튀고, 레오노라의 얼굴이 고통과 분노로 일그러졌다. 한편, 검은 소용돌이는 티나샤의 궤도 왜곡에 의해 먼 상공으로 솟구쳐간다.

"제법이구나, 어린 계집."

레오노라가 내뱉었다. 배의 상처가 순식간에 아물어간다.

"이 정도는 당연하잖아? 우리는 마녀니까."

"그런 건 나도 알아. 너보다 훨씬 더."

불리지 않는 마녀는 피 섞인 침을 뱉더니, 아래쪽의 사막을 향해 손을 뻗었다.

"그러니까 보여줄게. 뜨뜻미지근하게 살아온 너에게 진짜 마녀의 모습을."

레오노라의 초록색 눈동자가 일단 침잠한다. 아름다운 얼굴에서 비웃음이 사라진다. 표정 없는 목소리가 주문을 외운다.

"변해가는 것, 존재하지 않는 것이여, 끊임없이 변하고 머물라. 형상을 부숴라. 그것은 유한의 끝이니라."

마녀는 아련하게 속삭인다.

"—현출하라, 나의 불변의 돌."

그 말과 동시에 희미하게 땅울림 소리가 들려왔다.

그것은 지상의 사막… 정확히 말하면, 그 밑의 황야에서 전해지는 진동이다.

레오노라가 응시하는 곳, 사막의 한 점이 밀려 올라와 부풀어간다. 모래가 모든 것을 집어삼킬 듯이 소용돌이치기 시작하고, 그 위에서 싸우고 있던 오스카가 뒤로 물러나려고 하는 모습이 보였다. 한편, 우나이는 여전히 그 자리에 서 있었다.

티나샤는 다급하게 계약자에게 외쳤다.

"오스카! 전이를—."

그를 철수시키기 위해 짠 전이구성. 하지만 그것을 레오노라가 쏜 마법이 부숴버렸다.

"악…! 짜증나!"

티나샤는 이어지는 추격 마법에 방벽을 친다. 소용돌이치는 모래 속에서 남자의 모습을 찾아—.

그때, 무수히 많은 심홍색 나비가 난데없이 그녀의 시야를 가득 메웠다.

"핏빛나비?!"

위계의 혼탁에 의해 발생하는 나비. 그것이 생겨나는 것은 대규모 금주가 구성될 때다.

무슨 일이 일어나고 있는지 모르는 티나샤의 발밑, 모래 속에서 마침내 '그것'이 모습을 드러낸다.

땅울림 소리를 내며 하얀 모래를 헤치고, 출현한 그것.

햇빛을 받아 금색으로 빛나는 그것은 유례없이 거대한 호박이다.

그리고 놀랍게도 그 안에— 성이 하나, 봉인되어 있다.

황야 밑에 잠들어 있던 것, 레오노라와 관련된 일화 중 하나인 그것을 보고, 티나샤는 망연히 중얼거렸다.

"…호박성."

"예쁘지? 옛날에 내가 만든 거야."

전설로만 전해지던 호박성은, 암흑시대에 실제로 존재했던 성이다.

전쟁을 피해 도망친 귀족과 호사가들이 살고 있던 은둔의 장. 하지만 어느 날 그곳을 찾아온 레오노라는 안에 있는 사람들까지 함께 성을 거대한 호박 속에 봉인해버렸다.

그것을 그녀는 이 황야에 묻어놓았던 것이다.

수백 년만에 바깥공기를 접한 호박성은 무수한 핏빛나비를 낳았다. 성에 갇혀 죽어간 사람이 얼마나 많은지를 말해주는 그것을 보고, 티나샤는 입을 틀어막았다.

하지만 곧 그녀는 사태를 파악하고 숨을 삼켰다.

"오스카가…."

사막에서 싸우고 있던 그의 모습은 보이지 않는다. 하지만 자세히 보니, 호박성 측면에 작은 균열이 나 있다.

아마 성과 모래 사이에 끼어 짓눌려버릴 뻔한 오스카가 아카시아로 호박을 베고 안으로 들어간 것 같았다. 평범한 성이라면 불가능한 일이지만, 호박성은 레오노라의 마법으로 만들어진 것이다. 덕분에 무모한 짓도 통한 것이리라.

안도하던 티나샤는, 그러나 거대한 마력의 기척에 고개를 들었다.

레오노라를 보자, 그 손에는 아까의 공격을 능가하는 마력이 응축되어 있었다. 티나샤는 어느새 주위의 핏빛나비가 사라진 것을 깨닫고, 긴장한 웃음을 지었다.

"이게 너의 비장의 카드야?"

"좀 품위 있게 말해줄래? 여긴 내 영역이야."

무수한 핏빛나비를 촉매로 현출하는 힘. 레오노라는 눈부시게 하얀 빛을 쏜다.

모든 것을 파괴하는 강대한 마법. 레오노라가 전력으로 짠 혼신의 일격이 공기를 불사르며 퍼졌다.

—이건 도저히 막아낼 수 없다.

그렇게 생각하고 피하려고 한 티나샤는 그러나, 자신의 배후를 깨닫고 그 자리에 멈췄다.

그녀의 후방에는 요새가 있는 것이다. 여기서 피하면, 요새는 그 안에 있는 사람들과 함께 잿더미가 되고 말 것이다.

뻗어오는 빛 저편에서 레오노라가 회심의 미소를 짓는 게 보였다.

티나샤는 두 손을 앞으로 내밀고 주문을 외웠다.

"의미를 소실하라! 나의 사유는 세계를 변질한다! 소실하라! —소실하라!"

티나샤의 눈앞에 방어벽이 출현한다. 그녀는 거기에 동원 가능한 모든 마력을 쏟아 부었다. 눈앞이 아찔할 만큼 새하얀 빛이 하늘을 물들인다.

다음 순간, 레오노라가 쏜 빛은 방어벽과 함께 티나샤를 삼켜버렸다.

하늘을 진동시키는 거대 마법의 일격.

그것은 호박으로 덮인 성 안에까지 진동으로 전해졌다. 금색으로 반짝이는 복도를 걷고 있던 오스카는 날카로운 눈초리로 주위를 둘러보았다.

"그 녀석이 뭔가를 한 건가…?"

중얼거려도 답은 나오지 않는다. 그리고 그가 처치해야 할 이형의 모습도 보이지 않는다.

성이 땅속에서 나타났을 때, 우나이는 겉껍질인 호박 안으로 빨려 들어간 것이다. 오스카는 모래 속에 파묻힐 뻔하면서도, 사라진 적을 쫓아 그 안으로 들어왔다.

하지만 성 안은 쥐 죽은 듯 고요하다. 오스카는 아카시아를 손에 쥔 채, 아무도 없는 복도를 걸어간다.

"호박성이라…. 막상 안에 들어와 보니 평범한 성이네."

땅속에서 나타난 호박의 거대함에는 놀랐지만, 내부는 그냥 오래된 고성일 뿐이다.

곳곳에 사람의 뼈가 나뒹굴고, 붉은 나비가 날고 있지만, 달리 특별한 점은 보이지 않는다. 창문이 있는 곳은 안쪽까지 호박이 스며들어 있었지만, 그래도 지나갈 수 없을 정도는 아니었다.

오스카는 긴 복도를 지나 성의 중심부에 있는 홀에 도착했다.

그곳은 얼마 전 방문했던 간도나의 홀과 비슷하게 천장이 높이 트인 구조로 되어 있었다.

황금색 빛이 쏟아지는 홀은, 동화 속에 나오는 마법의 성 같았다. 벽과 천장이 빛을 반사해 반짝이는 모습은 감탄사가 절로 나올 만큼 장관이었다.

하지만 이 성은— 멈춰버린 시간 속에 남겨진 장소다.

공허한 홀 안을 둘러보던 오스카는 왕검을 고쳐 잡았다. 홀 중앙에 선 우나이를 보고 고개를 갸웃한다.

"너는 몸을 마음대로 변형시킬 수 있는 모양인데, 호박에 녹아드는 것도 네 특기냐?"

"이 성도, 나도 레오노라 님이 만드신 것이다."

"대단한 충신 납셨군. 인간이 아니게 되어도 그 여자를 따른다고?"

"그분은 죽어가던 나를 구해주셨다. 그때 나는 이 몸을 얻은 것이다."

우나이는 낫 모양의 오른손을 응시한다. 그 눈에 떠오른 것은, 긴 시간을 살아온 자 특유의 향수다. 이해를 구하지 않는 그것에, 오스카는 단정한 얼굴을 찌푸렸다.

하지만 곧 그는 우나이 앞에 마주섰다.

"미안하지만 난 슬슬 밖으로 돌아가야 돼. 안 그러면 내 고양이가 화낼 것 같거든."

"서두를 필요는 없어. 시간은 얼마든지 있으니까. 이 성 안에서 변함없이 있으면 된다."

"그 여자의 수집품 중 하나로? 거절하겠어."

오스카는 말하면서 아카시아를 겨눈다.

어린아이의 보석상자처럼 반짝이는 공간은, 죽음의 기운으로 가득 차 있었다.

※

호박으로 뒤덮인 성의 맨 꼭대기 층은 그저 고요하다.

암흑시대에 전쟁을 피해 도망친 사람들이 모인 장소. 하지만 그곳은 레오노라가 호박으로 덮어버렸을 때 진정한 평안으로 감싸였다. 이 성은 죽음의 공포로부터도 자유로워진 것이다. 그리고 변함없이 영원히 존재한다. 아름다운 모습 그대로 그녀의 손에서 보전되는 것이다.

금색으로 반짝이는 옥좌의 방을, 레오노라가 마족 부하 둘을 거느리고 걸어간다.

티나샤를 날려버린 것에 승리의 고양감을 느낀 것은 한순간뿐이었다.

지금은 마음속에 무감동만이 밀려들고 있다. 언제부터인가 항상 그랬다. 따분해 견딜 수 없다. 세상은 권태롭기만 하고 모든 것이 귀찮아진다.

레오노라는 돌 옥좌에 도착하자, 나른하게 거기에 앉았다.

"…불쌍한 아이."

승리의 중얼거림은 건조하다. 레오노라는 붉은 입술에 미소를 머금는다.

—그 공격을 정면으로 받아낼 수 있는 자는 없다. 인간 따위에게 애착을 가지니까 이렇게 되는 것이다.

즐거운 놀이였다.

지금까지 많은 나라와 인간의 종말에 관여해왔지만, 그중에서도 이번 놀이가 최고였다. 티나샤는 강하고 아름답고 어리석고 어린, 최고의 상대였다. —그리고 놀이는 이겨야 즐겁다.

하지만… 놀이가 즐거우면 즐거울수록 뒤에 남는 것은 허탈감이다.

광기가 지나간 후에 찾아오는 것. 바닥없는 바닷속으로 가라앉는 듯한 공허함.

그것은 그녀가, 자신이 태어나고 자란 성을 불태운 그날과 똑같다.

"…언니."

눈을 감는다. 멀다. 까마득히 먼 나날의 과거가 되살아난다.

눈 오는 날의 습격으로 양친을 잃은 뒤, 엘르는 사촌오빠에 의해 보호되었다.

행방불명된 언니마저 죽었다는 소식을 들은 그녀는, 고독을 안고도 어떻게든 살아가려 한 것이다. 사촌오빠의 권유대로 그와 결혼해, 영지를 물려받아 평온한 생활을 할 예정이었다.

그 생활이 전부 거짓이었음을 알게 된 것은 언제였을까.

사촌오빠가 은밀히 어느 노파의 집에 병사를 보냈다는 사실을 알았을 때일까.

아니면 그곳에 살던 언니 레오노라가 피투성이가 되어 성에 뛰어 들어왔을 때일까.

양친을 죽인 자는 다름 아닌 사촌오빠였음을, 쌍둥이 자매 중 한 명을 죽이고 한 명을 신부로 맞이할 계획이었음을 알았을 때일까.

피로 물든 신부 의상. 그 앞에 쓰러져 있는 자신의 반쪽.

『언니! 언니, 정신 차려! 날 두고 가지 마!』

십 년만에 해후한 쌍둥이는, 그 순간 다시 한 사람이 되었다.

그래서 필사적으로 손을 뻗은 것이다. ―죽어가는 그녀의 마력도 영혼도 기억도 모두, 태어나기 전처럼 자신과 하나가 되도록.

그리고 엘르는 레오노라가 되었다.

아니면 레오노라가 엘르가 된 것일까.

레오노라는 하얀 손가락으로 얼굴을 누른다.

자신이 쌍둥이 중 어느 쪽이었는지를 묻는 것은 먼 옛날에 그만두었다.

두 사람이 하나가 되었을 때, 그리고 복수를 위해 소환한 최상위마족에 의해 몸이 새로 만들어졌을 때… 자신은 정신이 산산이 부서져버릴 듯한 고통 속을 헤맨 것이다.

그리고 그녀는— 마녀가 되었다.

그러니까 자유로워진 지금은 증오에 사로잡히는 일도 없다. 그저 즐거운 일만을 하면 된다.

레오노라는 공허한 눈으로 홀 안을 바라본다. 불쑥, 멋대로 말이 흘러나왔다.

"…죽어도 괜찮았는데."

견디기 힘든 피로감이 정신을 짓누른다. 무거운 졸음이 급격하게 엄습해온다.

레오노라는 무거워지는 눈꺼풀을 누르다가— 하지만 그때, 아래층에서 진동이 전해져왔다.

우나이가 아직도 싸우고 있는 것이리라. 레오노라는 눈살을 찌푸리고 일어섰다.

"분수도 모르는 날파리가…. 천 갈래 만 갈래로 찢어주마."

좌우에 대기한 마족들이 고개를 숙인다.

아무리 아카시아의 검객이라도, 이 성 안에서는 그녀가 절대적 지배자다. 레오노라는 남자가 있는 곳을 찾기 위해 의식을 집중했다.

—그때, 그녀의 좌우에 있던 두 마족이 아무 전조도 없이 갑자기 사라져버렸다.

피 한 방울 없이, 검은 먼지가 되어 흩어진다.

레오노라는 경악해 고개를 들었다.

천장에 뚫린 구멍. 거기서 흑발의 마녀가 내려온다.

우반신이 화상으로 벌겋게 짓무른 티나샤는, 그러나 전혀 고통을 느끼지 않는 것처럼 청아한 목소리로 말했다.

"누구를 죽인다고?"

"…너."

입술만 움직여 미소 짓는 티나샤의 검은 눈동자에는, 보는 이를 불살라버릴 듯한 증오와 살의가 일렁거린다.

과거에도 본 적 있는 감정의 불꽃. 하지만 그때보다 훨씬 서슬 퍼런 살기에 레오노라는 압도되었다.

티나샤는 권유하는 것처럼 손을 내밀었다.

"마녀가 된 걸 후회하게 만들어줄게."

그 목소리는 사람을 죽이는 독처럼 달콤했다.

티나샤는 온몸을 지배하는 감정에 황홀하게 눈매를 좁힌다.

시선 끝에 있는 적. 그것은 그녀의 눈에 하찮은 존재로밖에 비치지 않았다.

죽이고 싶다.

죽일 수 있다.

그러기 위한 힘이다.

몸 안에 힘이 응축되어간다. 온 세상이 그녀의 살의에 동조한다. 호박 속에 갇힌 성의 홀이 삐걱거리며 진동한다. 이 사막을 통째로 날려버릴 만큼의 힘이 그녀의 손바닥 안에 모여든다.

단순한 구성에 그 마력을 쏟아 현출시키려고 하던 티나샤는, 그때 문득 왼팔의 리본이 잡아당겨지는 것을 느꼈다. 바닥에 떨어지는 리본을 보고, 그녀는 손을 멈췄다.

"…오스카?"

작은 물방울이 파도가 된다. 냉정함이, 밀물이 차오르듯 돌아왔다. 그녀는 구성을 지우고 힘을 되돌린다.

—이런 짓을 해서는 안 된다. 모두가 죽고 만다.

증오로 사람을 죽이는 일이 없도록, 오랫동안 인간과 거리를 두고 살아오지 않았던가.

지금, 이런 힘을 휘두르는 것은, 그를 선택한 자신의 선택을 잘못된 것으로 만들어버리는 짓이다.

그리고 자신을 선택해준 그를 어리석은 왕으로 만들어버린다—. 그럴 수는 없었다.

구성을 지운 티나샤를, 레오노라가 의심스러운 표정으로 응시한다.

"어떻게 된 거야?"

그 질문에 티나샤는 냉담하게 대꾸했다.

"너를 미워하는 걸 그만두기로 했어."

"…왜? 그토록 큰 힘이 있으면서. 그토록…."

아름다우면서, 라는 말을 레오노라는 삼켰다. 그것을 입에 담는 것은 그녀의 긍지가 허락하지 않는다. 그녀는 자신의 적인 흑발 마녀를 응시했다.

레오노라의 질문에 티나샤는 대답하지 않는다.

검은 심연에 이미 미움은 없고, 그리고 즐거움도 없었다.

대신 밤의 호수처럼 고요한 빛을 띠고 있다.

사람을 움직이는 정신의 등불. 티나샤는 눈을 감고 심호흡했다.

그리고 천천히 눈을 뜨고 미소 짓는다.

"더 여유 있게 이겨줄게. 이리 와. 놀아줄 테니까."

레오노라의 눈이 가볍게 커진다. 초록색 눈동자에 증오가 이글거린다.

그 감정의 불꽃을, 티나샤는 쓴웃음을 지으며 응시하고 있었다.

호박성에 들어오고 얼마 지나지 않아, 성 바깥쪽 상공에 격렬한 충격이 발생한 것을 오스카는 느꼈다. 수호결계가 연동해 진동한다. 똑같은 것을 느낀 모양인지 우나이가 입술 한쪽 끝을 올리고 웃었다.

"푸른 달의 마녀도 끝난 것 같군. 이제 너뿐이다."

"그래?"

오스카는 흘려들으면서 거리를 좁혔다. 우나이의 낫이 아카시아를 막아낸다.

—뭐라고 하든 애당초 걱정 따위는 하지 않는다. 티나샤가 죽지 않은 것은 알고 있다. 몸에 익숙해진 수호의 낌새가 변함없이 그대로인 것이다.

하지만 그럼에도 자신의 안위에는 무심한 그녀다. 부상을 입었을 가능성은 있고, 분노로 이성을 잃어도 곤란하다. 교착상태가 되기 전에, 일단 그녀의 상태를 확인해두고 싶었다.

"자, 어떡한다…."

오스카는 입속으로 중얼거리면서 검을 휘두른다. 날카롭게 번뜩이는 아카시아의 날이 우나이의 낫을 베어 떨어뜨렸다. 하지만 이내 그것은 원래대로 재생되어간다.

"마치 문어나 오징어를 상대하는 기분이야."

인간이 아닌 것은 몸의 구조뿐이고, 마법을 쓰지 않는 것은 다행이지만, 차라리 강력한 마법사를 상대하는 편이 훨씬 낫다는 생각이 든다. ―거기까지 생각하다가 오스카는 갑자기 고개를 들었다.

저 높이 보이는 천장보다 더 위쪽, 성의 상공에 수렴되어가는 마력을 느낀다.

그것은 아까의 대폭발과는 비교가 되지 않는다. 해방된다면 모든 것을 지워버릴 만큼 강대한 힘이다.

"그 녀석…."

그것이 누구의 마력인지는 생각할 것까지도 없다. 최강이라 불리는 그의 마녀다.

이 성을 파괴하고도 남을 만큼의 힘. 하지만 그것이 지나간 후에 남는 것은 자신과 그녀뿐이다.

오스카는 쇄도하는 우나이를 피해 뒤로 물러난다. 그러면서 왼팔에 묶인 리본을 잡아당겼다. 맞받아치는 일격으로 인간이 아닌 존재의 낫을 쳐낸다.

―지금 그것으로 반드시 전해지리라.

그거면 충분하다. 그만큼의 싸움을 자신들은 거듭해왔다.

저도 모르게 미소를 지은 오스카를 보고 우나이가 인상을 찌푸렸다.

"뭐야, 미치기라도 한 거냐?"

"아니? 난 알고 있어."

"뭐를?"

높은 천장이 부서져 내린다. 돌과 호박의 파편이 쏟아지는 가운데, 검은 그림자가 내려왔다.

그것은 체중이 없는 자의 몸놀림으로 오스카 옆에 내려선다.

아무리 큰 상처를 입어도 아름다운, 검은 옷의 마녀. 옛 왕국의, 옥좌에 없는 여왕.

오스카는 아름다운 연인의 머리를 토닥거리고 웃었다.

"이 녀석은 아무에게도 안 져."

성의 맨 꼭대기층에서 내려온 푸른 달의 마녀는 긴 흑발을 가볍게 쓸어 넘겼다.

그 눈앞에, 불리지 않는 마녀도 내려온다. 레오노라는 증오가 이글거리는 눈으로 두 사람을 노려보았다.

"너희들, 잘도…."

"티나샤, 저 여자가 엄청 화난 것 같은데? 그리고 너의 그 상처는 뭐야?"

"나중에 치료할게요. 미안해요."

우반신에 심한 화상을 입은 그녀는, 하지만 통증을 지운 듯 태연한 반응이다.

오히려 일견 상처 하나 없는 레오노라 쪽이 분노를 주체하지 못하고 있다. 오스카는 두 마녀를 쓱 훑어보고 나서 티나샤에게 말했다.

"결국 처음부터 다시 시작인가. 저쪽은 상처가 없는 걸 보면, 치유능력을 돌파하지 못한 모양이군."

"짐작한 그대로라 미안해요. 그리고 이 성이 완전히 계산 밖이었어요."

"아니, 나도 비슷한 상황이니까 상관없어."

당연한 듯이 말하는 왕에게 티나샤는 부드럽게 미소 지었다. 그런 두 사람을 보고 레오노라가 경멸감을 드러냈다.

"명색이 마녀인 주제에 평범한 여자처럼 뭐 하는 짓이야. 한심하게."

"그 부분은 견해의 차이야. 난 이 사람이 있기 때문에 온전한 나일 수 있으니까."

"온전해? 마녀가 이제 와서 무슨 소리야? 바보 같아."

"—그런 것치고는 너도 평범한 여자처럼 화내고 있는 것 같은데?"

찬물을 끼얹는 오스카의 말에, 레오노라는 한순간 뒤 얼굴을 일그러뜨렸다. 싸늘한 목소리로 속삭인다.

"닥쳐. 너 같은 남자가 나는 제일 싫어."

"애당초 나도 교섭할 생각은 없어."

오스카는 아카시아를 손에 쥐고 한 발짝 앞으로 나선다. 그것을 본 우나이가 주인을 보호하듯이 그 앞을 막아섰다. 티나샤가 계약자에게만 들리게 속삭인다.

"레오노라는 공격이 명중해도 대부분 금방 나아요. 이 성이 있으면 마력이 더 커지니까, 지구전은 불리해요."

조언의 앞부분은 사전에 알고 있었던 내용이다. 왕의 마녀는 한숨 섞인 목소리로 말을 잇는다.

"필요한 건 치명적인 일격이에요. 그러니까—."

그 다음 말을 오스카는 표정 변화 없이 들었다.

싸움을 시작하려는 듯이 우나이가 앞으로 나선다. 레오노라의 요염한 목소리가 말했다.

"슬슬 끝내줄게. 전부. 나의 이 손으로."

그 말을 신호탄으로 마지막 격돌이 시작되었다.

레오노라는 구성을 짠다.

이 성은 그녀가 만든 마력진이나 다름없다. 시간의 흐름과도 단절되어 잠들어 있던 보석. 수많은 인간들이 죽어간 이곳은 그 영혼까지도 전부 붙잡아두고 있다.

그러니까— 현출에 의해 해방된 지금, 핏빛나비가 여기저기 난무한다.

어떤 구성을 짜든 마력에 부족함은 없다. 티나샤가 최강이라 불리는 이유 중 하나는 그 막대한 마력의 양인데, 호박성에서는 그 우위성이 존재하지 않는 것이다.

그래서 레오노라는 강력한 공격구성을 짜서— 하지만 다음 순간, 경악했다. 자신과 똑같이 하고 있을 거라 생각했던 티나샤가 검을 손에 들고 쇄도해온 것이다.

앞에 선 우나이를 향해 전혀 주눅 들지 않은 움직임으로 티나샤는 검을 휘두른다.

날렵한 검신을 받아낸 우나이는 가볍게 낫을 휘둘렀다. 체구가 작은 티나샤는 부딪쳐 나가 떨어졌지만, 거기에 벼락같이 아카시아가 날아든다.

레오노라는 끓어오르는 분노를 주체하지 못하고 소리쳤다.

"어디를 보는 거야, 어린 계집!"

"똑바로 잘 보고 있어."

완성된 구성이 부서진다. 단거리 전이로 레오노라 앞에 나타난 티나샤는, 날렵한 검을 치켜들었다.

"그러니까 너도 이제 죽어도 돼."

—불쌍한 아이라고 생각했다.

하룻밤 사이에 멸망한 마법대국의 생존자. 여왕 후보였던 소녀가 엄청난 마력을 얻어 살아남았다고 하면, 무슨 일이 있었는지는 짐작할 수 있다.

자신과 마찬가지다. 사람에게 배신당하고 마녀가 되었다. 그래서 복수심에 사로잡혀 있다. 지독하게 불쌍하다.

더 자유로워지면 되는 것이다. 마음대로 살면 그만이다. 언제까지나, 언제까지나 자유롭게, 자신들에게는 그만큼의 힘이 있다.

하지만 티나샤는 그렇게 하지 않았다. 지독하게 고집스럽게, 부자유스럽게 살고 있었다.

그러면서— 그녀는 아름다웠다.

그래서 싫었던 것이다. 그저 오로지 눈엣가시였다.

"……! 어린 계집이!"

오른쪽 귀를 스치는 칼날.

하지만 격통은 익숙하다. 의식할 필요도 없이 상처는 아물어간다.

레오노라는 추격을 피해 뒤로 전이했다. 우나이와 왕검의 검객이 싸우는 모습이 보인다.

긴 시간을 살아왔다.

우나이를 거둔 것은 사백 년쯤 살았을 무렵이다. 투옥당해 빈사 상태였던 청년을 왜 구해줬는지 생각해 보면, 그것은 아마 그가 자신을 닮았기 때문일 것이다.

복수의 불꽃을 품고 있던 남자. 짓밟힌 자에게 마지막에 남는 감정.

그것을 가진 그에게 레오노라는 힘을 주고, 복수를 이루었다.

그리고 자유로워진 후에도, 그는 말없이 레오노라를 따라온 것이다.

그 후로 얼마만큼의 세월이 흘렀을까. 아마 그를 만나기까지의 시간보다 배 이상은 되리라.

줄기차게 이어지는 티나샤의 공격.

그것은 레오노라에게 아무 타격도 주지 못했지만, 대신 조금씩 그녀는 홀의 구석 쪽으로 밀리고 있었다. 자신이 주도권을 쥐지 못하는 초조함이 레오노라의 시야를 붉게 물들인다.

"어리석은 것…. 쓸데없는 짓만 반복하고."

"쓸데없는 짓은 없어."

티나샤의 칼끝이 레오노라의 눈앞으로 날아든다. 하지만 레오노라는 명중하기 직전에 그것을 부숴버렸다.

칼날의 파편이 금색의 빛을 반사해 반짝거린다. 그 틈새를 찢고 다시 한 자루의 단검이 레오노라의 목을 노렸다. 빠르게 날아드는 칼끝에 구성이 발동한다. 강렬한 관통 공격— 그렇게 이해한 순간, 레오노라는 뒤로 날아가버렸다. 등이 홀의 벽에 부딪친다.

다음 순간 티나샤가 쏜 구성은, 레오노라와 함께 뒤의 벽을 부숴버렸다.

—죽고 싶다고, 생각하는 것은 아니다.

다만 문득, '죽어도 괜찮아'라고 생각하는 순간이 있을 뿐이다. 지독하게 피곤하고 세상의 불변에 염증이 난다.

그래도 죽고 싶지 않다고 생각했던 건, 자신의 여정을 무(無)로 만들고 싶지 않았기 때문이리라.

그 눈 내리는 밤에 느꼈던 공포도, 언니를 잃은 충격도, 인간이 아닌 자에게 유린당한 절망도, 무엇 하나 부정하고 싶지 않았다. 모든 걸 증오한 자신도, 그 증오를 버린 자신도, 싸움에 져서 죽으면 무가치해질 것 같았기 때문이다.

그러니까 지금도 죽을 생각은 없다.

자신은 이겨도 역시 느슨하게 살아갈 것이다. 이 구역질나는 세상에서 자유롭게, 즐기면서 살아간다.

자신의 삶을 후회한 적은 없다. 틀렸다고도 생각하지 않는다.

그러니까—.

부서진 벽 너머로 레오노라는 날아가버린다.

통증을 의식했을 때는 벌써 부러진 팔다리도, 터져버린 장기도 낫기 시작하고 있었다.

하지만 그래도 사고는 맹렬하게 뜨거워진다. 고통이, 잊고 있었던 증오를 되살린다.

부서진 호박이 반짝이며 흩어지는 가운데, 티나샤가 뒤로 크게 물러나는 것이 보였다. 레오노라는 그녀를 쫓아 앞으로 날아간다.

"겁먹었구나, 어린 계집!"

"그럴 리가."

그때 티나샤의 손가락이 천장을 가리켰다. 남아 있던 성의 상부가 부서져 내린다.

머리 위에 펼쳐진 푸른 하늘. 햇빛이 비쳐든다.

경쾌한 파쇄음과 함께, 무수한 호박 파편이 반짝거리며 홀 안으로 쏟아졌다.

빛이, 파편이, 시야를 가득 메운다.

눈부신 호박의 장막 속으로 티나샤가 미끄러져 들어간다. 이틈에 구성을 짜려고 하는 것이리라.

하지만 어떤 마법을 펼치든 이 성에서는 무의미하다. 레오노라는 오른손에 공격구성을 현출시켜, 쏟아지는 호박 파편 너머를 향해 손을 뻗었다.

"죽어라!"

사냥하는 자의 희열 가득한 외침.

하지만 그 마법이 발사되는 일은 없었다.

레오노라는 불가사의한 충격을 느끼고 자신의 가슴을 내려다보았다.

—거기에는 아카시아가 깊이 박혀 있었다.

"왜?"

작은 중얼거림과 함께 레오노라는 무너져 내린다.

무슨 일이 일어난 걸까. 쓰러지면서 그녀는 홀에 시선을 던졌다.

마력이 모이지 않는다. 상처가 아물지 않는다. 가슴에 박힌 채, 아카시아가 모든 것을 끝내나간다.

레오노라는 홀 중앙, 티나샤의 발밑에 엎드린 채 쓰러져 있는 남자를 발견하고 그 이름을 불렀다.

"우, 나이."

몸이 춥다. 마치 그 눈 내리는 밤으로 돌아간 것만 같다. 홀로, 죽음의 경계에서 얼어붙어 있던 그날처럼.

아니, 시간은 결코 되돌아가지 않는다. 자신은 그날 이후로 아주 멀리까지 와버린 것이다.

긴 시간을 걸어오고 살아오고… 조금, 지쳐버렸다.

이 세상은 아무리 시간이 흘러도 여전히 추하고, 아무에게도 상냥하지는 않으니까.

"우나이…, 조금만, 잘게…."

레오노라는 눈을 감는다.

몸을 적셔가는 피 속에서 누군가를 찾아 손을 내민다.

"잠들 때까지… 곁에 있어줘."

최소한 꿈이 없는 잠 속에 빠져들 수 있도록.

"…언니."

이미 잃어버린 누군가를 생각하고, 레오노라는 마지막 숨을 토했다.

"성공이군."

절명한 마녀의 몸에서, 오스카는 아카시아를 뽑았다. 티나샤는 우나이의 사체를 확인하다가, 그 말에 고개를 들었다.

"이 홀 정도면 당신이 대응 가능한 범위니까요. 놓치지만 않는다면 우리의 승리예요."

성을 파쇄한 티나샤는, 쏟아지는 호박 파편으로 상대의 눈을 가리고, 오스카와 바꿔치기한 것이다. 그러기 위해 일부러 사전에 레오노라를 홀 중앙에서 밀어냈다.

레오노라는 구석으로 밀린 데 대한 짜증과 상처의 통증으로 감정이 격앙되어, 반격하려고 하다가 마법사 킬러인 왕검에 치명적인 일격을 당했다.

싸우는 상대가 바뀐 사실을 알아차리지 못했던 두 사람은 이렇게 패배를 당한 것이다.

오스카는 티나샤의 상처를 보고 다시 얼굴을 찌푸렸다.

“빨리 치료해. 보고 있기 힘들어.”

“으, 잠깐만 기다려주세요.”

티나샤는 조그맣게 주문을 외우면서 두 손을 벌린다.

그와 동시에 남은 호박성이 한꺼번에 무너져 내리기 시작했다.

머리 위로 보이는 하늘이 넓어져간다. 모래로 변해 사라져가는 성은, 아이들 놀이의 끝을 고하는 것만 같다. 티나샤는 일대에 쳐두었던 소환금지 거대구성을 회수해 그 내용을 조금 바꾸었다.

“돌아가라.”

위장되어 있던 구성이 사막 위로 떠오른다. 그것은 천천히 하얀 빛을 뿜으며 상공을 향해 빨려들듯이 수렴해갔다. 그리고 동시에 레오노라에 의해 소환되었던 마족들도 흔적도 없이 사라져버린 것이다.

※

회랑에서 마족들을 상대하던 알스는, 싸우고 있던 마족이 갑자기 사라져버리는 바람에 어안이 벙벙해졌다. 재빨리 주위를 둘러보지만, 적은 한 마리도 남아 있지 않았다. 뒤에서는 마법사들이 회수되어버린 구성에 어리둥절한 얼굴을 하고 있었다.

근처에서 적의 상위마족을 베어버리고 있던 밀라가 키득키득 웃는다. 뒤에서 싸우고 있던 센이 어깨를 으쓱했다.

“쯧, 이제야 끝났군.”

알스는 자신의 검을 내려다보았다.

“이긴… 건가?”

옆에서 멜레디나가 고개를 갸웃했다.

"…그런 것 같아."

얼른 정신을 차린 쿰이 마법사들에게 지시를 내리자, 그들은 부상자를 치유하기 위해 여기저기로 흩어졌다. 바쁘게 움직이는 사람들 속에서, 네펠리는 망연히 동쪽 하늘을 응시했다.

—이제 끝난 건가.

아무런 실감도 나지 않는다. 자신은 아무것도 하지 못한 것이다.

저 멀리 드래곤의 그림자가 나타난다. 그 모습을 보고 그녀는 안도하는 동시에 쓸쓸함이 차오르는 것을 느꼈다.

끝난 것이 아니다.

이제부터다.

혼란에 빠진 왕궁으로 돌아가, 아버지와 오빠를 도울 수 있는 사람은 자신밖에 없으니까.

요새로 돌아온 두 사람을 모두가 환성으로 맞이했다.

사망자가 나오지 않은 것에 가슴을 쓸어내리는 티나샤에게, 밀라가 와락 달려들어 안겼다.

"티나샤 님, 칭찬해줘."

"고마워. 밀라는 강한 아이야."

머리를 쓰다듬는 주인의 말에 밀라는 기쁜 듯이 눈웃음을 짓는다. 그 목덜미를 붙잡고 떼어놓은 센과 함께, 소녀는 인사하고 사라졌다.

오스카가 뒤에서 티나샤의 머리를 토닥거렸다.

"뒤처리는 내가 할 테니까, 옷 갈아입고 와. 졸리면 자도 돼."

"네."

상처는 아물었지만, 불에 타 너덜거리는 옷은 그대로라 마녀는 오스카의 겉옷을 걸치고 있었다. 티나샤는 울먹이는 파밀라를 달래고, 함께 요새 안으로 사라졌다. 오스카는 그 모습을 배웅하고, 자신을 바라보는 네펠리를 마주보았다.

"그럼 네펠리 왕녀, 이번 건에 대해 간단하게 정리를 좀 해 둘까."

왕의 어조는 지극히 자연스러웠다.

—역시 눈치채고 있었던 것이다. 네펠리는 쓴웃음을 지은 후, 고개를 숙이고 신분을 속인 무례함과 이번 일에 대한 감사의 뜻을 전했다. 그리고 그녀는 오스카와 나란히 걷기 시작했다.

모래폭풍이 사라진 하늘, 온화한 공기가 무척이나 반갑게 느껴진다.

문득 긴장이 풀린 네펠리는 줄곧 궁금했던 것을 물어보았다.

"십일 년 전에… 어째서 파르사스는 우리의 혼담을 거절한 건가요?"

오스카는 순간 놀란 것 같았지만, 이내 쓴웃음을 지었다.

"나에게는 강한 마력이 있는 모양이라, 평범한 여자는 내 아이를 낳을 수 없다고 들었소. 평화를 위해 시집온 왕녀를 잉태시켜 죽게 만들 수는 없었으니까."

그 말에 네펠리는 약간 놀란 표정을 지으면서도 미소 지었다.

그 말이 거짓이든 정말이든 상관없다. 대답을 듣고 나니 신기할 정도로 마음이 후련했다. 그와 자신의 인생은 함께 걸어가는 일은 없다. 여기서 잠깐의 만남 후, 다시 각자의 길로 갈라져 나아갈 뿐이다. 네펠리는 그것을 알고 있었다. 그녀는 왕녀의 얼굴로 돌아와, 앞으로의 일을 생각하고 마음을 다잡았다.

※

욕실에서 가볍게 피와 땀을 씻어내고, 방으로 돌아와 약식 마법복으로 갈아입고 있던 티나샤는 익숙한 기척에 조그맣게 웃었다. 곧이어 남자의 목소리가 방 안에 울린다.

"어지간히 고전한 모양이군. 실력이 녹슨 건가?"

"여러 가지로 새로운 구성을 시도하고 있었으니까 어쩔 수 없어. 그리고 너와 싸웠을 때가 훨씬 힘들었어."

"당연하지."

비웃음과 함께, 방 안에 은발의 남자가 나타났다. 경계하는 파밀라를 티나샤가 손으로 제지한다.

마족의 왕인 트라비스는 팔짱을 끼고 능글능글 웃으면서 공중에 떠 있었다. 티나샤는 젖은 머리카락을 말리면서 그를 보았다.

"그보다 약속은 지켜줄 거지?"

"알아. 너의 피가 이어지는 한, 파르사스는 건드리지 않을게."

"실은 내 피가 아니라도 영원히 안 건드렸으면 좋겠는데…."

"그렇게까지는 싫어. 너무 뻔뻔하군."

"그래, 뭐. 그 정도 조건이면 충분해."

머리카락이 마른 걸 확인하면서 티나샤는 미소 지었다.

그녀가 레오노라 토벌을 받아들인 것은 보복의 의미도 물론 있지만, 그 이상으로 트라비스가 내건 이 조건이 파격적이었기 때문이다. 살아 있는 재앙인 그의 간섭을 방지하는 확약은 쉽게 얻어낼 수 있는 게 아니다. 심지어 그것이 자신의 사후에도 이어진다면 더더욱 그렇다.

티나샤 말고는 아무도 모르는 거래지만, 모르는 게 나은 일도 있는 법이다.

트라비스는 머리를 묶는 마녀에게 물었다.

"넌 이제부터 어쩔 셈이지?"

"그 남자와 살다가 죽을 거야. 아이를 낳으려면 몸의 시간을 되돌려야 하니까."

"그렇군."

자신이 먼저 물어본 주제에 관심 없다는 듯이 트라비스는 손을 흔들었다. 그가 떠나려고 하는 것을 눈치채고 티나샤는 말을 건넸다.

"올레리아에게 안부 전해줘. 고맙다는 말도."

"알았어."

아무런 구성의 낌새도 없이 남자의 모습이 사라진다. 마녀는 남자가 있던 곳과 반대쪽으로 몸을 돌려, 파밀라를 향해 웃었다.

"이로써 일단락이네요."

상상도 못 한 일에 경악하고 있던 파밀라는 주인의 장난스러운 미소를 보고 탄식했다. 어처구니없어하는 분위기를 느끼면서도, 티나샤는 창문 밖으로 시선을 향한다.

—마녀가 한 명 줄었다.

그 자체에는 아무 감흥도 없다. '마녀'란 지나치게 강한 힘을 얻은 여자들을, 다른 사람들로부터 도드라지게 만들기 위한 기호에 지나지 않는다. 아무 권위도, 의미도 없고 그저 공허할 따름이다.

레오노라가 무엇을 원하며 살아왔고 무엇을 버렸는지, 티나샤는 알지 못한다.

그러니까 그 기억만 새겨둔다. 자신이 아는 아주 사소한 단편만을.

그것을 감상(感傷)이라 부른다는 걸 그녀는 알고 있었다.

7. 1막이 끝나기 전에

칠십 년만의 달성자였다.

그것도 거의 혼자 힘으로 올라왔다고 한다.

흥미가 생기지 않을 리 없었다. 서서히 정신을 마모시켜가는 세월 속에, 달성자들을 만나는 것은 좋은 기분전환이 되었던 것이다.

문을 여는 소리가 울렸다. 발소리는 나지 않는다. 상당히 실력이 뛰어난 인물이리라.

티나샤는 찻잔에 차를 따르면서 청아한 목소리로 말했다.

"어서 오세요."

그리고 그녀는 그를 만났다.

※

"저, 정말로 마음이 바뀌어버렸어…."

티나샤는 거울에 비친 자신의 모습을 보며 믿을 수 없다는 듯이 중얼거렸다.

그의 수호자로 지낸 일 년은 긴 것 같으면서도 순식간이었던 것처럼 느껴진다.

거울 속의 파밀라가 감개무량한 얼굴로 미소 지었다.

"아름다우세요. 세상에 이렇게 아름다운 신부는 없을 거예요."

"설마 결혼하게 될 줄은 꿈에도 몰랐어요."

"원래 모두가 그렇게 말해요."

남의 일처럼 말하는 두 사람의 대화에는 관심 없이 진지한 얼굴로 베일을 씌워주고 있던 실비아가 후우 한숨을 내쉬고 몸을 일으켰다.

"다 됐어요! 이제 움직이셔도 괜찮아요!"

"고마워요."

티나샤는 조심조심 몸을 일으켰다. 드레스 자락과 베일이 준비실 바닥을 절반이나 덮을 만큼 길다. 순백의 레이스를 두른 마녀는 눈동자만이 심연처럼 깊은 밤의 색이었다.

티나샤는 두세 발짝 걷다가 한탄했다.

"전이하는 게 빠를 것 같아요…."

"걸으세요!"

"으으으, 드레스가 무거워."

마침 그때 문을 두드리는 소리가 울렸다. 문관이 티나샤를 부르러 온 것이다.

베일 자락을 정리하고 있던 파밀라가 문을 연다. 밖에 있던 사람들이 신부의 모습을 보고 숨을 삼키는 가운데, 티나샤는 쓴웃음을 짓고 걸음을 옮기기 시작했다.

성 안에 위치한 대성당 안에는 이미 국내외에서 온 하객들이 가득 모여 있었다.

오스카는 대기실에서 장갑을 끼면서 옆에 선 아버지를 보았다.

"상당히 귀찮군요. 더 간소하게 해도 괜찮은데."

"역사에 남을 거다. 다시는 없을 일이니, 최대한 멋진 모습을 보여주도록 해라."

아버지의 '다시는 없다'는 말은, 오스카의 결혼식이 그렇다는 의미인가, 아니면 마녀의 혼인을 가리키는 것인가. 잘 모르는 채로 그는 떨떠름하게 고개를 끄덕였다. 즉위식을 간소화했기 때문에, 그 대신이라고 생각하면 체념할 수도 있을지 모른다.

한편 마녀인 신부는, 일단 성도 밖으로 나갔다가 민중에게 그 모습을 선보이며 성으로 오게 되어 있었다. 아마 정략결혼으로 타국의 신부를 맞이하던 시대의 관습이리라. 그는 안전면에서 반대했지만, 그의 신부는 "당신을 수호하는 것보다는 편해요" 라고 잘라 말했다. 지금쯤 마차가 준비되어 있을 것이다.

하지만 오스카도 정작, 서로가 바쁜 탓도 있고 관습인지 뭔지 때문에 벌써 일주일 넘게 그녀를 만나지 못했다. 간소화하라고 투덜거릴 만도 한 것이다.

그는 허리에 찬 왕검을 거울 너머로 확인했다.

"자, 시간이다."

오스카는 고개를 끄덕이고, 문을 향해 걸음을 옮기기 시작했다. 그 등 뒤에서 아버지의 목소리가 울렸다.

"로잘리아도 기뻐할 거다."

어머니의 이름에, 그는 눈을 감고 웃었다.

지금까지, 그를 살리기 위해 얼마나 많은 사람들이 힘을 빌려줬을까.

—상상도 할 수 없다.

거기에 솔직하게 감사하고, 그는 문을 나섰다.

성도의 대로는 모여든 군중의 술렁거림으로 가득했다.

왕의 신부가 곧 나타난다. 하지만 그들에게 그것은 마냥 기뻐할 일만은 아니었다. 사람들은 얼굴을 마주보며 우울한 목소리로 속삭인다.

"예의 그 마녀지?"

"하지만 그 옛날이야기는 사실과 다르다고 했잖아."

"그건 그렇지만…."

이번 결혼식에 즈음해, 오스카는 상대가 마녀라는 사실에 더해, 파르사스 사람들 사이에 회자되고 있는 옛날이야기를 정정해 발표했다. 티나샤 본인은 "옛날이야기 정도는 괜찮잖아요" 라고 내버려둘 것을 권했지만, 그는 "왕비가 될 사람의 불명예스러운 이야기는 사실이 아니라면 더욱 더 퍼지게 놔둬선 안 돼" 라며 뜻을 굽히지 않은 것이다.

하지만 성에서 발표가 있었어도, 그것이 곧바로 티나샤에 대한 환영으로 이어지는 것은 아니다. 그녀가 마녀라는 사실은 변함이 없는 것이다.

티나샤가 과거에 파르사스의 전선에 서서 왕에게 힘을 빌려주었던 일과, 그 절대적인 힘이 앞으로 파르사스에 속하게 된 것을 높이 평가해 이 결혼을 기뻐하는 자들도 있었지만, 그 이상으로 당혹스러워하는 자들이 대부분이었다.

"로잘리아 님은 미인이었는데."

"이번 신부는 마녀잖아? 어떨 거라고 생각해?"

"역시 검은 옷을 입은 쭈글쭈글한…."

"에이, 결혼식에 검은 옷은 아니겠지."

무책임한 대화가 거리에 난무한다.

그때, 신부를 태운 마차가 큰길에 나타났다.

지붕이 없는 마차에는, 대신 강력한 결계가 몇 겹으로 쳐져 있다. 호기심 가득한 눈빛으로 마차를 본 사람들은 상상과 전혀 다른 신부의 모습에 말문이 막혀버렸다.

순백의 베일 덕분에 한층 돋보이는 기품 있는 얼굴은, 그녀 자신이 예술품이라고 해도 좋을 만큼 아름다웠다.

긴 속눈썹이 드리운 커다란 눈동자는 빨려들 것 같은 칠흑이다. 오뚝하고 흰 콧날 아래 꽃잎처럼 붉은 입술이 옅은 미소를 머금고 있다.

민중은 환성을 지르는 것도 잊고 그녀의 미모에 넋을 잃는다. 개중에는 그녀가 새해 의식 때 왕 옆에 있었던 마법사와 동일인물이라는 사실을 알아차린 사람도 많았다.

시녀로서 마차에 동승한 파밀라는 마주앉은 주인에게 속삭인다.

"티나샤 님, 더 확실하게 웃어주세요."

"확실하게 웃으라는 건 쉬운 것 같으면서 어려운 요구네요…."

마녀라고 공표된 그녀가 기존 방식대로 성도 밖에서 성으로 들어오면, 민중의 편견 어린 시선을 받게 된다는 것도, 오스카가 이 의식에 반대한 이유였다. 하지만 티나샤는 그의 뜻을 거절하고 굳이 마차로의 입성을 선택했다.

어차피 언젠가는 마주해야 할 문제다. 그렇다면 도망칠 게 아니라, 그걸 넘어 그의 앞에 서고 싶었다.

난처한 미소를 띠던 티나샤의 눈에, 문득 낯익은 얼굴이 들어왔다. 민중의 벽 속에서 손을 흔들던 소년은 그녀가 자신을 알아본 것을 깨닫고 기쁨에 겨워 소리쳤다.

"누나! 아니, 티나샤 님!"

"사이에! 잘 지냈니?"

가까이 오려고 하는 소년을 병사가 제지했지만, 티나샤는 그것을 만류했다.

마차가 거기에 맞춰 속도를 늦춘다. 사이에를 마차에 태우려고 손을 뻗는 티나샤를 파밀라가 제지했다. 소년은 마차와 나란히 달리면서 티나사를 올려다보았다.

"티나샤 님이 역시 마녀였구나."

"맞아. 탑에는 거의 안 돌아가니까 가면 안 돼. 위험해. 무슨 일 있으면 성으로 와."

"난 이 다음에 커서 병사가 될 거야. 힘센 남자가 돼서 티나샤 님을 지킬 거야!"

"기대할게."

강한 의지와 미래에 대한 기대로 눈을 반짝이는 소년에게 티나샤는 활짝 미소 지었다. 본인은 의식하지 못했으리라. 보는 이를 매혹시키는 화려한 꽃송이 같은 미소에, 사이에의 얼굴이 조금 빨개졌다.

그때 한 박자 늦게, 주위에서 우렁찬 환성이 일었다. 티나샤는 깜짝 놀라 고개를 들었다.

"앗, 뭐죠? 내가 뭔가 잘못했나요?"

당황하며 주위를 둘러보는 주인과, 저마다 축복의 말을 외치기 시작하는 민중을 보고, 파밀라는 킥킥 웃기 시작했다.

"그래서 아까부터 확실하게 웃으시라고 말씀드렸잖아요. 당신의 미소에는 파괴력이 있으니까요."

티나샤의 눈이 조금 커다래진다.

그리고 마녀는 파밀라와 사이에를 번갈아 쳐다보다가 다시 환하게 웃었다.

파도처럼 퍼져나가는 환성과 함께 티나샤는 파르사스 성에 입성했다. 마차에서 내려 바깥의 회랑을 걸어 대성당으로 향한다.

대성당 문이 보일 즈음, 그 앞에는 한 여자가 서 있었다.

그녀를 본 티나샤는 걸음을 멈춘다. 왕의 혼례일이라 경비가 삼엄한 날이다. 그럼에도 불구하고 그 여자는 평상복 차림이라, 내빈으로도, 성 안 사람으로도 보이지 않는다.

앞서 걸어가던 병사들이 경계하며 외쳤다.

"누구냐! 거기서 뭘 하는 거냐!"

검을 뽑아든 병사들을, 그러나 티나샤가 제지했다.

"미안해요. 잠시 둘이 이야기하게 해주세요."

"하지만…."

"괜찮아요."

티나샤는 가볍게 말하고 여자를 향해 걸음을 옮기기 시작했다.

삼십대 후반으로 보이는 여자는 어딘지 모르게 냉소적인 표정이었다. 조금 날카로운 느낌은 있지만 아름다운 용모로, 허리까지 내려오는 진갈색 머리카락을 하나로 묶고 있었다.

티나샤는 그녀 앞에 서서 쓴웃음을 지었다.

"라비니아, 오랜만이에요. …그를 보러 온 건가요?"

"아니."

라비니아라고 불린 여자는 냉담하게 대꾸했다. 티나샤는 희미한 긴장감을 품고 물었다.

"그럼 죽이러?"

"그것도 아니야. 그냥 취향 독특한 여자의 얼굴을 보러 온 것뿐이야."

"단지 그뿐이라고요?"

왕의 신부는 고개를 갸웃했다. 검은 눈동자에 근심이 서린다.

하지만 라비니아는 상대에게 생겨난 그 감정을 전혀 개의치 않았다.

"너를 끌어당길 만큼의 운이 있었던 거겠지. 난 이 이상 뭘 어쩔 생각은 없어. 마음대로 해."

이야기는 끝이라는 듯이 라비니아는 길을 터주었다. 무언의 태도로 대성당의 문을 가리킨다.

티나샤는 오랜 지인에게 무슨 말을 하려다가 결국 그 말을 삼켰다.

고개를 살짝 젓고, 문 앞에 선다. 조금 떨어진 곳에서 대기하고 있던 병사들이 문을 열기 위해 달려왔다.

그녀는 천천히 숨을 마신다.

육중한 문이 열리기 시작했다.

많은 사람들이, 신부 쪽을 돌아보았다. 술렁거림이 퍼져나간다.

하지만 그녀에게는 그런 시선도, 파도소리 같은 웅성거림도, 세상 밖에 있는 것처럼 멀게 느껴졌다.

고개 들어 똑바로 앞을 응시한다.

그 앞에는 그녀의 단 한 사람이 기다리고 있는 것이다.

이 세상 사람 같지 않은 신부의 눈부신 미모에, 성당 안에는 연신 감탄의 한숨이 터져 나왔다.

그녀는 그 속을 천천히 걸어온다. 망설임 없는 여자의 얼굴을 바라보며, 오스카는 "강렬하군" 하고 조그맣게 중얼거렸다.

티나샤는 한 단 높은 곳에 선 오스카 앞까지 오자, 무릎을 꿇고 고개를 숙였다. 오스카는 손을 뻗어 그녀의 머리에 씌워진 베일을 벗기고, 대신 작은 왕관을 씌워주었다.

이어서 아카시아를 뽑아 칼끝을 그녀의 이마에 대었다.

조용한, 그러나 명료한 목소리로 선언한다.

“새로운 계약을 체결한다. —내 이름은 오스카 라에스 인클레아투스 로즈 파르사스. 그대, 티나샤 어스 메이야 우르 아에테르나 투르다르를 나의 왕비로서 파르사스에 맞이해, 반려자로서의 권한을 부여함을 이 자리에 선언하노라.”

왕의 말에 호응해, 아카시아에서 계약을 띤 힘이 마녀에게 주입된다. 마력과는 다른, 아직 해명되지 않은 그 힘은 기록조차 없는 까마득한 옛날부터 파르사스 왕가에 전해 내려오는 것이다.

티나샤는 그 힘이 자신에게 스며들자 동시에 입을 열었다.

“수락했습니다. 내 이름과 피를 걸고, 나에게 귀속한 모든 것과 함께 당신의 아내가 될 것을 맹세합니다.”

그 맹세는 단순한 혼인의 맹세만은 아니다. 마녀로서, 투르다르의 여왕으로서 그녀가 가지고 있는 모든 것이, 이후 파르사스에 계승됨을 의미하고 있었다.

그리고 그 안에는 투르다르의 정령도 포함되어 있다.

그녀는 사전에 정령들에게, 자신의 죽음과 함께 계약을 종료한다는 취지의 말을 전했다.

하지만 정령들은 모두 “재미있을 것 같으니까” 라며 그녀의 피가 이어지는 파르사스 왕가와 계약을 갱신할 뜻을 밝힌 것이다. 원래, 힘으로 왕을 선택하던 투르다르에 전해 내려오는 정령이다. 파르사스로 옮겨가면, 언젠가 그들은 사역할 수 있는 왕이 나타나지 않게 될지도 모른다.

하지만 그것은, 먼 미래의 또 다른 이야기다.

오스카는 손을 뻗어 자신의 신부를 일으켜 세웠다. 그녀에게만 들리는 목소리로 몰래 속삭인다.

"4대 늦게 나라를 손에 넣었군."

심술궂은 농담에, 티나샤는 입술 한쪽 끝을 올리고 웃는다. 남자의, 막 해가 저문 직후의 밤하늘색 눈동자를 올려다본다. 장난스러운 눈빛으로 조그맣게 웃는다.

"나라는 필요 없어요. 당신을 주세요."

그 대답에 오스카는 기쁜 얼굴로 몸을 숙여 자신의 신부에게 입맞춤했다.

맹세와 애정이 담긴 약속.

입술을 떼고, 그녀는 아름다운 미소로 읊조린다.

"왕이여, 나는 당신의 마녀."

유구한 고독을 씻는 사랑을.

끝없는 시간에 흔들림 없는 마음을.

"그리고 당신은 나의 왕. 마녀가 당신에게 영원히 변치 않는 애정을 바칩니다."

커다란 꽃송이처럼, 순진한 소녀처럼, 푸른 달의 마녀는 미소 짓는다.

그리고 그날을 경계로, 대륙을 두려움에 떨게 만들었던 마녀의 시대는 그 막을 내리게 된 것이다.

8. 등을 맞댄 기억

어두운 방에 홀로 서 있다.

어린 그의 눈에 보이는 것은 많지 않다. 등 뒤의 문틈으로 비치는 불빛만이 바닥 위를 어슴푸레하게 밝히고 있다.

거기에 가득한 것은 붉은 피다. 누군가의 하얀 손이 피웅덩이 속에 빠져 있다.

그는 그것을 보면서, 하지만 아무것도 이해하지 못한다. 아무것도 못한 채 그저 서 있을 뿐이다.

어딘가 멀리서 여자의 목소리가 들려온다.

"너는 이제 아이를 낳을 수 없다. 파르사스 왕가의 혈통은 여기서 끊어질 것이다."

담담한 마녀의 선고.

어딘지 슬픔이 서린 그 목소리를 들으면서, 그는 간신히 돌아보았다.

―강해져야… 강해져야 한다.

마녀를 능가할 수 있을 만큼, 나라를 짊어지고 선 인간으로서.

그러기 위해서는 허락되는 응석은 없다. 스스로를 단련하고, 배우고, 일각이라도 빨리 필요한 힘을 키워야 한다.

그것이 태어나면서부터 그가 짊어진 무게다.

그는 자신의 손을 본다.

아직 아무것도 갖지 못한 손. 하지만 앞으로, 모든 가혹함을 견디고 미래를 움켜쥐어야 하는 손이다.

멈춰 서 있을 시간은 없다. 허비해도 되는 것은 아무것도 없다.

그래서 그는 자신의 책무를 다하기 위해, 피웅덩이를 뒤로하고 걷기 시작했다.

눈을 떴을 때, 순간적으로 자신이 어디에 있는지 알 수 없었다.

오스카는 침대 위에서 몸을 일으켜 자신의 옆을 본다.

거기서 자고 있는 것은 왕비인 마녀다. 티나샤는 고른 숨소리를 내며 그에게 바짝 달라붙어 잠들어 있다. 고양이처럼 완전히 안심한 그 모습에, 그는 미소 짓고 아내의 머리를 쓰다듬었다.

"…꽤나 오래전의 꿈을 꿨군."

어린 시절에 수없이 꾸었던 꿈.

아직 저주의 존재가 무겁게 그를 짓누르던 당시의 단편은, 지금은 까마득히 먼 옛날의 일처럼 느껴진다.

그 무렵에는 '언젠가 마녀를 죽일 수 있게 되어야 한다'고 생각했고, 하지만 결과적으로 그의 운명은 다른 방향으로 굴러갔다. 최강의 마녀를 수호자로 삼아, 그녀에게 해주를 받고, 그녀 자신을 아내로 맞이했다.

생각해 보면, 티나샤를 만난 뒤로는 그토록 최종목표로 생각했던 침묵의 마녀에 대해서도 떠올리지 않게 되었다. 그것은 아마 철이 든 뒤로 처음으로 자유를 느끼고 있었기 때문일 것이다.

그러니까 그런 그녀와 앞으로의 인생을 함께할 수 있다는 것은 틀림없는 행복이다.

오스카는 윤기 흐르는 흑발을 한 움큼 손에 쥐고 입맞춤했다.

"티나샤, 일어날 수 있겠어?"

일단 말을 걸어보지만, 그녀는 전혀 깨어날 기미가 없다. 시각도 이제 막 동이 트기 시작할 무렵이다.

지금 억지로 깨워봤자, 결과는 집무실에서 잠들어 있는 고양이를 보게 될 뿐이다.

그는 아내의 흰 어깨에 이불을 덮어주고, 작은 머리를 한 번 더 쓰다듬고 나서 채비를 위해 일어섰다.

왕인 오스카가 집무를 시작하는 것은 해가 뜬 직후의 시각이지만, 왕비인 티나샤가 움직이기 시작하는 것은 빨라도 정오 전이다.

슬슬 이 집, 저 집에서 점심식사 준비가 시작되려 하는 시간, 파르사스 성도에 있는 작은 집 주위에는 여러 명의 사람들이 모여 있었다. 석조 건물의 창문으로 안을 들여다보려는 그들의 목적은 단 한 사람, 반년 전에 왕과 결혼한 아름다운 마녀다. 이 집의 환자를 살펴보기 위해 그녀가 성에서 찾아왔다는 소문은 눈 깜짝할 사이에 온 동네로 퍼져나갔다.

소란스러운 바깥 분위기를 느끼고, 작은 테이블 위에 마법약병을 늘어놓고 있던 티나샤는 쓴웃음을 지었다.

"갑자기 찾아와서 미안해요."

"다, 당치도 않으신 말씀을요!"

모친은 황송해하며 고개를 숙인다.

그 옆에서는 아직 네 살도 안 된 남자아기가 어리둥절한 얼굴로 낯선 손님을 올려다보고 있다. 티나샤는 아기에게 연분홍색 액체가 든 병을 보여주었다.

"이걸 밤에 자기 전에 한 모금씩, 다 먹을 때까지 날마다 먹으렴."

"약? 맛있어?"

"달콤하게 만들었으니까 맛있을 거야."

미소 지으며 그렇게 장담한 티나샤는 현관 쪽을 돌아보았다. 창밖에 모인 사람들과 눈이 마주치자 그녀는 꽃처럼 미소 짓는다. 순간 밖에서 와아, 환성이 일었다. 호기심과 동경이 뒤섞인 시선은 아까부터 계속 늘어나기만 할 뿐이다. 티나샤는 사람들의 반응에 난감해하며 관자놀이를 긁적였다.

"그리고 성에서 한 병 더 가져오기를 기다리는 중인데…."

성에 들어온 의뢰 중 하나인 '아기가 원인불명의 발 통증에 시달리고 있다'는 내용을 보고, 티나샤는 몇 가지 원인을 추측해 마법약을 챙겨 왔지만, 실제 증상을 보니 한 종류를 더 추가하는 게 좋을 것 같았다. 그래서 아까 전령을 성에 보낸 것인데, 그냥 정령에게 부탁하는 편이 빨랐을지도 모른다.

하지만 성의 물건을 인간이 아닌 정령이 가지고 나오는 것은 역시 피하는 편이 좋다고 생각한다.

티나샤는 아기 엄마가 내준 차를 한 모금 마셨다. 너무 오래 걸리면 나중에 다시 와야겠다고 생각하기 시작했을 때, 현관문을 두드리는 소리와 함께 병사의 복장을 한 청년이 들어왔다.

그는 깜짝 놀라 눈이 동그래진 왕비에게 인사하고, 가져온 병을 테이블 위에 놓았다.

"이 약병이 맞습니까?"

"맞긴 맞지만…."

거기서 말을 멈추고, 그녀는 천천히 청년의 볼을 꼬집었다.

"왜 멋대로 성을 빠져나온 거죠, 오스카? 이러면 화낼 거예요."

"네가 외출했다는 보고를 듣고 놀러 왔지."

그렇게 말하고, 병사의 복장을 한 왕은 웃으면서 마녀의 볼에 입맞춤했다.

“왜 이런 짓을 하는 거예요! 자신이 누구인지 자각이 없나요?”

“있으니까 나름 옷도 갈아입고 왔잖아. 의외로 사람들은 잘 몰라.”

성도의 큰길을 걸어가면서 그렇게 말하는 남편에게, 옆에서 티나샤는 냉담한 눈빛을 향한다.

“무슨 말을 하는 거예요. 알아보는 사람도 꽤 있어요. 그냥 모르는 척해주는 것뿐이에요.”

“그건 너랑 같이 있으면 눈에 띄어서 그런 거 아냐?”

“관계없어요! 아무튼 얼른 가요.”

티나샤는 남편의 손을 힘껏 잡아끈다. 마음 같아선 전이로 돌아가고 싶지만, 오스카가 “모처럼 밖에 나왔으니까 걸어가고 싶어” 라고 주장한 것이다. 호위도 없이 길거리를 걸어가는 두 사람을, 주위에서 흐뭇하게 웃으며 바라본다. 이 정도 일은 파르사스 성도에서는 자주 있는 일이기 때문이다. 또한 그렇기에 그들은 국왕 부부가 금실이 좋다는 사실도 알고 있었다.

오스카는 길가에 즐비한 가게를 가리켰다.

“이왕 나온 김에 네 옷이나 좀 살까.”

“이미 충분해요.”

“내가 입혀보고 싶어서 그래. 즐거우니까.”

“그건 알 바 아니고요. 아이, 참! 딱 세 벌만이에요!”

뾰로통한 표정을 하면서도 티나샤는 그가 이끄는 대로 따라간다. 그런 그녀를 옆에 두고, 오스카는 가게 앞에 걸린 옷을 고르기 시작했다.

선명한 색상의 가벼운 옷부터 이국의 악사들이 입을 법한 옷까지 다양한 옷을 진지한 얼굴로 고르는 왕을, 마녀는 어이없어하며 바라본다.

"솔직히 말하면 난 당신의 옷을 갈아입혀주고 싶어요. 그 옷은 대체 어디서 찾아 입고 나온 거예요?"

"세탁실. 많이 빨아놨기에 한 벌 슬쩍했지."

"앞으론 당신이 못 들어가게 세탁실에 결계를 쳐두겠어요."

인정사정없는 왕비의 말에, 오스카는 잠시 뭔가 할 말이 있는 얼굴이었지만, 불리하다고 생각했는지 잠자코 침묵을 지켰다. 대신 순백의 의상을 한 벌 골라 든다.

"이거 괜찮네. 드문 디자인이지만, 잘 어울릴 것 같아."

전면에 하얀 자수가 놓인 의상은 오래된 디자인이지만, 그만큼 공들여 지어진 옷이다. 옷자락이 긴 의상을 받아든 티나샤의 눈이 동그래진다.

"이건 신부 의상이에요. 동쪽 산간지역에서는 혼례 때 이런 의상을 입었어요. 백 년쯤 전에 전용 직물을 제작하는 장인이 대가 끊겨서 최근엔 볼 수 없게 됐지만요."

"그런 거야? 그럼 마침 잘됐군. 결혼할까?"

"이미 했는데요?!"

"정기적으로 결혼식을 올리는 게 어때? 다양한 신부 의상을 입혀보고 싶어."

"그게 뭐예요…."

허탈해하는 왕비의 모습에 오스카는 웃음을 터뜨린다. 그녀는 그런 남편을 보고 어이없는 표정을 지었지만, 금세 함께 미소 지으며 까치발을 했다. 신부의상을 끌어안은 채 그에게 귓말을 속삭인다.

"이미 충분히 행복하니까 부디 이대로만요."

속삭이는 애정의 말에, 오스카는 환하게 웃는다.

그런 평온한 나날이, 그들이 도달한 일상이다.

※

그날의 하늘은 높고 희었다.

집무실 창문으로 바깥풍경을 바라보며, 오스카는 크게 숨을 내쉰다. 마지막 서류에 서명하고 그는 펜을 내려놓았다. 다행히 오늘 처리할 업무는 이로써 끝이다.

그는 방에서 차를 준비하고 있는 라자르에게 물었다.

"티나샤는?"

"오늘은 탑에 가셨습니다. 마법구를 정리하신다고요."

"탑이라…."

그것은 꽤나 그립게 느껴지는 말이다. 혼례식 이후로 반년, 마녀였던 그의 아내는 거의 파르사스에서 지내고 있어, 탑으로 돌아간 적은 손에 꼽을 정도밖에 없다.

온화하고 행복한 일상을 떠올리고, 오스카는 자연스럽게 미소를 지었다. 시계를 보자, 시각은 아직 저녁이 되기 전이다.

"그럼 나도 탑에 갔다 오겠다. 무슨 일 있으면 정령에게 연락하도록."

"알겠습니다."

오스카는 자신의 방으로 돌아와, 자고 있던 드래곤을 어깨에 올리고, 구석에 그려진 전이진 위에 섰다.

과거, 마녀의 방에 그려져 있던 전이진은 탑의 1층으로 나가게 되어 있었지만, 결혼 후에 그려진 이것은 직접 맨 꼭대기층으로 나가기 위한 것이다.

주위의 풍경이 달라진다. 오스카는 주위를 둘러보았다.

마녀의 방은 처음 왔을 때보다는 물건이 약간 줄었지만, 그래도 충분히 어수선했다. 마법구 더미 속에서 아내의 모습을 발견한 그는 말을 건넸다.

"괜찮아?"

"으으…, 한이 없어요."

고개를 든 티나샤는 긴 머리를 뒤로 묶고 있었다. 국내외에서 '가장 아름다운 왕비'로 불리는 그녀는, 자신의 탑에서는 평소처럼 마법복 차림이다. 오스카는 그녀의 주위에 잡다하게 쌓인 마법구를 둘러보았다.

"너무 많아. 좀 줄여."

"이래봬도 많이 파괴한 거예요…."

마법구들은 아슬아슬한 균형을 유지하며 벽 쪽에 산더미처럼 쌓여 있었다. 여기 있는 것들은 모두 정체를 알 수 없거나, 너무 강력해서 파르사스의 보물고로 가져갈 수 없었던 것들이다.

정리 중인 마법구 더미에 파묻혀 있던 티나샤는 쉽게 빠져나갈 수 없다고 판단했는지, 단거리 전이로 오스카 옆으로 돌아왔다. 그 머리를 그가 쓰다듬는다.

"오늘은 집무도 끝났으니까 도와줄게."

"미안해요…. 잠깐 차를 준비할게요."

"응."

"참, 당신은 이걸 사용하세요."

그녀가 내민 것은 일견 평범한 가죽장갑이다.

"아카시아만큼은 아니지만, 마력을 차단하는 장갑이에요. 맨손으로 만지지 않는 게 좋은 마법구도 있으니까요."

"알았어, 고마워."

"내가 더 고맙죠."

티나샤는 둥실 떠올라 남편의 이마에 입맞춤했다.

그리고 그녀가 차를 준비하기 위해 주방으로 사라지자, 오스카는 장갑을 끼면서 산더미 같은 마법구를 바라보았다. 어깨 위에서 나크가 조그맣게 하품을 한다.

그는 가까이 있는 것부터 종류별로 마법구를 분류하기 시작했다. 책은 책, 장식품은 장식품끼리 모아둔다. 정리용으로 준비된 바구니에는 자잘한 장신구 상자를 집어넣었다.

그렇게 선별작업을 이어가던 오스카는, 문득 마법구더미 맨 밑에 작고 얇은 나무상자가 있는 것을 발견했다. 소박한 그 상자가 눈길을 끈 이유는, 표면에 어린이의 손가락 자국이 까맣게 묻어 있었기 때문이다.

오스카가 상자를 잡아 빼자, 마법구더미가 조금 주저앉는다. 그는 나무상자를 주의 깊게 바라보았다.

"이건 피인가?"

까만 자국은 자세히 보니, 오래된 피가 굳어진 것처럼 보였다. 뚜껑을 살짝 열어보자, 안에는 은으로 만들어진 듯한 오래된 목걸이가 들어 있었다. 거무스름하게 변색된 그 목걸이에도 피가 말라붙어 있다.

저주라도 걸려 있을 것 같은 장신구를 뒤집어보자, 옛 투르다르 문자로 뭔가가 새겨져 있었다.

오스카는 얼굴을 가까이 가져가 자세히 들여다보았다. 거기에는 '아이티에게'라고 적혀 있었다.

"……!"

그것은 그의 아내의 어릴 적 이름이다.

그녀가 그 이름으로 불린 것은, 마녀가 되기 전까지의 불과 십삼 년

간뿐이다.

—그 후, 그녀는 마녀가 되었다.

지금은 그의 곁에서 행복하게 미소 짓는 그녀는, 상상을 초월하는 고통을 거쳐 여기에 이른 것이다. 그 과거를 생각하면 가슴이 아파온다. 그녀가, 자신의 손이 닿지 않는 곳에서 고통을 겪었다는 사실이 그는 참을 수 없이 괴롭기만 하다.

오스카는 깊은 한숨과 함께, 상자의 뚜껑을 닫고 바구니에 집어넣었다. 다음 물건을 집어 들려고 했을 때, 마법구더미 위에서 작고 하얀 석함이 툭 떨어졌다. 오스카가 맨 밑에 있는 나무상자를 꺼내는 바람에 균형이 무너진 모양이다.

"아차차, 이런…."

바닥에 떨어진 상자 안에서 푸른 구슬이 굴러 나온다. 광석으로 만들어진 듯한 구슬은 손바닥 위에 올려놓을 수 있는 크기로, 표면에는 복잡한 문양이 새겨져 있었다. 오스카는 그 구슬에 불가사의한 기시감을 느끼고 집어 들었다.

"…어디서 본 적이 있는데."

탑은 아니다. 아마… 파르사스 성 안이다.

그는 집중해서 문양을 응시한다.

갑자기 머리가 칼에 찔린 것처럼 쑤시기 시작했다.

피의
붉은 빛이
흰 손톱 이

오스카는 얼굴을 찡그리고 두통을 참았다. 아내의 얼굴이 뇌리에 떠올랐다.

"……! 뭐지…?"

너무 많은 마법구에 둘러싸인 탓에, 의도치 않게 어떤 마력에 노출된 걸지도 모른다.

일단 구슬을 상자 안에 넣으려고 했을 때, 오스카는 푸른 구슬에 새겨진 문양이 희미하게 하얀 빛을 띠기 시작한 것을 깨달았다. 약한 빛은 순식간에 강렬해져 이윽고 구슬 자체가 빛나기 시작했다.

—이건 곤란하다. 손에서 내려놔야 한다.

오스카는 그렇게 강하게 의식했지만, 몸이 움직이지 않는다. 어깨 위에서 나크가 날카로운 소리로 울었다.

그 울음소리, 혹은 빛을 알아챘는지 티나샤가 돌아온다.

"오스카?!"

마녀는 사태를 파악하고 비명을 지르면서 흰 손을 뻗었다. 그 손에 마력이 모인다.

그러나 그녀가 마법을 쏘기 직전, 흘러나오는 흰 빛이 오스카를 삼켜 버렸다.

※

빛이 사라졌을 때, 손 안에는 구슬이 없었다.

오스카는 그걸 이상하게 생각하면서 고개를 들고— 망연자실했다.

그곳은 탑의 방이 아니었다.

그가 아는 어떤 곳도 아니다. 숲으로 둘러싸인 넓은 초원에서 오스카는 홀로 무릎을 꿇고 있었다.

"…여기가 어디지…."

오스카는 경악하면서도 몸을 일으켜 어깨 위의 나크와 허리에 찬 아카시아를 확인했다. 나크가 주인의 손에 머리를 비벼댄다.

—그 마법구는 강제전이 효과라도 가지고 있었던 걸까.

그 가능성을 생각한 오스카는, 그러나 더 중대한 사실을 깨달았다.

이미 몸에 익숙해져버린 수호결계의 기척이 없다.

그의 아내가 걸어준 구성은 평소 그의 체내에 있어서, 의식하면 미약하게 그 마력을 느낄 수 있었는데, 지금은 아무리 집중해도 느껴지지 않았다.

"티나샤?"

사랑하는 아내의 이름을 부른다.

대답하는 사람은 아무도 없다. 그는 혼자였다.

"좋아, 일단 진정하고, 현재 위치부터 확인하자. 나크, 부탁해."

오스카는 마음을 다잡고 드래곤에게 명령했다. 초원 위로 뛰어내린 나크가 순식간에 커진다. 그가 등에 올라타자, 드래곤은 천천히 상승하기 시작했다. 지상이 점점 멀어진다.

전망이 탁 트인 상공에 도달해 주위를 둘러본 오스카는 눈 아래의 풍경이 낯설지 않다는 사실을 깨달았다. 하지만 너무 뜻밖의 사태라 믿을 수 없다. 그는 나크에게 명령해 동쪽으로 날기 시작했다.

잠시 지나자 보이기 시작한 산과 숲의 풍경은, 조금 달라지기는 했지만 명백하게 파르사스의 것이다. 그는 고개를 돌려 멀어진 초원을 바라보았다.

"탑이… 없어…."

꿈을 꾸고 있는 걸지도 모른다.

하지만 그가 있었던 초원은 의심의 여지없이 티나샤의 탑이 있었던 그 황야이고— 그리고 거기에 지금은 탑이 없다는 것만이 확실하다. 오스카는 관자놀이를 누르면서 생각에 잠겼다.

"나크, 잠깐 마을 근처에 내려줘."

주인의 명령에 따라 나크는 멀리 보이는 마을 쪽으로 진로를 틀었다. 잠시 후 마을에서 조금 떨어진 숲에 내리자, 드래곤은 다시 작아져서 주인의 어깨 위에 올라앉았다.

오스카는 작은 드래곤의 등을 쓰다듬어 치하하면서, 긴장감을 품고 마을 쪽으로 걸음을 옮기기 시작했다.

"그래서 여긴 무슨 마을이지…?"

지형을 보면 여기는 파르사스령이 확실하지만, 이런 곳에 마을은 없었던 것이다.

하지만 그것이 바로 지금 현실에 나타나 있다.

마을에 들어선 오스카는 길에서 채소를 팔고 있는 여인에게 말을 건넸다.

"미안하지만 잠깐 괜찮나?"

"에구머니? 여행자인가요? 드문 일도 다 있네."

애교 있는 미소의 여인은 사투리 억양이 있는 말투로 대답한다. 오스카는 뭘 물어볼지 망설이다가, 우선 첫 번째 질문을 던졌다.

"이 마을의 이름이 뭐지?"

"야바토라는 곳이에요. 벌목과 밭농사로 먹고사는 마을이죠."

알게 된 이름에, 그는 금방 대답할 수 없었다. 오스카가 아는 한, 야바토라는 이름의 집락은 더 동쪽에 있고— 마을이 아니라 도시였다.

머리가 아프다. 하지만 물어봐야 한다.

오스카는 결정적인 질문을 던졌다.

"지금이 몇 년도인지 알고 있나?"

"뭐야, 다른 나라 사람이었어요? 파르사스력으로 지금은 108년이에요."

눈앞이 깜깜해지는 듯한 착각이 들어 그는 한 발짝 비틀거렸다.

—즉, 자신은 418년 전의 과거에 서 있는 것이다.

도저히 믿을 수 없는 그 현실에, 오스카는 망연자실한 채 그 자리에 못박혀버렸다.

※

그녀의 하루는 거의 전체가 공부로 채워져 있다.

전에는 하루에 다섯 시간은 교사가 와서 마법을 비롯해 여러 가지를 가르쳐줬지만, 작년부터 지나치게 뛰어난 그녀에게 무언가를 가르칠 수 있는 사람은 아무도 없게 되었다.

그래서 그녀는 자신의 시간을 대부분 혼자 책을 읽으며 공부하는 데 쓰고 있다. 더 어렸을 때는 어른들을 따라 멀리 놀러 나간 적도 있지만, 지금 그녀가 자유롭게 할 수 있는 일은 거의 없다. 이 방과 그것이 있는 이궁, 그리고 스무 명이 조금 안 되는 어른들만이 그녀가 아는 세상의 전부다.

그녀는 마법서를 필사하던 손을 멈춘다.

시계를 보니 어느덧 잘 시간이다. 어느새 방 안은 완전히 깜깜해져서, 책상 위의 램프와 창문으로 비치는 달빛만이 조용히 일렁이고 있었다.

그녀는 책상 앞에 앉아 있느라 굳어진 몸을 풀고, 펼쳐놓은 책을 정리하기 시작한다. 그러면서 무심코 창밖으로 시선을 던졌다.

방의 창문에는 유리 대신 결계가 쳐져 있다.

밤하늘에는 하얀 달이 떠 있고 구름 한 점 없다. 그녀는 눈을 가늘게 뜨고 그것을 바라보다가 몸을 돌렸다. 책을 치우고 잠자리에 들려고 생각한 것이다.

하지만 직후, 밖에서 비치는 달빛이 갑자기 어두워진 것을 깨닫고, 그녀는 고개만 돌려 뒤를 보았다.

—위화감을 느낀다.

평범한 사람은 느끼지 못할 희미한 어긋남이, 그러나 확실하게 그녀의 의식을 건드리고 있었다.

어쩌면 이궁의 결계 안에 누군가가 침입한 걸지도 모른다.

그녀는 발소리를 죽여 창문 쪽으로 다가가 몸을 내밀고 밖을 내다보았다. 하지만 밤의 정원에는 아무 이상도 없다. 기분 탓인가… 하고 생각하다가, 그래도 혹시 몰라 그녀는 누군가에게 알리기로 마음먹었다. 문 쪽을 향해 걸음을 옮기기 시작했을 때— 그녀의 귀에 돌을 밟는 가벼운 소리가 들렸다.

"……!"

그녀는 반사적으로 마법구성을 짜면서 돌아보았다.

시선 끝, 방금 전까지 아무것도 없던 창가에 누군가가 서 있었다.

역광이라 잘 보이지 않는 그 인물의 모습에, 그녀는 순간적으로 창(槍) 모양의 마법을 쏘았다.

닿는 순간 상대를 혼절시키는 구성. 하지만 그 마법은 침입자를 관통하기 전에, 상대가 가진 장검에 닿아 흩어져버렸다.

"어…?"

그녀는 있을 수 없는 사태에 경악했다. 방어구성을 짜기 시작하면서 격앙된 어조로 외친다.

"누구?!"

날카로운 외침에, 침입자는 어깨를 으쓱했다.

"정답이었군. 운이 좋았어."

가벼운 목소리. 그것은 젊은 남자의 것이다.

그는 방 안으로 들어와, 마법을 쏘려고 하는 소녀의 입을 틀어막았다. 가지고 있던 검을 눕혀 그녀의 배에 대고 누른다.

"다치게 할 생각은 없으니까 소란 피우지 말아줘. 너에게 볼일이 있어서 왔어. 티나샤."

소녀는 깜짝 놀라 눈이 동그래졌다. 평소에 불리지 않는 이름을 낯선 남자가 부른 것에 수상함을 느낀다.

그녀는 남자의 팔을 뿌리치려고 구성을 짜기 시작했지만, 왠지 마력이 전혀 집중되지 않았다. 이런 적은 처음이다. 그녀는 놀라서 남자를 올려다보았다.

—수려한 용모를 가진 남자다.

해가 저문 직후의 밤하늘과 똑같은 색의 눈동자에는 난처한 듯한 감정이 떠올라 있다. 그녀가 아는 어떤 어른과도 다르다. 싸우기 위해 단련된 몸과 그 힘에, 소녀는 등줄기가 오싹해지는 심정으로 고개를 끄덕였다.

입을 틀어막고 있던 손이 떨어진다.

"당신은 누구예요?"

희미하게 떨리는 소녀의 목소리에, 남자는 쓴웃음을 지으며 대답했다.

"네 남편이 될 남자야."

속박에서 풀려나, 오스카라고 자신을 소개한 남자의 이야기를 들은 티나샤는 진심으로 황당한 표정을 지었다.

"제정신이에요?"

"꿈이라면 빨리 깼으면 좋겠어."

남자는 당당하게 큰소리친다. 아름다운 소녀는 이해하기 힘든 말에 미간을 찡그렸다.

태어났을 때부터 이 성에서 자라온 티나샤는 철들 무렵부터 그 아름다운 용모를 칭송받아왔지만, 그것은 아직 어린 티가 진하게 남아 있는 미완성의 아름다움이다.

긴 흑발을 머리 위에서 하나로 묶은 티나샤는 침대에 털썩 주저앉았다.

벽 쪽에 놓인 장의자에 앉은 남자는, 옆에서 잠든 작은 드래곤을 쓰다듬었다.

"과거로 돌아가는 법칙은 마법에는 존재하지 않아요. 불가능해요."

"나도 너한테 들은 적 있어. 그러니까 꿈인가? 빨리 깨워줘."

"내가 왜!"

사백 년 후의 미래에서 왔다고 하는 남자는 다리를 꼬고 그녀를 뚫어져라 응시한다. 그 시선에 불편함을 느낀 티나샤는 몸을 약간 꼼지락거렸다.

"애당초 인간의 수명은 칠십 년! 내 남편이 된다는 건 계산이 이상하잖아요! 당신은 그럼 사백 살이 넘은 건가요? 아니면 이 시대에 한 명 더 있어요?"

그 질문에 오스카는 웃기만 할 뿐, 대답하지 않는다. 그는 '자신들은 부부가 된다'고 말했지만, 그 경위에 대해서는 말해주지 않는 것이다. 앞뒤가 맞지 않는 이야기에 티나샤는 관자놀이를 눌렀다. 오스카는 난처한 얼굴로 쓴웃음을 지었다.

"아무튼 너만이 유일한 희망이야. 난 원래 살던 시대로 돌아가고 싶어."

"시간은 넘을 수 없다니까요…. 마법의 잠에라도 들면 사백 년은 버틸 수 있을지도 모르지만, 남자의 몸은 불안정해서 적합하지 않아요. 그러니까 그 방법은 보증할 수 없어요."

"다른 방법은 없어?"

"없어요."

쌀쌀맞게 대꾸한 소녀는, 남자의 눈에 심각한 근심의 빛이 떠오르는 것을 보고, 약간 죄책감을 느꼈다.

무슨 생각을 하는지 알 수 없는 상대지만, 일부러 자신을 찾아와준 사람이다. 허탕 치게 만드는 건 마음이 편치 않다. 그 정도로 티나샤는 다른 사람과 접한 경험이 부족한 것이다.

그녀는 침대에서 일어나 남자 앞으로 다가갔다.

"곤란해요?"

"곤란해."

"그렇구나…."

티나샤는 잠시 망설였지만, 곧 마음을 정하고 남자 옆에 앉았다.

"그럼… 무슨 방법이 없는지 내가 조사해 볼게요. 그때까지 여기 있도록 해요. 여기는 평소에 사람도 별로 안 오고, 불가시 마법을 걸어두면 눈치채는 사람도 없을 거예요."

"정말?"

남자는 안도의 한숨을 내쉬고, 소녀의 머리를 쓰다듬었다. 따스한 감촉에 티나샤의 눈이 커다래진다.

"시간이 좀 걸릴지도 모르는데 괜찮아요?"

"응. 미안해."

남자의 웃는 얼굴을 보고 티나샤는 안도했다.

명백하게 수상한 이야기라는 건 알고 있다. 그래도 그를 실망시키고 싶지 않다고 생각하고 만 것이다. 지금까지 그녀는 이 이궁에서 한정된 사람들만 접하면서 살아왔다. 늘 한결같이 공부뿐인 생활은 고독하다고 할 수 있는 것이지만, 거기에 불만을 갖는 것조차 그녀는 몰랐다.

—그래서 의식하지 못하는 동안, 다른 사람과의 교류에 굶주려 있었던 걸지도 모른다.

티나샤는 느닷없이 나타난 이 남자에게 묘하게 끌리는 것을 느끼고, 그를 빤히 응시했다.

그런 소녀에게 오스카는 쓴웃음을 짓는다.

"고맙지만, 모르는 사람 앞에서 너무 무방비하게 있지 마."

"그게 당신이 할 말인가요?"

이상한 남자다. 하지만 위험한 느낌은 없다. 긴장이 풀리자, 그때까지의 반동으로 졸음이 밀려왔다. 손으로 입을 가리고 조그맣게 하품하는 그녀를 보고, 오스카는 몸을 일으켰다.

"오늘은 그만 자도록 해. 난 적당히 빈 방을 찾아서 쓸게."

"네? 여기 있어도 되는데."

그녀가 사는 이궁에는 물론 빈 방도 있지만, 대부분 사용되지 않는 방이라 가구도 제대로 없다. 사람이 머물 수 있는 방은 그녀의 방뿐이다. 하지만 오스카는 그 말을 듣고 어처구니없는 표정을 지었다.

"너…, 주의를 준 지 얼마나 됐다고 또 그렇게 무방비하게…."

"하지만 다른 방을 쓰면, 다른 사람에게 들켰을 때 대책이 없잖아요."

불가시 마법을 걸 수는 있지만, 강력한 그 마법에는 몇 가지 제약이 있다. 그렇다면 같은 방에 있는 게 훨씬 편하고 안전하다. 그리고… 만에 하나, 그가 다른 목적을 가지고 이궁에 잠입했다면, 더더욱 눈이 닿는 곳에 있는 게 낫다.

티나샤는 넓은 침대를 돌아보았다.

"난 그렇게 크지 않으니까, 별로 방해되진 않아요. 아니면 혹시 어린애를 좋아하는 사람이에요?"

"생사람 잡지 마. 넌 지금 몇 살이지?"

"열세 살이요."

그 대답을 듣고, 오스카가 희미하게 경직된 것을 티나샤는 알아차렸다. 그녀는 의아한 듯이 남자의 얼굴을 보았다.

"왜요?"

"아니…, 아무것도 아니야. 그럼 난 여기 있을 테니까, 얼른 자. 너는 아침에 잘 못 일어나잖아."

"그걸 어떻게…."

"어서 자."

남자는 그녀의 머리를 쓱쓱 쓰다듬고서 침대 쪽으로 등을 떠밀었다.

좀 더 잔소리를 할 줄 알았는데, 그가 순순히 제안을 받아들인 것은, 그녀가 아직 어린 소녀임을 확신했기 때문일까. 손가락으로 머리를 콕콕 찌르는 남자에게 입술을 샐쭉 내밀면서도 티나샤는 침대에 누웠다.

오스카는 그 옆에 앉아 그녀의 머리를 조용히 쓰다듬었다.

다정한 손길이다. 그녀가 모르는 온기.

전해오는 애정에, 티나샤의 몸에서 점차 힘이 빠져나간다.

—미래에 그와 결혼한다는 게 정말일까.

그런 의문이 떠올랐다 사라진다. 다만 그가 그녀를 다치게 할 의도가 없다는 건 사실인 듯하다.

여왕 후보인 자신을 죽일 생각이라면, 더 일찍 그럴 수 있었을 것이다. 하지만 그는 그렇게 하지 않았다. 그렇다면 그의 말에는 얼마간의 진실이 있으리라. 곤경에 처한 것도 아마 사실일 것이다.

"잘 자, 티나샤."

"…잘 자요."

누군가와 그런 인사를 나누는 것은 처음이다.

익숙하지 않은 자신의 이름. 속삭이는 목소리를 티나샤는 기분 좋게 느낀다.

그렇게 소녀는 불가사의한 충족감 속에 눈을 감았다.

※

다음날 아침, 오스카가 깨우는 바람에 일어난 티나샤는 잠에 취한 눈으로 주방으로 가서 남자와 자신이 먹을 2인분의 아침식사를 준비했다. 아무도 없는 넓은 식당에서 테이블 위에 접시를 늘어놓는 소녀를 보고, 오스카는 고개를 갸웃했다.

"여왕 후보가 이런 일까지 해?"

"요즘 정세가 심상치 않아서요…. 암살당할 가능성이 있어서, 일상생활과 관련된 일은 거의 직접 하고 있어요. 하지만 원래도 교사 말고는 거의 만난 적이 없어요."

"엄청난 생활이군."

오스카는 그녀가 끓여준 차를 마시면서 탄식했다.

그 자신도 공부와 수행에 매진하는 다망한 소년 시절을 보냈지만, 이렇게 고독한 생활을 한 적은 없다. 언제나 누군가가 곁에 있으면서 말을 건네준 것이다.

그에 비해, 같은 차기 국왕인 그녀의 주위는 무음이다. 오스카는 마주앉은 소녀를 응시했다.

"외롭지 않아?"

"네? 조금 외롭지만, 원래 그런 거 아닌가요?"

의아한 듯이 되묻는 소녀에게 오스카는 대답할 말이 없었다.

과거와 똑같은 질문. 똑같은 대답.

그렇지 않다고 말하고 싶었다.

하지만 그가 정말로 그녀를 만나기까지는 앞으로 사백 년이 걸리는 것이다.

얼굴빛이 흐려진 남자에게, 티나샤는 황급히 손을 저어 보였다.

"괜찮아요. 지금은 혼자지만 혼자가 아니고, 나에겐 이 나라가 있으니까요. 국민을 지키고, 위에 서기 위해서는 공부를 해야죠. 나중에 곤란해지고 싶지 않으니까 노력할 거예요."

방긋 웃는 그녀를 보자 가슴이 아파온다.

오스카는 어젯밤부터 줄곧 생각하고 있던 것을 확인하기 위해 입을 열었다.

"네 다음 생일까지 앞으로 얼마나 남았어?"

"다음 생일? 반년 정도요…."

그 대답에 오스카는 아침을 먹으면서 생각한다.

그녀가 마녀가 된 것은 열세 살 때의 일이다. 즉, 앞으로 반년 안에 결정적인 비극이 일어난다.

"이게 꿈이 아닐 경우의… 이야기지만."

조그맣게 중얼거린 말은 소녀에게는 들리지 않은 것 같았다. 남자의 가슴에 불가사의한 고양감과 불안감이 차오른다.

—만약 그녀를 비극으로부터 구할 수 있다면 어떻게 될까.

그녀는 마녀가 되지 않는다. 그리고 아마… 자신과도 만날 수 없다.

하지만 만약 자신이 이 시대에 남는다고 한다면—.

거기까지 생각하다가 오스카는 쓴웃음을 지었다.

무리가 있는 생각이다. 그에게도 지켜야 할 국민이 있다. 그리고 사백 년 후의 그녀도 있는 것이다. 지금쯤 아마 걱정하고 있을 것이다. 돌아가면 폭풍 잔소리가 쏟아질지도 모른다.

쓴웃음을 짓는 남자에게, 예의바르게 조식을 먹고 있던 티나샤가 물었다.

"…그래서 어쩌다 과거로 날아온 거예요? 무슨 일이 있었어요?"

"아아…."

자신의 생각에 빠져 있던 오스카는 고개를 들었다. 탑에서 있었던 일을 떠올린다.

"마법구를 정리하고 있었어. 그러다 이런 구슬이 나와서…. 파란색이고 표면에 문양이 새겨져 있는데, 그게 갑자기 빛나기 시작하더니, 정신을 차려보니까 이 시대였어."

"그런 마법구는 난 몰라요."

"난 어디선가 본 적이 있어."

"그럼 기억을 떠올려보세요."

"노력은 하고 있어."

오스카는 눈을 감았다. 분명히 본 기억이 있는 것이다. 하지만 도저히 생각이 나지 않는다.

기억을 떠올리지 못한 채, 두 사람은 함께 뒷정리를 하고 방으로 돌아왔다.

티나샤는 벽면의 책꽂이에서 오래된 큰 책을 여러 권 꺼내와 책상 위에 늘어놓았다.

그리고 의자에 앉아 권말의 색인을 넘기기 시작한다. 그 작업에 몰두하던 소녀는 문득 생각난 것처럼 창가에 선 남자에게 질문을 던졌다.

"당신의 그 검은 뭐예요?"

"이거? 이건 마법이 안 통하는 검이야."

짧게 설명해주자, 티나샤는 미간에 주름을 잡았다.

"그런 검은 세상에 하나밖에 없어요. 파르사스의 아카시아예요."

"그거 맞아."

"네…? 당신은 그럼 파르사스 왕족인가요?"

"응."

"……."

소녀는 형용하기 힘든 표정으로 두세 번 고개를 젓고는 다시 책에 집중한다. 지금 그 이야기로 신빙성이 더 없어졌을지도 모른다. 하지만 여기서 거짓말로 무마해도, 무슨 일이 생기면 괜히 더 의심만 사게 될 뿐이다.

오스카는 왕검의 자루를 흘끔 쳐다본다. 그때 갑자기 과거의 기억이 뇌리를 스쳤다.

"…아!"

"왜요?"

"생각났어. 파르사스의 보물고에서 봤어. 빨간색이었지만…."

성에 잠입해 마수를 부른 소녀가, 보물고에서 가져가려고 했던 게 그 마법구슬이었던 것이다. 색상은 다르지만, 크기와 문양으로 봤을 때 틀림없다.

그렇게 납득하다가, 오스카는 갑자기 두통을 느꼈다.

—아직 뭔가를 잊고 있다….

그 기억을 탐색하려 했을 때, 소녀의 목소리가 울렸다.

"그럼 파르사스에 가볼래요?"

"…아니, 어머니의 유품이라고 하니까, 아직 이 시대에는 파르사스에 없어."

"어머니가 돌아가셨어요?"

"내가 어렸을 때."

"그랬구나…."

소녀는 자신의 경솔함을 후회하는 것처럼 눈에 띄게 풀이 죽어버렸다. 오스카는 그녀 옆으로 다가가 조그만 머리를 가볍게 토닥거렸다.

"신경 쓰지 마. 기억도 없으니까."

"네…, 미안해요."

솔직한 말이 귀여워서, 오스카는 저도 모르게 미소 지었다.

하지만 그건 그렇고, 조사의 실마리를 찾은 것은 매우 중요하다. 그는 색이 다른 두 개의 구슬을 떠올린다.

"그래, 파르사스에는 없어. 색도 다르고…. 탑의 그 구슬은 어디서 온 거지…?"

소녀가 의아한 표정으로 고개를 갸웃한다. 그 얼굴에 더 어른인, 그의 아내의 얼굴이 겹쳐 보였다. 오스카는 기억 속의 탑 내부를 돌아본다.

—그 상자는 마법구더미 위에 놓여 있었다. 그렇다면 탑에 들어온 시

기가 비교적 최근이라는 뜻이다. 그리고 그녀가 많은 마법구를 탑으로 옮겨온 것은—.

"…투르다르의 보물고인가?"

그를 올려다보고 있던 소녀의 눈이 동그래진다. 하지만 금세 화난 표정으로 바뀌었다.

"안 돼요. 왕의 허가가 없으면 들어갈 수 없어요. 그리고 그렇게까지 당신을 신용하진 않아요."

"그래, 미안해."

그것은 어쩔 수 없는 일이다. 지금 여기서 보물고에 들여보내달라고 해도, 절도를 목적으로 거짓말하는 것으로 의심받을 뿐이다. 그녀의 신뢰를 더 얻지 않는 한 투르다르의 내부에는 발을 들일 수 없는 것이다.

오스카는 어린 소녀의 머리를 쓰다듬었다.

"예전에도 신뢰를 얻기까지 시간이 많이 걸렸었지…."

"무슨 말이에요?"

"아무것도 아니야."

그가 미소 짓자, 티나샤는 의아한 표정을 보이면서도 다시 책으로 눈길을 향했다.

그리고 그녀가 그 책들을 전부 살펴보는 데는, 그로부터 세 시간이 걸렸다.

"어, 없어…."

"미안해."

소녀는 활자를 너무 많이 본 탓에 눈이 피곤한 것 같았다. 눈 밑을 누르면서 일어나더니 침대에 털썩 누워버렸다. 오스카는 그 옆에 앉는다.

티나샤는 잠시 팔로 눈을 가리고 있었지만, 곧 숨을 토하고 손을 치웠다. 남자의 가슴을 가리킨다.

"그건 뭐예요?"

"뭐가?"

"당신의 체내에 굉장히 복잡한 저주와 축복이 뒤엉켜 있어요. 서로 상쇄돼서 효과는 거의 없는 것 같지만…."

"아아, 이게 보여?"

"네."

오스카는 자신의 가슴팍을 내려다봤지만, 그는 아무것도 느낄 수 없다.

뒤엉킨 두 개 중 하나는 그의 인생을 결정지은 마녀에 의한 것이고, 다른 하나는 그의 아내가 걸어놓은 것이다. 확실히 그녀는, '정확히 말하면 해주한 게 아니다'라고 말했었다.

그는 쓴웃음을 짓고 자신의 가슴을 툭툭 쳤다.

"어릴 때 너무 강한 축복을 받아서, 상쇄하기 위해 저주를 걸어둔 거야."

"굉장해요. 둘 다 한 번도 본 적 없을 만큼 대단한 기술이에요. 나중에 피를 좀 얻을 수 있을까요? 조금 해석해 보고 싶어요."

"상관은 없지만, 그런 게 재미있어?"

"연구는 좋아하는 편이고, 뭐든 해두면 좋죠."

고개를 끄덕인 오스카는 불현듯 어떤 걸 떠올리고 손뼉을 탁 쳤다. 티나샤의 눈이 동그래진다.

"왜요?"

"검을 다뤄본 적 있어?"

"없어요."

"그럼 가르쳐줄게. 밖으로 나와."

"네에에에?"

티나샤는 깜짝 놀라 외마디를 지르면서 몸을 일으켰다.

"난 몸을 쓴 적은 없어요…. 그냥 산책 정도만…."

"전형적인 마법사로군. 하지만 왕족은 그러면 안 돼. 멀거니 서 있기만 하는 마법사는 절호의 먹잇감이야."

"그, 그런가요?"

처음 듣는 이야기인 듯, 당황하는 소녀를 보고 오스카는 씩 웃었다.

"나중에 반드시 도움이 될 거야. 배워둬."

원래대로라면 티나샤가 검술을 익히는 것은 마녀가 된 뒤의 일이다.

하지만 그걸 앞당겨서 나쁠 건 절대로 없다.

티나샤는 그를 빤히 올려다본다. 그리고 마지못해 고개를 끄덕였다.

"알았어요. 어떻게 하면 돼요?"

"연습용 검이 필요해. 구할 수 있어?"

"그건 걱정 없어요. 부탁하면 대부분 다 갖다 주니까요."

소녀는 선뜻 고개를 끄덕이지만, 그것은 그녀가 차기 왕 후보이면서 방치되어 있다는 반증이기도 하다.

고독하게 살아가는 소녀에게 외부 사람은 관여하지 않는다. 물건만이 주어진다. 그것은 그녀의 일그러진 생활을 상징하는 것 같아서, 오스카는 씁쓸한 얼굴이 되었다.

티나샤는 그의 그런 표정을 보고 당황하며 손을 저었다.

"괜찮아요, 난 이게 더 편해요. 그리고 당신에게는 오히려 좋은 상황이잖아요?"

"내가 중요한 게 아니잖아. 아무튼 난 너에게 관여할 거야."

"…네, 고마워요."

그렇게 말하고, 소녀는 수줍게 기뻐했다.

티나샤의 호출을 받은 이궁 소속의 여관은 의아하게 생각하면서도 지시대로 연습용 검을 두 자루 가져왔다. 어제부터 이 소녀는 남자 옷을 원하는 등 수상하게 굴고 있지만, 여기서는 그녀가 하는 일에는 간섭하지 않는 게 불문율이다.

소녀는 감사 인사를 하고 그것을 받아든 후, 그녀치고는 드물게, 묘하게 즐거운 얼굴로 복도를 달려갔다.

※

"오스카, 그러고 보니까 전에 재미있는 이야기를 들은 적이 있어요."

마녀가 그런 이야기를 그에게 한 것은, 결혼 후의 침실에서였다.

안개비가 내리는 밤이었다. 창밖은 어둡고, 파도소리와 비슷한 소리가 들려오고 있었다.

침대에서 무릎을 끌어안고 있는 왕비는 숨이 막힐 정도로 아름다웠다.

그녀의 보기 드문 미모는 모두가 인정하는 바지만, 왕비가 된 후로 아름다움이 더욱 활짝 피어난 느낌이다. 하지만 그것은 남편인 오스카의 감상이고, 다른 사람들은 불경한 말을 입에 담을 수 없기에, 그에게만 그렇게 보이는 걸지도 모른다.

그녀 옆에 엎드려 있는 오스카는, 하얀 나신을 덮은 머리카락을 손가락으로 잡아당긴다.

"재미있는 이야기? 어떤 이야기인데?"

"미네다트 요새 부근의 마을에 전해 내려오는 이야기예요."

그렇게 말하고 그녀가 들려준 것은, 예전에 습격에 의해 사라진 마을에 전해 내려오는 이백 년쯤 전의 이야기였다.

"기마민족의 약탈…. 이건 아마 이토겠죠. 그들로부터 마을 여성을 지킨 검객은 실은 그녀의 아들이었대요."

"아들? 몇 살이었는데?"

"아, 아뇨, 미안해요. 설명이 부족했네요. 마을에 나타난 검객은 그 여성과 비슷한 나이였어요. 다시 말해, 그 검객은 미래에서 시간을 거슬러, 이토에게 납치될 운명이었던 과거의 어머니를 구했다는 이야기예요. 그는 그녀와 이토 사이에 태어난 아들이에요."

"…흐음."

그것은 확실히 재미있는 이야기다. 흥미를 보이는 그에게, 티나샤는 웃으며 덧붙였다.

"하지만 과거로 돌아가는 법칙이 마법에 존재하지 않는다는 건, 전에도 말했었죠. 그러니까 아마 지어낸 이야기일 거예요. 하지만 재미있다고 생각했어요. 조금 슬픈 이야기이기도 하고요."

"왜 슬퍼?"

내용은 그저 불가사의한 무용담으로 들릴 뿐이다.

그런 남편의 감상에, 마녀는 흑요석 같은 눈을 가늘게 뜨고 미소 지었다.

"납치될 운명이었던 어머니를 구하면, 미래의 그는 태어날 수 없게 되잖아요. 하지만 그는— 그걸 알면서 그녀를 구한 거예요."

※

오스카가 투르다르의 이궁에 나타난 후로 이주일.

그 시간은 눈 깜짝할 사이에 흘러갔고, 서로에게 불가사의한 생활이었다.

소녀는 남자가 부탁한 것을 조사하고, 연구하고, 검을 배운다.

오스카는 그녀에게 검 스승이었지만, 그 이외의 분야에서도 좋은 교사였다. 대륙의 역사와 지리, 정무와 법학 등, 왕족으로서 나라를 다스리는 데 있어 그는 충분하고도 남을 정도의 지식을 가지고 있었다. 강력한 마법사인 게 최고인 투르다르의 왕족보다 훨씬 실제 집무에 정통한 그는, 티나샤에게 있어서는 마법사보다도 더 마법사 같은 존재였다.

"오스카는 파르사스에서 무슨 일을 하고 있었어요? 왕검을 가졌다면 직계 왕족인 거죠?"

"글쎄, 뭘 했을까?"

그러면서 소녀의 머리를 토닥이는 것은 일상의 일이다.

그리고 그는 소녀를 다정한 눈으로 지켜보면서, 종종 생각에 잠겨 있는 것 같았다.

교사와 제자도 아니고, 가족도 아니고, 연인 사이도 아니다.

다만 확실하게 따뜻한 관계에, 소녀는 애착을 느끼기 시작하고 있었다.

"이 드래곤은 사람을 잘 따르네요."

정원에서 검 연습을 하다가, 머리 위에 앉은 나크를 쓰다듬으면서 티나샤는 웃었다. 맞은편에서 남자가 검을 내리고 쓴웃음을 짓는다.

"사람에게 익숙하진 않아. 너를 알아본 거겠지. 원래 네가 준 드래곤이니까."

"그래요?"

"응."

티나샤는 고개를 갸웃했다.

—이 남자와 미래의 자신이 결혼한다는 이야기는 도저히 믿을 수 없다.

다 떠나서 일단 사백 년의 시차가 있는 것이다. 결혼 이야기도 아마 자신을 놀리기 위한 거짓말이리라.

그래도 그가, 자신이 모르는 자신에 대해 이야기하면 조금 궁금해진다. 티나샤는 망설이다가 오스카를 올려다보고 살짝 물었다.

"미래의 나는 어때요?"

"멋진 여자야. 둘도 없을 만큼."

"그게 뭐예요…."

티나샤는 고개를 돌렸다. 어쩐지 쑥스러운 기분이 들었던 것이다.

그녀는 무언가를 기대하다가, 하지만 그것이 무엇인지 자각하기 전에 지워버린다. 티나샤는 미소가 감돌 것 같은 얼굴을 꾹 참고 뾰로통한 표정을 지었다.

"결혼한다는 건 순 거짓말인 주제에."

"그래, 거짓말 같기는 하지. 하지만"

오스카는 가까이 다가와 소녀의 허리 왼쪽을 콕 찔렀다.

"여기에 점이 있는 것도 알아."

그가 건드린 곳에 눈길을 향한 티나샤는 깜짝 놀라 저도 모르게 얼굴이 빨개졌다.

"언제 봤어요?!"

"아니, 그렇게 물으면…. 결혼했으니까 어쩔 수 없잖아."

"여, 영문을 모르겠어…."

"너무 깊이 생각하지 마."

빙그레 웃는 오스카의 말에, 사고의 미궁에 빠질 뻔했던 티나샤는 고개를 가볍게 흔들었다.

그때, 누군가의 발소리가 다가온다. 소녀는 짧게 주문을 외워 남자에게 걸어둔 불가시 마법을 강화했다.

곧이어 나타난 사람은 이궁 소속의 여관 중 한 명이다. 여자는 티나샤의 연습복을 보고 순간 황당해하는 눈치였지만, 곧 겉으로는 예의바르게 인사했다.

"아이티 님, 이런 곳에 계셨군요."

"무슨 일이에요?"

"라나크 님이 곧 오신다고 합니다. 방으로 돌아가주세요."

"라나크가?! 금방 갈게요."

들뜬 목소리로 말하는 소녀를 보고 오스카는 얼굴을 찡그렸다. 여관이 총총히 사라져버리자, 그는 씁쓸한 얼굴로 물었다.

"라나크가 온다고?"

"그를 알아요? 최근엔 바쁜 모양이지만, 자주 만나러 와줘요"

천진난만하게 기뻐하는 티나샤와 달리 남자는 굳은 표정이다. 그는 소녀에게 경고했다.

"조심해. 무슨 일 있으면 불러."

"무슨 일이란 게 뭔데요?"

오스카는 대답하지 않았다. 단정한 얼굴에서 표정을 지운 남자는 나크를 받아들고, 정원에 놓인 커다란 돌 위에 앉아버린다.

티나샤는 고개를 갸우뚱하면서도, 채비를 위해 서둘러 방으로 돌아갔다.

방으로 돌아온 그녀는 손을 닦고 옷을 갈아입고 머리를 빗는다.

그렇게 몸단장을 마치는 것과 거의 동시에 라나크가 도착했다.

흰색의 긴 머리카락을 뒤로 묶은 라나크는 소녀로 착각할 만큼 선이 고운 청년이다. 그는 티나샤를 보고 희미하게 미소 지었다.

"오랜만이야, 아이티. 잘 있었어?"

"응, 라나크도?"

—오랜만이라 무슨 말을 해야 좋을지 알 수 없다.

티나샤는 긴장 반, 부끄러움 반으로 그저 생글생글 웃으며 그를 응시했다. 라나크는 그런 그녀에게 천을 바른 납작한 상자를 내밀었다.

"자, 이거 받아."

"뭐야?"

소녀는 상자를 받아들고 열어보았다. 안에는 아름다운 은세공 목걸이가 들어 있었다. 장인이 심혈을 기울여 만들었을 아름다운 세공품을 티나샤는 넋을 잃고 바라보았다.

"너를 위해 제작하게 한 거야."

"고마워…."

소녀는 조심스럽게 목걸이를 꺼냈다. 장식 부분을 뒤집어보니 그녀의 이름이 새겨져 있다. 티나샤는 환하게 미소 지으며 직접 그것을 착용했다.

라나크는 고개를 살짝 기울여 소녀를 보았다.

"잘 어울려."

"기뻐."

티나샤는 수줍어하면서, 라나크의 눈을 똑바로 바라보았다.

—그렇다. 자신에게는 그가 있는 것이다. 그런데 다른 남자와 결혼할 리 없다.

오스카의 말은 아마 세상물정 모르는 그녀에게 던진 농담이리라. 그렇다고 화낼 생각은 없지만, 노골적인 거짓말을 하마터면 믿어버릴 뻔했다.

티나샤는 깊이 숨을 토하고 마음속의 미혹을 털어냈다. 그래도 일말의 아쉬움이 가슴속에 가라앉는 것을 그녀는 애써 무시했다.

완전히 안심한, 어린아이 같은 눈으로 라나크를 보는 소녀에게, 라나크는 가까이 다가갔다.

그는 하얀 볼에 손을 대고, 이마에 입맞춤한다. 티나샤는 간지러운 듯이 미소 지으면서 눈을 감았다.

라나크는 볼에 댄 손을, 목걸이를 한 소녀의 하얀 목으로 미끄러뜨린다.

부러질 듯 가는 목을 쓰다듬는 라나크의 손은— 아무 감정도 없는 차가운 것이다.

하지만 티나샤는 눈을 감고 있어서 그것을 알지 못한다.

"…아이티."

"응?"

소녀가 눈을 뜨고 그를 보자, 라나크는 쓴웃음을 지었다.

"아무것도 아니야."

"그래?"

"방금 왔지만 오늘은 그만 가봐야 돼."

"응…."

티나샤는 어깨를 조금 떨구었다. 정세가 불안정해진 뒤로, 그가 옛날처럼 그녀와 놀아주는 일은 없어졌다.

하지만 그건 어쩔 수 없는 일이다. 공부에만 시간을 쏟을 수 있는 자신과 달리, 왕이 병상에 있는 지금, 현 국왕의 아들인 라나크는 여러 가지로 할 일이 많을 것이다. 그런 그에게 언제까지나 어린 '여동생'으로서 응석을 부릴 수는 없다. 언젠가는 그의 비가 되어야 하는 것이다.

방을 나가려고 하는 라나크를 티나샤가 배웅한다.

하지만 그가 문에 손을 가져갔을 때, 티나샤는 어떤 것을 떠올렸다.

"아…! 라나크, 잠깐만."

"왜?"

"있잖아…, 보물고에 들어가고 싶은데…."

머뭇거리며 꺼낸 소녀의 당돌한 부탁에, 라나크는 몸을 돌려 돌아보았다. 의아한 표정으로 그녀를 쳐다본다.

"또, 왜?"

"지금 마법구에 관해 공부하는 중인데…, 조사 중인 마법구가 보물고에 있을지도 몰라. 찾아보고 싶어…."

"알았어. 아바마마께 부탁드려볼게."

"고마워!"

이제 오스카의 기억이 맞는지 확인할 수 있다. 티나샤는 안심하고 미소를 지었다.

라나크는 그런 그녀에게 쓴웃음을 보이고 방을 나갔다.

"…다행이다."

짧은 시간의 만남이었지만, 좋은 일만 있었다.

티나샤는 거울 속의 자신을 바라본다. 은 목걸이는 어린 자신에게는 어울리지 않지만, 그래도 기쁜 건 기쁘다. 조금 발돋움한 느낌이다.

—오스카가 아는 미래의 자신은 이 목걸이가 어울리는 어른이 되어 있을까.

지금보다 키가 커진 자신이 그의 옆에 서 있는 모습을 상상하려다,

티나샤는 얼른 그 생각을 지웠다.

"아냐, 아냐…. 난 투르다르 사람인걸."

그가 가진 검이 정말로 아카시아라면, 상대는 파르사스 왕족이다. 투르다르에 일생을 바칠 자신이 타국으로 시집가는 일은 있을 수 없다.

아니면— 앞으로 투르다르에 무슨 일이 발생해, 그와 정략결혼을 하는 미래가 기다리는 걸까.

가능성도 없는 몇 가지 상상을 티나샤는 해 본다. 하지만 그것도 '사백 년 후'라는 그의 말을 떠올렸을 때, 불가해함에 사라져버렸다. 소녀는 홍조 띤 볼을 뾰로통하게 부풀렸다.

"이제… 생각하지 말자, 생각하지 말자."

"—뭘 생각 안 해?"

갑작스러운 목소리에 티나샤는 소스라치게 놀랐다.

돌아보자, 어느새 문 옆에 오스카가 서 있었다.

"까, 깜짝이야…. 발소리도 없이…."

"아, 미안. 네가 맨날 불평했는데도—."

오스카는 거기서 갑자기 말을 멈췄다. 밝은 밤하늘색의 눈이 뭔가를 깨달은 것처럼 그녀를 주시했다. 티나샤는 강렬한 시선에 뒷걸음질 치다가— 그가 보고 있는 게 무엇인지 깨닫는다.

"이 목걸이…? 라나크가 준 거예요."

그 말을 들은 그의 안색이 확 변했다. 처음 보는 험악한 얼굴이다.

"빼."

"네? 왜, 왜요?"

갑작스러운 명령에 티나샤는 눈이 동그래졌다. 왜 갑자기 그런 말을 하는 걸까.

하지만 남자는 정색한 표정으로 다시 말한다.

"일단 빼. 다시는 착용하지 마."

"다시는 착용하지 말라니…. 이건 라나크가 준 거예요."

"그 남자를 신용하지 마."

"네…?"

그 말의 의미를 알 수 없다. 티나샤는 그의 말을 곱씹는다.

—기뻐해줄 거라 생각했다.

이제 보물고에 들어갈 수 있다. 드디어 그에게 도움이 될 수 있다고 생각했다.

그래서 라나크에게 무리한 부탁까지 했는데…. 하지만 돌아온 것은 예상 밖의 반응이다.

"…라나크에 대해 당신은 하나도 모르잖아요…."

사람이 가진 가장 오래된 기억이란 언제의 것일까.

적어도 티나샤에게 그것은, 그녀에게 손을 내밀고 있는 라나크의 웃는 얼굴이다.

난처한 듯이, 하지만 기쁜 듯이, 그녀를 안아주려고 하는 어린아이의 손.

그 손만이 지금까지 줄곧 외톨이였던 그녀에게 의지처가 되어주었다.

아무것도 모르는 그녀를, 앞으로 나아갈 수 있게 이끌어준 것이다.

"그는 나에게 단 하나뿐인 가족이에요."

시야가 분노로 붉게 물들어가는 기분이다. 입술을 떨면서 소녀는 그 자리에 서 있었다.

지금까지 화를 낸 일은 거의 기억에 없다. 숨쉬기가 힘들다. 쓰러질 것만 같다.

소녀는 가벼운 현기증을 느끼고 주먹을 꽉 움켜쥔다.

하지만 그러면 알아줄 줄 알았는데, 돌아온 것은 비정한 말이었다.

"안 돼. 그 녀석은 너를 상처 입혀."

"무슨…."

처음 보는 오스카의 싸늘한 눈빛. 단언한 그 말은 받아들이기 힘든 것이다.

"당신이 뭘 안다고!"

메마른 목소리는, 자신의 것이 아닌 것 같았다.

목구멍 안이 뜨겁다. 다리가 후들거린다. 열기는 이내 격정으로 바뀌었다.

"나에 대해 아무것도 모르는 주제에… 함부로 말하지 말아요!"

부르짖은 말은, 그 말을 해버린 티나샤 자신도 놀라게 만들었지만, 이미 그녀의 의지로는 멈출 수 없었다. 밀려드는 탁류에 둑이 무너지듯이, 소녀는 흑발을 쥐어뜯으며 외친다.

"라나크만이 내 곁에 있어줬어요! 그 사람만이 나를 봐줬어요! 달리 아무도 없어! 그가 없으면— 난 정말로 혼자인데!"

어린아이처럼 악을 쓰는 게 몇 년만일까.

무슨 말을 하고 싶은지 스스로도 알 수 없다. 울고 싶지 않은데 눈물이 뚝뚝 흘러 떨어진다.

멈추지도 못하고, 울고불고 악을 쓰고— 하지만 남자가 갑자기 그녀를 끌어안았다.

자신을 힘껏 안아주는 남자의 팔을, 티나샤는 주먹으로 마구 때렸다.

"놔! 바보!"

하지만 아무리 때려도 오스카는 팔을 풀지 않았다. 꿈쩍하지 않는 그의 몸을 마구 때리면서 티나샤는 자신과 세상을 향해 욕을 퍼붓는다.

"호, 혼자가 괜찮을 리 없잖아! 하지만 누군가는 해야 하는 일이니까! 그래서 지금까지 참아왔는데! 어른이 되면 괜찮아질 거라고 생각하고—."

아무도 없는 이궁은 너무 넓었다.

고개 돌려 아무도 없는 복도를 바라볼 때마다, 아무데도 기댈 곳이 없는 기분이었다. 하지만 자신은 그런 약한 소리를 해서는 안 된다. 혜택 받은 존재니까. 왕족이 그런 걸로 고민한다면 국민을 구할 수 없다.

알고 있는 것이다. 혼자는 싫다고 말해서는 안 된다는 것을.

"바보 같아…! 나라고 뭐든지 다 괜찮은 건 아니야! 아빠랑 엄마도 보고 싶었어! 하루만이라도 좋으니까 평범한 아이가 되고 싶었어! 시, 실은 지금까지 줄곧—."

온 가족이 둘러앉은 식탁을 동경했었다. 아빠 손을 잡고 엄마 옆에서 잘 수 있는 아이들이 부러웠다.

작은 온기라도 좋았다. 그걸 조금이라도 느낄 수 있으면, 다시 또 혼자서 살아갈 수 있을 것이다.

"…흑, 아아…."

감정이 격앙되어 말이 나오지 않는다.

너무 커서 토해낼 수도 없는 그것 대신 흘러나온 것은 그저 뜨거운 오열이다.

티나샤는 큰 소리로 엉엉 울었다.

뭐가 그리 슬픈지, 아니면 괴로운지 알 수 없다.

그래도 흘러 떨어지는 뜨거운 눈물만이 그녀의 볼과, 그녀를 안은 남자의 가슴을 하염없이 적셔갔다.

오스카의 손이 그녀의 머리를 살며시 쓰다듬는다.

"괜찮아, 티나샤. 너는 나중에 혼자가 아니게 돼. 그건 내가 보장해. 너는 반드시 나에게 도달해서 행복해질 수 있어."

티나샤는 대답하지 않았다. 눈물도 멈추지 않는다.

하지만 그 말이 지금 이 순간만은 정말처럼 느껴져서, 그녀는 잠에 빠져들듯이 조그맣게 고개를 끄덕이고 열기를 띤 눈을 감았다.

울다 지쳐 잠들어버린 소녀를 침대에 눕히고, 오스카는 그 옆에 앉아 한숨을 내쉬었다.

도저히 견디기 힘들다. 답답하고 안타까울 뿐이다. 언젠가 그녀의 고독을 메워줄 수 있다 해도, 그것은 십 년, 이십 년이 아니다. 사백 년이나 뒤의 이야기인 것이다. 그 까마득함을 생각하고 오스카는 고개를 떨군다.

게다가 그에게는 줄곧 마음에 걸리는 일이 있었다.

즉, 이것이 현실이라면— '지금'은 '언제'에 해당하는 걸까.

원래의 시대에서는 모두가 걱정하며 그가 돌아오기를 기다리고 있을까.

하지만 티나샤가 소녀시절에 자신을 만나, 원래의 과거는 이미 달라져버렸다. '지금'이 시간을 쌓아갔을 때, 자신이 태어나는 세계에 도달하게 될까. 아니면 갈라져서 비슷한 다른 세계에 도달하게 될까. 그것은 중요한 문제라고 생각한다.

"…티나샤."

입에서 흘러나온 이름은, 옆에서 잠든 소녀가 아니라 그의 아내의 것이다.

왕비가 된 그녀가 해준 이야기 중 하나, 미네다트 요새 부근의 마을에 전해 내려오는 옛날이야기 중에 비슷한 이야기가 있었다. 그때 티나샤는 '있을 수 없는 이야기'라며 웃었지만, 있을 수 없는 일은 이미 일어나버렸다. 그렇다면 그 이야기는—.

오스카는 핏기가 약간 가신 얼굴로, 옆에서 잠든 소녀의 얼굴을 응시했다.

"외롭지 않을 리 없다…라."

그것은 당연한 일이다. 오스카 자신도, 그의 마녀를 처음 알았을 때 그렇게 생각했으니까.

입을 열면 한숨이 흘러나올 것 같아서 그는 침묵을 지킨다.

창밖의 달은 아직 하얗게 빛나고 있었다.

아침에 약한 티나샤는 소녀 때도 그것은 마찬가지였다.

다음날 눈을 뜬 티나샤는, 한동안 침대에 멍하니 앉아 있었다. 부기가 남은 눈이 벽 쪽의 장의자에 앉은 오스카를 돌아본다.

그가 어떻게 반응할지 망설이는 사이, 티나샤가 불쑥 중얼거렸다.

"…미안해요."

멋쩍은 듯이, 그 이상으로 불안한 듯이 그를 바라보는 눈빛은 아내의 그것과 같다. 그리운 마음에 오스카는 저도 모르게 미소를 지었다.

"괜찮아. 내 말투도 문제였어. 네가 노력하고 있다는 건 알아."

나이보다 훨씬 티나샤는 노력하고 있다. 그것은 그녀가 가진 힘의 강대함에 걸맞은 것이겠지만, 그녀 자신은 아직 열세 살의 소녀다. 오스카는 몸을 일으켜 침대 쪽으로 다가갔다. 소녀의 볼에 남은 눈물자국을 닦아준다.

"잠깐 놀러 나가지 않을래? 밖에 데려가줄게."

며칠 전부터 생각은 하고 있었던 것이다. 이궁을 떠난 적이 없는 티나샤가 전이좌표를 몰라도, 나크가 있으면 밖에 나갔다가 돌아올 수 있다. 마을에 나가면 기분전환도 되고… 어쩌면 양친을 만나게 해줄 수 있을지도 모른다.

그 말을 듣고, 순간 티나샤의 커다란 눈이 더욱 커다래졌다. 검은 눈동자에 기대 미만의 감정이 넘실거린다.

하지만 그녀는 이내 그 눈을 감고 미소 지었다.

"고마워…요. 하지만 괜찮아요. 괜히 나갔다가 들키면 큰일이니까요."

"나도 맨날 들켜서 혼났었어."

사실을 말하자, 소녀는 농담이라고 생각했는지 소리 내어 웃는다. 그녀는 침대 위를 엉금엉금 기어, 오스카 옆에 다리를 내리고 앉았다.

"지금이 충분히 즐거우니까 괜찮아요."

"그래?"

"당신의 이야기를 들을 수 있고, 당신이 내 이야기를 들어주니까요, 이건 굉장한 행운이잖아요."

소녀의 미소에는 구김살이 없다. 오스카는 주의 깊게 그녀의 눈을 응시했지만, 괜찮은 척하는 허세가 아니라 정말로 그렇게 생각하는 것 같았다.

"너무 과대평가해주니까 어쩐지 낯간지러운걸."

"그치만 보통은 없잖아요. 자칭 남편이 만나러 오는 일은."

"자칭…."

새삼 듣고 보니 뼈를 때리는 말이지만, 사실은 사실이다. 티나샤는 드물게 의기소침해진 그의 얼굴을 보고 소리 내어 웃었다. 지금까지 쌓인 것들을 토해내고 조금은 편해진 걸지도 모른다. 그녀는 가냘픈 두 무릎을 끌어안았다.

"그보다, 미래 이야기를 해주세요. 원래는 내가 당신보다 연상이죠?"

"어째서 그렇게 생각해?"

그녀에게는 미래에 결혼한다고 말했지만, 그녀가 마녀가 된 것은 말하지 않고 덮어두었다. 그러니까 자신들의 나이 차는 모를 것이다.

하지만 그의 반응에, 티나샤는 후후 미소 지었다.

"왜냐면 당신이 '그 마법구는 어머니의 유품이니까, 이 시대에는 아직 파르사스에 없다'고 말했잖아요. 그 말은 즉, 당신은 아직 태어나지 않았다는 뜻 아닌가요?"

"…아아, 그렇군."

"봐요, 내가 연상 맞죠?"

장난스럽게 웃는 티나샤의 모습에 오스카는 쓴웃음을 지었다.

"연상 같은 느낌은 거의 없었지만, 그래 뭐, 맞아."

"하지만 사백 년 후라니, 혹시 투르다르 사람들이 굉장히 장수하게 되는 건가요? 앞으로 마법기술에 혁신이 일어나나요?"

"그건 비밀."

"쳇, 뭐예요. 하지만 미래의 일을 너무 많이 알면 좋을 게 없긴 하죠."

그렇게 납득한 소녀는, 하지만 곧 소녀다운 호기심에 두 눈을 반짝거린다.

"어디서 만났어요? 처음 만났을 때 어떻게 생각했어요?"

"너…."

마치 소문 이야기에 흥미를 보이는 루크레치아 같은 느낌이다. 하지만 소녀에게는 다름 아닌 자신의 미래 일이니까 궁금해 견딜 수 없는 것이리라. 오스카는 쓴웃음을 지으며 마녀의 탑에서 있었던 일을 떠올렸다.

“난 나에게 걸린 저주를 풀기 위해 너를 만나러 갔어. 하지만 상상하던 모습과 달리 너는 굉장히 아름다웠지. 지독하게 아름다울 뿐인… 평범한 소녀처럼 보였어.”

그리운 기억. 지금 이 시대에는 없는 탑에는, 소중한 추억만이 있다.

그의 이야기를 흥미진진하게 듣는 티나샤는 새로운 보물을 발견한 새끼고양이 같다. 커다란 검은 눈동자가 오스카를 빤히 응시한다.

“그래서요? 금방 결혼했어요?”

“…모든 걸 다 밝힐 순 없어. 수도 없이 청혼을 거절당했으니까.”

“그게 뭐야. 이상해요.”

킥킥 웃는 티나샤에게는 아마 현실감이 전혀 없는 이야기이리라.

—그러니까 이 말을 입에 담는 것은 분명 도박이다.

“파르사스력으로 527년.”

“네? 그게 뭐야. 갑자기 무슨 말이에요?”

“그게 우리가 결혼한 해야. 약 사백 년 후.”

너무 까마득한 미래라고 생각할 것이다. 그래도 어느 순간, 그녀를 지탱해주는 하나의 단편이 되어주기를 바랄 뿐이다.

그래서 오스카는 아직 마녀가 아닌 그의 아내를 응시한다.

“내가 거기서 기다릴게. 반드시 행복하게 해줄게.”

소망을 담은 맹세의 말에, 소녀의 눈이 커다래진다.

또다시 울음을 터뜨릴 것처럼 젖어든 눈은… 하지만 이번에는 기쁜 듯이 미소 지었다.

※

라나크가 보물고에 들어가도 된다는 허가를 받아온 것은 그로부터 일주일 후의 일이었다.

하지만 마음대로 들어가서 자유롭게 봐도 되는 것은 아니다. 라나크와 함께 가는 것이 조건이라, 티나샤는 그와 동행해 먼저 자신이 문제의 마법구를 찾으러 가기로 했다.

티나샤는 라나크를 좋게 생각하지 않는 듯한 오스카에게, 내심 조마조마한 심정으로 이야기했지만, 그는 "잘 부탁해. 조심해" 라고 말했을 뿐이었다.

처음 들어가 본 보물고 안은 마법의 빛으로 가득했다.

"굉장해…."

라나크의 손에 이끌려 계단을 내려온 티나샤는 마법구로 가득 찬 보물고를 보고 탄성을 질렀다. 라나크에게는 익숙한 풍경인지, 그는 그녀의 반응에 가볍게 미소 지을 뿐이었다.

"아바마마께 부탁드려봤는데, 반출은 안 된대. 미안해."

"아니야, 충분해. 고마워."

라나크에게 웃으며 인사하고, 티나샤는 문제의 구슬을 찾기 위해 여기저기 뒤적거리기 시작했다. 오스카의 말에 따르면, 구슬은 작고 하얀 석함에 들어 있었다고 한다. 그녀는 상자가 놓여 있을 만한 장소를 구석구석 뒤져나갔다.

"도와줄까? 뭘 찾는 거야?"

"아, 고마워. 하지만 괜찮아. 있는지 없는지도 확실하지 않으니까……."

"그래? 그럼 무슨 일 있으면 얘기해."

쓴웃음을 지은 라나크는 벽에 기대서서 책을 읽기 시작했다. 그러는 동안에도 티나샤는 솜씨 좋게 수색 범위를 넓혀나갔다.

그리고 한 시간쯤 지났을 무렵, 그녀는 안쪽의 선반에 손을 뻗었다.

앞쪽에 놓인 조각상과 다른 상자를 치우던 티나샤는, 문득 그 뒤에 숨겨놓은 것처럼 뭔가가 놓여 있는 것을 알아차렸다. 까치발을 하고 살그머니 그걸 꺼내본다.

손에 잡힌 그것은 작고 하얀 석함이다.

고동치기 시작하는 자신의 심장을 느끼면서, 티나샤는 살며시 상자를 열어보았다.

—안에는 문양이 새겨진, 손바닥에 올려놓을 수 있는 크기의 푸른 구슬이 들어 있었다.

"…정말로 있었어…."

무심코 중얼거린 그녀는 퍼뜩 정신을 차리고, 상자를 찾기 쉽게 선반 앞쪽으로 옮겨놓았다.

그리고 라나크가 책에 집중하고 있는 것을 확인하면서 조그맣게 주문을 외우기 시작했다.

"오스카!"

티나샤는 그의 이름을 부르면서 방으로 뛰어 들어갔다.

그대로 부딪칠 뻔한 그녀를, 창가에 있던 오스카가 두 팔을 뻗어 붙잡았다. 흥분해 깡충깡충 뛸 기세인 소녀의 머리를 그는 진정시키듯이 가볍게 누른다.

"어땠어?"

"정말로 있었어요!"

"그렇군."

오스카는 그 말을 듣고, 휴우 한숨을 내쉬었다. 강제전이계 마법구라면, 다시 한번 그걸 사용하면 원래의 세계로 돌아가게 될 가능성이 높다. 처음에 자동으로 이동당한 거라면, 더더욱 그렇다. 원래는 왕복용 마법구가, 시대를 너무 많이 이동한 탓에 사용자의 손에서 날아가버린 것이리라.

"그래서 이제 어떡하면 되지?"

"꺼내올 수는 없어서 보물고에 손을 써두고 왔어요. 오늘밤 날짜가 달라지는 시간에, 보물고의 침입금지 마법이 한 시간만 풀리게 해놨어요. 그러니까…."

"내가 직접 가면 되는 건가. 알았어. 지도를 그려줘."

"혼자 괜찮겠어요?"

"네가 가면 들켰을 때 문제가 되잖아. 괜찮아."

티나샤는 불안감을 느끼면서도 보물고까지 가는 길의 지도와, 상자를 놔둔 장소를 그려서 그에게 건네주었다. 오스카는 지도를 한 번 훑어보고 품에 집어넣었다.

티나샤는 허전함을 느끼면서 물끄러미 그를 올려다본다. 오스카는 그 시선을 깨닫고 난처한 듯이 미소 지었다.

"그런 얼굴 하지 마."

"그런 얼굴이 어떤 얼굴인데요?"

"글쎄다."

티나샤는 뾰로통한 표정을 한다. 하지만 오스카는 그런 소녀를 다정하게 안아주었다. 귓가에 탄식이 들린다.

"이제야 간신히 너를 만날 수 있어…."

애정 가득한 그의 말에, 티나샤는 가슴이 아파왔다.

그가 말하는 여자는 지금의 자신이 아니다. 그는 오늘밤 이곳을 떠난다. 그것을 생각하면 적지 않은 쓸쓸함이 밀려온다.

"내가 정말로 당신과 결혼하는 건가요?"

"정말이야. 사백 년 후를 기대해줘."

수상한 그 말에 소녀는 웃음을 터뜨리면서도 왠지 부정하고 싶지 않은 감정을 느끼고, 남자의 몸에 살며시 체중을 맡겼다.

오스카는 날짜가 바뀌기 조금 전, 아카시아를 차고 나크를 어깨 위에 올렸다. 걱정스럽게 자신을 올려다보는 잠옷 차림의 소녀를 쳐다본다.

티나샤는 다시 한번 주의를 주었다.

"불가시 마법은 걸어놨지만, 여기서 나간 뒤에 말을 하면 풀려버리니까 조심하세요."

"알았어."

"만약에 실패하면 돌아오세요."

"불길한 말 하지 마."

"하지만 여기서 더 과거로 돌아가면 어떡해요…."

"그러면 이번에는 루크레치아한테라도 가야지."

모르는 여자의 이름에, 티나샤는 가볍게 미간을 찌푸렸다. 오스카는 웃으면서 그 머리를 토닥였다.

"걱정 마. 그보다 넌… 웬만하면 라나크하고는 놀지 마."

"무슨 아빠도 아니고!"

"난 네 아빠도, 오빠도 아니야. 네 남자야."

그 말에 티나샤의 얼굴이 빨개졌다. 그는 하얀 이마에 살며시 입맞춤한다.

그녀는 아쉬운 표정으로 오스카의 손을 잡았다. 손가락을 휘감는 소녀의 손을, 그는 힘주어 잡는다.

"또 보자."

"네…. 또 봐요…. 조심해요."

방을 나서는 남자의 뒷모습을, 티나샤는 눈도 깜빡이지 않고 지켜보았다.

왠지 그렇게 하지 않으면 울음이 터질 것 같았기 때문이었다.

※

티나샤가 그려준 지도는 정확했다.

오스카는 복잡한 복도 안쪽에서 지하로 내려가는 계단을 발견하고, 그곳을 내려갔다.

도중에 감시병 몇 명과 마주쳤지만, 아기 때부터 출중했다고 하는 여왕 후보가 걸어놓은 불가시 마법이 오스카의 몸을 기척까지 완전히 지워준 것 같았다. 아무에게도 들키는 일 없이 그는 지도의 길을 따라갔다.

깜깜한 계단을 내려가자, 그 끝은 아무도 없는 석실이다. 정사각형 바닥의 중앙에 구멍이 있고, 거기서 다시 지하로 내려가는 계단이 이어져 있었다.

"이건…."

이 계단은 본 기억이 있다. 과거에 티나샤와 함께 왔던, 보물고로 내려가는 계단이다.

그는 주위에 아무도 없는 것을 확인하고, 소녀에게 받은 등불을 켜고 아래로 내려갔다.

※

오스카를 배웅한 티나샤는 침대에 누웠지만, 잠이 오지 않아 몇 번이나 몸을 뒤척이고 있었다.

—그는 무사히 보물고에 도착했을까. 정체를 알 수 없는 그 마법구는 그를 제대로 원래의 시대로 돌려보낼 수 있을까.

이런저런 불안한 생각이 자꾸만 떠오른다. 생각해도 소용없는 건 알지만, 생각하지 않고는 견딜 수 없었다. 역시 자신도 같이 갈 걸 그랬다고, 티나샤는 후회했다.

그렇게 몇 번인가 몸을 뒤척인 그녀의 귀에, 문득 누군가가 복도를 걸어오는 발소리가 들렸다.

"오스카…!"

—그가 돌아온 것이다.

티나샤는 벌떡 일어나 문으로 달려갔다. 문을 활짝 열어젖히고 거기에 서 있는 남자를 올려다본다. 그는 문이 갑자기 열려서 놀란 것 같았다.

"어라? 아이티…, 안 자고 있었어?"

거기 있는 사람은 오스카가 아니라 소녀의 명목상의 약혼자였다.

적지 않게 낙담하는 자신에게 놀라면서, 티나샤는 물었다.

"라나크? 이 시간에 어쩐 일이야?"

그는 조금 난처한 듯이 고개를 옆으로 돌렸지만, 곧 뭔가를 결심한 것처럼 소녀에게 웃어 보였다.

"좋은 게 있어. 같이 보러 가자."

"좋은 것? 이 시간에?"

"응."

라나크는 그렇게 말하고는 티나샤의 대답도 듣지 않고 그 손을 잡았다. 그리고 성큼성큼 왕궁을 향해 걷기 시작했다.

—대체 무슨 일일까. 이렇게 늦은 시간에 그가 찾아온 것은 처음이다.

당황하면서도 그를 따라가는 소녀의 뇌리에 불현듯 오스카의 경고가 되살아났다.

하지만 그래도 그녀는 거부할 이유를 떠올리지 못한 채 청년의 손에 이끌려 걸어갔다.

※

보물고에 들어간 오스카는 금세 목적한 상자를 찾아냈다. 작은 상자를 손에 들고 열어보니, 확실히 그 구슬이 안에 들어 있었다. 오스카는 깊은 한숨을 내쉬었다.

"좋아…. 틀림없군."

그는 구슬을 잡으려고 손가락을 뻗다가, 닿기 직전에 손을 멈췄다.

—정말로 이대로 괜찮은 것인가.

그것은 얼마 전부터 품고 있던 의문이다.

자신은 왜 이 시대에 왔는가. 만약 자신이 곁에 있었다면, 그녀를 비극으로부터 구해주고 싶다고 생각하지 않았던가.

망설임에 멈춰버린 손가락을 오스카는 내려다본다.

하지만 만약 여기서 그녀를 구한다면, 어머니를 구한 옛날이야기처럼 역사가 바뀔 가능성이 높다. 그렇게 되면 자신과 그녀는 아마 만날 수 없게 될 것이다.

아내가 된 그녀는 행복하게 웃고 있지 않았던가. 그녀는 결국 행복에 도달하게 된다.

그렇게 스스로를 납득시키려고 한 오스카였지만, 도저히 구슬을 잡을 수 없었다.

천진난만한 소녀의 얼굴이 떠오른다.

“사백 년이야….”

그녀가 자신에게 도달하기까지의 시간.

까마득한 그 시간을 생각하고, 오스카는 눈을 질끈 감았다.

—그때 갑자기 하얀 빛이 눈꺼풀 안쪽을 불태웠다.

“!”

빛나고 있는 것은 상자 안의 마법구슬이다. 이 시대로 날아왔을 때와 똑같은 빛에 그는 전율을 느낀다.

아직 결정되지 않은 것이다. 결정하지 않았다.

하지만 빛은 순식간에 강해져 오스카의 시야를 불태웠다.

그리고 혼자, 빛 속에 삼켜진 그는—

대답을, 얻었다.

※

라나크에게 이끌려 대성당 안으로 들어간 티나샤는 제단으로 향하는 중앙계단을 올라가면서, 위쪽에 마법사들이 여러 명 대기하고 있는 것을 알아차렸다.

“라나크, 대체 뭐가 있다는 거야?”

"좋은 거야."

라나크는 안심시키듯이 빙그레 웃는다. 그는 계단을 끝까지 올라가자, 소녀를 안아 올렸다. 그대로 천천히 제단을 향해 걸어간다. 십여 명쯤 되는 주위의 마법사들이 말없이 그 모습을 지켜본다.

주변에 감도는 심상치 않은 분위기는, 그녀가 알지 못하는 무거운 것이다.

자신을 주시하는 마법사들의 눈빛이 마치 물건을 감정하는 것 같아서, 티나샤는 마음이 불편해 도망치고 싶었다.

"라나크…?"

그녀는 유일한 의지처인, 자신을 안고 있는 청년을 바라본다. 그는 티나샤에게 미소를 지어 보였지만, 그 미소는 마치 가면처럼 느껴졌다.

두 사람은 돌 제단에 도착했다.

라나크는 소녀의 몸을 그 위에 살며시 눕혔다. 일어나려고 하는 그녀를 손으로 제지한다.

"뭐 하는 거야…?"

"조용히 해."

라나크는 소녀의 어깨를 꽉 눌렀다. 티나샤는 아픔을 말없이 참는다.

그가 제단 옆에서 뭔가를 집어 드는 것을 알 수 있었다.

청년은 손에 든 것을 천천히 치켜든다.

천창으로 비치는 달빛을 받아 그것은 푸르스름하게 번뜩였다.

"어?"

티나샤는 빛을 반사하는 그것을 봤지만, 무엇인지 이해할 수 없었다.

믿을 수 없는 심정으로, 어쩐지 남의 일처럼, 라나크가 든 단검을 올려다본다.

"아이티, 가만히 있어."

그는 평소와 다름없이 상냥하게 미소 지으며 그렇게 말한다.

그리고 망설임 없이, 그것을 그녀의 배를 향해 휘둘렀다.

눈을 감을 수도 없다.

목소리도 나오지 않는다.

경악에 굳어버린 그녀가 그때 본 것은, 똑바로 자신을 향해 날아오는 단검이었고—

—그리고 그것을 튕겨내는 무언가의 궤적이었다.

티나샤의 배를 찢으려 하던 단검이 빙글빙글 돌면서 허공을 날아간다.

그녀의 몸에 닿기 직전 그것을 튕겨낸 남자는 아카시아를 거두면서 라나크를 힘껏 걷어찼다. 제단 옆에 쓰러지는 청년을 거들떠보지도 않고, 오스카는 소녀를 안아 일으켰다.

"다행히 늦지 않았군. 그러게 내가 이 녀석이랑 놀지 말라고 했잖아."

"오, 오스카…, 왜…."

"일어나, 싸워. 할 수 있지?"

남자의 강한 어조에 티나샤는 당황하면서도 고개를 끄덕였다. 제단을 내려가 그의 옆에 선다.

주위에서는 난데없는 침입자를 향해, 마법사들이 격노한 얼굴로 제각기 주문을 외우기 시작한다.

"남자를 죽여라!"

걷어차인 배를 감싸 안은 채 라나크가 외친 그 말에, 티나샤의 얼굴이 창백해졌다. 어릴 때부터 잘 안다고 생각했던 그는, 지금은 낯선 증오의 형상으로 그녀를 노려보고 있었다.

"앗…, 라나크?"

무슨 일이 일어나고 있는지 알 수 없다. 저주에 걸린 것처럼 얼어붙은 티나샤의 어깨를 오스카가 두드렸다.

"괜찮아, 내가 알아서 할게."

두 사람을 향해, 마법사들이 쏜 화염이 날아온다.

티나샤는 결계를 치려 하지만, 동요한 탓에 구성을 제대로 짤 수 없다.

오스카는 소녀를 자신의 뒤로 숨기고, 날아오는 화염을 향해 아카시아를 휘둘렀다. 구성이 찢어진 불꽃의 소용돌이는 일대에 열기만을 남긴 채 사라져버린다. 마법사들 사이에 동요가 파도처럼 퍼졌다.

"결계를 쳐. 자신을 지켜."

오스카는 뒤에 있는 소녀에게 짧게 명령하고, 가장 가까이에 있는 마법사를 향해 내달리기 시작한다.

마법사는 황급히 방벽을 쳤지만, 오스카는 거침없이 쇄도하며 방벽과 함께 그 몸을 사선으로 베어버렸다. 단말마의 비명과 선혈을 남기고 마법사가 쓰러진다.

이어서 그 옆의 마법사 쪽을 본 오스카는 자신을 향해 불가시 칼이 날아오는 것을 알아차렸다. 아카시아로 상쇄하려고 팔을 들었지만, 그것은 공중에서 소멸해버렸다. 제단 쪽을 돌아보자, 소녀가 긴장한 얼굴로 구성을 짜고 있었다.

오스카는 그 모습에 입꼬리를 올리고 웃으면서, 두 번째 마법사에게 육박한다. 경악에 일그러진 마법사의 목을 잘 연마된 검으로 날려버린다. 피를 뿜으며 천천히 쓰러져가는 사체 너머로, 티나샤가 쏜 광구가 마법사 두 명을 날려버리는 광경이 보인다.

오스카와 티나샤는 그렇게, 늘어선 마법사들을 눈 깜짝할 사이에 무력화시켜갔다.

남은 마법사는 라나크를 제외하고 세 명.

오스카가 그들을 향해 걸음을 내디뎠을 때, 뒤에서 미친 듯이 웃는 소리가 들렸다. 티나샤가 흠칫 몸을 떤다.

두 사람이 돌아보자, 거기에는 단검을 주워든 라나크가 큰 소리로 웃고 있었다. 라나크는 진심으로 우스운 듯이 한바탕 웃고 나서 갑자기 눈매를 확 좁혔다.

표정이 사라진다. 그는 그 머리색처럼 눈[雪] 같은 싸늘함으로 티나샤를 쏘아보았다.

"아이티…, 어디서 그런 남자를 끌어들인 거지? 너는 나를 위해 있는 존재야."

"그러니까 산제물이 되라는 건가? 이 녀석의 피와 살을 촉매로 마력을 소환하려고?"

대답하는 오스카의 목소리는 라나크의 목소리만큼 싸늘했다.

티나샤는 그 말의 내용에 놀라 눈이 동그래진 채 두 남자를 번갈아 쳐다보았다.

오스카를 의심하는 것은 아니다.

그래도 그녀는 라나크가 부인해주기를 바랐다.

태어날 때부터 지금까지 함께 있어온 상대다. 누가 왕이 되고, 누가 그 배우자가 되든지, 그건 어느 쪽이든 다를 게 없다고 그녀는 생각하고 있었다.

실제로 라나크가 자신을 향해 단검을 휘두르는 모습을 본 지금도, 티나샤는 그를 믿고 싶었던 것이다. 반쯤은 아직 믿고 있었던 걸지도 모른다.

애원하는 듯한 그녀의 눈을 보고 라나크는 미소 지었다.

"아이티…, 불쌍한 아이티. 너를 좋아해. 예쁘다고 생각해. 하지만 그 마력이 문제야. 보기만 해도 울화가 치밀어."

증오를 담아 내뱉은 말에, 티나샤는 할 말을 잃는다. 라나크는 그런 그녀를 향해 웃었다.

"네가 강해지는 건 아무도 바라지 않았어. 그런데 혼자 바보처럼 공부만 하고…. 그냥 나한테 맡기면 되는 거였는데. 그러면 옛날처럼 지켜줬을 텐데."

비웃는 그의 목소리는, 여러 감정이 뒤섞여 진실을 알 수 없다.

분노인지, 증오인지, 열등감인지, 연민인지. 그것은 모두 그녀가 몰랐던 감정이다. 티나샤는 발밑이 무너져 내리는 듯한 감각에 비틀거렸다.

쓰러질 것 같아서 제단에 기대려고 하는 그녀를 구해준 것은 오스카의 목소리였다.

"듣지 마, 티나샤. 이 녀석의 말은 독이야. 넌 극복할 수 있어. 강해질 수 있어. 믿어."

확신에 찬, 망설임 없는 말이다.

스미듯이 와 닿는 감정. 그의 그것은 흔들림이 없다. 그녀의 등을 받쳐주고 일으켜준다. 그녀의 강함을, 분명 누구보다도 믿어주고 있다.

티나샤는 고개를 들었다. 똑바로 라나크를 주시한다.

증오에 불타는 그의 모습은, 아주 멀고, 작아 보였다.

"불쌍한 건 우리 둘 다야…."

왕이 되기 위해 선택된 아이들.

그 속에서 살아왔다. 고독과 중압감에 짓눌려왔다.

티나샤가 고독에 괴로워하고 있을 때, 라나크도 자신이 짊어진 짐에 허덕이고 있었으리라. 다만 그녀는 너무 어려서, 그런 괴로움을 깨닫지 못했던 것뿐이다.

—그래도 왕은, 언제 어떤 때라도 강해야만 한다.

비록 그것이 일방적으로 강요된 책무라 할지라도.

티나샤는 가늘고 길게 숨을 토했다.

그것을 다 토해냈을 때, 그녀는 자세를 바로 했다. 유일한 이해자였던 청년을 마주본다.

“라나크…, 당신이 나를 싫어하고 미워해도 이제 괜찮아. 지금까지 고마웠어. 그리고… 당신이 나를 죽이려 한다면, 맞서 싸우겠어.”

마지막 말과 함께 그녀를 에워싼 공기가 달라졌다.

불안정한 소녀의 그것에서, 왕자(王者)가 갖는 그것으로 선명하게 색을 바꾼다. 번데기가 나비가 되듯이 아름답고 부드러운 날개가 펼쳐졌다. 그녀를 중심으로 강대한 마력이 모여든다.

“아이티….”

라나크는 그녀가 발산하는 위압감에 눌려 반 발짝 물러섰다. 마음속에 초조함이 생겨난다.

그는 자신을 쏘아보는 두 사람을 보았다.

둘 다 강대하고, 그 끝을 알 수 없는 상대다. 라나크는 손에 쥔 단검의 감촉을 확인한다.

실패할 리 없다고 생각했다. 이로써 모든 게 달라질 거라 철석같이 믿고 있었던 것이다.

하지만 지금 그는 궁지에 몰리고 말았다.

—그러나 여기서 물러설 수는 없다.

물러서면 그는, 여왕 후보를 사리사욕으로 살해하려 한 죄인으로서 재판을 받게 될 것이다. 그리고 그 이상으로, 그녀에게 굴복하는 것을 견딜 수 없었다.

"힘만 있다면…."

뿌드득 이를 갈면서 라나크는 두 사람 뒤에서 우왕좌왕하는 마법사들을 보았다.

몇 초 사이에 결의하고, 날카롭게 명령한다.

"주문을 시작해!"

"저, 전하…."

"빨리 해!"

당황하면서도 세 마법사들이 주문을 외우기 시작한다. 오스카는 미간을 찌푸리고 그것을 보았다.

형형한 달빛이 대성당 안을 비춘다.

라나크는 깊이 숨을 마신 후, 단검을 치켜들고 외쳤다.

"내가 희구하는 것은 순수한 힘이다! 이 피와 살을 촉매로 삼아 힘이여! 현출하라!"

그 말과 함께 그는 단검으로 자신의 배를 찢었다.

피가 솟구친다.

끔찍한 장면에 티나샤는 할 말을 잃었다.

주문을 외우는 소리가 음산하게 울린다.

영겁처럼 긴 한 순간이 지나고, 라나크의 머리 위에 거대한 마력이 현출했다.

피가 솟구치는 배를 누르며 무릎을 꿇으면서도, 라나크의 눈은 야심에 빛나고 있었다.

티나샤는 그런 그를 망연자실 응시한다. 그는 소환한 마력을 받아들이기 위해 허공에 손을 뻗었다. 공중에 뭉쳐 있던 마력은, 라나크의 의지에 응해 서서히 그 몸 안으로 들어간다.

배의 상처가 놀라운 속도로 아물기 시작한다.

속속 태어나 빨려 들어가는 힘에, 라나크는 환성을 질렀다.

"봐, 아에테르나! 난 너를 뛰어넘는다!"

그는 피에 젖은 손으로 바닥을 짚고 일어서서, 자신을 상대하는 두 사람을 보았다.

라나크는 비꼬듯이 한쪽 눈을 가늘게 뜬 오스카를 향해 손을 뻗었다.

"먼저 너부터다…. 왕의 힘을 보여주마."

청년의 손에 거대한 마력이 모여든다.

가볍게 혀를 차고 아카시아를 겨눈 오스카는, 라나크의 손에 구성이 전혀 생겨나지 않는 것을 보고 고개를 갸웃했다. 그것은 라나크 본인에게도 예상 밖의 일인 듯, 그는 자신의 손바닥을 뒤집어본다.

"뭐지…?"

그러는 동안에도 마력은 계속 소환되어 라나크의 몸속으로 들어간다.

자신의 손을 주시하는 라나크의 눈이 시뻘겋게 충혈된 것을 알아차리고, 티나샤는 부르짖었다.

"안 돼! 소환을 중단해!"

"닥쳐, 계집!"

그녀에게 고함을 지르면서, 라나크는 계속해서 구성을 짜려고 필사적이었다.

하지만 형태가 되지 않는다. 마력이 너무 커서 제대로 조종할 수 없다.

몸이 삐걱거리는 소리가 들린다.

온몸에 격통이 퍼진다.

여기저기서 혈관이 파열된다. 뻗은 팔이 검붉게 변해가는 것을 보고 라나크는 경악했다.

—이 이상은 무리다.

소환을 멈추려 하지만, 목소리가 나오지 않는다. 마력은 노도처럼 계속해서 밀려든다.

아주 가까이서 무언가가 끊어지는 소리가 나고, 라나크의 의식은 암전되었다.

눈을 까뒤집고 휘청거리는 라나크의 몸으로 마력은 계속 흘러들어간다.

"안 돼…."

티나샤는 소환을 멈추기 위해 그를 향해 마법을 쏜다.

그동안 오스카는 몸을 돌려 질주해, 주문을 외우고 있던 세 마법사를 차례로 베어버렸다. 새로운 피웅덩이가 성당 바닥을 적신다. 티나샤가 중얼거리는 소리가 그 위에 겹쳐졌다.

"안 돼, 멈추질 않아…."

그녀가 쏜 마법은 라나크에게 도달하기 직전에 튕겨 나오고 만 것이다. 비틀거리는 청년을 중심으로 성당 안에는 무시무시한 마력이 소용돌이치고 있다.

오스카가 망연자실 서 있는 소녀 옆으로 돌아온 그때, 라나크의 몸은 흘러들어오는 마력을 견디지 못하고, 마침내 안에서 터져버렸다. 배에 커다란 구멍이 뚫리면서 피와 살이 사방으로 튀어 바닥에 떨어진다. 숨을 삼키는 티나샤의 어깨를 뒤에서 오스카가 안아주었다.

"…라나크?"

—너무도 갑작스럽고 허망한 그의 죽음에, 슬퍼할 수조차 없었다.

하지만 그래도 마력의 현출은 멈추지 않았다. 사방으로 날아간 라나크의 살점을 촉매로 더 큰 마력이 세상에 흘러나온다.

숙주를 잃은 마력은 응축되어, 이윽고 거대한 회오리를 형성하기 시작했다.

"이건 말도 안 돼…."

"일이 곤란하게 됐군. 티나샤, 내려가자."

오스카는 그 자리에 얼어붙은 소녀를 옆구리에 안고, 몸을 돌려 계단을 뛰어 내려간다.

그러는 동안 회오리는 천천히 회전해, 성당 안의 모든 것을 끌어들여 파괴하기 시작했다. 불길한 소리를 들었는지, 아니면 마력의 낌새를 알아차렸는지 파수병들이 뛰어 들어온다.

그들은 티나샤와 성당 안의 회오리를 보고 경악했다.

"아에테르나 님, 이게 대체…."

"라, 라나크가 자신을 촉매로 마력을 소환했다가… 제어에 실패했어요…."

본 것을 그대로 이야기하는 목소리는 자신의 목소리가 아닌 것처럼 느껴졌다.

티나샤는 부풀어 오르는 마력의 소용돌이를 돌아보았다.

"이대로는… 투르다르는 멸망할지도…."

티나샤의 말에 병사들의 얼굴이 창백해졌다. 그러는 동안에도 회오리는 성당의 천장을 부수고, 돌바닥을 파괴하며 서서히 그 크기를 더해 가고 있다.

"폐, 폐하를 모셔와야…."

"폐하는 와병 중이시다! 이건 도저히…."

속수무책인 채 그들은 절망적인 심정으로 마력덩어리를 올려다본다.

천천히 멸망을 향해 나아가는 광경.

응고되어버린 시간 속에 움직인 것은 한 사람이다. 오스카는 입속으로 중얼거렸다.

"…여기까지인가."

"오스카?"

무엇을 깨달은 것인가. 만약 그가 아카시아로 저 회오리를 어떻게 해 보려 하는 거라면, 그것은 도저히 무리다. 구성이 없는 거대한 마력덩어리는 일부를 무효화해도 곧 다른 것에 삼켜져버린다.

하지만 그는 한숨을 한 번 내쉬더니 티나샤의 어깨를 토닥거렸다.

"—네가 해. 제어해 봐."

그 말에 소녀는 깜짝 놀라 눈이 동그래진다.

"무리예요! 라나크를 봤잖아요!"

"할 수 있어. 난 알아. 넌 그걸 할 수 있어."

티나샤는 오스카를 응시하며 숨을 삼켰다.

믿어 의심치 않는, 오히려 진짜로 알고 있는 듯한 눈이다. 강한 빛이 거기에 있다.

망설임 없이 앞을 향하는 그 모습. 그의 옆에 있기만 해도, 자신도 강해질 수 있을 것 같았다.

소녀는 남자의 눈에 비친 자신을 응시하면서 묻는다.
"정말로…?"
"그래, 네 나라야. 괜찮아. 아직 늦지 않았어. 네가 지켜야 해."
오스카는 뒤에서 소녀의 두 손을 잡았다.
그 가냘픈 몸을 단단히 받치고, 그녀의 귓가에 속삭인다.
"여유 있게 이기자. 네 옆엔 내가 있어."

티나샤는 깊이 숨을 마셨다. 남자의 온기가 마음 든든하다.
눈을 감지 않아도, 마력의 흐름이 손에 잡힐 듯 느껴진다. 암시와도 같은 남자의 말이 반복적으로 머릿속에 울렸다.

—난 할 수 있어….

소녀는 마음을 정하고, 숨을 가늘고 길게 토했다.
"시작할게요."
그리고 그렇게 선언했다.

※

태어날 때부터 줄곧 고독 속에 있었다.
하지만 그것을 불행하게 생각하지는 않았다.
혜택받은 자신이 그것을 비관한다면, 자신을 원하는 사람들에게 면목이 없다고 생각한 것이다.

자신의 힘을 원망한 적도 있었다.

만난 적 없는 부모님을 그리워하기도 했었다.

평범한 아기로 태어났다면 어땠을까, 하고 몽상했다.

하지만 지금은 그런 건 중요하지 않다.

힘이 사람을 지배하는 것이 아니다.

사람이 힘을 사용하는 것이다.

무엇 하나 배신하게 두지 않는다.

자신의 힘은 마지막 한 방울까지, 자신이 복종시킬 것이다.

※

티나샤는 온몸에 가해지는 거대한 압력에 비명도 지를 수 없었다.

뒤에서 오스카가 받쳐주지 않았다면, 서 있을 수조차 없었을 것이다.

소유주가 없는 마력을 끌어당기고, 집어넣고, 지배하고, 동화시킨다. 삼킬 수 없는 덩어리를 삼킨다. 그것을 반복하는 동안, 영혼과 육체가 격통에 갈가리 찢기는 것만 같다.

하지만 고통에 몸부림치려 할 때마다 자신의 손목을 잡은 남자의 힘이 강해진다. 괜찮다고 끊임없이 말해주는 것 같아서, 그녀는 포기해버릴 것 같은 자신을 채찍질했다.

미친 듯이 날뛰는 안팎의 마력 속에서, 의식을 잃지 않도록 이를 악문다. 자기 자신이 세상에 녹아나와 퍼져가는 듯한 착각을 티나샤는 몇 번이나 극복해냈다.

영원히 끝나지 않을 것 같던 폭풍. 미쳐 날뛰는 힘의 파도가 지나갔을 때, 그녀는 자신이 오스카의 품에 안겨 있는 것을 깨달았다. 다리가 후들거려 서 있지도 못하는 그녀를, 오스카는 꼭 감싸 안아주고 있었다.

티나샤는 그의 얼굴에 손을 뻗으려고 했지만, 손가락만 까딱해도 격통이 온몸을 할퀴었다.

비명조차 못 지르고 전율하는 그녀에게 오스카는 볼을 밀착했다.

"괜찮아, 다 끝났어. 잘했어."

소녀는 그 말에 미소로 답했다.

오스카는 그녀를 안아 올려, 아직 날아가지 않고 남아 있던 벽 쪽의 의자에 앉혔다. 창백해진 그녀의 볼을 쓰다듬고, 그 어린 입술에 살며시 입맞춤한다. 소녀의 흰 볼에 조금 혈색이 돌아왔다.

입술을 뗀 남자는 지독하게 고요한 얼굴로 그녀를 응시하고 있었다.

"티나샤, 거짓말을 한 게 돼버렸어. 미안해."

"오스카…?"

"난 이곳에서 너를 구하기 위해 왔어. 그러니까… 이젠 만날 수 없어. 다시 쓰여지고 말았으니까."

"네?"

소녀의 눈이 동그래진다. 격통을 참으면서 남자의 얼굴에 두 손을 가져간다.

"왜요…? 그냥 미래의 시간으로 돌아가는 것뿐이잖아요."

오스카는 쓴웃음을 짓고 고개를 저었다.

"내가 돌아갈 시간은 이미 어디에도 없어. 내가 이 시간으로 날아왔을 때 사라져버렸어."

"사라지다니 그게 무슨…."

"설령 과거를 다시 되풀이한다 해도 세계는 거기서 분기되지 않아. 그 마법구슬은 처음부터 그러기 위한 것이었어. 과거를 바꾸고, 다시 쓰기 위한 마법구야."

어머니를 구한 검객의 옛날이야기에서, 왜 미래에서 온 청년은 사라져버리는가.

단순한 이야기다.

세계는 분기되지 않는다. 과거를 바꾸려고 하면, 세계는 거슬러 올라간 시점부터 새롭게 시간을 새기기 시작한다. 마법구슬이 발동한 시점에 사용자가 있던 세계는 소멸하는 것이다.

그가 살았던 세계도, 마녀인 아내도, 자신이 목숨을 걸고 지키고자 했던 모든 것은 이미 어디에도 존재하지 않는다. 그리고—

"그러니까… 역할을 마친 나도 이제 곧 사라질 거야."

이 시간 축에는 본래 존재하지 않는 그 자신도, 과거의 수정이 끝나면 사라져버린다.

그것을 오스카는 마법구슬이 내뿜는 흰 빛 속에서 이해한 것이다. 그 빛은 무자각이었던 사용자에게 상기시켰다. —자신이 원했던 일을 이루라고.

오스카가 무의식적으로 품고 있던 소망은 단순한 것이다.

'그녀가 가장 괴로워하고 있을 때 그 손을 잡아주고 싶었다.'

그런 작은 소망이, 무엇보다도 무거운 애정이, 그를 이 시간으로 날려 보냈다.

만약 처음부터 그 마법구슬의 힘을 알았다면, 과거를 바꾸는 길은 선택하지 않았으리라.

그것은 마녀인 그녀가 걸어온 길을 부정하는 짓이다. 그녀가 가진 과거도, 그것을 극복한 아름다운 정신도, 모든 것이 유일무이한 사랑스러운 아내다. 상흔을 접하는 일이 있어도, 그것을 지우고 싶다고는 생각하지 않는다. 그녀의 등에 생겨버린 멍 자국을 보는 것처럼, 괴로움과 함께 받아들일 뿐이다.

그러니까 그녀에게 쏟아지는 모든 고통을 씻어주고 싶어하는 것은, 분명 치기 어린 생각이다.

그래도 바라고 만 것이다.

『오스카, 혼자서 다 하려고 하지 말아요. 내가 있으니까요!』

어처구니없다는 듯이 나무라는 그녀의 목소리가 들리는 것 같아서, 오스카는 쓴웃음을 짓는다.

황야에 높이 솟은 탑에서 만난 마녀.

긴 시간을 사는, 아름답고 고독하고 상냥한 여자.

무수한 상처를 입고도, 그녀는 의연하게 서 있었다.

사람들로부터 멀리 있는 것을 당연하게 생각하고 있었다.

그런 그녀를 사랑했기에 바라고 만 것이다. 자신 곁에서 행복하게 웃어주기를.

돌아보면 그런 식으로 함께 지낸 시간은 눈 깜짝할 사이였다.

기적처럼 행복하고, 거짓말처럼 충족된 시간이었다.

그녀를 만난 이후로, 얼마나 매일이 충실했던가, 책무 속에서도 얼마나 자유로웠던가.

돌아오는 순수한 애정이 기뻤다. 아무것도 없는 하루마저 즐거웠다.

자신보다도… 나라보다도 그녀를 소중하게 생각하고 있었다.

그런 열정은, 왕인 이상 평생 숨겨야만 하는 것이다.

그녀 자신조차도 알아서는 안 된다. 알면 그녀는 분명 슬퍼할 것이다.

그래서 언제나 뜨거운 용암 같은 감정을 숨기고, 한 점 그늘 없는 애정만을 전하고 있었다.

곁에 있는 그녀가 언제나 근심 없이 웃을 수 있도록.

함께 살다 함께 죽는 언젠가 그날까지. 머지않아 역사 속에 묻혀버릴 왕과 왕비로서.

그것은 완전히 행복하고… 이제는 이루어질 수 없는 꿈이다.

—그래도, 이 결말에 후회는 없다.

"오스카…, 그런 건 거짓말…이라고…."

그가 하는 말의 의미를 이해한 소녀의 눈에 눈물이 고인다.

흘러 떨어지는 그것을 닦아주면서, 오스카는 미소를 지어 보였다.

"좋은 여왕이 되어줘, 티나샤. 넌 할 수 있어."

소녀는 떼쓰는 아이처럼 주먹을 꼭 움켜쥐었다. 그는 쓴웃음을 지으며 그녀의 머리를 쓰다듬는다.

"역사가 달라져도, 다시 쓰여져도, 내가 너를 만나 함께했다는 사실은 사라지지 않아."

설사 다시 한번, 이 시대에 온 그날 밤부터 시작한다 해도, 분명 같은 결말에 도달했을 것이다.

그녀가 근심 없이 웃을 수 있도록, 새로운 미래와 행복을.

그러기 위해 모든 것을 바쳐도 후회는 없다. 그만큼 사랑하고 있다.

"네가 잊어도, 내가 잊어도, 우리가 만나지 않았다 해도— 너를 사랑해."

자신을 응시하는 소녀의 우는 얼굴에, 마녀의 수줍은 미소가 겹쳐 보인다.

아주 드문 여자.

그가 사랑한 단 한 명의 마녀.

그 존재의 사랑스러움에 현기증이 났다. 영원히 그녀를 잃게 되더라도 지키고 싶었다.

그러니까 이것은, 그 자신이 선택한 필연의 끝인 것이다.

오스카는 팔을 뻗어 소녀를 살며시 끌어안는다. 소녀는 목 메인 목소리로 말했다.

"오스카…, 기다려요…."

"눈을 감아."

남자의 말에 티나샤는 눈을 감았다. 눈물이 뚝뚝 흘러 떨어진다.

이해하지만 납득할 수 없다. 받아들일 수 없다.

마음의 준비 따위가 가능할 리 없는 것이다. 소중한 것이 전부 손가락 사이로 빠져나간다.

티나샤는 남자의 어깨를 꽉 붙잡는다. 그러자 온몸에 격통이 퍼졌지만, 고통쯤은 아무렇지 않았다. 그저 상실의 공포에 온몸이 떨리고 있다.

"…사라지지 말아요."

원하는 것은 그뿐이다.

그를 다시 만날 때까지 사백 년을 기다려도 좋다. 분명 혼자서도 견딜 수 있을 것이다.

그가 미래에서 기다린다고 생각하면, 어떤 고난도 극복할 수 있을 것이다.

그러니까 부디— 사라지지 않기를.

티나샤는 애원하듯이 남자의 가슴에 얼굴을 파묻는다. 전해오는 체온이 떨리는 그녀를 따스하게 감싼다.

숨을 한 번 쉰다.

아무 일도 일어나지 않는다.

그녀는 다시 한번, 이번에는 깊이 숨을 토했다. 작은 머리를 남자의 손이 쓰다듬는다.

—괜찮다. 확실하게 이 사람은 여기에 있다….

그렇게 안도한 순간, 그녀를 감싼 온기가 갑자기 사라졌다.

티나샤는 천천히 눈을 뜬다.

파괴된 대성당.

자신을 바라보는 병사들. 보이는 것은 그것뿐이다. 소녀는 길 잃은 아이처럼 주위를 둘러보았다.

"…오스카?"

불쑥 튀어나온 이름에 대답하는 사람은 없다.

티나샤는 망연자실한 채, 아무것도 붙잡고 있지 않은 두 손을 응시한다.

"아…."

그리고 그녀는 공허한 심연이 된 눈동자에 눈물을 가득 담고… 어린 아이처럼 큰 소리로 엉엉 울기 시작했다.

※

투르다르의 차기 왕 후보였던 왕자의 광기는 그의 죽음과 함께 어둠에 묻혔다.

그리고 이듬해, 그 나라에는 젊고 아름다운 여왕이 즉위했다.

보기 드문 미모와 힘을 가진 그녀는 총명하고 백성을 위하는 마음도 강해서, 지금까지 다른 나라와 국교를 맺어오지 않았던 투르다르를 서서히 바꾸어나갔다고 한다.

그것은 역사 속에 묻혀버린, 지금은 먼 옛날의 이야기다.

[Unnamed Memory Act.1 END]

막간. 절망의 거절

여자는 어린아이의 몸을 껴안고 울고 있었다.

차갑게 식어버린 아이의 몸은 축 늘어져 움직이지 않는다.

죽고 말았다. 더는 어찌할 수 없이 잃고 말았다.

그녀는 이미 돌이킬 수 없는 그 생명에 그저 울기만 한다.

무슨 짓을 해서라도 되찾고 싶은 생명이다.

시간을 되돌릴 수만 있다면 얼마나 좋을까. 자신의 목숨과 바꾸어도 좋다. 이 아이가 다시 살아날 수만 있다면, 어떤 시련이라도 기꺼이 받아들일 수 있다.

—하지만 그것은 이루어질 수 없는 일이다.

잘 알고 있다. 마법으로도, 신이라 해도 죽음의 운명을 되돌릴 수는 없으니까.

그래도 그녀는 바라지 않고는 견딜 수 없었다.

“누가 제발… 살려주세요….”

오열이 세상에 메아리친다. 흘러 떨어지는 눈물이, 핏기 없는 볼을 적셔나간다.

그때 문득 누군가가 옆에 서는 기척이 나서, 그녀는 고개를 들었다.

누군가가 자신을 보고 있는 기척이 느껴진다. 하지만 그게 누구인지는 도무지 알 수 없다.

그저 ‘바로 옆에 있다’고만 느낄 뿐이다.

"…누구?"

대답은 없다.

그 인물은 그녀를 응시한다. 성별을 알 수 없는, 하지만 침통한 목소리가 물었다.

"무슨 일이 있어도 꼭 구하고 싶어?"

그것이, 다시 쓰여져 가는 운명의 시작이다.

작가 후기

안녕하세요. 후루미야 쿠지입니다.

이번에 「Unnamed Memory」 3권을 읽어주셔서 감사합니다.

본문을 읽기 전에 후기부터 읽으러 오신 분은, 모쪼록 본문을 먼저 읽어주시기 바랍니다. 예고한 대로 이번 권은 두 사람의 계약이 끝나는 때를 쓴 이야기로, 마녀의 시대는 이로써 막을 내리게 됩니다.

그리고 동시에, 왕과 마녀의 이야기도 일단 막을 내립니다. 지금까지 함께해주셔서 감사합니다.

여기서부터는 실은 지금까지의 이야기와 표리(表裏)가 되는 또 하나의 이야기가 존재하고 있습니다.

오스카에게 저주가 걸린 이유는 무엇인가. 그의 기억에 때때로 스치는 불가사의한 단편은 무엇인가. 발트와 밀라리스는 무엇을 알고 있었는가. 이 세계에는 무슨 일이 일어나고 있는가. —그런 밝혀지지 않은 비밀이 설명되는 이야기입니다. 마녀 티나샤와 그녀의 과거에 다가간 일 년간의 다음은, 오스카의 과거와 진실에 접하는 이야기를.

괜찮으시다면, 계속해서 애독해주시면 감사하겠습니다.

그럼 이번에도 감사 인사를.

언제나 저 때문에 마음고생이 많으신 담당자분들, 진심으로 죄송합니다. 감사합니다. 이렇게 완성해낼 수 있었던 건 모두 두 분 덕분이며, 무한한 진력에 진심으로 감사드립니다.

그리고 이번에도 아름다운 일러스트를 그려주신 chibi님. 감사합니다! 표지에 신부 의상 차림의 여주인공을 보는 것은 감개무량한 경험이었습니다. 티나샤의 복장과 나이가 매번 달라져서 죄송합니다…! 새로운 캐릭터를 포함해 전부 매력적인 일러스트를 그려주셔서 대단히 감사합니다!

1권의 추천 코멘트에 이어, 해설문 집필을 수락해주신 나가츠키 탓페이 선생님, 정말로 감사합니다! 해설문의 장대함에 감사함과 송구함으로 가득합니다. 아니, 완전 감격입니다! 내 책에! 나가츠키 선생님의 해설이 실리다니! 감사합니다!

또한 라이트노벨 뉴스 온라인 관계자님, 2권 간행 시에 인터뷰를 게재해주셔서 감사합니다! 직접 만나 다양한 이야기를 나눈 건 처음이라 정리되지 않은 내용이었음에도 불구하고, 매력적인 기사로 완성해주셨습니다. 그 인터뷰 때, 담당 편집자님과 둘이 "글쎄요, 계약 종료 후의 일은… 어떻게 될까요. 하하하" 라고 했던 그 대답이, 바로 이 3권입니다. 죄송합니다.

마지막으로, 지금까지 함께해주신 독자 여러분, 대단히 감사합니다.

이 이야기가 처음 세상에 나온 이후로 십 년의 시간이 지나도, 여러분께 사랑받는 작품이라는 사실이 큰 기쁨입니다. 몇 년 후에도 문득 다시 떠올리고 책장을 펼쳐주시는 날이 오기를 진심으로 기원합니다.

그럼 또, 이름을 갖지 못한 추억의 어딘가에서.

감사합니다!

후루미야 쿠지

보너스

“그거 나도 해 보고 싶어. 하는 법을 가르쳐줘.”

“네?”

남편인 오스카의 말에, 화장대 앞에 앉아 있던 티나샤가 돌아본다. 그녀는 지금 막 땋은 머리를 손가락으로 잡았다.

“이거요? 당신은 땋을 수 있을 만큼 머리가 길지 않잖아요.”

“네 머리를 땋아보고 싶어. 재미있을 것 같아.”

늘 그렇듯이 느닷없이 발동하는 왕의 호기심에, 티나샤는 어처구니없는 표정을 지었지만, 이내 체념한 것 같았다. 침대에 있던 그를 손짓해 불러 하얀 리본을 건네준다.

“머리를 세 가닥으로 나눠서, 그걸 밖에서 안으로 포개나가면 돼요. 그리고 리본으로 묶어주세요.”

오스카는 선 채로 아내의 머리카락 한 움큼을 서툴게 땋아나간다. 그런 남편의 모습을 거울 너머로 바라보며, 티나샤는 당연한 질문을 던졌다.

“그래서 재미있어요?”

“재미있어. 고양이의 털을 쓰다듬어줄 때만큼 재미있어.”

땋아서 풀기를 세 번 정도 반복하자, 제법 깔끔하게 완성되어간다. 오스카는 자신의 솜씨에 만족하며 평소처럼 하얀 리본을 그 끝에 묶었다.

—그런 소소한 기억을 문득 떠올린다.

"오스카, 다 했어요?"

그 말에, 소녀의 긴 머리를 땋고 있던 오스카는 하얀 리본에서 손을 떼었다.

"다 했어. 귀여워."

"정말요? 거울을 보고 올게요."

부랴부랴 일어서는 소녀는, 그의 아내를 그대로 축소한 모습이다. 티나샤는 벽에 걸린 거울을 보고, 예쁘게 땋아진 머리를 손가락으로 잡았다.

"귀여… 운가요? 어쩐지 낯설어서요. 어른이 된 나는 이런 느낌이에요?"

"글쎄, 어떨까? 너는 너대로 귀여워."

"…그게 뭐야. 어린애 같다는 뜻인가요?"

얼버무리는 듯한 대답에, 티나샤의 빨개진 얼굴이 뾰로통해진다. 자신이 먼저 미래의 모습을 알고 싶어했으면서, 소녀의 마음은 복잡한 모양이다. 오스카는 쓴웃음을 짓고 그녀에게 다가가, 작은 머리에 손을 얹었다.

"어린애 맞으니까 자유롭게 있으면 돼. 무리해서 어른인 자신이 되려고 하지 않아도 괜찮아."

오스카가 하얀 리본 두 개를 전부 풀어주자, 티나샤는 물결치며 퍼지는 머리카락을 손으로 눌렀다.

"어린애여도 괜찮아요?"

"괜찮아. 내 앞에서만이라도 편하게 있어."

설사 지금의 그녀가 모르는 기억이라도, 자신이 기억하고 있다면 충분하다.

그래서 오스카는 하얀 리본에 입맞춤하고… 소중한 그것을 손에 꼭 움켜쥐었다.

Unnamed Memory 〈해설문〉/나가츠키 탓페이

—세계여, 이것이 후루미야 쿠지다!

설마, 본문을 읽기 전에 후기부터 읽는 스타일의 독자라도, 본문을 읽기 전에 해설부터 읽는 일은 없을 거라고 생각한, 첫머리의 한마디다.

어쨌거나 「Unnamed Memory」 세 권을 전부 독파하고 이 해설에 도달한 당신이라면, 이 첫머리의 한마디에 크게 공감할 거라 생각한다.

—세계여, 이것이 후루미야 쿠지다, 라고.

「Unnamed Memory」는 2008년에 개인 사이트에 연재된 웹소설로, 아름다운 문장과 캐릭터 조형, 무엇보다 그 이야기의 완성도로 화제가 된 작품이다. —라고 한다.

전언문 형식으로 말한 것은, 부끄럽지만 이 해설의 필자가 연재 당시의 사정을 모르고, 또한 이 작품에 관해서도 정보를 일절 모른 채로 웹상에서 읽기 시작했기 때문이다.

그러나 「Unnamed Memory」라는 작품에 대해, 아무것도 모른 채 읽기 시작한 것은, 필자의 독서 인생 속에서 손에 꼽는 행복이었다고 단언할 수 있다. 문자 그대로, 사흘 밤낮을 마감도 잊고 정신없이 탐닉한 시간은 지극히 행복한 한때였다.

「Unnamed Memory」를 읽을 당시, 이미 후루미야 선생님과 아는 사이였던 필자는 부끄러운 줄도 모르고 장문의 감상을 보내고, 이런 명작을 쓰신 분과 아무 생각 없이 교류해서 죄송하다고, 바닥에 이마를 박았을 정도다.

송구하게도 그런 우여곡절을 거쳐, 필자는 「Unnamed Memory」가 서적화될 때, 1권에서는 추천문을, 그리고 이야기의 반환점이 되는 3권에서는 해설문을 담당하기에 이른 것이다.

그야말로 독서인으로서의 인생이란 참으로 알 수 없는 것이라 하겠다.

자, 장황한 서론은 이쯤 해두고, 해설문 필자로서의 역할을 다하기로 하자.

새삼 말할 필요도 없는 일이지만, 「Unnamed Memory」는 명작이다.

이야기가 완결된 지 십 년— 그만큼의 세월이 경과해 만반의 준비를 마치고 서적화된 작품이지만, 필자가 읽은 웹 버전은 물론, 서적이 된 지금까지의 세 권도 매우 훌륭한 완성도를 보여준다.

일러스트와 장정의 아름다움은 말할 필요도 없지만, 무엇보다 이 작품은 이야기가 '아름다운' 것이다.

개인적인 생각이라 미안하지만, 필자는 이야기에서 '아름다움'을 무엇보다 중시하는 편이다.

이것은 매우 애매한 정의(定義)이며, 글자 그대로의 '아름다움'만을 의미하는 것은 아니다. 아마 사람에 따라서는 '모에' 혹은 '퀄리티'라고 말할지도 모르겠다.

그런 필자의 정의에서 「Unnamed Memory」의 이야기의 '아름다움'

은 그야말로 출중하다.

대륙에 강대한 힘을 가진 다섯 마녀가 있고, 그 마녀 중 가장 새로운 한 마녀는, 자신의 탑을 공략한 자에게 소원을 이룰 수 있는 권리를 준다. 그리고 탑에 도전한 사람은, 오래된 마녀의 저주에 의해 후손을 볼 수 없게 된 비운의 왕자—. 마녀와 왕자가 만날 때, 대륙을 뒤흔드는 이야기가 시작된다.

이, 슬프고도 덧없는 일대 서사시의 개막을 연상시키는 시작점에서, 어떻게 티나샤와 오스카의 부부 개그의 일상화를 상상할 수 있을까.

마녀와 왕자의 만남, 그리고 계약을 맺은 두 사람이 함께 탑을 나온다. —여기까지만으로도 한 권의 장편이 그려질 만한 내용을 속도감 있게, 미련 없이 프롤로그로 그려내는 발상과 수완.

그후, 무대를 왕성으로 옮겨 펼쳐지는 판타지 미스터리. 다양한 민간 전승과 동화를 상기시키는 이야기의 변주에, 때로는 대륙 전체를 끌어들이는 강대한 마법전쟁이 박력 있는 필치로 그려지고, 한 권에 한 번은 거대한 것이 나온다! 이번에는 성이었다!

참, 티나샤와 오스카의 러브&코미디도 잊어서는 안 될 것이다. 결혼하네, 마네로 옥신각신하는 두 사람과, 그것을 지켜보는 상냥한 사람들. 두 사람이 맺어지는 데 걸림돌이 되는 것은 오직 마녀의 프라이드 뿐!

—좋은 이야기의 조건은, 독자의 예상을 배신하면서 그 기대치를 능가하는 것이다.

그 점에 있어 「Unnamed Memory」는 양질의 좋은 이야기로서의 조건을 지속적으로 충족해준다.

하나하나, 공들여 자아내져 연결되어가는 사건. 그것들을 무대로 생생하게 살아 숨 쉬는 매력적인 캐릭터. 세부까지 철저하게 계산된 구성은 읽는 이를 즐겁게 하기 위한 엔터테인먼트에 일절 타협하지 않는 자세의 발로이며, 그것이 이야기를 최고의 '아름다움'으로 완성해낸다.

그것은 처음에, 독자가 이야기의 프롤로그에서 상상한 '슬프고도 덧없는 일대 서사시'—, 다양한 측면에서 마녀와 계약자의 이야기를 그려내며, 클라이맥스에서 그곳으로 수렴해가는 구성에서도 명백하다.

오스카를 좀먹는 저주와, 티나샤를 마녀라 부르는 세계의 교훈.

벗어날 수 없는 숙명과 저항할 수 없는 비업을 짊어지고도, 그것을 일절 느끼게 하지 않는 일상을 구가한다. 그런 두 사람의 모습을 보면서 다시 돌아오지 않는 시간의 소중함을, 되풀이해 읽을 때마다 생각하게 되는 것이다.

「Unnamed Memory」 3권의 끝은, 동시에 이 이야기의 Act.1의 종료를 의미한다.

여기까지 다 읽은 독자분들은, 앞으로 티나샤와 오스카는 과연 어떻게 되는가. 두 사람의 이야기는 여기서 끝인가, 하는 견디기 힘든 혼란 속에 있을 거라 생각한다.

이야기는 Act.2에 돌입해, 지금까지와는 크게 달라진 전개가 읽는 이의 마음을 농락하게 될 것이다.

그러나 이야기의 후반전을 아는 사람으로서, 걱정하지 말라고 현명한 독자 여러분에게 말해두겠다.

지금까지의 이야기를 즐긴 당신이라면, 앞으로의 이야기도 즐길 수 있을 거라고 장담한다.

그리고 「Unnamed Memory」의 완결을 마지막까지 확인했을 때, 부디 필자의 말을 떠올려주기 바란다.

—세계여, 이것이 후루미야 쿠지다!

언네임드 메모리3

2024년 11월 15일 초판 인쇄
2024년 11월 30일 초판 발행

저자 · KUJI FURUMIYA
일러스트 · chibi
역자 · 장혜영
발행인 · 황민호
콘텐츠4사업본부장 · 박정훈
콘텐츠4사업본부장 · 신주식 최경민 이예린
마케팅 · 조안나 이유진
국제업무 · 이주은 김준혜
제작 · 최택순 성시원
한국판 디자인 · 디자인 우리
발행처 · 대원씨아이(주)

서울 특별시 용산구 한강로3가 40-456
편집부 : 02-2071-2104 FAX : 02-794-2105
영업부 : 02-2071-2061 FAX : 02-794-7771
1992년 5월 11일 등록 3-563호

http://www.dwci.co.kr/

ISBN 979-11-423-0202-2
ISBN 979-11-362-8942-1 (세트)